Âmes sœurs

Rebecca Maizel

Âmes sœurs

Traduit de l'anglais (américain)
par Rebecca de Hassard

wiz
Albin Michel

Du même auteur chez Albin Michel Wiz :

Humaine

Rebecca Maizel est diplômée de l'université de Boston et de l'université de Rhode Island. Elle suit actuellement, à l'université du Vermont, un cursus complémentaire spécialisé en écriture pour jeunes adultes.

Titre original :
STOLEN NIGHT
(Première publication : Macmillan Children's Books
a division of Macmillan Publishers Limited, Londres, 2012)

À Ryan Quirk, si courageux.

Un antique parchemin gît en un lieu obscur et sacré.
Son emplacement est inconnu ; son auteur, anonyme.
C'est une légende.
Dessus, un rituel, inscrit en lettres de sang.
Ce rituel exige l'amour le plus profond, le sacrifice ultime :
celui de la vie. Par lui, un vampire peut redevenir humain.
Rhode, mon amour, s'est soumis à ce rituel pour moi.
Il en est mort.
Je m'y suis soumise à mon tour, il y a quelques jours à peine.
Et j'ai survécu.

Chapitre 1

– Te revoilà chez toi, me dit Justin Enos en m'entraînant par la main entre les hauts piliers encadrant le portail du lycée privé Wickham.

Prise d'une hésitation, je m'arrêtai dans l'allée principale avant d'arriver chez moi, à Seeker Hall. Au loin, les hauts réverbères éclairaient la brique des autres bâtiments du campus comme autant de petits phares dans la nuit.

Seulement quatre jours auparavant, j'étais certaine que ce monde ne serait plus le mien. J'avais accompli le rituel pour Vicken, mon ami, mon confident, vampire lui aussi. Je m'y étais soumise pour qu'il redevienne humain.

– Je tiens debout, tu sais.

Au moment où je le disais, je trébuchai et Justin dut me soutenir. Mes cuisses tremblaient, conséquence du temps que j'avais passé inconsciente sur un lit d'hôpital. Quatre jours... donc, quatre jours également que mon meilleur ami, Tony, avait été tué dans la tour des arts, et que je m'étais crue moi aussi sur le point de perdre la vie.

– Quelle belle nuit, dis-je en m'appuyant sur le bras de Justin pour marcher.

Il ajusta sa foulée à mes pas de fourmi. Il portait aussi le sac qui contenait mes affaires.

La petite ville de Lovers Bay, dans le Massachusetts, était un vrai bouquet de fleurs au mois de juin : partout, les roses et les hortensias nous entouraient. Leur parfum floral se mêlait aux arômes de cuisine issus des cafés et restaurants qui flottaient jusqu'à nous depuis Main Street, la rue commerçante qui longeait le lycée. L'air était empli de senteurs enivrantes, que mon humanité récemment reconquise me permettait parfaitement de percevoir.

Mais avec tout ce qui était arrivé, le campus de Wickham me faisait un peu l'effet d'un lieu imaginaire, né à la fois d'un rêve et d'un cauchemar.

La nuit était paisible. Les arbres ondulaient paresseusement dans la brise de juin et je contemplais les élèves qui déambulaient dans le campus en discutant à mi-voix. La lune apparut entre les nuages. En levant les yeux pour la saluer, je crus apercevoir, au bout du chemin qui menait à la plage, une silhouette qui bondissait vivement et s'enfonçait dans les bois. Des mèches blondes volaient derrière elle dans le vent.

Tout d'abord, je ris sous cape en imaginant une élève faisant le mur pour aller retrouver un petit copain ou chercher un bar plus intéressant que le foyer des élèves. C'est ensuite que quelque chose, dans ses mouvements, retint mon attention. Cette fille sautait avec l'aisance d'une danseuse, mais semblait pourchasser quelque chose. Elle était svelte et vive. *Trop* svelte... *trop* vive.

Alarmée, je scrutai attentivement les environs.

– Qu'est-ce qu'il y a ? s'enquit Justin.

Je tâchai de gagner du temps.

– Tu ne veux pas faire un tour à la plage ? lui demandai-je.

Il alla confier mon sac à la gardienne de mon bâtiment tandis que je l'attendais seule, scrutant toujours l'allée. Si l'inconnue ressortait des bois, ce serait bon : je saurais que ce n'était qu'une humaine ordinaire. Des élèves me hélèrent en passant :

– Salut, Lenah ! Comment ça va ? Mieux ?

Je gardai les yeux fixés devant moi.

– Les nouvelles vont vite : tout le monde sait déjà que tu étais à l'hôpital, me murmura Justin, de retour près de moi, en m'embrassant dans le cou.

Nous passâmes devant le foyer des élèves et le bâtiment Quartz, où logeait Justin. Sans pouvoir me l'expliquer, j'étais convaincue que l'inconnue avait quelque chose d'anormal, que sa blondeur n'était pas humaine. Peut-être n'était-ce qu'un accès de paranoïa... mais j'avais de bonnes raisons d'être parano ! J'étais une ex-vampire âgée de 592 ans : les bizarreries et les créatures étranges avaient naguère fait partie de mon quotidien.

Une fois sur la plage, je retirai mes chaussures, les laissai au pied des marches et m'assis sur le sable frais.

Là, appuyée contre le torse tiède de Justin, à m'émerveiller de la splendeur de l'océan, je tâchai d'oublier l'éclair de cheveux blonds et l'agilité exceptionnelle de cette silhouette bondissante.

Justin prit ma main. Perdue avec lui dans la contemplation de la baie, je me repassai le film de notre première rencontre. C'était pendant ma première semaine d'humanité retrouvée : il était sorti de l'eau, scintillant et doré...

Je posai la tête sur son épaule, inspirai profondément et écoutai les vaguelettes lécher paresseusement la grève.

Sauf que...

Une certitude horrible m'envoya un frisson dans l'échine. Je frémis, et Justin baissa les yeux vers moi.

– Ça va ? me demanda-t-il.

Regarde à gauche..., me disait mon instinct.

Justin aussi le sentit. Il détourna la tête, enfonça les doigts dans le sable et se dressa sur les genoux.

La mort approche, disait une voix directement dans ma tête. La voix de la reine vampire qui était en moi. La voix de la chasseresse des multitudes.

Tu sais que le malheur est imminent, me susurra cette voix.

Lentement, je me tournai vers le bout de la plage.

– Tu vois ce que je vois ? chuchota Justin.

Oui, je voyais. Mon cœur était une corde de violoncelle, un archet invisible le faisait vibrer, presque trembler. Quelqu'un courait vers nous depuis l'autre extrémité de la plage. Une fille : pas une enfant, mais pas complètement une femme non plus. Une élève ? Sa silhouette menue ne courait pas en ligne droite mais zigzaguait comme un lapin apeuré. Soudain, elle s'effondra. Elle tenta aussitôt de se relever, mais ses bras se dérobèrent et elle retomba.

– Je crois que c'est…, commença Justin.

Elle finit par réussir à se lever et se remit à courir. Lorsqu'elle retomba dans le sable quelques pas plus loin, elle poussa un cri. Ou plutôt, un hurlement qui se transforma en longue plainte, serpentant vers nous à travers la plage, déversant sa terreur dans nos oreilles. Mes bras se couvrirent de chair de poule.

Je connaissais bien ce genre de cris.

– Elle a besoin d'aide, dit Justin en s'avançant vers elle.

– Attends ! soufflai-je.

Je l'arrêtai et plissai les yeux pour mieux y voir dans la pénombre.

– T'es folle ? Elle souffre, protesta Justin. Qu'est-ce qu'on attend, Lenah ?

Ma terreur augmenta encore. La bouche sèche. Les mots coincés dans la gorge, prisonniers de la peur. Je ne pouvais pas détacher mes yeux de la scène.

Car il y avait quelqu'un derrière elle.

Quelqu'un qui marchait avec assurance, en ondulant des hanches. Une démarche de mannequin de podium. La foulée d'une femme fatale. Celle-ci attrapa la fille par sa queue-de-cheval. Et tira d'un coup sec, animal et brutal.

Le vent se leva entre les arbres, qui frissonnèrent d'une manière inhabituelle dans la brise estivale.

– Justin. Il faut qu'on parte. Tout de suite.

– Mais, Lenah !

Il répéta mon nom et je l'attirai à moi pour lui parler de tout près.

– Silence. Ou on est morts tous les deux.

Il ne répondit pas, mais un éclair de compréhension passa dans ses pupilles.

Il fallait que je demeure calculatrice et posée. Je ne pouvais pas laisser l'humaine en moi prendre le dessus. Je remontai les marches et bifurquai dans le bois qui longeait la plage. Mes jambes, affaiblies par mon séjour à l'hôpital, me faisaient mal, et je m'appuyais aux troncs des arbres pour ne pas tomber.

– Lenah ! Il faut qu'on aille chercher du secours ! chuchota Justin dans mon dos.

Je fis volte-face.

– Qu'est-ce que je t'ai dit ? Silence. Et arrête de prononcer mon nom, crachai-je avec dureté.

Je me laissai tomber à genoux et rampai jusqu'à l'orée du bois, là où la terre rencontrait la grève. De là, j'observai la scène. En reconnaissant la fille, j'étouffai un cri.

Kate Pierson, mon amie. Membre du Trio, la bande de filles de Wickham avec qui, contre toute attente, j'avais sympathisé au cours de l'année précédente.

Kate était la plus jeune d'entre nous : seize ans à peine. Innocente, belle, et courant à présent un grave danger.

Voilà qui changeait tout. Impossible de la laisser à son sort. Je passai immédiatement les solutions en revue.

Nous n'avions ni épée ni dague pour poignarder le vampire en plein cœur. Il faudrait donc l'effaroucher par une démonstration de force. De la force, Justin en avait.

– Pitié ! cria Kate à son assaillante.

Nous étions allongés sur le ventre, et mes doigts s'enfoncèrent dans le sol sablonneux.

Derrière Kate, la femme foulait le sable d'un pied léger, comme pour une simple promenade nocturne. Elle était entièrement vêtue de noir. Une superbe chevelure blonde, abondante, ondoyait derrière elle dans le vent.

Elle sourit, la bouche rouge de sang.

J'inspirai lentement.

– Je la connais, chuchotai-je à Justin.

Ma demeure d'Hathersage, en Angleterre, revint envahir mes pensées.

L'escalier qui montait au grenier.

La bonne. La gentille bonne aux joues roses.

Désormais, elle était plus blanche que le marbre, et emplie de colère.

À quelques pas de nous, Kate tentait de s'éloigner en rampant, mais à présent que je distinguais la gravité de ses blessures, je comprenais qu'il était trop tard, bien trop tard.

Je déglutis tandis que la blonde l'attrapait par le col et la mordait au creux de l'épaule. La jeune fille poussa un hurlement vide que je connaissais bien. La plainte finale. Sa petite bouche s'ouvrit et son cri résonna dans la nuit.

– Comment ? souffla Justin. Comment la connais-tu ?

Un frisson me parcourut.

– Je... C'est moi qui l'ai transformée.

Justin, avec une lenteur infinie, reporta son regard sur la plage sans rien dire.

Kate lançait encore de faibles ruades, et son sang coagulé formait déjà une croûte sur le sable. Elle saignait des bras et du cou. Cet assassinat était une démonstration de force. La mort donnée par un vampire peut être brève et indolore, mais celle-ci rappelait plutôt celle de Tony : une mise à mort impitoyable, accomplie non par faim, par soif ou par nécessité, mais pour le pouvoir. Pour la volupté.

Kate porta ses doigts à son cou pour tenter d'arrêter le flot de sang.

Un geste vain. Que j'avais vu bien trop souvent.

– Je ne veux pas mourir, supplia-t-elle. Pitié...

Mon cœur se déchirait, mais l'ancienne reine vampire en moi me disait que cette consœur blonde était puissante. Et que son désir de sang était sans appel.

Impossible de fuir pour Justin et moi. Impossible de voler au secours de Kate. Au moindre bruit, nous mourrions sous les crocs de la créature.

Nous étions impuissants.

Une dernière plainte s'éleva de la plage.

Et Kate Pierson s'éteignit.

Chapitre 2

Une fois sortis du bois, nous nous arrêtâmes sous un réverbère, dans l'allée.

– Il faut prévenir les secours, dit Justin.

– Non. La seule chose à faire est de rentrer. Il faut que je réfléchisse.

D'une main, je massais mon ventre pour tenter de le dénouer. J'avais besoin d'aide, besoin de quelqu'un qui comprenne les vampires. Rhode. C'est lui qu'il m'aurait fallu, mais il était mort.

– On ne peut quand même pas la laisser comme ça sur la plage ! protesta Justin.

Une élève de seconde et un agent de sécurité passèrent devant nous, suivis de près par Mrs Tate, professeur de SVT.

– Tu dis que tu as entendu des cris ? demandait le vigile à l'élève.

– Deux fois, monsieur. Par là-bas.

Mrs Tate, elle, nous emboîta le pas en nous voyant.

– Lenah, c'est bon de te revoir, dit-elle en me touchant légèrement l'épaule. Auriez-vous entendu quelque chose du côté de la plage, tous les deux ? Une élève dit qu'elle a perçu des éclats de voix.

Nous étions près de la serre : j'en profitai pour glisser un petit mensonge.

– Non, répondis-je. Nous étions là-dedans.

Elle hocha la tête et rejoignit l'agent et la jeune fille pour les accompagner jusqu'à la plage. Les sirènes, je le savais, n'allaient pas tarder à retentir.

Sous mon crâne, une bataille faisait rage. Que faisait un vampire ici, à Lovers Bay ? Un vampire qui était mon œuvre... Le nom de Vicken s'insinuait de manière obsédante dans mes pensées.

Vicken. Mon fidèle Vicken. Que j'avais créé, dans des ténèbres et des douleurs si profondes. Il était mon compatriote... mais j'avais accompli le rituel, je l'avais soulagé de son infinie soif de sang pour libérer l'humain en lui.

Et si le rituel avait échoué ? Si Vicken était toujours un vampire et travaillait à présent avec cette blonde ?

– Lenah ? À quoi penses-tu ? s'enquit Justin.

Je battis des paupières, et tâchai de me concentrer sur lui.

– Vicken. Qu'est-il devenu après le rituel ?

Un muscle tressaillit dans sa mâchoire et il croisa les bras sur son torse.

– Je l'ai laissé chez toi quand je t'ai emmenée à l'hôpital. J'ignore totalement s'il est vivant ou mort. Je ne suis pas retourné voir.

L'idée d'un Vicken mort en train de se décomposer sur mon lit n'était pas franchement encourageante, mais il fallait que j'en aie le cœur net. Nous dirigeâmes nos pas vers Seeker Hall en feignant de ne pas trembler de tous nos membres. À l'instant où j'allais monter chez moi, une voiture de police fit irruption sur le campus, sirène hurlante.

Ce n'était que le début.

La sirène laissa dans son sillage une atmosphère de stress qui m'enveloppa de la tête aux pieds. Une certitude ancrée dans mes os, pour la seconde fois de la soirée : j'étais épiée. Je le savais.

La blonde ? Était-elle à ma recherche ? Était-ce pour cela qu'elle avait tué Kate ?

Des dizaines d'élèves descendaient à présent vers la plage pour voir ce qui se passait. Mon regard se porta au-delà du foyer et remonta la longue pente d'une grande butte qui menait au terrain de tir à l'arc.

Au sommet de la butte, je découvris alors une silhouette bien connue, et un espoir fou me submergea. Lui saurait tout m'expliquer.

Suleen. Le doyen des vampires.

Il était tout vêtu de blanc, et coiffé d'un turban bien ajusté. Il leva le bras pour me faire signe de le suivre, puis tourna les talons et disparut dans l'ombre.

Je me lançai à sa poursuite et, tâchant d'ignorer la faiblesse de mes jambes, attaquai la côte. Justin me suivait de près.

– Lenah, attends ! Que se passe-t-il ?

Tout en courant, je fis le bilan des événements de la soirée. L'assassinat de Kate, la vampire blonde, et maintenant la présence de Suleen... Tout cela était forcément lié.

– Il se passe quelque chose de grave. Sinon, il ne serait pas là.

– Comment ça, quelque chose de grave ? C'est qui, lui ? insista Justin.

Déjà, nous arrivions sur le plateau, au sommet de la butte. Le clair de lune soulignait le contour des cibles de tir alignées au loin. Suleen n'était pas seul. Une silhouette indistincte se tenait à côté de lui au milieu du terrain de tir. Pantalon noir, bottes noires, cheveux noirs en bataille.

Je crus défaillir.

Le jeune homme pivota. Ses yeux plongèrent dans les miens – bleus. Bleus... si bleus !

Ma main se plaqua toute seule sur ma poitrine et je reculai en titubant.

Rhode. Mon Rhode. Son corps entier était nimbé d'un halo argenté. La lumière qui émanait de ses cheveux noirs, de ses yeux bleus, des courbes de son visage n'était rien comparée à la splendeur qu'il irradiait de l'intérieur.

Comment était-ce possible ? J'avais passé mes doigts dans ses cendres scintillantes, le jour de mon arrivée à Wickham. J'étais absolument certaine qu'il ne restait rien de lui.

Mais bien sûr... je commençais lentement à comprendre. Si j'avais survécu au rituel accompli sur Vicken... pourquoi pas lui ?

Je me précipitai dans sa direction. Il m'observait, absolument immobile. La stupéfaction de le voir envahissait chaque cellule de mon corps, et mon cœur de mortelle battait la chamade. Voilà, je n'étais plus qu'à un pas de lui, suffisamment proche pour le toucher...

Et j'allais le toucher ! Sentir enfin sa peau sous le bout de mes doigts qui désormais étaient vivants, faits de nerfs et de sang. Mais soudain, Suleen s'interposa entre nous. Je fis un pas à gauche pour l'éviter, mais il suivit mon mouvement. Je fis un pas à droite... Même chose. Rhode ne me quittait pas des yeux, mais ne fit pas un geste pour s'approcher de moi.

Je tendis la main vers lui, les doigts tremblants.

– Rhode..., dis-je dans un souffle. Tu n'es pas mort. Tu n'es pas mort.

Il m'observait en clignant des paupières, d'un air réservé, étonné, comme si j'avais été une créature inconnue ou un spécimen d'oiseau rare.

– Rhode ?

La panique commençait à remonter de mon ventre vers ma gorge. La voix de Suleen m'arracha soudain à ma contemplation éperdue.

– Lenah... Nous n'avons pas beaucoup de temps.

– Mais enfin, Rhode, parle-moi ! lançai-je, exaspérée.

Il baissa un instant ses paupières. Il semblait rassembler ses forces pour parler ou bouger. Mais au lieu de cela, il prit une profonde inspiration. Lorsqu'il rouvrit les yeux, leur froideur manqua de me faire tomber à la renverse.

– Rhode ? Sais-tu à quel point j'ai rêvé de cet instant ? Je t'aime !

Aucune réaction.

En revanche, je sentis quelque chose quitter mon bras. Justin. J'avais presque oublié sa présence. Ses joues étaient maculées de poussière, et ses mains encroûtées de boue et de sable. Ce qui me rappela notre terreur, ce que nous venions de vivre. Et la mort de Kate Pierson.

– C'est lui, Rhode ? demanda-t-il dans un souffle.

L'étonnement et la douleur perceptibles dans sa voix me donnèrent envie de plaquer mes mains sur mes oreilles.

Rhode l'observait avec la curiosité qu'il avait eue pour moi : comme si nous avions été des animaux inconnus. Justin tendit un bras dans ma direction.

– Il ne faut pas rester ici, Lenah.

À ces mots, Suleen vint se placer entre nous deux.

– Qu'êtes-vous..., commençai-je à dire tandis qu'il ouvrait sa paume face à Justin.

Tout à coup, une grande bourrasque de vent nous enveloppa. Les arbres furent si violemment secoués que leurs branches plièrent et craquèrent. Il y eut une détonation sèche, sonore, au moment où Suleen lançait son bras en avant. En un clin d'œil, un large disque d'eau apparut en tournoyant verticalement, nous séparant de Justin. Ce bouclier liquide lévitait entre nous. Je tendis les doigts et les passai dans cette paroi liquide et suspendue. Ils y creusèrent de petits sillages.

Jamais, jamais je n'avais vu un vampire doué d'un tel pouvoir.

– *Lenah, vite !* dit Suleen en français derrière moi.

Il se retourna vers Rhode, laissant l'écran tourbillonner en l'air derrière nous, comme s'il s'était agi d'un phénomène banal.

Justin cria mon nom, tapa du poing dans la barrière liquide et recula. Il se hissa sur la pointe des pieds pour tenter de voir par-dessus, mais elle s'étira simplement vers le haut avec lui. Nos regards se croisèrent à travers ce mur d'eau, qui déformait étrangement ses traits.

Il m'appela une fois de plus, et le son de sa voix brisée forma un nœud au centre de mon plexus solaire. Je ne pouvais pas laisser les autres pour le rejoindre. Pas après tous ces événements.

Exaspérée, je me tournai vers Suleen.

– Mais que se passe-t-il, enfin ?

– Lenah, dit-il d'une voix douce en me touchant, réchauffant instantanément mes doigts. En accomplissant le rituel pour Vicken, tu as attiré l'attention des Aeris.

– Des Aeris ?

Je n'avais vu leurs noms que dans les anciens textes vampiriques et la mythologie celtique.

– Ce que vous avez fait tous deux avec le rituel. Cela doit être jugé.

– Jugé ? Comme dans un procès ?

Rhode, les bras croisés, se refusait à me regarder. Les muscles de ses bras se contractèrent, ce qui me fit baisser les yeux une fraction de seconde. Et là, *il avala sa salive.* Je l'observais de tous mes yeux, ne fût-ce que pour me prouver qu'il était bien réel. Sa poitrine se soulevait sans effort. Nous avions tous deux accompli le rituel, nous avions tous deux eu l'intention de mourir, et pourtant nous étions réunis... et tout à fait vivants. Humains, lui et moi.

– Lenah, écoute-moi, poursuivit Suleen. Il faut que tu te concentres, tout de suite. Ceci vous affectera tous les deux. (Il posa ses mains chaudes sur mes épaules.) À jamais.

J'avais envie de leur parler, à lui et à Rhode, de la femme vampire blonde. De la mort de Kate et de l'horreur qui s'était déchaînée sur le campus de Wickham.

L'écran liquide flottait toujours en l'air, mais Justin n'était plus de l'autre côté. On ne voyait plus que les ondulations vertes des arbres assombris, sur lesquels la lune posait des éclats d'argent. Le nœud que j'avais dans la poitrine se resserra encore lorsque Suleen se remit à parler.

– Rhode doit expliquer aux Aeris pourquoi il a manipulé les éléments afin d'accomplir un rituel destiné à transformer un vampire en humain. Il devra également leur expliquer pourquoi il t'a transmis cette information pour que toi aussi, tu en fasses usage.

– C'est très simple. J'étais en train de perdre la tête. De sombrer dans la folie. Dis-lui, Rhode.

Ce dernier soupira, et prit la parole pour la première fois.

– Lenah...

Ce mot ne ressemblait même plus à mon nom, on aurait dit un juron, un mot pourri, craché comme pour être oublié au plus vite.

– Tu ne m'as jamais dit que ce rituel faisait appel à la magie des éléments, plaidai-je.

La magie des éléments était la seule raison possible à l'intervention des Aeris. Car ces entités incarnaient les quatre éléments du monde naturel : la terre, l'air, l'eau et le feu. Pas l'humain. Pas l'esprit. Les Aeris existaient de même que la Terre existe.

– Il faut en passer par là, Lenah, dit Rhode d'une voix calme. Le temps est venu de réparer.

– Enfin ! souffla Suleen, qui se décida à s'écarter d'entre nous deux.

Il regarda au loin, vers la verdure, mais pour ma part je gardai les yeux rivés sur Rhode. Les longs troncs des arbres n'étaient plus qu'une tache floue derrière lui. Les larges feuilles d'été, un sombre lavis émeraude.

– Tu ne veux même pas me regarder ? lui demandai-je à mi-voix. Savais-tu que les Aeris se manifesteraient tôt ou tard ? (Je n'osais pas m'approcher de lui.) Pourquoi n'es-tu pas revenu plus tôt ?

Une fois de plus, son silence fut sa seule réponse.

– Je ne te comprends pas, ajoutai-je.

– Je ne *voulais* pas revenir, lâcha-t-il sèchement. On m'y a *obligé*. (Il releva enfin les yeux vers moi.) Pour ceci.

Ces mots me transpercèrent la poitrine.

Il ne *voulait* pas revenir ?

C'est alors que je commençai à distinguer une lumière blanche et diffuse. Je connaissais cette lumière. C'était celle du surnaturel.

Les derniers mots de Rhode demeuraient suspendus entre nous, cinglants comme un coup de fouet. J'avais une vaste étendue de terrain devant moi, et les cibles de tir à l'arc s'alignaient tout au fond du plateau. Le sang battait dans ma gorge serrée ; je posai le bout de mes doigts sur ma peau pour mieux le sentir. Au centre du terrain, la lumière blanche prit de l'ampleur, jusqu'à devenir aussi longue et large que le terrain lui-même.

Au début, il fut difficile de discerner quoi que ce soit dans tout ce blanc, mais les ombres qui le peuplaient prirent peu à peu forme humaine. Quatre corps féminins. Les Aeris s'avancèrent vers nous.

Les robes de ces créatures flottaient et semblaient tissées dans de l'eau pure. Les teintes de leurs voiles changeaient presque à chaque seconde : bleu, puis indigo, puis rouge. Je me demandai si c'était un simple effet d'optique. L'une des femmes avait des yeux d'un blanc impossible, et ses cheveux ondulaient autour de sa tête comme si elle avait été immergée dans un lac. Celle d'à côté avait le visage encadré de courtes mèches d'un rouge éclatant, qui vacillaient et crépitaient comme des flammes. Lorsqu'elle me regarda, sa robe flamboya d'une vive lumière orangée. Elle était le Feu.

Derrière les Aeris, des centaines, non, des *milliers* de silhouettes évoquaient des personnes normales.

Les quatre créatures parlèrent d'une seule voix.

– Nous sommes les Aeris.

Leur lumière occupait la totalité du ciel, à présent.

– Qui sont ces gens, derrière vous ? demandai-je.

– « Ces gens », comme tu dis, me répondit le Feu en les embrassant du geste, sont tes victimes, et les victimes de tes victimes.

Mes victimes ? Je secouai rapidement la tête. *Impossible.*

Et pourtant, ils étaient bien là. Ils se tenaient mollement, amorphes, leurs identités cachées dans la lumière. Au cœur de leur masse on remarquait un être particulièrement lumineux, haut de un mètre tout au plus. Un frisson d'horreur me parcourut l'échine.

Une enfant.

Celle que j'avais tuée plusieurs siècles plus tôt.

Le Feu, qui avait jusque-là regardé Rhode, tourna la tête vers moi.

– Vous deux. Vos vies sont inextricablement liées, c'est votre destinée. Le cours de vos existences vous a amenés ici – ensemble, en âmes sœurs.

– Et vous n'étiez jamais intervenues dans nos vies jusqu'à ce soir, souligna Rhode.

– Toi, Rhode, tu aurais dû mourir lorsque tu as accompli le rituel pour rendre à Lenah son humanité. Cependant, ton âme sœur t'a retenu attaché à cette terre. Lorsque tu es sorti dans la lumière du soleil, il était prévu que tu t'éteignes à jamais. Mais tu n'as pas pu. Tu ne pouvais pas partir sans Lenah.

– Et il s'est passé la même chose pour moi ? demandai-je. Lorsque j'ai accompli le rituel avec Vicken ?

Elle acquiesça.

– Nous sommes venues défaire ce que vous avez créé avec ce rituel.

Je m'efforçais frénétiquement de comprendre ce qu'elle voulait dire. Les cheveux du Feu crépitèrent.

– Tu ne peux pas manipuler les éléments pour faire jaillir la vie de la mort. Pas sans conséquences.

– Vous êtes donc venues nous punir ?

– Nous sommes venues vous demander des comptes.

Pour illustrer son propos, le Feu me montra du geste la silhouette fantomatique de l'enfant. Il n'y avait rien à dire. Aucune justification.

– C'était dans notre nature, alors, dit simplement Rhode. Tuer.

– Nous ne sommes pas ici pour vous reprocher vos meurtres innombrables, si hideux soient-ils. Les Aeris n'en sont pas responsables, pas plus qu'elles ne sont la police du monde vampirique. Les vampires sont des morts. Des vagabonds nocturnes, des errants surnaturels. Nous ne pouvons pas vous tenir pour responsables des assassinats commis dans ce monde-là, expliqua le Feu en faisant les cent pas entre nous. Ce qui m'intéresse, c'est ce que vous avez fait pour devenir humains. Manipuler les éléments est contraire aux lois de la nature. En accomplissant le rituel, vous êtes revenus par effraction dans le monde naturel. Une fois cela fait, vous relevez de notre responsabilité. Vous serez donc châtiés.

Rhode ne dit rien. De mon côté, j'étais incapable de détacher mes yeux des milliers de silhouettes massées derrière les Aeris. Tous ces gens...

Le Feu joignit ses mains devant sa taille, puis les laissa retomber. Son regard se posa sur moi. Mes jambes étaient si faibles qu'elles tremblaient, et je me demandai si je n'allais pas m'effondrer.

– Voici votre choix : soit vous retrouvez votre état naturel, et Rhode retournera en 1348 en tant que chevalier du roi Édouard III tandis que toi, Lenah, tu vivras ta vie en 1418, comme tu l'aurais dû.

– Quand nous étions encore humains ? soufflai-je, incrédule.

– C'est l'état naturel : chacun de vous avait alors une âme pure et blanche.

– Vous pouvez nous renvoyer dans le temps ? s'étonna Rhode.

Le Feu jeta un regard à la foule de nos victimes pardessus son épaule. Une question me vint lentement à l'esprit.

– Et eux tous ?

– Lorsque vous regagnerez le monde médiéval, ces âmes reprendront elles aussi le cours naturel de leur vie.

– Je ne comprends pas.

– Chacune des personnes que tu as tuées revivra, ainsi que toutes celles qui furent tuées par les vampires que tu as créés. Elles ne croiseront jamais ton chemin – puisque tu ne deviendras jamais un vampire. Vous ne vous serez jamais rencontrés, tous les deux.

Elle nous regarda l'un et l'autre.

En 1348, lorsqu'il était devenu vampire, Rhode avait dix-sept ans. Je ne devais naître que cinquante-quatre ans plus tard. S'il était resté humain, il aurait été mort à ce moment-là – ou, au mieux, très âgé. C'était leur intention. Nous renvoyer en arrière, de telle manière que nous soyons séparés à jamais.

– C'est un équilibre, Lenah. Les quatre éléments du monde naturel, ensemble, créent l'équilibre. Tu es devenue vampire contre ta volonté. Tu es la victime originelle de Rhode : il te revient donc de décider de son sort.

– Et quel est l'autre choix ? demandai-je.

Le Feu s'avança jusqu'à la lisière de la lumière blanche. Ses pupilles étaient rouge vif, mais l'iris, autour, était d'un blanc luisant de perle. Je retins ma respiration jusqu'à ce que mes joues et mon corps entier me picotent.

– Rhode et toi avez déclenché une réaction en chaîne qui ne pourra être contrée que si vous êtes séparés. Vous pouvez soit retourner à l'époque médiévale, soit rester ici. Si telle est votre décision, jamais vous ne devrez vous engager l'un envers l'autre.

– Nous engager ? s'enquit Rhode. Qu'entendez-vous par là ?

– L'engagement dans l'amour est un choix profondément ancré dans l'âme. Si vous choisissez d'unir vos vies dans ce monde, nous l'apprendrons.

Pouvions-nous nous toucher ? Nous parler ? Nous embrasser ? Ces questions se bousculèrent aussitôt dans ma tête. Le Feu devina mes pensées.

– Vous pouvez vous parler, discuter, échanger, mais vous n'êtes pas autorisés à former le couple que vous avez été.

– Mais comment saurons-nous si nous sommes engagés l'un envers l'autre ? Si nous sommes le couple que nous avons été ? Je ne peux pas cesser d'aimer Rhode !

– Tu as toujours, toujours, aimé qui tu voulais, quand tu le voulais. Rhode, Vicken, Heath, Gavin, Song et, récemment, Justin. Mais qui emplissait ton âme ? Envers combien d'entre eux t'es-tu réellement engagée ? Tu n'as pas partagé ta vie, tu n'as pas grandi avec eux comme tu l'as fait avec Rhode. C'est terminé, Lenah. Tu dois agir avec Rhode comme tu l'as fait avec les autres hommes dont tu as croisé le chemin. Garder tes distances avec lui.

– Je ne comprends pas.

C'est tout ce que je trouvai à dire, sachant, au plus profond de mon âme, qu'elle avait raison sur toute la ligne. Les avais-je tous utilisés, tous sauf Rhode ? Oui, n'est-ce pas ? Le Feu fit un pas de plus vers moi, et je sentis la chaleur qui émanait de sa personne.

– Ta vie sera comme le sable aveuglant d'une plage infinie. Tu voudras l'océan. Tu verras cet océan. Mais tu ne pourras jamais retourner t'y baigner. Jamais.

Je déglutis, la gorge serrée, incapable de formuler les mots que j'aurais désespérément voulu prononcer. Je voulais la convaincre. Serais-je capable de garder mes distances avec Rhode ? De faire comme si nous ne partagions pas l'histoire qui était la nôtre ? La lumière d'argent qui englobait toutes mes victimes pulsait derrière la tête du Feu, me rappelant tout ce que j'avais fait pour mériter cet instant, là, sur le terrain de tir à l'arc.

– Et eux ? demandai-je avec un coup de menton dans leur direction. Que leur arrivera-t-il si je reste ?

– Tu vois cette lumière autour de moi ?

J'acquiesçai en silence.

– Tes victimes ont l'âme blanche. Et elles la garderont ainsi.

J'imaginai la mienne, noire et dure, tel un morceau de charbon.

– Et si je retourne au Moyen Âge ? Si ces gens retournent à leur vie ?

– Alors ils feront leurs propres choix. Le sort de leur âme leur appartiendra.

J'avais déjà décidé de leur sort. Ils étaient en sécurité là où ils étaient, en sécurité dans cette lumière. Comment aurais-je pu les relâcher dans un passé dont j'ignorais tout ? Était-ce faire preuve d'égoïsme ? Était-ce leur âme que je voulais préserver, ou la mienne ? Je savais, plus que toute autre chose au monde, que si j'avais une âme, Rhode et moi étions faits l'un pour l'autre.

– Quel est ton choix ? me demanda le Feu.

Je regardai Rhode. Il refusait toujours de croiser mon regard. J'avais envie d'embrasser sa bouche, même à ce moment-là, malgré le décret des Aeris, malgré l'interdiction qu'elles nous imposaient de former à nouveau un couple. Le seul fait de le voir là, de savoir qu'il était présent, tout près de moi, alors que j'avais été si certaine de sa mort... Non, je ne voulais pas repartir. Quoi que nous ayons à affronter, si Rhode était là, même à distance, je serais capable de tout.

– Je choisis de rester, annonçai-je en regardant droit dans les pupilles écarlates du Feu. Ici, à Lovers Bay.

Dans ma tête, un verger de pommiers parfait, peint à grands traits de couleur, se mit à se dissoudre comme un tableau laissé sous la pluie.

– Et ils seront protégés ? demandai-je en parlant de la foule rassemblée derrière les Aeris.

L'entité ne répondit pas à ma question.

– Tu dois la combattre, Lenah, lâcha-t-elle sans me dire de qui elle parlait.

Après quoi elle recula d'un pas dans la lumière, et ses contours commencèrent à s'estomper. La lumière blanche aussi s'estompa, et Suleen, qui se tenait à côté de nous, tendit une main vers les Aeris. Il tourna sa paume vers la gauche, vers la droite, et ferma le poing. Il se livrait là à une forme de communication que je ne comprenais pas. Le Feu imitait chacun de ses gestes. Paume vers la gauche, vers la droite, poing serré. Ses sœurs et elle avaient déjà presque disparu ; elles se fondaient dans le paysage comme si elles n'avaient jamais été là.

Rhode observait attentivement Suleen ; quant à moi, je dévorais des yeux son torse régulièrement soulevé par son souffle. Ce torse que j'avais regardé pendant des siècles en regrettant que nous ne soyons pas humains, pour respirer et vivre ensemble.

« Jamais vous ne devrez vous engager l'un envers l'autre », avait dit le Feu. Soudain, je bondis, dépassai Suleen et me précipitai vers l'Aeris qui disparaissait.

– Attendez, hurlai-je. Attendez !

Je jetai mes bras en avant dans la lumière, mais elle se volatilisa en ne laissant derrière elle que des toiles d'araignées perlées de rosée. Les Aeris étaient parties. Le Feu était parti.

Rhode embrassa des yeux le terrain de tir à l'arc à nouveau plongé dans les ténèbres. Il y avait longtemps que le soleil s'était couché sur le campus de Wickham.

– Il faut faire quelque chose ! criai-je à Suleen.

– Tu viens de le faire, intervint Rhode. Tu as choisi de rester.

Il y avait de la tristesse dans sa voix. De la colère, aussi. Mais je ne pouvais tout simplement pas me séparer de Rhode. Je ne pouvais pas retourner au Moyen Âge sans lui.

L'herbe était grise sous mes pieds ; le ciel, noir. Je déglutis : au fond de ma gorge, une boule me faisait mal.

– Vos centaines d'années d'expérience sur cette terre devront à présent guider votre conscience. Restez à distance l'un de l'autre, déclara Suleen.

Sa voix sage et posée m'arracha à mes pensées.

Rhode croisa mon regard, et une vibration presque douloureuse remonta dans mes jambes. J'avais besoin d'empoigner quelque chose de dur, de le serrer dans mon poing et de le briser net, comme une branche sèche.

Soudain, j'eus une terrible envie de retrouver le monde dans lequel j'existais avant que les Aeris ne soient sorties de leur univers blanc pour illuminer le plateau, au sommet de cette colline.

Justin.

Je fis volte-face pour regarder l'endroit où Suleen avait fait apparaître le bouclier liquide. Mais Justin n'était plus là. Je supposai que je ne pouvais pas lui en vouloir. Moi-même, je n'aurais pas souhaité qu'il s'attarde devant ce spectacle.

– Il n'y a plus rien à faire, Rhode, dit Suleen.

Rhode lui répondit en hindi, un idiome que je n'avais pas appris. Alors que je parlais couramment vingt-cinq langues, il en avait choisi une que je ne comprenais pas.

Il passa devant moi et descendit la colline sans un regard en arrière.

Il partait ? Pour toujours ?!

– Qu'est-ce qu'il a dit ? Quoi ?! Rhode ! criai-je en le suivant.

Suleen me rattrapa par le bras.

– Non ! hurlai-je.

Je tentai de me dégager, mais la poigne du doyen était puissante et il me retint sans effort.

Arrivé au pied de la butte, Rhode traversa la pelouse à grandes enjambées, puis s'engagea dans l'allée.

– Rhode ! Rhode !

Ce déchirement me rendait malade.

Il ne se retourna pas.

Impossible de lui parler de la vampire blonde. Impossible aussi de lui dire : « Reste, car je t'aime. Je t'ai toujours aimé. Reste, et nous affronterons tout ensemble. »

Car sans une hésitation, sans un regard, il disparut.

Chapitre 3

1730. Hampstead, Angleterre. Sur la lande.

Alors que les années de vampirisme commençaient à enchaîner mon âme à la folie, je me languissais du verger de mes parents. Les succulentes pommes rouges qui pendaient aux branches me manquaient atrocement. Durant presque trois cents ans, je suppliai Rhode de m'accompagner en pèlerinage à Hampstead. Lorsque enfin nous entreprîmes le voyage, je me vêtis de noir pour l'occasion. Ma chevelure tombait en longues volutes sur mes épaules, mes côtes étaient serrées dans un corset. Dans les années 1730, les paniers – ces larges anneaux attachés aux hanches des femmes sous leur robe – étaient en vogue. On attendait d'une femme qu'elle prenne de la place, se donne en spectacle, se fasse admirer. C'était une période d'opulence. Mon époque préférée, je dois dire, qui me permettait de briller alors que le soleil ne dardait plus ses rayons sur moi. Quant aux hommes, beaucoup portaient la perruque, généralement poudrée de blanc. Mais pas Rhode. Il avait les cheveux longs, noirs, noués dans la nuque.

Le cuir de ses bottes noires lui remontait presque aux genoux.

Nous étions deux sublimes anges de la mort.

– Trois cents ans que je n'ai pas foulé ces terres, dis-je en lui jetant un bref regard.

– Tout comme moi, répondit-il.

Un superbe coucher de soleil descendait sur la lande, baignant les prés d'une lueur mandarine. Derrière Rhode, dans l'écrin d'un pré, se dressait le monastère où j'avais passé une grande partie de mon enfance. Les derniers feux du soir rougeoyaient sur les hautes herbes. En ma qualité de vampire, j'étais soulagée de savoir que le jour mourrait bientôt.

– Es-tu certaine de vouloir voir ? me demanda Rhode.

J'acquiesçai tout en déplaçant mon regard vers le chemin qui s'ouvrait devant moi. Enfant, j'avais si souvent arpenté ces prés ! Des images de boue encroûtant mes orteils, de mes cheveux volant derrière moi dans le vent et du riche terreau fertile brûlaient dans mes pensées. Le vent effleurait à nouveau les branches, et une fine couche de feuilles mortes couvrait le sol. La terre semblait frémir comme si elle avait eu conscience que quelque chose de surnaturel foulait sa surface.

Rhode fit un pas et son épée cliqueta contre sa cuisse. J'entrelaçai doucement mes doigts avec les siens. Bien que presque chacun fût orné d'un bijou, il choisit de passer son pouce sur ma bague d'onyx : la pierre de la mort. Nous longeâmes le long chemin creux en direction de la maison de ma famille. Lorsque nous passâmes devant le monastère, mon regard s'attarda sur les pierres grises et le parc bien entretenu. Trois cents ans après, les lieux étaient toujours empreints de sainteté, inspirant le respect.

Était-il donc possible qu'Henri VIII ait épargné ces lieux ? Qu'ils aient échappé à la dissolution des monastères qui avait marqué le XVIe siècle ?

– C'est une simple église, à présent, me dit Rhode.

En regardant mieux, je constatai en effet que le monastère de mon enfance n'en était plus un, même si le bâtiment principal demeurait le même. J'entendais les bruits d'un office à l'intérieur : des chants, des murmures.

À neuf ans, j'avais l'habitude de me cacher sous les fenêtres. Blottie contre le mur de pierres rugueuses, j'écoutais les centaines de voix obsédantes des moines. Leur bourdonnement doux se déployait jusque dans les prés, envoyant une vibration dans ma poitrine.

Une nuit, mon père m'avait dit que la lumière du monastère était la plus belle du monde. « La lueur des cierges est un phare qui guide les hommes vers Dieu. Un peu de Dieu sur terre. »

– Elle est juste là, devant nous, me dit Rhode.

Oui, elle était là. La maison du verger. Je la contemplai.

– Elle n'a pas changé, soufflai-je. Pareille à mes souvenirs.

Le même toit d'ardoise, les mêmes pierres régulièrement posées. Le même étage dominant les alignements d'arbres fruitiers qui dessinaient des lignes droites à perte de vue. Ils étaient en fleur, ce jour-là. Le printemps éclatait. Du vert, du vert partout, du vert acide, du vert d'eau, du vert sombre, et de longues herbes qui vous chatouillaient les chevilles.

J'empoignai la lourde étoffe de ma robe et relevai mes jupes pour ne pas les crotter.

– J'ai l'impression qu'il n'y a personne, dit Rhode en observant la cheminée qui ne fumait pas.

Pour moi, cela n'avait aucune importance. J'appuyai mes deux mains contre les carreaux, en me demandant s'ils étaient frais, car je ne sentais pas la température des choses. Plus les vampires vieillissent, plus ils perdent le sens du toucher. Les poutres du plafond avaient été renforcées au fil des ans, mais dans l'ensemble tout était comme avant. À la vue de ces lieux familiers, je fus comme baignée de réconfort, et ce sentiment terrassa momentanément la colère, la douleur et le malheur qui me harcelaient depuis que je n'étais plus humaine. C'était une bénédiction.

– Lenah, regarde, dit Rhode derrière moi. Il y a...

– Cinquante arpents, complétai-je en me détournant de la fenêtre.

Un grand calme m'envahit tandis que je regardais Rhode. Je m'attendais à ce qu'il s'émerveille devant les vastes étendues de terrain.

– Non, dit-il. Des pierres tombales.

Ce fut comme si on m'avait plongée entièrement dans de l'eau glacée. Le calme qui m'avait envahie fut remplacé par cette constante impitoyable que je connaissais bien : le chagrin. Le sentiment le plus courant chez un vampire. La peine. La perte. La douleur.

Je restai un moment sans bouger avant de m'approcher des tombes. Rhode, accroupi sur les talons, suivait du doigt une inscription gravée sur l'une d'entre elles.

Passant devant la fenêtre, j'aperçus mon reflet dans les carreaux. Tant d'années plus tôt, je m'étais vue ainsi, enfant, dans le verre bosselé. Et à présent, dans ce même verre, je voyais la cascade de mes longs cheveux. Le noir de ma robe tranchait sur la riche verdure des pommiers alignés derrière moi. Je fis encore un pas et pénétrai dans le petit cimetière.

Le doigt de Rhode suivait le L de mon prénom.

C'était ma tombe.

Mon Dieu, la pierre était abîmée ; mais malgré trois cents années passées dehors, exposé aux éléments, mon nom était encore clairement gravé. Il n'y avait pas d'épitaphe.

LENAH BEAUDONTE
1402-1418

Il y a longtemps, songeai-je. *Il y a longtemps de cela, je faisais partie du monde. J'aurais pu faire beaucoup pour ma famille, pour mes voisins, pour les moines et pour moi-même.*

– À présent, tu sais, dit Rhode d'une voix douce avant de se relever. On t'a donné une dernière demeure.

C'était en effet une des nombreuses questions que je me posais à propos de ma mort humaine.

– Je voulais la voir, confirmai-je avec un hochement de tête. Même si ça fait mal.

– Ton père t'a suivie de près, ajouta-t-il.

La tombe qui jouxtait la mienne indiquait simplement qu'Aden Beaudonte était décédé en 1419. À côté de la stèle, un jasmin était éclos. Ses fleurs délicates formaient des pompons blancs. « Fais pousser du jasmin si tu as besoin de vivre, m'avait-on dit un jour. Pas seulement d'exister, mais de *vivre.* Fais pousser du jasmin pour ne jamais être seule. » Je fis un pas, me penchai et cueillis trois grappes de fleurs. Lorsque je me retournai vers la tombe de mon père, Rhode avait déjà avancé dans l'allée et se tenait au bout, la tête baissée vers une autre sépulture.

Je déposai un pompon de jasmin sur la tombe de ma mère ; elle était morte seule, en 1450.

– Lenah..., murmura Rhode.

Je relevai la tête vers lui. Son menton était pointé vers son torse, et ses yeux rivés sur une pierre tombale. À nouveau, il s'accroupit. Je m'approchai et, une fois arrivée à ses côtés, lus un nom sur la tombe. J'agrippai son épaule, reculai en chancelant. Je n'avais pas de souffle à retenir, pas de cœur qui pût tambouriner. Rien que le choc d'avoir vu ce nom.

GENEVIÈVE BEAUDONTE
Mère et sœur
1419-1472

– Tu as eu une sœur ! constata Rhode, ébloui. Elle est née un an après ta disparition.

Une sœur. J'avais eu une sœur ? Je contemplais le nom, pétrifiée, immobile. Si j'avais connu son existence, j'aurais pu venir la voir, j'aurais pu l'observer vivre. Brusquement, je fis demi-tour et repartis en courant vers le verger. Ma traîne volait derrière moi sur les terres qui avaient été celles de mon père.

– Lenah !

Que lui avaient-ils dit ? Que sa sœur avait été enlevée par des démons ? Qu'elle s'était volatilisée ? Geneviève avait vécu jusqu'à cinquante-cinq ans, un âge avancé pour l'époque. Elle avait survécu à ma mère. Celle-ci n'était donc pas restée seule. Une fois arrivée au verger, je m'arrêtai.

Une sœur.

J'entendis les pas de Rhode sur l'herbe : il s'immobilisa juste derrière moi.

– Tu avais raison. Il fallait que tu viennes. Ainsi, tu sais ce qu'est devenue ta famille, me dit-il gentiment.

Le soleil avait presque entièrement disparu à l'horizon, et je savais qu'en observant le ciel je commencerais à distinguer la constellation d'Andromède. Ceux qui vivaient désormais chez moi seraient bientôt de retour. Ils étaient très probablement à la messe du soir.

La main de Rhode enlaça la mienne. Quand deux vampires s'aiment, leur contact produit une chaleur. Sans amour, nous ne ressentons rien. Mais en cet instant, son toucher était le plus chaud des soleils.

– Lenah, chacun de ceux qui ont une tombe dans ce cimetière porte le nom de Beaudonte. Ta famille vit ici... aujourd'hui encore.

Je passai mes bras autour de Rhode, l'attirai contre moi. Nos corps étaient étroitement enlacés au milieu de ce chemin. Nous, les démons de la soif de sang, nous retenions l'un à l'autre.

– Promets-moi. Promets-moi que quoi qu'il arrive, tu seras toujours là pour moi.

Je me reculai pour regarder tout au fond de ses yeux de vampire. Superbes, ils avaient la couleur d'un ciel d'été. Mon ciel.

– Nous ignorons ce qui nous attend, mais si je sais que tu es là pour moi, je pourrai tout supporter.

– Je te le promets, me dit-il. Quoi qu'il arrive.

Il prit ma main dans la sienne. Avec un dernier regard vers la maison et le cimetière, des larmes qui ne couleraient jamais vinrent me brûler les yeux. Alors, je laissai la seule personne qui restait dans mon cœur m'emporter. Tandis que l'obscurité descendait sur le long chemin qui nous emmenait au loin, j'entendis quelques voix chanter dans le pré derrière le vieux monastère. Ces gens rentraient au verger, s'éloignant de nous. C'était ma famille qui chantait. Même si de nombreuses générations nous séparaient, ils étaient de mon sang. J'agrippai Rhode plus fort, et le laissai m'emmener comme il l'avait fait trois cents ans plus tôt : dans la nuit.

Chapitre 4

Aujourd'hui.

Le temps ne défile pas pour les morts. Une fois que nous sommes décédés, il nous échappe entièrement. Il n'est le maître que des vivants. Pour le mort, pour le vampire, le temps est un nid de frelons. Dangereux, à éviter à tout prix – bourdonnant sans cesse à vos oreilles.

Lorsque Rhode avait fui loin de moi après notre rencontre avec Suleen et les Aeris, c'était la seconde fois de notre longue histoire qu'il me quittait. La première s'était produite en 1740, alors que mon esprit commençait à se déchirer comme une dentelle. Il m'avait dit « Je ne te quitterai jamais » des centaines de fois, des milliers de fois. Les vampires aiment compter ; ils aiment comptabiliser leur tristesse.

La première fois que Rhode m'avait quittée, je m'étais mise dans une colère folle. Et je m'étais créé une famille d'un genre tout différent. La première fois que Rhode m'avait quittée... j'avais créé un cercle de vampires. Cette fois, debout dans cette allée de l'internat Wickham, sous la lune qui filtrait dans l'entrelacs des branches, je me jurai que je ne revivrais pas ce malheur. Je pris la résolution de rester moi-même... qui que je fûs.

Mais où était-il parti, cette fois ? Retourné là où il s'était caché pendant toute l'année où je l'avais cru mort ? Qu'est-ce qui pouvait être assez fort pour l'éloigner ainsi de moi ?

Ses paroles revenaient mordiller mes pensées de manière insidieuse.

« Je ne voulais pas revenir, avait-il dit. On m'y a obligé. »

Rhode m'avait pourtant promis de ne jamais me quitter. Il me l'avait dit, des siècles auparavant, dans le chemin du verger de mon père.

Des agents de sécurité sillonnaient le campus dans leurs fourgonnettes. Vigiles et agents de police rassemblaient les élèves et leur intimaient l'ordre de rentrer dans les dortoirs. Les arbres remuaient, les étoiles scintillaient dans leur danse paresseuse.

– Eh, toi !

Je pivotai. Un surveillant que je n'avais jamais vu s'approcha de moi dans le noir. Son insigne brillait sous les réverbères, dont la lumière semblait plus vive que d'habitude.

– Le couvre-feu est à vingt et une heures ce soir, c'est-à-dire dans un quart d'heure, m'informa-t-il. Montre-moi tes papiers.

Je lui tendis ma carte d'étudiante. Il leva une main pour la prendre puis se figea, comme foudroyé.

– Monsieur ?

Il regardait dans le lointain. Sans un geste.

Au bout d'un instant, il secoua rapidement la tête, tourna les talons et s'en alla dans l'allée.

Je restai sur place, sans bien comprendre ce qui venait d'arriver.

Suleen me fit alors sursauter en se détachant de l'ombre d'un bâtiment proche.

– Marche un peu avec moi, me proposa-t-il.

– Comment avez-vous fait ça ? lui demandai-je dans un souffle.

Il ne répondit rien. Nous avançâmes en silence, dépassant des employés d'entretien qui travaillaient bien que la nuit soit tombée. Je ne distinguai pas ce qu'ils faisaient, mais des étincelles fusaient en l'air tels de minuscules feux d'artifice.

– Ils changent les serrures, m'expliqua Suleen.

Le silence retomba entre nous pendant que nous traversions le campus pour rejoindre la plage. Les marches qui y descendaient étaient barrées par un ruban jaune sur lequel on pouvait lire POLICE NE PAS DÉPASSER.

Suleen le souleva, juste à côté d'un policier qui lisait quelque chose sur une écritoire. Rien dans son attitude n'indiquait qu'il nous avait vus, et nous passâmes sous le ruban.

Le corps de Kate avait déjà été enlevé, mais son sang maculait toujours le sable.

Suleen et moi étions à présent côte à côte dans le clair de lune. Le vent d'été soufflait doucement et j'admirai mon protecteur silencieux. Je me demandais pourquoi il s'était impliqué dans ma vie pendant si longtemps. Et d'où il tenait un tel pouvoir. Celui-ci irradiait de lui, au point qu'on l'entendait presque bourdonner.

J'inhalai la senteur salée de l'océan. À l'époque où j'étais vampire, mon odorat ne percevait rien d'autre que la chair et le sang. Ma vue, en revanche, était illimitée : elle était nécessaire à la chasse, et m'avait aidée à commettre des meurtres innombrables : je distinguais les veines sous la peau de mes victimes, le flux de leur sang. Mais le toucher ? Rien du tout. Et le goût ?

– « Tu ne goûteras que le sang et il sera le fruit de tes ténèbres. » C'est ce qui est annoncé dans les livres sur le vampirisme, dis-je à voix haute.

– Les vampires adorent consigner et transmettre le malheur qui les frappe. Pour ce faire, ils utilisent tout ce qu'ils peuvent trouver. Des documents anciens, imprimés ou manuscrits, les papiers les plus variés, de l'écorce, la peau humaine, répondit Suleen.

Je restai muette un instant.

– La vampire qui a tué Kate Pierson est mon œuvre, confessai-je ensuite.

Il hocha lentement la tête.

– Comme tu l'as vu ce soir, déclara-t-il, notre passé n'est pas immuable. Il nous définit, il peut défaire notre avenir.

J'exhalai bruyamment.

– Comment font les Aeris pour avoir tant de pouvoir ? Sont-elles réellement capables de voyager dans le temps ? Auraient-elles pu me renvoyer dans le passé ?

– Oui, je le crois. Vois-tu, par ce décret particulier, elles s'efforcent de réparer les dommages que vous avez causés.

Suleen sembla réfléchir un moment à ses propres paroles, puis ajouta :

– Les Aeris ne sont pas humaines. Elles n'ont pas de désirs humains, et ne vous veulent aucun mal.

– Pourtant, elles me punissent de la manière la plus cruelle qui soit : en me séparant de Rhode.

Suleen inspira profondément, ce qui m'étonna. Je le regardai inhaler alors même qu'il n'aurait jamais besoin d'air. Cet air, il l'inspira, et en l'exhalant il le souffla vers le sol ; les grains de sable en furent dérangés de manière infinitésimale et formèrent des motifs.

Lorsqu'il eut terminé, le contour d'un corps se dessinait, presque imperceptible, à nos pieds. Tel un fantôme argenté, le corps de Kate gisait sur le flanc, la bouche grande ouverte, exactement comme Justin et moi l'avions vue pour la dernière fois.

Le vent forcit, mais l'apparition luisait toujours sur le sable.

– Ils disent que Rhode et moi pouvons nous parler et nous toucher mais que nous ne pouvons pas nous engager l'un envers l'autre.

Le mot « engager » resta suspendu quelques secondes en l'air.

– Oui, il s'agit là de l'union des âmes sœurs. Si vous choisissez de former une vie ensemble, si vous cédez à votre amour en dépit de leur avertissement, tu retourneras au XVe siècle et Rhode au XIVe.

Ma vue se brouilla : l'océan n'était plus qu'un fouillis de lignes tremblantes – je n'osais pas croiser le regard de Suleen et je serrai les lèvres, fort. Des images de ma première vie humaine flottèrent devant mes yeux : un cimetière de tombes anciennes, une lumière ouatée traversant des carreaux de verre épais, des moines chantant dans la nuit.

Le corps brumeux de Kate miroitait dans le clair de lune. Si je retournais au XVe siècle, comme m'en avait menacée l'Aeris, je n'y retrouverais aucun de ceux que j'aimais dans ce monde-ci. Pas de Vicken. Pas de Justin. Wickham ne serait même pas encore construit – pas de lycée, pas de Main Street à Lovers Bay.

Mais Kate vivrait. Et Tony aussi.

– Sois l'être humain que tu voulais être. Prends-y tout le plaisir possible, me dit Suleen.

– Comment pourrais-je être cet humain alors que c'est si dangereux, ici ? (Je croisai son regard, puis soupirai.) La vampire blonde est certainement revenue pour se venger. Elle semblait enchantée d'elle-même et de son meurtre.

Il me vint à l'idée, alors, que Suleen devait rester. Il pouvait m'aider !

– Restez, dis-je simplement. Si vous êtes ici, aucun vampire n'osera attaquer.

Il arborait une expression que j'avais déjà vue, il y avait très, très longtemps. Une sorte de sollicitude paternelle. Une vague de douleur roula dans ma poitrine. Je visualisai mon père et ma mère dans la lumière blanche des Aeris. Je ne pouvais qu'imaginer ce que ma disparition avait fait à leurs vies.

– Ton père n'était pas une victime, déclara Suleen, qui semblait lire dans mes émotions et peut-être dans mes pensées.

Je tombai à genoux et il me rejoignit au sol.

– Tu as fait un choix sur le terrain de tir à l'arc, Lenah.

– Je sais.

– Tu sais donc que tu as choisi de rester ici, dans ce monde-ci. Cela signifie que tu dois en affronter les conséquences, même s'il te faut pour cela combattre ce vampire.

Je ne voulais pas. Je ne pouvais pas. Pas seule.

– Et les Aeris ? Ne peuvent-elles rien faire ?

– Aucun être surnaturel n'a jamais accompli ce que Rhode et toi avez fait. De même qu'elles ne se sont pas mêlées de ton histoire avec Rhode, les Aeris ne peuvent interférer avec cette créature.

La culpabilité m'envahit. Mon seul espoir, désormais, était que Suleen reste à mes côtés.

Une fois de plus, il lut en moi comme dans un livre ouvert.

– Je ne peux pas. (Il hésita un moment en contemplant le corps de Kate avant de reprendre la parole.) Veux-tu que je te dise pourquoi la magie des éléments est si puissante ? Pourquoi ton rituel a fait apparaître les Aeris ?

J'acquiesçai en silence.

– La magie des éléments est la magie de la vie. Nous, les vampires, prenons la vie. Tel est notre triste sort. Plus la magie est puissante, plus elle nous attire.

– Pourquoi ?

– Toute magie dérive des éléments. Nous, les êtres surnaturels, l'avons fait apparaître, l'avons créée par notre seule force. C'est pourquoi, lorsqu'un sort est jeté, des vampires peuvent le sentir s'ils se trouvent à proximité. Nous avons soif de cette magie comme nous avons soif de sang. Elle nous rappelle le peu de contrôle qu'il nous reste sur ce monde qui avance sans nous.

– J'ignorais les conséquences.

– Bien sûr que tu les ignorais.

En même temps que Suleen parlait, je compris qu'il avait raison. Sur le moment, je n'avais pas songé un instant à la puissance du rituel. J'avais fait passer mes désirs égoïstes avant tout.

– Et cette femme vampire qui est venue à Lovers Bay les ignore tout autant. Ce qui l'attire, c'est la magie, uniquement la magie, ajouta-t-il.

– Si vous ne pouvez rien pour moi, pourquoi me révéler tout cela ?

– Nous sommes bien plus liés que tu ne le crois.

Mes lèvres s'entrouvrirent.

– Comment ça ?

– Je te l'expliquerai une autre fois. Pour l'instant, sache que je te trouverai lorsque tu auras le plus besoin de moi.

Il se remit debout et tendit sa paume ouverte au-dessus de Kate. Il sembla caresser l'air, et le sable reprit son aspect initial. Nous regagnâmes le campus, et Suleen s'arrêta avec moi à l'entrée de Seeker Hall.

– Je te suggère de rentrer, me dit-il.

– Je risque la mort.

Il scruta un instant mes traits, puis les commissures de ses lèvres remontèrent imperceptiblement. Juste assez pour qu'une ombre de sourire vienne danser dans ses yeux.

– Pas une fille comme toi...

Je battis des paupières. Il ne fallut rien de plus. En cette fraction de seconde, je me retrouvai seule. Il n'y avait plus personne dans l'allée. Personne ne m'appela depuis la pelouse. Je n'avais plus autour de moi que le bruit pénétrant du silence.

Chapitre 5

Je contemplai mon reflet dans les portes en verre de mon bâtiment : une fille de seize ans. Presque dix-sept. Comme j'avais rêvé d'en arriver là ! Cette année, j'allais enfin vieillir.

Mais le hall d'entrée n'avait pas changé depuis un an, et la gardienne habituelle était assise à son bureau, dans son uniforme bleu. Elle parlait dans un talkie-walkie.

J'enregistrai mon apparence dans la pénombre nocturne. Le même nez fin. Les mêmes cheveux qui m'arrivaient en bas du dos. Des jambes fines et longues, en bottes de combat noires. La lumière chiche illuminait mon humanité. Auparavant, ma peau blanche et parfaite brillait dans le clair de lune. Elle se réparait instantanément si quelqu'un ou quelque chose osait la meurtrir. Mais à présent, mes mains étaient couvertes de griffures rouges. Tournant la tête, j'en découvris une autre, plus petite, sur ma joue. C'étaient les preuves physiques que Justin et moi avions couru à travers les ronces du bois de Wickham pendant le meurtre de Kate.

Justin.

Je soupirai. Toutes les épreuves de la soirée revenaient soudain peser sur mes épaules. J'allais devoir entrer et remonter chez moi, seule. Je poussai la porte.

– Lenah Beaudonte vient d'arriver, annonça la gardienne dans son talkie-walkie en barrant mon nom sur une liste.

Alors que j'approchais de l'escalier, des voix me parvinrent du couloir des chambres du rez-de-chaussée. Toutes s'interrogeaient sur la présence de véhicules de police sur le campus.

« Il paraît que Kate Pierson est morte. »

« D'abord Tony, et maintenant elle. »

« Quelqu'un a vu Tracy ? »

J'écoutai ces murmures jusqu'au dernier étage. En ouvrant la porte de mon appartement, je trouvai un cendrier de verre noirci par les mégots, des assiettes sales dans l'évier et trois boîtes à pizza vides sur ma table basse. À côté, une flasque d'argent offerte à Vicken par un comte dans les années 1890. Je la ramassai et l'ouvris, m'attendant à y trouver, comme d'habitude, une réserve de sang. Je flairai le goulot, mais au lieu de sentir l'odeur de rouille caractéristique, je tombai sur... du whisky ? Je secouai la tête sans pouvoir réprimer un sourire.

Pas de doute, Vicken Clough était bien redevenu mortel.

Je reposai la flasque et me tournai vers ma chambre ; la porte était entrouverte. Je traversai lentement le salon, passant devant des piles de livres en désordre et un paquet de cigarettes vide. Lorsque je poussai la porte, son grincement résonna dans l'appartement. Là, sur le lit, où j'avais un instant eu peur de trouver des cendres et du sang, il n'y avait que des draps froissés et deux jeans en boule. Ressortant de la chambre, je constatai que le décor du salon n'avait pas changé depuis que j'en étais partie, quatre jours plus tôt.

La longue épée au mur.

Le canapé rouge.

Les chandeliers de fer forgé, à motif de branches épineuses.

Un coup frappé à la porte ! C'était sûrement Justin, revenu exiger une explication après ce qu'il avait vu sur le terrain de tir à l'arc.

Au moment où j'allais ouvrir, je perçus du coin de l'œil un mouvement sur le balcon.

– Une seconde ! criai-je.

Je traversai le parquet à pas de loup. Mes orteils se recourbèrent sur la barre de seuil métallique du balcon. Sur les carrelages noirs, des milliers de fines particules scintillaient dans le clair de lune. Et là, au centre, je distinguai en creux le contour d'un corps. Mon corps. J'avais dû me coucher là après avoir accompli le rituel pour Vicken. Les grains dorés s'étaient éparpillés tandis qu'on me soulevait et me ramenait à l'intérieur.

Il n'existe que trois méthodes pour tuer un vampire : le pieu dans le cœur, la décapitation et l'exposition directe aux rayons de soleil. Si la mort survient, il ne laisse derrière lui que les cendres de sa forme surnaturelle : c'étaient elles que je voyais devant moi, fines et cristallines.

Toc toc !

– J'arrive !

Je me retournai vivement et allai ouvrir.

Ce n'était pas Justin.

Un jeune homme à la chevelure de lion et au menton fier se pencha dans l'embrasure.

– C'est pas trop tôt ! Tu crois que je n'ai que ça à faire, attendre ? me lança-t-il.

Je lui sautai au cou.

– Vicken !

– Oui, c'est comme ça qu'on m'appelle.

Il me serra dans ses bras. J'en eus la chair de poule : le sentir m'enlacer, l'entendre respirer le même air que moi... Cependant, je me dégageai.

– Mon Dieu, Vicken ! (Je posai les deux mains sur ses joues. Son farouche regard noisette se réchauffa.) Regarde-toi ! soupirai-je, admirative.

Je pressai une main dans son dos, impatiente de sentir sa poitrine se soulever et retomber. Ce fut rapide, mais indéniable : il inhala vite, exhala tout aussi vite.

Le rituel avait fonctionné. Il respirait, pleinement humain. Il était officiellement un ex-vampire.

– Bonjour, très chère, dit-il en se reculant avec un sourire.

Après quoi il entra chez moi, se laissa tomber sur mon canapé et posa ses bottes de cuir noir sur la table basse. Ses cheveux étaient volontairement décoiffés ; il se renversa en arrière dans les coussins et croisa les mains derrière sa tête. C'était tellement *lui* que j'eus à nouveau envie de le serrer dans mes bras.

– Tu as une mine... de déterrée, constata-t-il.

J'observais toujours ses fines épaules et son corps svelte. Il me semblait inimaginable que les Aeris puissent nous en vouloir, à Rhode et à moi, d'avoir fait ce don de vie. À le voir, l'accomplissement du rituel paraissait absolument justifié. Je me demandai fugacement si les Aeris lui étaient aussi apparues. Car après tout, lui aussi avait regagné le monde naturel sans leur consentement. Peut-être étaient-elles venues le voir et l'avaient-elles menacé de le renvoyer au XIXe siècle.

– Vicken, as-tu vu les Aeris ?

À ces mots, il se rembrunit.

– Comment ça, vu les Aeris ? Tu veux dire qu'elles existent vraiment ?

Ainsi, Suleen avait raison. Les Aeris ne se manifestaient pas aux vampires pour leur reprocher leurs forfaits. Elles ne s'étaient déplacées que pour Rhode et moi. Elles voulaient faire un exemple avec nous.

Je racontai à Vicken ce que j'avais vu et entendu sur le terrain de tir à l'arc. Je lui dis aussi que Rhode s'était enfui en laissant mes questions sans réponse.

– Tout s'explique, commenta Vicken avec un ricanement sarcastique.

– Comment ça ?

– J'étais ici, dans ta chambre, tout à l'heure. Rhode s'est pointé, a pris son sac et m'a dit qu'il devait partir.

– T'a-t-il dit où il allait ?

– Non. J'ai voulu le suivre, mais quand je suis sorti, le campus était sens dessus dessous. Des voitures de police, des sirènes, des ambulances... Comme je ne suis pas encore vraiment autorisé à être ici, je me suis fait discret. Que s'est-il passé ?

Je me redressai, embarrassée, et ne lui répondis pas tout de suite.

Les quatre jours pendant lesquels j'étais restée à l'hôpital, Rhode les aurait donc passés dans ma chambre, alors que je le croyais mort ? Pendant toute l'année qui venait de s'écouler, il avait bien existé quelque part dans le monde... mais sans moi.

Je poussai un gémissement. Comme c'était étrange de me tenir là, à présent, à contempler son épée et nos photos sans avoir ce gouffre de chagrin dans le ventre... L'appartement était le même, mais tout le reste avait changé.

– Oh, au fait ! dit Vicken, interrompant mes pensées.

Il se leva et plongea la main dans la poche de son jean. Ses doigts se refermèrent sur quelque chose que je ne voyais pas, après quoi il les rouvrit.

– C'est pour toi.

Une bague tomba dans ma paume. Ma bague en onyx.

– Je l'ai trouvée sur le balcon après... après mon réveil, précisa Vicken. Tu n'étais plus là.

D'après la légende, l'onyx avait le pouvoir de retenir les esprits lorsqu'ils erraient dans un monde qui ne voulait plus d'eux. Je songeai immédiatement à Rhode me tenant la main pendant notre longue promenade dans mon verger, tant d'années auparavant. Je tentai de chasser de mes pensées ce qu'il m'avait dit sur le terrain de tir à l'arc, mais ses paroles revinrent néanmoins s'insinuer dans ma tête... « Je ne voulais pas revenir. On m'y a obligé. »

– Désolée de ne pas avoir été là pour toi, dis-je en me raclant la gorge et en passant la bague à mon doigt. Justin m'a amenée à l'hôpital après le rituel.

– C'est bien les mortels, ça..., grommela Vicken. Alors qu'il t'aurait suffi d'un peu de...

– ... d'eau de lavande, complétai-je pour lui.

Nous partageâmes un sourire. Je ne pouvais détacher les yeux de ma bague d'onyx. Je me concentrai sur sa surface lisse et noire. La pierre n'avait pas de fin, pas de commencement, et pas un éclair de lumière en elle. Rien que du noir.

– Dis donc ! dit Vicken. Tu as les mains qui tremblent.

– Ah oui ?

Je m'assis dans le canapé et posai ma tête entre elles.

– Ce n'est pas à cause de moi, j'espère ? continua-t-il. Je viens de revenir, tu ne peux quand même pas déjà m'en vouloir. (Je relevai les yeux vers lui.) Sérieusement... qu'est-ce que tu as ?

– Tout ce chaos sur le campus, c'est à cause d'un meurtre. Une élève a été assassinée ce soir. Par un vampire.

– Quelqu'un qu'on connaît ?

– Oui, je l'ai reconnue. Tu te souviens de la bonne d'Hathersage ? En 1910 ? Je n'arrive pas à retrouver son prénom.

– Elle était seule ?

– À ma connaissance, oui. Je n'ai vu personne d'autre, en tout cas.

Posant mes coudes sur mes genoux, je cherchai une réponse dans les yeux de Vicken. Lui saurait quoi faire. Il avait été un des meneurs de mon cercle.

Comme il ne proposait rien, je me levai et m'approchai de la porte-fenêtre donnant sur le balcon. Dehors, je contemplai le scintillement de la lune sur les restes de mon corps de vampire... étrange dépouille, pour une vie si sombre et si vide.

Je repensai à Rhode s'enfuyant loin de moi, et un élancement de douleur me transperça. Malgré tout, j'espérais qu'il était en sécurité, où qu'il fût.

Vicken vint me rejoindre.

– Nous n'avons averti personne. Personne dans le monde vampirique ne savait que nous venions te chercher, dit-il en parlant de mon cercle, arrivé quelques semaines plus tôt à Wickham.

Mais les paroles de Suleen résonnaient encore dans ma tête.

– Non, ce n'est pas votre faute. C'est le rituel qui a attiré cette femme vampire ici.

Il se tourna vers moi : visiblement, une pensée prenait forme dans sa tête. Je voyais l'enthousiasme monter dans son regard.

– Si c'est ça, elle va sans doute rester dans les parages. Attendre de voir qui est l'auteur d'une telle magie.

– Tu peux compter là-dessus.

– Allons-y, lâcha-t-il alors en retraversant la pièce.

– Comment ça, « allons-y » ? As-tu la moindre idée de ce que j'ai enduré ce soir ?

– À d'autres ! Allons la trouver. Voyons à qui nous avons affaire. Et voyons si elle est accompagnée.

– OK, tu es officiellement devenu dingue. Le rituel t'a détruit la cervelle.

– Une petite partie de chasse, c'est tout ! Juste pour voir comment ça se présente.

– Maintenant ? Ce soir ?

J'étais absolument épuisée, vraiment, mais quelque chose, dans l'idée de Vicken, envoyait tout de même des décharges d'adrénaline dans mes muscles.

– Et pourquoi pas ? demanda-t-il. Elle vient de tuer une élève. Tu préfères rester les bras croisés en attendant la suite ?

Je devais reconnaître qu'il n'avait pas tort. En revanche, il fallait garder la tête froide et aborder le problème avec logique.

– Nous n'avons pas Song ni Heath avec nous. Pas de cercle. Nous sommes des humains, sans renforts ni pouvoirs surnaturels, dis-je.

– Faux. J'ai toujours ma vue vampirique et mes PES – mes perceptions extrasensorielles. S'il y a des vampires dans les parages, je le sentirai, et je comprendrai leurs intentions.

Mais oui, c'était vrai ! Vicken avait encore quelques pouvoirs vampiriques, parce que sa transformation était toute récente. Il y verrait aussi bien qu'un vampire et pouvait encore compter sur son sixième sens : il saurait percevoir les émotions et les intentions d'autrui.

– Alors c'est parti ! lançai-je en sortant de l'appartement.

– Dis donc, toi ! Ne fais pas comme si c'était ton idée, en plus ! plaisanta-t-il en fermant derrière nous.

Dehors, près de la bibliothèque, un fourgon de vigiles roulait vers la chapelle.

Vicken m'indiqua du geste la zone boisée.

– *Go* ! chuchota-t-il.

Et il fila dans l'ombre, sur l'allée, en restant proche des bâtiments. Bifurquant à la hauteur de l'infirmerie, nous courûmes sur toute sa longueur en direction des arbres qui s'élevaient derrière. Je ne distinguais pas le mur d'enceinte, mais je savais qu'il était là. Les pas de Vicken faisaient écho aux miens, et lorsque je lui jetai un coup d'œil, un petit sourire jouait sur ses lèvres.

– Tout cela t'amuse un peu trop, grondai-je entre mes dents.

Nous atteignîmes le mur, qui était aussi haut que Vicken. Celui-ci cala une de ses bottes entre les pierres irrégulières et se hissa, puis me tira derrière lui. Nous sautâmes de l'autre côté, atterrissant dans Main Street.

À présent que j'étais à découvert, hors du campus, l'opération m'apparaissait comme complètement idiote. Vicken et moi n'avions pris aucune précaution. Nous aurions au moins pu protéger notre cou à l'aide d'un petit sort, ou essayer tout un éventail de sortilèges pour nous armer.

J'inspirai à fond en observant Main Street dans sa longueur.

– Je peux y arriver, dis-je en tendant la main à Vicken. Je ne me débrouille pas trop mal au couteau.

– Enfin, je te retrouve !

Sur ces mots, il se baissa vers sa botte, dont il sortit un poignard rangé dans son fourreau de cuir. Nous poursuivîmes notre chemin le long du mur, laissant le lycée et les cafés animés pour rejoindre le cimetière de Lovers Bay.

– De toute manière, ajouta Vicken, nous ne sommes là que pour voir ce qu'elle veut. Pour observer. Si nous restons discrets, nous n'aurons pas à nous battre.

Je ne pouvais pas avoir peur, bien qu'elle soit plus puissante que nous. Nous n'étions pas démunis. Les vampires n'avaient pas une force ou une rapidité exceptionnelles. Ils étaient simplement hypersensibles à leur environnement : ils pouvaient flairer de la chair en un instant, déchiffrer les pensées et les intentions, ou même traquer quelqu'un à des kilomètres. Vicken et moi serions capables de battre l'un d'entre eux à la course si c'était sur une brève distance, mais le manque de souffle finirait fatalement par nous affaiblir. Il nous fallait donc demeurer invisibles et tout faire pour qu'elle ne se rende pas compte de notre présence.

Je me sentais déjà mieux. J'avais été une vampire souveraine pendant presque six cents ans : je *connaissais* les vampires. J'en savais bien plus qu'elle, qui avait à peine un siècle d'âge. Les vampires étaient des solitaires de nature. En général, ils ne voyageaient pas à plus de cinq : l'effectif d'un cercle. Trop de vampires ensemble, cela revenait à trop de vampires se disputant le pouvoir. Nous dépassâmes le cimetière et continuâmes sur la même route. Nous flairions le parfum de l'océan devant nous.

– Tu ne sens pas quelque chose ? demandai-je à Vicken.

– Ta trouille ! se moqua-t-il avec un sourire démoniaque.

Mais ce sourire disparut aussitôt. Il inhala profondément. Je l'imitai.

Car quelque chose avait changé dans l'air. Une brise légère s'était levée, apportant avec elle une odeur de...

– Musc.

Nous avions parlé en même temps. Le musc était une fragrance très particulière, qui entrait dans la composition de nombreux sortilèges.

– Ça vient d'où ? demandai-je.

Il désigna le bout de la rue. Une nouvelle bourrasque passa sur nous : l'odeur était plus forte, cette fois.

Je touchai le bras de Vicken.

– Quelles sont les probabilités ?

– Assez hautes, en fait. Tu l'as dit toi-même, murmura-t-il. C'est bien le rituel qui l'a attirée ici.

J'inhalai à nouveau la forte odeur musquée et levai les yeux vers le ciel. Juste au-dessus de nous se déployait une constellation que je connaissais très bien.

– Pégase.

Mon vieil ami. Le cheval ailé. J'échangeai avec Vicken un regard entendu. Les vampires observaient sa position dans le ciel pour évaluer le temps restant avant le lever du soleil. Il était presque minuit, une heure puissante pour une créature jetant un sort. Bien que nous fussions mortels, j'espérais que la constellation nous donnerait un peu de force.

Le parfum s'accompagnait à présent d'un relent de terre et de vanille. Il s'intensifia ; ce n'était pas un musc ordinaire, il y avait là autre chose. J'avais déjà flairé ce mélange.

– Bien sûr, dis-je, comprenant soudain. Ce musc est chauffé sur un feu. Tu ne sens pas le bois ?

J'y avais déjà eu recours avec Heath, Gavin, Song et Vicken. Le sort d'annonciation était utilisé pour cimenter un cercle, pour lier ses membres à jamais. À jamais.

– Et il doit être accompli avant minuit sur une plage. Il leur faut de l'eau de mer.

C'est avec une détermination renouvelée que je courus vers le bout de la rue.

– C'est pour ça qu'elle a tué Kate. Elle avait besoin d'être rassasiée pour pouvoir partager son sang avec son cercle, continuai-je, essoufflée.

– Oui, je me rappelle, répondit Vicken d'une voix inquiète en me suivant vers la grève. (L'odeur de musc était presque suffocante, à présent.) Écoute, s'ils ne sont qu'un ou deux, on pourra les poignarder en plein cœur. En finir en vitesse. Sors ton couteau.

Je le fis glisser de ma botte, et mes doigts se refermèrent sur le manche. Vicken m'attrapa le poignet et m'attira dans l'ombre, au bord d'un petit parking.

Son profil était sérieux lorsqu'il se tourna vers la mer.

– Viens, me souffla-t-il.

Je le suivis, accroupie, et traversai avec lui le parking pour rejoindre la digue qui nous séparait du sable.

Vicken se baissa et se pencha en avant.

– Stop, chuchotai-je. Ils vont sentir notre présence.

– Pas s'ils sont en pleine cérémonie.

Il s'avança insensiblement pour regarder par-dessus la digue. Puis resta parfaitement immobile. Le suspense était insoutenable.

– Alors ?

Il se rassit sur ses talons. Dans le clair de lune, il observa les environs avant de parler calmement.

– Ils sont cinq. Quatre hommes et la femme.

Sans le lâcher, je me plaçai de manière à pouvoir regarder. Avec ma pauvre vue humaine, je ne distinguais que cinq silhouettes, comme l'avait annoncé Vicken. Un feu brûlait au centre du cercle et de minuscules étincelles s'envolaient dans les ténèbres. Je humai une odeur de musc et d'encens.

C'était terminé. Elle avait un cercle.

Sous mes yeux, elle tourna la tête ; la faible lueur de la lune soulignait son profil. Elle avait un petit nez retroussé et les clavicules saillantes, comme si elle avait été sous-alimentée avant de devenir vampire. Elle pivota sur ses talons pour me faire face, et pointa le doigt droit sur moi.

– Cours ! dis-je en reculant, paniquée. Vicken, cours !

Je poussai les capacités de mon corps à l'extrême en fonçant sur Main Street pour rejoindre la civilisation. Mes jambes, mes pauvres jambes, tremblaient si fort que sans l'image mentale du bras de la femme vampire tendu vers moi, je me serais effondrée au sol. Ces cheveux blonds, la courbe familière de ce nez... Comment avait-elle pu me retrouver ? Ici, à Lovers Bay ?

Cours, Lenah. Arrête de penser et cours.

Si nous parvenions jusqu'à un lieu fréquenté, nous serions sauvés, du moins provisoirement. Les vampires ne s'exposaient pas aux masses humaines. Mais elle n'abandonnerait pas pour autant. Elle m'avait vue. Moi, sa créatrice.

Comment s'appelait-elle, déjà ?

– Ici, ici ! lança Vicken, s'arrêtant en dérapant dans une portion de la rue qui n'avait pourtant rien de particulier à première vue.

Il entreprit d'escalader un mur de pierre, et je compris qu'il savait précisément où nous étions, grâce à la persistance de sa vue vampirique.

Je vérifiai de nouveau que personne ne nous suivait. Par chance, la rue était déserte.

Il me tendit la main et m'aida à franchir le mur avec lui. Une fois retombée sur l'herbe de Wickham, je me sentis un peu rassérénée. Nous retraversâmes le bois pour rejoindre le campus, mais nous arrêtâmes un peu avant l'allée principale.

– Attends, me dit Vicken en tendant un bras pour me retenir.

Un fourgon de police passa, nous incitant à reculer dans l'ombre. Une fois que nous fûmes en sécurité dans le noir, il me demanda :

– Pourquoi es-tu partie ainsi comme une flèche ? Ils t'ont vue ?

Je tâchais toujours de reprendre mon souffle.

– Évidemment !

– Alors restons à l'arrière des bâtiments. On y sera mieux cachés.

Nous nous rapprochions de Seeker Hall.

– Elle s'appelait Ava, lâcha soudain Vicken. Une fois que tu l'as transformée, elle n'est pas restée longtemps dans les parages. Elle est partie peu après le début de ton hibernation.

À mesure que nous cheminions, j'aperçus l'arrière du bâtiment Curie, puis la serre.

– Ava ? (Prononcé tout haut, ce prénom avait quelque chose d'étrange, d'étranger.) Je ne me souviens pas de ça.

En revanche, je me souvenais bien de ses traits. Je n'oubliais jamais le visage de ceux que je tuais.

– Si c'est bien la puissance du rituel qui l'a attirée à Lovers Bay, alors elle est là pour trouver cette magie des éléments. Elle la veut pour elle-même.

Je n'avais nul besoin d'expliquer à Vicken qu'elle avait soif de pouvoir.

– Bah, nous n'avons pas l'intention de refaire de la magie avant longtemps : elle s'en ira peut-être en constatant que l'occasion ne se présente plus.

J'espérais qu'il disait vrai, mais j'ignorais tout des intentions d'Ava. En revanche, planquée avec lui derrière l'infirmerie, je savais une chose : la priorité numéro un d'un vampire, c'est le sang. En second sur la liste vient le pouvoir. Si Ava désirait découvrir la source de la magie du rituel, c'est qu'elle avait un plan. Les vampires en avaient toujours un.

Nous rejoignîmes en courant le bâtiment Hopper, qui était proche de Seeker Hall. Nous hésitâmes pendant que deux policiers municipaux patrouillaient devant nous. Je cherchai des yeux mon balcon, au troisième et dernier étage. Le balcon où j'avais conclu le rituel.

Je m'efforçais d'ignorer cette voix dans ma tête, celle qui me hantait depuis qu'Ava avait tendu le doigt pour me désigner, sur la plage plongée dans la nuit.

Ava reviendra.

Chapitre 6

J'observai longuement l'épée accrochée au mur. Puis je posai mon visage entre mes mains et m'assis sur le canapé, les jambes remontées sous moi. J'analysai le fin reflet de mon corps dans le métal de la longue lame. Combien de fois avais-je interrogé du regard cette surface argentée, combien de fois lui avais-je demandé comment survivre sans mon Rhode ? Combien de fois avais-je dû détourner les yeux, parce que c'était tout simplement insupportable ?

Et puis j'avais rencontré Justin, qui m'avait aidée à remonter des profondeurs du désespoir et à retrouver la lumière.

Deux jours s'étaient écoulés depuis que Vicken et moi avions découvert les vampires sur la plage. Nous ne nous aventurions plus hors du campus à la nuit tombée. Et j'avais beau étudier cette longue épée, chercher des réponses dans son miroir insondable, je ne trouvais rien. Pourquoi Rhode était-il resté si longtemps loin de moi après avoir survécu au rituel ? Un rituel qu'il avait accompli pour me permettre d'être humaine ?

Ma seule certitude était que nos âmes nous avaient rattachés à la terre.

Pendant deux jours, traumatisée par son nouvel abandon, j'avais fait je ne sais combien d'allers et retours entre le terrain de tir à l'arc et mon appartement. Je cherchais des indices là où j'avais vu les Aeris. Mais j'avais beau rester des heures assise dans l'herbe, je n'apprenais rien. Deux jours durant, je m'étais demandé : *Où est-il ?* Où s'était-il caché pendant l'année où je l'avais cru mort ? Je n'avais aucune réponse, et Rhode ne revenait toujours pas.

Deux jours
devinrent
deux semaines.

L'été passa en un clin d'œil. Pour tuer le temps, je m'étais inscrite à des cours d'été. À présent que la date de la rentrée approchait, je me surprenais à barrer les jours sur mon calendrier. Le 31 août, je décidai de faire un petit voyage. Les internes devaient revenir à Wickham le surlendemain, et je n'avais pas vu Justin ni ses frères de tout l'été.

Pas une lettre. Pas un e-mail.

J'avais tenté de le joindre au téléphone, en vain.

Trois jours avant la rentrée, je pris ma voiture aux aurores et me rendis chez les parents de Justin, dans le Rhode Island. J'avais la ferme intention de m'expliquer. Il le méritait. Je répétai mon discours pendant l'heure de route. En m'engageant dans sa rue, je baissai ma vitre. Une brise fraîche s'engouffra dans l'habitacle et me caressa les joues. Les grosses demeures semblaient endormies en cette matinée de fin d'été. Les arroseuses n'étaient même pas encore allumées.

Je descendis de voiture et observai la maison depuis l'allée d'accès. La dernière fois que j'étais venue, c'était pour Halloween. À présent, les arbres étaient couverts de feuilles vert sombre. J'associais cette demeure à des cookies sortant du four, à de délicieux repas maison, et à des mains douces sur ma peau. À tout instant, je m'attendais à voir la fenêtre de la cuisine s'illuminer : la mère de Justin se levait tôt. Savait-elle que nous n'avions pas échangé un mot de tout l'été ? M'accueillerait-elle chez elle ?

Comment expliquer à quel point je m'en voulais ? Allez, encore une répétition.

« Justin, me dis-je à voix haute. C'est un malentendu. Quand j'ai vu Rhode, j'ai été... prise par surprise. »

Soudain, un verrou cliqueta ; la porte s'ouvrit. Levant le menton, j'aperçus Justin, torse nu, en bas de survêtement où était marqué WICKHAM sur la longueur de la jambe. Il plissa les paupières.

Le moment était venu. J'allais tout lui dire. Il le fallait.

Il se hissa sur la pointe des pieds pour tenter de me voir par-dessus un massif d'hortensias.

– Lenah ?

Je fis passer le poids de mon corps d'un pied sur l'autre. Mon cœur peinait à trouver un rythme confortable. Je ne pouvais tout de même pas crier : « Désolée ! » à travers la pelouse. Je commençai à remonter l'allée, mais ce fut inutile.

La porte claqua derrière lui.

– Il y a une chose que je ne comprends pas, me dit Vicken le lendemain soir.

Nous étions toujours soucieux de ne pas traîner inutilement dehors, mais il nous restait deux heures avant le coucher du soleil. Nous avions organisé nos journées ainsi pendant tout l'été. Six heures venaient de sonner et nous étions chez l'herboriste de Lovers Bay, au bout de Main Street.

– Pourquoi faut-il que nous restions ici ? Obligés de nous terrer la nuit pour ne pas tomber sur un vampire que tu as créé il y a plus d'un siècle ? Au cas où tu l'aurais oublié, nous avons un château à Hathersage. D'ailleurs, nous avons tué des tas de gens là-bas.

– Oui, et il y a des chances pour que notre demeure ait été envahie par des vampires en notre absence.

– Nous avons de l'argent. Allons à Paris ! Histoire de boire du bon vin, de nous détendre un peu.

– Tu sais bien pourquoi je ne peux pas partir.

Je soulevai un bocal de jasmin séché. *Ça peut toujours servir :* j'en fis tomber un peu dans un sachet en papier.

– Je ne peux pas m'en aller alors que Kate a été tuée, continuai-je. Alors que je me sens terriblement responsable.

– C'est peut-être une simple coïncidence. Cela fait un bout de temps, maintenant, que tu as accompli le rituel. Si ça se trouve, ces vampires sont arrivés en ville, ont boulotté ta malheureuse amie et sont repartis tout de suite après. Tirons-nous d'ici, je te dis. On pourra retrouver Rhode par nous-mêmes. Il ne peut pas être bien difficile à débusquer. Yeux bleus, sourcils froncés, air arrogant...

– On reste.

Je posai mes articles sur le comptoir. Je ne mentionnai pas à Vicken que si je ne voulais pas quitter Lovers Bay, c'était parce que j'y avais des racines. J'y étais chez moi, désormais.

– Tu sais, ce n'est pas parce que tu as été reine pendant quelques centaines d'années que tu l'es toujours.

L'herboriste avait disparu derrière un rideau pour aller me chercher un peu de pattes de triton. Je posai un billet de vingt dollars sur le comptoir en attendant son retour.

Vicken examina des cristaux sur l'étagère la plus basse du meuble, puis se releva lentement en marmonnant quelque chose entre ses dents.

– Peau d'albâtre, délicate. En tant qu'humaine, elle est si frêle... facile de lui briser le cou.

Un picotement inquiétant m'envahit progressivement. Je lui jetai un rapide coup d'œil. Il regardait fixement au-delà du comptoir, les yeux écarquillés.

– Je prendrai mon temps pour lui pomper le sang, dit-il.

Ses intonations étaient nouvelles, féminines, presque reptiliennes. Il parlait à la place de quelqu'un d'autre : un phénomène qui se produisait lorsqu'un tiers exploitait les perceptions extrasensorielles des vampires.

– Ce sera plus facile d'avoir Lenah si elle est seule, siffla-t-il encore.

Puis il recula d'un pas.

– Lenah, me lança-t-il de son habituelle voix rauque. Va-t'en. Tout de suite.

La femme qui réapparut derrière le comptoir avait de longues boucles blondes, qui se recourbaient de manière parfaite sur son chemisier. Ce n'était pas l'herboriste. Sa peau était anormalement lisse et pâle. Son regard, vitreux. Le vert jade de ses iris n'était pas naturel.

Ava.

Un grincement déchirant s'éleva du comptoir. Une main blanche, aux ongles effilés comme des rasoirs, se referma telle une serre sur mon billet. C'étaient ces ongles écarlates qui grinçaient sur le verre luisant du meuble.

Ava essuya une gouttelette de sang au coin de sa bouche.

– Tout se passe bien ? demanda-t-elle.

Elle se lécha les lèvres et fit la grimace.

– Beuh. Elle était grasse comme un cochon. Me voilà rassasiée pour plusieurs jours, déclara-t-elle.

Et, d'un geste fluide, elle bondit sur le comptoir.

– Eh bien, eh bien..., ajouta-t-elle en nous regardant de haut.

Serrant le sac en papier dans mon poing, je reculai avec Vicken vers la porte.

– Lenah Beaudonte. La reine. Qui recule devant moi ?

Du sang gouttait de son menton comme du vin sur le bord d'une coupe.

Vicken dégaina vivement son poignard et s'interposa devant moi. Ava sauta au sol à quelques centimètres de la lame. Son regard allait de lui à moi, de moi à lui.

– Très bien, miss Beaudonte. Je vois que votre rituel fonctionne. Une humaine parfaite.

Mon sang me battait aux oreilles et dans la gorge. Vicken brandissait toujours son poignard devant lui. J'entendis alors un gémissement qui montait de derrière le comptoir. L'herboriste était toujours en vie.

– Si tu veux mourir, je t'en prie, approche, dit Vicken à la femme vampire.

Elle inclina la tête sur le côté et le gratifia d'un sourire lugubre.

– J'ai toujours admiré ta majesté, Lenah, dit-elle en léchant le sang sur son menton. Et ton appétence pour le mal.

Une boule énorme me barrait la gorge.

– Ton amie... Kate, c'est bien cela ? Elle a tenté de fuir en rampant devant moi. Des cris, des suppliques... c'était *tellement* amusant !

Vicken se précipita sur Ava, avançant sa main pour lui enfoncer sa lame en plein cœur. Mais elle donna un coup de pied et le poignard s'envola en arc de cercle avant de claquer sur le sol dur.

– Bon Dieu ! cracha Vicken en se jetant par terre pour rattraper son arme.

La vampire, menton rentré, plongea son regard dans le mien. Elle ouvrit la bouche, découvrant ses crocs.

Lorsque les membres de mon cercle étaient venus me chercher, des mois plus tôt, et lorsque je les avais tués dans le gymnase, je n'avais pas compris. C'est à ce moment précis, tandis que le sang bouillonnait dans mon cœur, que je pris pleinement conscience de ce qu'était l'humanité. J'en étais gorgée. Et elle avait besoin de sang. J'étais la prochaine sur la liste. Elle voulait me vider de ma force vitale ; je ne connaissais que trop bien ce sentiment. Comme j'avais désiré, jadis, pomper le sang à travers ces deux petits trous, l'aspirer à grands traits tandis que la vie quittait lentement ma proie !

Je laissai tomber par terre mon sachet d'herbes et levai les mains, prête à me défendre. Je me tournai de profil pour ne pas lui offrir une cible trop large. Elle courut à moi, ses griffes tendues en avant, et, se plaçant de face, me frappa en plein plexus solaire. Je fus précipitée contre le mur derrière moi. Des fioles brunes et noires se fracassèrent au sol. Quelques-unes me tombèrent dessus et répandirent leur contenu, tandis que les autres se brisaient en mille morceaux. La force de son coup me labourait encore la poitrine.

Ava entoura alors Vicken de son bras, le souleva du sol et l'immobilisa par le cou. Les yeux de mon ami cherchèrent les miens et ne les quittèrent plus. Il lança des ruades pour se libérer. Ses deux poings se serrèrent. Le poignard gisait au sol, inutile.

Je bondis alors et agrippai les doigts d'Ava. Je tirai dessus, brutalement, mais impossible de les bouger. J'étais comme un enfant essayant d'ouvrir un étau. J'essayai encore. D'où tirait-elle une telle force ?

Elle sourit, et ses crocs s'allongèrent.

– Qu'est-ce que c'est que ça ? balbutiai-je.

– Quelle question !

Elle serra plus fort, et Vicken grimaça de douleur. Ava me repoussa de son autre main, ce qui me fit l'effet d'un coup d'enclume dans l'estomac. Je tombai contre une étagère de flacons qui se fracassèrent à mes pieds. Je heurtai le sol et secouai la tête pour m'éclaircir les idées.

La puissance de son coup avait ramolli mes muscles. Lorsque je les touchai du bout des doigts, ils se crispèrent douloureusement.

– Lenah. Donne-moi le rituel, tout de suite, m'ordonna-t-elle.

Le visage de Vicken prenait une inquiétante couleur rouge. Mes yeux eurent un vif mouvement vers le couteau. Je me remis debout à l'instant même où Vicken levait un de ses genoux.

Il abattit violemment sa botte sur le pied d'Ava qui, de surprise, le lâcha. Il se dégagea d'un bond et se rua sur le poignard. Ava, au lieu de chercher à le rattraper, griffa l'air dans ma direction. Je me baissai et réussis à esquiver ses ongles effilés, mais glissai sur les huiles répandues par les flacons brisés, et retombai durement sur le sol.

Elle posa un pied sur ma poitrine.

Et elle appuya. Elle allait me casser une côte. Je me sentais terriblement oppressée. Derrière elle, Vicken se relevait. Elle appuya encore, juste sous ma gorge. Incapable de respirer, je toussai. Il fallait que je respire !

Vicken ramassa son poignard.

– Je vais tuer tes amis un à un, cracha-t-elle entre ses dents serrées. Pour Kate, ça n'a pas traîné. Pour les autres, ce sera lent et douloureux.

Vicken abattit son couteau, mais la vampire fut plus rapide.

D'un bond, elle fut dans la rue. Vicken se lança à sa poursuite en trébuchant, poignard au poing, mais elle était déjà loin. Je cherchai mon souffle, inspirai à longues goulées. Les mains serrées sur mon torse, je frictionnai ma peau là où la botte l'avait écrasée.

« Pour Kate, ça n'a pas traîné. Pour les autres, ce sera lent et douloureux. »

– Vicken ! dis-je en toussant et en roulant sur le ventre pour reprendre mon sachet d'herbes.

Puis je me relevai parmi les éclats de verre en inhalant un mélange d'odeurs aussi diverses que la figue et le patchouli. Vicken s'élança dans la rue, mais il ne pouvait pas concurrencer un vampire qui n'avait pas besoin de souffle pour courir. Lorsque je sortis d'un pas encore chancelant, il était au milieu de la chaussée. Nous ne voyions plus que la chevelure blonde et la silhouette mince d'Ava disparaissant dans le crépuscule.

J'allai rejoindre Vicken à pas lents. Il cligna des yeux, scrutant les alentours pour voir s'il y avait d'autres vampires. Le seul mouvement perceptible était celui des nuages qui passaient rapidement au-dessus de nos têtes. Il renifla deux ou trois fois et tourna la tête vers moi.

– Tu pues.

– Je m'en étais aperçue, répliquai-je.

Ma chemise était imbibée d'huiles essentielles.

– Nous devrions retourner voir comment va l'herboriste, dis-je. Sauf que si quelqu'un entre et nous surprend avant son réveil, on sera impliqués.

– Je vais y aller, proposa Vicken. L'idiotie des humains ne me fait pas peur. (Il se baissa pour remettre son poignard dans sa botte.) Cette vampire était sacrément rapide. Même en lançant le couteau, je n'aurais pas pu l'avoir.

Il semblait vouloir se justifier vis-à-vis de moi.

– Elle ne nous a pas tués, remarque.

Il se prit l'épaule et se crispa sous la douleur.

– Non, elle ne nous a pas tués. Mais elle a essayé de m'emmener avec elle.

– Elle veut le rituel.

– Ça, j'avais compris, dit-il en me reniflant à nouveau. Attends-moi ici, là où je peux te voir. Et te sentir.

– Bon, refais le geste, me dit Vicken en tirant sur sa cigarette.

Nous étions sur la plage de Wickham et j'imitais les mouvements de Suleen lors de notre rencontre, plus tôt dans l'été.

– Il a bougé la main, comme ça, et le corps de Kate est apparu ? Insista-t-il.

– Pas tout à fait. C'était plutôt un contour. Comme un fantôme, si tu veux.

À présent, ce moment me semblait vieux de plusieurs milliers d'années. Les rubans jaunes et les policiers n'étaient plus là. Quelqu'un avait ratissé le sable. Ratissé, nettoyé, effacé toute trace de meurtre.

– Je te l'ai dit, continuai-je, les autres ne nous ont pas remarqués. Nous étions invisibles.

Vicken se leva et laissa tomber sa cigarette dans le sable tandis qu'un véhicule de surveillance du lycée s'approchait de la plage. La vitre de la voiture descendit et un vigile nous héla dans la pénombre.

– Couvre-feu dans vingt minutes ! nous cria-t-il.

– Merci !

Au bout d'un moment, je repris mon récit.

– Elle avait cette expression..., dis-je en me rappelant le pas léger d'Ava sur la plage. Cet air assoiffé de pouvoir. Tu sais, quand la folie commence tout juste à prendre le dessus.

Je cessai de faire les cent pas et Vicken alluma une autre cigarette. Il se tenait face à l'océan, dos au campus.

Sur le chemin, un autre agent de surveillance, plutôt replet et barbu, nous héla.

– Eh, les jeunes ! Couvre-feu dans un quart d'heure ! Personne dehors après vingt et une heures ! nous rappela-t-il.

Lorsqu'ils arriveraient au lycée dans les jours à venir, les élèves allaient le trouver bien changé. En sortant ce matin-là, nous avions vu une équipe d'ouvriers installer un épais portail métallique entre les deux hauts piliers gothiques de l'entrée.

Et à notre retour, dans l'après-midi, un vigile était assis dans la guérite de l'accueil. Guérite qui était restée vide pendant toute l'année que j'avais passée à Wickham.

Et maintenant, sur la plage, un autre surveillant montait la garde.

J'allai rejoindre Vicken au bord de l'eau.

– Comment allons-nous faire pour nous protéger s'ils sont cinq ? demandai-je. Je n'ai plus le pouvoir de projeter des rayons de soleil, moi !

Vicken garda le silence un instant avant de me répondre.

– C'est ça, justement, pas vrai ? marmonna-t-il comme pour lui-même. Il faut se servir des rayons du soleil.

– Ça dépend. Elle était assez forte pour te soulever, te retenir et te paralyser. Nous ne connaissons pas l'étendue de ses pouvoirs. Et elle était dehors avant la nuit.

– Le soleil allait se coucher. Et peut-être qu'elle est simplement très musclée. Nous ne connaissons pas ses pouvoirs, en effet : il va donc falloir la pousser à sortir, histoire de savoir à qui nous avons affaire. Je vais fouiner pour recueillir un peu plus d'informations.

– Sois prudent. Tes PES n'ont pas du tout disparu ?

J'espérais bien qu'il avait conservé quelques-unes de ses prérogatives vampiriques malgré la transformation. Il secoua négativement la tête. Comme lui, après le rituel, je n'avais conservé de mon existence de vampire que ma vue et mes perceptions. Impossible de dire quand tout cela s'estomperait chez lui, mais chez moi, en tout cas, je constatais que cela faiblissait de plus en plus. Plus longtemps il garderait ces facultés, plus décisif serait notre avantage. Nous reprîmes le chemin de Seeker Hall.

Vicken regagna son dortoir, et moi ma chambre. J'allumai alors une bougie blanche sur ma table basse. Puis je m'étendis confortablement dans le canapé pour regarder la flamme danser et vaciller. La lumière devint un halo doré. Je posai ma tête sur l'accoudoir et me laissai bercer par ce feu follet. Alors que je m'assoupissais, des images de Justin claquant des portes, de Justin me criant après devant tout le monde, s'attardèrent dans mes pensées. Puis d'autres visions cauchemardesques apparurent : Justin faisant la course dans son hors-bord et fonçant avec sur Rhode, qui gisait sur la rive, incapable de se défendre.

Ensuite, d'autres images encore.

Je marche sur un chemin que je connais. Je suis à Wickham. Il y a des bâtiments en brique couverts de neige sale. Pas d'élèves. Les fenêtres sont condamnées, le foyer désert. Je prends le chemin de la plage de Wickham.

Je demande dans le vide : « Où suis-je ? », et soudain, je ne suis plus seule. Suleen est apparu à mes côtés. Nous marchons dans la neige, toujours en direction de la plage. Sur le sable, les vestiges carbonisés d'une vieille barque oubliée.

Les fenêtres du dortoir Quartz sont noires, abandonnées. Personne n'y entre ni n'en sort, personne ne se hâte d'aller en cours, un gobelet de café à la main. Wickham est sombre, mort. Une ville fantôme.

– Est-ce le futur ?

– Ceci est l'avenir de Wickham si jamais Ava se livre au rituel, me répond Suleen. Un être aussi maléfique ne peut pas déverser ses intentions dans un rituel si puissant sans conséquences néfastes. Elle détruira… tout.

Je m'arrête net, le souffle coupé, cinglée par l'air hivernal.

Je me redressai d'un seul coup sur le canapé, posai les mains sur mes cuisses et tâchai de calmer ma respiration affolée. Je me figeai un instant : le bout de mon nez était glacé. Comme si je venais de me promener dehors par un jour de neige.

– Suleen ? appelai-je tout haut. Suleen ?

Je pivotai à droite et à gauche pour le chercher des yeux, mais ce n'était qu'un rêve. Et je restai seule.

Chapitre 7

Un océan de noir. Des tee-shirts noirs. Des robes noires. Des jupes noires. Des bottes noires.

Tout était noir, dans cette penderie. Je savais bien que je n'avais porté que cela au cours de l'année passée, mais...

– Je n'ai pas *une* fringue qui ne soit pas noire ? demandai-je à mon placard.

Les gens avaient déjà bien assez de raisons de me regarder comme une bête curieuse : j'avais disparu pendant six mois à la fin de l'année précédente ; mon meilleur ami, Tony, était mort ; et j'étais de retour sans explication. *Que vont dire Tracy et Claudia ?* me demandai-je, une jupe noire à la main. Elles allaient forcément poser des questions et vouloir parler de Kate, la troisième du Trio, qui n'était plus parmi nous. Je sortis un haut noir et un jean noir du placard. Et cessai un instant de respirer. Tracy et moi serions-nous amies cette année, à présent que Tony n'était plus là ?

Je soupirai et tentai d'effacer mon rêve de la nuit. Le règne d'Ava, si jamais elle accomplissait le rituel, ferait de Wickham un lieu de désolation. Un enfer, déserté par ceux que j'aimais, où il n'y aurait plus ni Justin ni Rhode.

Bonjour, pensai-je en tenant le haut devant moi. *Je m'appelle Lenah Beaudonte. Je ne m'habille qu'en noir, tout le temps, et il n'y a encore pas si longtemps, j'étais un funeste présage à moi toute seule.*

Je soupirai une fois de plus et allai me faire du café.

En sortant sur le campus, je chaussai des lunettes de soleil. Parfois, pendant un bref instant, j'imaginais que j'allais voir Tony m'attendant sur le banc, comme il l'avait si souvent fait au cours de l'année précédente. Voir ses oreilles percées de partout, ses doigts tachés de fusain, sa casquette à l'envers.

Mais il était mort.

Le lycée, en revanche, était animé malgré la nouvelle présence policière. Le campus grouillait d'élèves de première et terminale passant d'un bâtiment à l'autre. Certains sortaient du foyer un gobelet de café à la main, les autres avaient sous le bras un petit déjeuner à emporter dans sa boîte en carton. Je marchais toujours dans l'ombre des arbres, même si je ne redoutais plus le soleil. Je regardai, dans mes paumes, les lignes de vie que je connaissais si bien. Je me demandai fugacement, même si je savais que je n'aurais jamais la réponse, pourquoi une fois, au cours de ma seconde vie de vampire, des rayons de soleil étaient sortis de mes mains. Qui prenait ces décisions dans le monde, et pourquoi ce don m'avait-il été accordé ?

Je réfléchissais tout en me rendant à la réunion de rentrée. Je savais que lorsque j'avais pu projeter de la lumière solaire, j'avais abrité en moi un pouvoir gigantesque. J'avalai mon café et m'arrêtai net : je venais de prendre conscience d'une chose. Si je n'étais pas redevenue humaine, je serais encore à l'heure actuelle un des êtres les plus puissants du monde. La faim de puissance, l'euphorie que j'avais autrefois ressentie en qualité de vampire battit un instant tout au fond de moi, puis disparut progressivement.

Je me remis en marche. Vicken se leva d'un banc, environ dix pas plus loin. Le voir ainsi en lycéen, un sac à dos passé sur une épaule, me fit sourire. Au loin, les eaux du port scintillaient sous le soleil matinal.

– Je vais sécher la réunion, m'annonça-t-il.

– Tu ne peux pas. Ils vont faire l'appel.

– L'appel ?

– Ils vérifient la présence de chacun, clarifiai-je.

– Bon sang, je n'aurais jamais dû laisser Rhode me persuader d'aller au lycée.

Je m'arrêtai net, étonnée par ces propos. Une étincelle vacillait dans mon cœur. Rien qu'à entendre son prénom, j'imaginais des scénarios le concernant. Rhode à Hathersage, arpentant les salles vides, Rhode m'observant de loin, me protégeant. Se demandait-il si j'allais bien ?

– Alors comme ça, c'est lui qui t'a convaincu de t'inscrire à Wickham ?

– Convaincu, il faut le dire vite ! Est-ce que tu te rends compte que je n'ai pas mis les pieds dans une salle de classe depuis l'époque de la locomotion à cheval ?

– Quand as-tu parlé avec lui ?

– Avant son départ, je te l'ai dit.

Oui, mais je ne le croyais pas tout à fait. Soudain, je m'immobilisai. Droit devant nous, un petit groupe se rassemblait à l'entrée du bâtiment Hopper : Claudia et Tracy, Roy – le frère de Justin –, plus quelques joueurs de crosse que je ne connaissais pas. Et avec eux, juste à côté de son frangin : Justin.

– Qu'est-ce qu'il y a ? me demanda Vicken d'un ton légèrement alarmé, et visiblement prêt à sortir son poignard. Ah, ça..., grogna-t-il ensuite, voyant qui je regardais.

Justin serra affectueusement Claudia dans ses bras. Lorsqu'il se recula, elle s'essuya les yeux et je vis qu'elle pleurait. Cette bande existait déjà avant mon arrivée au lycée, avant que je ne vienne assombrir ses jours. Et à présent ils se tenaient ensemble, les épaules voûtées. Curieusement, je les trouvais diminués. Pas en nombre, mais en énergie.

– J'aimais son parfum, le rose dans un flacon vrillé, dit soudain Vicken.

Il avait fermé les yeux un instant pour se concentrer. Son visage était encadré par sa crinière de cheveux fous.

– Cette odeur me manquera, ajouta-t-il – mais les mots qu'il prononçait n'étaient pas les siens.

– Quoi ? demandai-je à mi-voix.

– Ton amie Tracy. Elle regrette l'absence de Kate. Parce que... parce qu'elle écoutait mieux que Claudia.

J'observai le groupe pendant un moment. Tracy regardait en effet Claudia, mais ne disait rien.

– Et ton autre copine blonde, elle... Elle voudrait avoir son amie avec elle pour aller faire du shopping, pour se balader... sa présence lui manque. Mais je ne pige pas. Ça fait plus de deux mois qu'elle est morte. Il est grand temps qu'elles se calment un peu, non ?

Je comprenais le deuil humain. Vicken, pas encore.

Kate allait me manquer, avec sa manière de se laisser tomber dans un siège à côté de nous, de nous proposer un chewing-gum avant toute chose. Même sa manie de se mêler à tout bout de champ de ma vie amoureuse, de poser des questions indiscrètes. Nous n'étions pas très proches, je le savais, mais sa mort laisserait tout de même une trace fantôme dans ma vie.

– Deux mois, ce n'est rien. Le chagrin d'un décès peut durer des années, répondis-je en songeant à Tony.

Contrairement à celle de Kate, sa disparition laissait dans mon cœur un trou béant qui, je le savais, ne se refermerait jamais.

La mort était si facile à comprendre, quand nous étions vampires ! Mais lorsqu'on était humain, le décès d'un être aimé demeurait à jamais une date historique. Un point fixe dans votre vie auquel on se référait sans cesse en vieillissant.

Une épine plantée dans le cœur.

– Bon, alors allons nous faire appeler et commençons les cours, soupira Vicken.

Je m'arrachai à la contemplation de Justin et de ses amis.

– Nous faire appeler ?

– Ben oui, tu sais... Tu viens d'en parler... Tu m'as dit qu'il y avait un appel.

Il sortit de sa poche un morceau de papier tandis que je coulais un dernier regard vers le groupe que j'avais considéré, à une époque, comme ma bande.

– J'ai littérature du monde en première heure, dit-il en étudiant son emploi du temps.

À ce moment-là, Justin s'approcha de nous d'un air décidé et je me préparai en secouant mes cheveux sur mes épaules. *Tu mérites ce qui va te tomber dessus. Prends-le, accepte-le. Tu mérites tout ce qu'il va te dire.* Il accéléra. Ou plutôt, ses pieds le portaient de plus en plus vite dans notre direction. Vicken releva les yeux de son papier au dernier moment.

Lorsque le corps de Justin heurta violemment le sien, Vicken fut projeté en l'air et retomba à plat sur le dos. Justin s'agenouilla alors au-dessus de lui et, avec une force dévastatrice, lui envoya un coup de poing en plein visage. Ma réaction fut instinctive : je lui balançai un grand coup de pied dans la hanche, qui le désarçonna. Il s'éloigna de Vicken. Un assez gros attroupement s'était déjà formé, et je me baissai pour tirer Vicken par le bras et l'aider à se relever. Il chancela sur ses pieds et se palpa l'œil droit. En dessous, le sang faisait bourgeonner la peau, qui enflait déjà.

– Passe-moi un miroir ! exigea-t-il.

– Drôle de moment pour être coquet, répondis-je.

– Je veux voir ça ! insista-t-il, incrédule.

Il secouait la tête, comme si c'était inconcevable que je ne me rende pas compte de l'importance du moment.

Il se tourna ensuite vers Justin.

– Joli coup, mon pote.

Mrs Tate, notre prof de SVT, sortit en courant du bâtiment Hopper et pointa le doigt vers Justin d'un air affolé. Apparemment, elle avait tout vu.

– Toi ! cria-t-elle. Viens avec moi.

Justin secouait sa main : ses doigts devaient lui faire mal.

– Et toi, ajouta-t-elle à l'intention de Justin, file à l'infirmerie.

Elle désigna une élève de première, Andrea, pour l'accompagner.

Justin, à nouveau, se rapprocha dangereusement de Vicken et de moi. Il aurait facilement pu balancer un second coup de poing. Jamais je ne l'avais vu si calme... ni si enragé.

– Ça, dit-il tellement bas que seuls Vicken et moi pouvions l'entendre, ça, répéta-t-il, c'était pour Tony.

Il se tourna pour suivre Mrs Tate, mais sans quitter Vicken des yeux.

Les tripes serrées, j'attendis la réaction de ce dernier. Un muscle frémit dans sa mâchoire, mais ce fut tout. Mrs Tate pointa à nouveau le doigt, cette fois vers le bâtiment Hopper.

– Justin ! s'écria-t-elle. Tout de suite !

Les yeux du garçon dérivèrent vers moi. À présent, ils étaient froids et distants, pleins de colère, emplis de déception. Il brisa ce dernier lien en pivotant pour suivre le professeur. Je le regardai partir, le cœur déchiré. C'était une souffrance différente de celle que j'éprouvais pour Rhode. Je voulais retrouver l'ancien Justin. Celui qui me souriait, me taquinait, qui m'aidait à comprendre l'univers des humains.

Andrea se tenait à côté de Vicken, prête à traverser la pelouse avec lui pour rejoindre l'infirmerie. Elle lança un regard à Tracy et Claudia, comme pour demander : « C'est qui, celui-là ? »

Vicken se pencha vers elle.

– Dis-moi franchement, ça vire au violet ? Ou au rouge ? En fait, je me demandais : tu n'aurais pas un miroir de poche, par hasard ?

Claudia et Tracy se dirigèrent tout droit vers moi. Elles portaient des robes d'été magnifiques ; celle de Claudia était jaune canari. L'espace d'une demi-seconde, je l'enviai d'être si radieuse – elles l'étaient toujours. Mais lorsqu'elle se rapprocha, je compris l'étendue de son chagrin. Elle avait les yeux rouges et enflés à force de pleurer.

– Eh bien ! lança-t-elle. Ils se battent pour toi.

Elle sourit, ce qui réchauffa la peine que l'on lisait sur ses traits.

– Ce n'était pas moi le sujet, répondis-je.

– Bien sûr que si, affirma Tracy avec sérieux. Qui est ce garçon ? demanda-t-elle ensuite en indiquant Vicken d'un coup de menton.

– Mon... mon cousin, bredouillai-je. Vicken.

– Mignon, commenta Claudia.

C'était un vrai soulagement d'apercevoir un instant la fille insouciante qu'elle avait été.

– Il faut qu'on y aille, nous rappela Tracy. La réunion va commencer.

En les suivant, je lançai des regards autour de moi, cherchant toujours Rhode sur le campus presque vide. C'était inutile, je le savais bien. Il ne viendrait pas. Il prenait au sérieux notre promesse aux Aeris – et j'étais consciente que j'aurais dû faire de même.

Dans le couloir du bâtiment Hopper, un murmure général émanait de l'auditorium. Les élèves se retrouvaient et se racontaient leur été avec animation. Je franchis la porte, puis m'arrêtai. Tout ce monde ! Une centaine de personnes, peut-être plus. Ce que j'avais appris sur le comportement humain se vérifiait en cet instant. Au moment où je pénétrai dans le vaste auditorium, le silence se fit. Les nouveaux arrivants, qui n'étaient au courant de rien, observaient sans rien dire. Mes camarades qui avaient connu les événements de l'année précédente cessèrent leurs bavardages et pivotèrent vers moi.

Tracy et Claudia s'étaient installées au troisième rang, à leurs places habituelles, bien que le siège de Kate soit à présent vide.

Involontairement, je serrai les poings. Pourquoi avait-il fallu que Justin roue de coups mon seul allié ?

– Rhode..., dis-je pour m'encourager, mais son nom se transforma en gémissement.

Je passai devant des élèves de première déjà ici l'année dernière, et constatai que mon assurance avait apparemment disparu en même temps que mes crocs.

Je haïssais le goût des humains pour les ragots. Aussitôt que je fus passée, ces élèves se remirent à jacasser.

« C'est Lenah. Elle a largué Justin Enos. Débile, non ? »

« Et ces deux-là, là-bas, c'étaient les meilleures copines de Kate Pierson. »

« Lenah était la meilleure amie de Tony Sasaki. »

« Ouais, ben pour larguer Justin, faut vraiment que ce soit la pire idiote du monde. »

– Viens t'asseoir avec nous, me héla Claudia en retirant son sac du siège vide.

Je coinçai mes cheveux derrière mon oreille et me dirigeai avec soulagement vers les deux filles dont j'espérais qu'elles me conserveraient leur amitié. Elles n'étaient sur terre que depuis seize petites années.

Mais elles avaient été gentilles avec moi quand j'en avais eu besoin, et à présent elles continuaient. Je m'installai et écoutai Claudia raconter son été dans un club de voile.

– Et toi, Lenah ? s'enquit Tracy. Tu es rentrée en Angleterre pour les vacances ?

J'étais sur le point de leur expliquer que non, que j'étais restée à Wickham, lorsque Mrs Williams, l'autoritaire proviseur du lycée, tapota sur le micro.

– ... à la seconde même où vous envisagez de sortir. Vous devez impérativement être aux moins deux, assenait Mrs Williams. Faute de quoi vous perdrez votre autorisation de sortie.

« J'ai toujours admiré ta majesté, avait sifflé Ava. Et ton appétence pour le mal... »

– La sécurité est plus importante que jamais. Nous avons perdu un bon tiers d'inscriptions à la suite des décès accidentels de Tony Sasaki et de Kate Pierson, continuait la proviseur d'un air sévère. Nous avons donc la responsabilité de rassurer la communauté sur notre vigilance et nos efforts pour vous protéger de tout danger.

Tracy baissa la tête et s'essuya les yeux, mais pour ma part je restai droite, feignant de ne pas remarquer que Claudia lui prenait la main.

– Kate Pierson, poursuivit Mrs Williams, a trouvé la mort à l'extérieur du campus. C'est pourquoi, même si bien sûr elle nous manquera beaucoup, je vous demande de ne pas interpréter les faits à tort. Ces deux incidents ne sont pas liés, ni dirigés spécifiquement contre les élèves de l'établissement. Par précaution, nous maintiendrons toutefois les nouvelles mesures de sécurité.

Les mortels sont décidément prêts à tous les mensonges pour se protéger, pensai-je.

Je soupirai et tâchai de ne plus l'entendre. Je faisais tourner machinalement ma bague en onyx, de manière que l'anneau d'argent frotte contre ma peau. En l'absence de Rhode, Vicken et moi n'avions aucune chance de tenir tête à plus d'un vampire à la fois, deux à la rigueur. Il nous fallait Rhode. Ses années d'expérience nous auraient réellement beaucoup aidés. Et j'avais beau croire bien le connaître, il était clair qu'il y avait tout autant de choses que j'ignorais sur lui. Tant de choses qu'il savait cacher. Qu'il me cachait.

Non, pensai-je en repoussant mes cheveux derrière mon épaule. *Ne prends pas ce chemin. Celui de l'apitoiement, celui où tu rumines tout ce qu'il t'a fait. Il est parti. Il est parti, et tout ce qu'il te reste à faire, c'est attendre son retour.*

Mais il était en vie. Et cette idée tournait en rond sous mon crâne. Où était-il donc ?

Dès la fin de la réunion, les bavardages reprirent. La plupart des gens commentaient le nouveau règlement qui obligeait chacun à demander l'autorisation avant de sortir, et montraient du doigt les vigiles postés à la porte de l'auditorium.

– Je suis trop contente que tu sois revenue ! s'écria Claudia en me serrant chaleureusement dans ses bras.

J'inhalai une senteur de savon frais et un parfum épicé. Je ne pus m'empêcher de regarder Tracy par-dessus son épaule, Tracy qui nous observait avec une dernière larme dans l'œil. Claudia se recula : ses yeux aussi étaient humides.

– Surtout avec ce qui est arrivé à Kate, tu sais ? poursuivit-elle. Et maintenant, promets-nous une chose. Tu ne vas pas repartir, hein ? Tu ne vas pas encore te volatiliser comme l'an dernier ?

Elle prit mes deux mains dans les siennes.

– Non, je reste pour de bon.

Ses mains étaient chaudes sur les miennes. Si j'avais encore été vampire, cette proximité aurait été idéale pour que je lui ponctionne la gorge d'un simple geste.

Je jetai un rapide coup d'œil à ses poignets. Pour *étudier* ses veines. C'était tellement stupéfiant que j'aie encore ce réflexe ! J'en fus horrifiée. Je retirai immédiatement mes mains. *Il faut que je m'éloigne d'elle*, pensai-je.

Les vieilles habitudes ont la vie dure, dit-on. N'est-ce pas une expression ?

Ce sentiment passa et je me baissai pour ramasser mon sac. J'étais mortelle. Je n'étais plus une vampire. Contrairement à Ava. Je suivis mes amies en direction des portes.

Retourne-toi, chuchota alors une voix dans ma tête. Peut-être était-ce mon intuition, ou celle de la reine vampire qui se cachait au plus profond de moi. *Retourne-toi, Lenah. Regarde derrière toi.*

Lentement, je pivotai, et je restai pétrifiée. Debout en haut des marches, tout au fond de la salle... se tenait Rhode.

Une profonde balafre, croûteuse et noircie, barrait horizontalement son front. Une autre cicatrice traversait ses belles lèvres, si sombre que je me demandai si le sang en suintait encore. Son œil droit et sa joue droite étaient terriblement enflés.

Ma bouche s'ouvrit toute seule.

– Allez viens, Lenah ! me lança Claudia depuis la porte.

Mais je ne pouvais pas détourner les yeux. Deux secondes passèrent, puis Rhode brisa le charme pour moi : il rejoignit la sortie de secours et disparut.

– Rhode ! criai-je en courant vers la porte du fond.

Claudia m'appela à son tour, mais je ne l'écoutai pas et m'élançai sur la pelouse.

– Rhode !

Cette fois, j'avais hurlé son nom. Il se retourna vivement ; ses yeux étaient cachés par des lunettes noires. Je vis mon expression horrifiée dans leurs verres brillants.

De si près, je pus réellement voir les dégâts. Un hématome violacé couvrait l'arête épaissie de son nez.

La teinte noircie de sa peau lui donnait l'air maladif. Sous la racine de ses cheveux courait une coupure profonde, qui aurait sans doute eu besoin d'être suturée, mais il était bien trop tard pour cela. Des croûtes s'étaient formées, et il garderait certainement une cicatrice. Ses lèvres, ses lèvres somptueuses, étaient fendues par le milieu et brunies par le sang séché.

Je levai une main pour lui toucher le front, mais il se recula. Une souffrance aiguë me déchira la poitrine et je baissai la main. Dans ses lunettes noires, je vis ma propre bouche tournée vers le bas, et mes paupières, plissées à cause du soleil.

– Que t'est-il arrivé ? lui demandai-je.

– Rien. J'ai dit à la proviseur que j'avais eu un accident de voiture.

Son œil droit était si violet et enflé que je ne pus m'empêcher d'approcher mes doigts de la peau mutilée. À nouveau, il eut un mouvement de recul.

– Ce qui s'est passé ne te regarde pas, ajouta-t-il. Il faut que j'aille en classe.

Il prit la direction des labos de sciences. Avec un peu de chance, nous allions nous retrouver dans le même cours.

Chapitre 8

Une longue file d'élèves attendait dans le couloir, devant le labo. La géologie était une option très demandée chez les terminales : il y en avait trois classes entières, auxquelles se mêlaient quelques élèves de première triés sur le volet. Je me haussai sur la pointe des pieds pour tenter d'apercevoir Rhode devant moi dans la queue, mais je n'entrevis que ses cheveux courts. Mon cœur palpita au souvenir de sa longue chevelure tombant sur ses épaules comme un rideau de soie noire. J'avais tant aimé ses chapeaux hauts de forme et l'angle de ses crocs... À l'époque, les crocs faisaient partie intégrante de notre physique. Penser aux pointes acérées de ceux d'Ava me fit presser mes doigts contre mon cou, comme pour le protéger.

– Ah, Lenah, tu es là, dit Mrs Tate.

Je laissai retomber ma main. *Oh*. Visiblement, j'étais arrivée à la porte du labo.

Rhode était déjà assis au premier rang. Le menton baissé, il écrivait dans un carnet. Mrs Tate prit sa liste d'élèves et pointa un stylo dans sa direction.

– Rhode Lewin, vous allez rester là. Vous aurez comme voisin... Justin Enos. (Elle attribuait les places pour toute l'année.) Il vous aidera à vous mettre dans le bain.

Très, très mauvaise idée.

L'enseignante tendit à Rhode une feuille de papier.

– On m'a mise au courant pour votre accident de voiture. Comment vous sentez-vous ?

– Mieux, je vous remercie.

Il posa son stylo et prit la feuille, les doigts tremblants. Ses deux mains étaient entourées d'épais bandages : un autour du poignet, l'autre autour des phalanges. Je m'immobilisai lorsqu'il leva les yeux. Sous les meurtrissures noirâtres et violacées se trouvaient les yeux bleus que j'avais connus et aimés pendant un demi-millénaire. Mon ventre se serra, je respirais avec difficulté. Nos yeux ne se quittèrent pas et son regard qui s'attardait sur moi suffit à me faire tourner la tête. À ma grande confusion, il soupira, ferma les yeux et rompit le charme une fois de plus.

– Lenah, dit Mrs Tate, vous gardez votre ancienne place. Une élève de première va venir nous rejoindre, elle s'installera à côté de vous.

J'opinai et tâchai de regagner ma paillasse sans regarder vers Rhode.

Je haïssais cette chaise vide à côté de la mienne. Celle de Tony. J'étais sur le point de m'asseoir lorsque le professeur reprit la parole.

– Oh. Hmm.

Justin et deux autres élèves venaient d'entrer dans la salle. Mrs Tate regarda sa liste.

– À la réflexion, Justin, prenez place à côté de Lenah. Et Margot, en fait, nous allons regrouper les deux nouveaux, venez rejoindre Rhode. Caroline, tu iras dans le fond, à côté de...

Je cessai d'écouter ce méli-mélo de noms. Justin, qui évitait mon regard, s'assit, et lorsqu'il posa ses livres sur la table je remarquai que ses doigts, à lui aussi, étaient bandés. Il serrait son cahier, et son genou était agité de tressautements, tremblant peut-être de nervosité, de rage, ou d'un excès de caféine.

Je déglutis, désarçonnée par son silence. Je fis à nouveau tourner la bague d'onyx, encore et encore, et finalement, lorsque j'ouvris la bouche pour lui parler, Mrs Tate réclama l'attention de la classe.

– Bien, passons au plan du cours d'aujourd'hui. Nous allons revoir quelques bases.

Justin regardait ostensiblement droit devant lui. Cela me faisait souffrir à un point qui m'étonna. Pourquoi refusait-il de s'adresser à moi, ou même de me regarder ? Pendant un moment, je continuai de m'attendre à ce qu'il me touche comme d'habitude, à sentir sa main chaude sur mon genou ou dans le bas de mon dos.

– Nous allons analyser le pH de divers échantillons d'eau prélevée à Lovers Bay. Je sais, je sais, c'est élémentaire, mais c'est important avant d'avancer dans notre processus d'expérimentation.

De nouveau, je tournai la tête vers Justin.

– Quoi ? lâcha-t-il froidement.

Il me fallut un moment pour comprendre que c'était adressé à moi.

– Ah, euh... rien. (Je baissai les yeux vers mon cahier.) Je...

– Quoi ? répéta-t-il, cette fois en tournant lentement la tête vers moi. (Le vert de ses yeux était dur, froid.) Tu veux encore m'humilier ?

– T'humilier ?

Je jetai un coup d'œil à Mrs Tate, qui écrivait quelque chose au tableau.

– Ton petit copain est au premier rang. Tu devrais être placée à côté de lui, me cracha-t-il entre ses dents.

– Je veux juste...

– Lenah, si tu me parles encore une fois d'autre chose que de géologie, je quitte la salle.

– Passe-moi le papier pH.

La voix de Justin était glaciale. En silence, j'obéis.

– Sept, constata-t-il. Que dit le tien ?

J'observai la coloration du papier, puis notai nos résultats. Lorsque ce fut terminé, il rassembla le matériel, flanqua notre travail commun sur le bureau de Mrs Tate et fila dehors. À l'avant de la classe, Rhode rangea doucement sa trousse et son cahier. La mâchoire serrée, il se crispa lorsqu'il prit son sac sur son épaule. Je sortis derrière lui.

– Rhode, l'appelai-je à mi-voix lorsqu'il eut fait quelques pas dans le couloir. Rhode !

Il s'éloignait rapidement. Je commençais à en avoir assez d'être traitée comme la Femme invisible.

– Si tu ne te retournes pas *tout de suite*, je hurle !

Il tourna les talons et me regarda.

– Il y avait une vampire à l'herboristerie, commençai-je. Ici, à Lovers Bay. Elle vivait à Hathersage. La bonne que j'ai tuée avant d'entrer en hibernation. Elle est au courant pour le rituel. (Je me tenais à environ un pas de lui, observant sa réaction.) Vicken et moi voulions t'en parler plus tôt, mais tu étais injoignable.

Il ne bougea pas, le dos droit, les bras croisés.

– Tu as été blessée ?

– Elle a déjà tué une de mes amies. Elle a dit qu'elle reviendrait pour le rituel.

On aurait dit que Rhode se prêtait à cette conversation à contrecœur. Il respectait le décret des Aeris, d'accord, mais tout de même, personne ne lui avait interdit de me parler, que je sache.

– Elle a taillé ses ongles rouges en pointe. (Je déglutis en imaginant ma chair s'ouvrant sous ses griffures. Rhode leva une main bandée vers son menton, hocha la tête et garda les yeux rivés sur mes pieds.) Elle a créé un cercle. Vicken et moi avons vu la cérémonie de nos yeux.

– Cinq ? s'enquit Rhode.

Je fis signe que oui, mais c'était plus fort que moi : il fallait que je sache.

– Qu'est-ce qui t'est arrivé ? Tu as une mine terrible. Dans quelle bagarre t'es-tu fourré ? Est-ce à cause du rituel ?

– Non, et je t'ai déjà dit que ce n'était rien.

– Tu me mens, crachai-je, dégoûtée.

– Il faut que j'y aille.

Mais avant de me tourner complètement le dos, il ajouta quelque chose.

– Retrouvons-nous ce soir. Pour parler de ce cercle. Vicken te dira où et quand.

Il fit quelques pas, que j'écoutai résonner sur le sol. Une bulle de colère enflait en moi.

– Tu sais tout, criai-je dans son dos, juste un peu plus fort que ma voix normale. Ça a toujours été comme ça.

Il s'arrêta, toujours dos à moi. Nous étions de nouveau seuls, maintenant que l'intercours était terminé.

– Pendant des siècles, tu as tout contrôlé pendant que moi, je ne savais rien.

Il se retourna, cette fois, et nous nous retrouvâmes les yeux dans les yeux.

– C'est vrai, ajoutai-je d'une voix plus faible. J'avais d'autres distractions, mais c'était toujours toi qui avais le pouvoir. Seulement, comme je t'aimais, ça n'avait pas d'importance.

Il se rapprocha pour se retrouver à quelques centimètres de moi. De si près, je voyais les petits poils de barbe qui poussaient sur son menton et une meurtrissure le long de sa mâchoire – des hématomes que je n'avais pas encore remarqués.

– Je me fiche complètement du pouvoir, souffla-t-il, visiblement en proie à une colère rentrée. Toujours, en permanence, mes pensées ont été avec toi.

Je décidai de le pousser dans ses retranchements.

– Tu m'as laissée dans le noir. Peut-être que si j'avais connu les particularités du rituel, j'aurais pu t'aider. On ne serait pas dans cette impasse, maudits par les Aeris, sans pouvoir être ensemble.

Au fond de moi, je me demandais toujours pourquoi Rhode avait dit qu'il ne serait jamais revenu de lui-même à Wickham, et refusé de révéler où il avait passé l'année précédente. Cela me tracassait sans relâche. Quelle raison pouvait être assez forte pour l'éloigner ainsi de moi ? Encore un secret, encore une vérité qu'il me cachait.

– Je te l'ai dit, j'ignorais que nous aurions à affronter ce genre de conséquences.

– Tu m'as dit beaucoup de choses, Rhode. Tu m'as fait des promesses que tu n'as pas tenues.

Une image de la tombe de ma sœur, ornée de fleurs de jasmin, me passa fugacement dans la tête.

– Par exemple ?

– Je n'ai pas besoin de te le rappeler. L'important, c'est que si tu m'avais associée au rituel, si tu m'avais expliqué ce que tu étais en train de faire, on aurait peut-être trouvé une autre voie. On aurait peut-être fait les choses différemment. Tu n'aurais pas eu à feindre la mort, osai-je conclure.

– Il faut vraiment que j'y aille.

Il regardait mes lèvres, et ma colère se dissipa. Comme elle s'évaporait rapidement ! Nous étions si près l'un de l'autre... Au bord du baiser. Mon corps le désirait tellement que j'en avais mal dans les muscles. Ses yeux, cernés de chair meurtrie, ne me lâchaient pas.

Nous ne nous étions jamais touchés. Jamais en tant que mortels.

Il aurait suffi qu'il se penche un tout petit peu en avant pour m'embrasser. Lèvres contre lèvres, peau contre peau. Et nous aurions enfin su ce que cela faisait que de se toucher. Avec des sensations humaines. Ce qui nous avait tant manqué pendant des siècles. Les Aeris ne s'en formaliseraient pas, n'est-ce pas ? Elles n'allaient quand même pas se fâcher pour un simple baiser ?

– Tu ne sens pas ça ? soufflai-je.

Je gardais mes yeux plongés dans les siens. Je me demandais si ses blessures le faisaient encore souffrir.

– Tu ne le sens pas ? répétai-je.

Au creux de mon ventre se déchaînait une tornade de sensations qui tournoyaient, tourbillonnaient et me poussaient vers lui. Je continuai de le dévorer des yeux. Mes pieds étaient enracinés au sol, mais mon corps se balançait très légèrement. Mon corps était en feu, et sentir mon sang courir dans mes veines et dans mon cœur était merveilleux. Je tendis la main et le vis faire de même. Sa peau, si différente de l'épiderme lisse et froid des vampires, appartenait désormais à la main calleuse d'un humain. Nous restâmes ainsi un instant, nous touchant presque, heureux de l'électricité qui passait entre nous. Je laissai chacun de mes pores, chacune de mes cellules éprouver sa chaleur.

– Si, je le sens, répondit-il enfin en laissant retomber sa main.

Ça ne peut pas être comme ça pour tout le monde, pensai-je. *Tout le monde ne ressent pas l'amour ainsi.*

Je fis enfin un tout petit pas vers lui, mais il m'arrêta.

– On ne peut pas, trancha-t-il.

« Je ne voulais pas revenir. On m'y a obligé. » Ces deux courtes phrases m'obsédaient. Je détachai mes yeux de lui, et l'espace s'ouvrit entre nous.

– Tu devrais partir. Partir pour de bon, répondis-je en regardant par terre avant de reculer d'un pas. Si c'est un tel tourment d'être près de moi. Si *tu ne voulais même pas revenir*, comme tu l'as dit, alors va-t'en.

Je savais que je n'étais pas sincère. Et Rhode ne tombait pas si facilement dans le panneau. Il cligna lentement des paupières.

– Tu sais que je ne peux pas. Surtout maintenant.

Ma colère se remit à bouillonner, et Rhode se rapprocha insensiblement. J'inhalai son odeur : du savon, du déodorant, et aussi sa peau. Il sentait bon, il sentait l'humain. Il serra les dents comme pour retenir des larmes, et je vis soudain que ses yeux étaient... *embués.*

– Lenah. Je reste parce qu'il y a un monde de différence entre penser à toi et te voir en chair et en os. Je reste pour apercevoir ton seul sourire de la journée. Ou pour te regarder passer la main dans tes cheveux. Parce qu'il faut, il faut... il *faut* que je sois près de toi, de toutes les manières possibles.

J'étais sans voix. J'aurais voulu dire quelque chose, n'importe quoi. Lui dire que j'éprouvais exactement les mêmes sentiments... Mais je n'eus pas le temps de l'arrêter : déjà il s'était détourné de moi.

Et là...

Une forte odeur de pommes mûres me submergea. Des pommes partout. Comme si je m'étais trouvée au-dessus d'un tonneau de pommes rouges et brillantes de la récolte de septembre. Je voulus chasser cette sensation, mais l'odeur était si prégnante que je me sentis poussée à fermer les yeux afin d'y échapper un instant. Des images se déversèrent alors en torrent dans ma tête. Un flot de souvenirs de ma vie d'avant, impossible à arrêter.

Rhode et moi nous embrassons sur la colline, au pied de notre manoir. Je porte une grande robe noire à longue traîne. Le soleil va bientôt se lever. Nous sommes des vampires. Ses mains appuient dans mon dos, m'attirent contre lui. Ma peau est de porcelaine. Mes lèvres sont roses et je vois les pointes acérées de mes crocs. Comment puis-je me voir moi-même ?

Une main tient une canne. Je connais cette canne et sa tête de hibou en onyx.

Je rouvris les yeux, secouai la tête et me concentrai sur mon souffle. *Inspire, expire, Lenah. Inspire, expire. Inspire, expire.* Lentement, les images se dissipèrent, ainsi que l'odeur de pommes. Le bruit de Rhode s'éloignant me ramena au présent.

« Il faut que je sois près de toi. »

J'en avais le souffle coupé.

Rhode s'éloignait dans le couloir. Ses mots résonnaient dans ma tête, et un faible parfum fruité s'attardait dans l'atmosphère.

Chapitre 9

– Nous sommes le 3 septembre. Il nous reste vingt-sept jours avant le début du mois de la Nuit Rouge, expliqua Rhode ce soir-là.

Comme promis, Vicken m'avait fait venir dans la bibliothèque après dîner. Je me tenais devant la vitre d'un box de travail, au fond, avec vue sur la colline du terrain de tir à l'arc. Je m'efforçais de ne pas suivre des yeux ses pentes, d'autant que j'avais bien l'intention de ne jamais remonter sur le plateau. Je doutais qu'un vampire pût nous observer de là-haut : c'était à mon avis trop exposé. Il n'y avait pas d'arbres derrière lesquels se cacher, pas d'ombres dans lesquelles disparaître. Les vampires aimaient à observer et à étudier leurs futures victimes. Identifier leurs faiblesses leur permettait ensuite de les tuer sans effort. Je laissai mon corps peser contre la vitre rafraîchissante. J'avais pris cette habitude lorsque j'étais vampire, pour m'assurer qu'il me restait encore un semblant de sens du toucher.

Je me retournai ensuite vers les deux hommes venus de mon passé. Vicken était adossé au mur, les bras croisés. L'air soucieux, il ne quittait pas Rhode des yeux. Ce dernier, assis à une table, avait posé son poignet bandé sur un bureau.

– Pourquoi la Nuit Rouge est-elle importante ? demanda Vicken.

– C'est le moment où la connexion entre le monde mortel et le monde surnaturel est le plus faible, expliquai-je, consciente du regard de Rhode sur moi. C'est pourquoi notre fête de la Nuit Rouge a toujours été particulièrement sanglante. Tu ne t'es jamais senti plus fort, ces nuits-là ? Plus... animal ?

Vicken réfléchit.

– Si... Tu as sans doute raison.

– D'ici au 1er octobre, il y a peu de risques qu'Ava parvienne à attaquer sur le campus, dit Rhode.

– Elle a attaqué sur la plage, précisa Vicken.

– Officiellement, la plage ne fait pas partie du lycée. Le rituel a été accompli sur le campus plus d'une fois. Cela a pu l'attirer à l'origine, mais cela peut aussi nous offrir une protection. L'énergie résiduelle peut faire office de bouclier. Du moins jusqu'au 1er octobre, où la Nuit Rouge lui conférera de nouveaux pouvoirs.

– Génial. Et en attendant, on est prisonniers de cet asile de fous, soupira Vicken.

Je passai la main dans mes cheveux et me massai le crâne pour alléger un peu la tension. Enfin, je croisai le regard de Rhode : cela m'envoya un choc dans la poitrine, comme s'il avait touché quelque chose en moi, tout près du cœur.

Je voulais lui parler de la mort de Tony et de la manière dont Justin m'avait défendue. Je voulais lui expliquer ce que j'avais ressenti lorsque j'avais pu projeter des rayons de soleil. Mais Rhode n'avait posé aucune question sur le cercle. Il n'avait pas demandé comment mes anciens alliés étaient morts. Je me remémorai une fois de plus que j'ignorais totalement ce qu'il avait fabriqué pendant toute l'année précédente. Il n'avait rien révélé.

– Partons, voulez-vous ? proposa-t-il. Je crois que nous avons tout vu.

Il éteignit la lumière, mettant fin à notre petite réunion. Et me lança un regard au moment où nous sortions.

À cet instant, je m'arrêtai net, de nouveau frappée par l'odeur de pommes. Mais elle était différente, cette fois. À présent, c'était exactement celle de mon enfance. Je portai une main à mes yeux, les frottai, et sentis s'élever le parfum entêtant du cidre en hiver. Au fond de ma tête, je revis la salle de géologie de ce matin.

Je suis dans le labo de géologie, assise à la paillasse de Rhode au premier rang. Je lève les yeux vers la porte et mon cœur se serre. Je me vois entrer dans la salle. Je suis tout en noir, mes cheveux bruns lâchés sur les épaules.

Comment puis-je entrer dans la classe et être assise au premier rang en même temps ? C'est la vision de quelqu'un d'autre. Je suis dans la tête d'un autre !

« Qu'elle est belle... », dit une voix. Une voix grave, une voix d'homme. Quelqu'un me regarde. Je suis consciente d'une douleur dans mes mains, de ma peau qui craque chaque fois que je bouge mes lèvres. Je me suis battu.

« Ça en valait la peine », pense cette personne. Son corps entier est endolori. Mais il y a aussi autre chose. Lorsque je passe devant elle, la personne inhale profondément, dans l'espoir de capter une odeur familière. Elle agrippe son cahier pour se retenir de me toucher. Elle a mal rien qu'à me regarder. C'est une souffrance. « Cet amour, pense l'individu, est si profond qu'il ne pourra jamais être vaincu. »

Et soudain, je comprends : je suis dans la tête de Rhode. Ce sont les pensées de Rhode !

Je battis des paupières et respirai les odeurs ordinaires du campus : la cantine, le gazon coupé et, bien sûr, l'océan. L'odeur de pommes avait complètement disparu, comme si elle n'avait jamais été là. Je pris le temps de repasser la vision dans ma tête. Je m'étais vue en géologie exactement comme Rhode m'avait vue. Je souris à l'herbe verte, à mes pieds. *Il m'a trouvée belle. Cet amour est si profond qu'il ne pourra jamais être vaincu.*

Le crissement d'un briquet, un panache de fumée de cigarette, et Vicken me tira par le coude. Il ne craignait pas de me toucher, contrairement à Rhode. Une nouvelle bouffée de bonheur m'envahit : Rhode avait envie de me toucher, mais il résistait. J'avais perçu ce conflit intérieur pendant la vision. Je reprenais espoir, comme dans le couloir.

« Je reste parce qu'il y a un monde de différence entre penser à toi et te voir en chair et en os. Parce qu'il faut, il faut que je sois près de toi, de toutes les manières possibles. »

– Nous nous aimerons toujours, dis-je à voix haute.

– Oh, c'est pas vrai ! Allez, partons, grogna Vicken.

– On va où ? demandai-je en le suivant.

– À la tour de l'observatoire, en haut du bâtiment Curie.

C'était le nom officiel du bâtiment des labos de sciences.

Vicken tira sur sa cigarette pendant qu'une bande de filles de première passait devant nous.

– Eh, Vicken ! le héla l'une d'elles d'un ton enjoué et coquet. Tu devrais arrêter de fumer !

Elle conclut par un petit rire en cascade.

Il se mit à marcher à reculons pour rester face à elle.

– Il paraît que ça peut me tuer, répondit-il avec un sourire énigmatique.

Nouveaux gloussements de rire. Je soupirai. Nous approchions du bâtiment Curie.

– L'une d'entre elles est jalouse, elle croit que je craque totalement pour toi, m'informa Vicken – ce qui me fit lever les yeux au ciel.

– Bon, tu la finis, cette clope ?

Il tira une nouvelle bouffée.

– J'aime profiter jusqu'au bout de ce qui est mauvais pour moi.

– Tu sais, contrairement à quand tu étais vampire, cette saleté peut vraiment te tuer, dis-je tandis qu'il soufflait un dernier nuage de fumée.

Il exhala avec humeur et écrasa son mégot contre le mur de brique.

– Ton pote Justin aussi, il a failli me tuer. Tu sais que ça fait mal ? (Il montrait du doigt son œil au beurre noir.) Je n'arrête pas de le tripoter. On oublie trop facilement la douleur physique quand on ne l'a pas ressentie pendant plus de cent ans. Merveilleux. (Il approcha de moi sa pommette enflée.) Vas-y, touche ! Je me demande si ça fait le même effet quand c'est quelqu'un d'autre qui appuie dessus.

– T'es dingue, dis-je en passant le code-barres de ma carte d'étudiante devant le lecteur – une des nombreuses précautions prises par l'administration depuis les décès de Tony et de Kate.

– Moi, dingue ? reprit Vicken en me suivant à l'intérieur. Dois-je te rappeler la fois où tu as tué à toi seule tous les invités d'une garden-party ? (Nous attaquâmes l'escalier.) Mais ne me fais pas dire ce que je n'ai pas dit, haleta-t-il entre deux étages. C'était formidable.

Une heure plus tard, la lune argentée projetait une lumière laiteuse sur le sol à travers la verrière de l'observatoire. Nous ouvrîmes les fenêtres du plafond et, au lieu d'utiliser l'énorme télescope, admirâmes le passage des constellations à l'œil nu, allongés sur le dos. Bien que le soleil soit couché depuis deux heures, à chaque instant le ciel devenait plus sombre et de nouvelles étoiles s'allumaient dans la nuit.

– Tu sais, je dis ça comme ça, mais Rhode a bien pu se battre ici, me dit Vicken. Pas à Hathersage comme tu le crois.

– D'accord. Alors pourquoi Ava n'a-t-elle pas parlé de lui chez l'herboriste ? Visiblement, elle n'est pas au courant qu'il a survécu.

– Tu interprètes. Tu n'en sais rien.

– Et toi, qu'est-ce qui te fait dire qu'il y a un rapport entre sa présence et celle de Rhode ? Elle n'aurait pas dit quelque chose ? Elle l'aurait au moins mentionné, tu ne crois pas ?

Une étoile filante traversa le ciel. Je pointai le doigt, et Vicken fit de même. Nous comptâmes à l'unisson, en latin.

– *Unus, duo, tres...*

Nous attendîmes... attendîmes... et une nouvelle étoile zébra les cieux. L'euphorie causée par cette vision disparut rapidement, tandis que les paroles des Aeris me revenaient en tête.

« Vous êtes des âmes sœurs. Vos vies sont inextricablement liées. »

– Laisse-moi m'occuper de tout, dit Vicken. Je découvrirai ce qui s'est passé. J'ai été soldat, bon sang. Ce ne sera pas bien dur de fouiner un peu. On peut difficilement rater Tête-en-Compote, en ce moment.

J'éclatai de rire.

– Tête-en-Compote ?

– 'Zactement.

– Tu es plus drôle sous forme humaine.

Vicken attendit un moment, puis sourit jusqu'aux oreilles.

– Tu veux toucher mes bleus ?

– Mais arrête avec ça !

Il se tourna sur le côté et tendit sa tête vers moi, tel un bébé phoque.

– Allez, Lenah. Touche mon bleu.

– Non !

Il était si proche que je sentais l'odeur du tabac sur sa peau.

– Vas-y, fais-le. T'as peur ?

Alors, je lui donnai carrément une baffe.

– Peuh, même pas mal ! s'exclama-t-il.

Et nous étions en plein fou rire lorsque j'entendis un rire d'un tout autre genre dans l'escalier. Je me figeai. Les gloussements et les exclamations d'une fille, suivis d'une voix que je reconnus. Je m'assis et me tournai vers la porte. Justin entra dans l'observatoire, accompagné d'une élève de première. Andrea.

– Tiens, mais c'est mon escorte ! lança Vicken avec un sourire diabolique.

Andrea lui sourit. Justin regarda Vicken, puis moi.

– Partons, Andrea. La place est *prise*, dit-il.

– Non, non, pas du tout ! m'écriai-je en me hâtant de me lever.

Vicken recula contre le mur et alluma une nouvelle cigarette.

– Oh, laisse-les partir. C'est un crétin, dit-il derrière moi en croisant les chevilles, jambes allongées devant lui. Au fait, il est entré ici pour la déshabiller.

Je le fusillai du regard.

– PES, lâcha-t-il avec un haussement d'épaules.

– Éteins cette cigarette.

Ils étaient déjà dans l'escalier. Je m'y engouffrai à mon tour. Déjà que Justin me détestait, et voilà qu'il me croyait avec Vicken, maintenant !

– Attends ! lui criai-je en déboulant sur la pelouse.

Andrea et Justin étaient à côté de la porte. La fille semblait avoir envie de m'étrangler.

– J'en ai pour une seconde, lui dis-je. Tu permets ?

Elle regarda Justin, les yeux écarquillés, attendant qu'il refuse. Comme il n'en faisait rien, elle se mit à bouder.

– Lamentable, lâcha-t-elle avec un profond mépris avant de s'en aller.

Il la rappela, mais elle était déjà en train de se joindre à d'autres élèves. Et l'extinction des feux n'allait pas tarder.

Justin fit mine de la suivre.

– Tu peux m'accorder un instant, je te prie ? insistai-je.

Il se retourna vers moi avec un gros soupir.

– Je ne suis pas avec Vicken.

– J'ai dit que tu l'étais ? répondit-il, cinglant.

– Non. En effet, non.

– Sur le terrain de tir à l'arc, tu m'as quitté pour Rhode. Mais aussi bien, tu pourrais t'être mise avec Vicken depuis. C'est dur de tenir le compte, avec toi.

Je n'eus pas le cœur de lui dire que le bon ordre chronologique était, en réalité : Rhode, Vicken, et lui ensuite.

– On est juste amis, lui et moi.

– Un ami assassin. Il a aidé ton cercle à tuer Tony !

– C'est plus compliqué que ça.

– Je ne vois pas ce qu'il y a de compliqué. Bon, faut que j'y aille.

Décidément, c'était la phrase à la mode, ces derniers temps.

Mais Justin ne partit pas. Il regarda par terre, puis releva la tête vers moi.

– Qu'attends-tu de moi ? Et Rhode ? Vous n'êtes pas des âmes sœurs ? Des partenaires de rituel, ou je ne sais quoi ?

Un silence.

– Je ne suis pas avec Rhode. Je ne suis pas avec Vicken. Je ne suis avec personne.

Ses narines palpitèrent et ses joues rougirent. Il cligna plusieurs fois des yeux ; j'avais du mal à déchiffrer son expression.

– Mais je croyais que tu l'aimais... Rhode ?

– Les choses ont changé, dis-je en secouant la tête.

Et c'était vrai. Rhode me consumait de l'intérieur et je l'aimerais à jamais, mais tout avait changé. Il me fallait tourner la page.

– Ça m'a l'air plutôt dur à changer, quand même, dit-il.

Nous laissâmes résonner les bruits du campus. Des élèves bavardaient, riaient. Des téléphones portables sonnaient et, non loin de nous, des voitures passaient dans une rue.

– Écoute, repris-je. Je ne veux pas que tu me détestes. Je sais que je le mérite, mais...

– Je ne te déteste pas. Simplement, je ne veux plus avoir affaire à toi. Je veux vivre ma vie sans rituels, sans cercles de vampires sanguinaires tuant mes amis. J'aime mieux sortir avec des filles qui... qui restent en vie, tu vois.

Cette réplique me coupa les jambes. Je ne ressentirais donc plus jamais la joie et le réconfort d'être dans ses bras ! Je me rappelais la puissance de sa chaleur, après des siècles de froid. Chaleur, toucher, tendresse... c'était Justin. Un rappel de ma capacité à vivre et à aimer. Il m'avait aidée à avancer, l'année précédente. À présent, je voulais qu'il m'aide encore. Qu'il m'aide de la seule manière possible.

Mais il se détourna et partit rejoindre Andrea.

– Attends. S'il te plaît !

Il s'arrêta à côté d'un réverbère, mais resta dos à moi.

– Quoi ?

J'hésitai. Je choisissais mes mots dans ma tête, mais aucun ne me semblait convenir.

– Je suis désolée. Pour tout, dis-je malgré tout.

Il secoua la tête, mais se retourna pour me faire face.

– Je regrette, Lenah, mais ça ne suffit pas.

Je fis un pas vers lui et lui tendis mes mains, comme pour dire : « Reste. »

– Je veux simplement que tu saches... non, je recommence. Je veux que tu essaies d'imaginer quelqu'un, dans ta vie, que tu as toujours connu. Disons Roy, ton petit frère.

Il fronça les sourcils, mais hocha le menton.

– Et puis imagine qu'un jour, il ne soit plus là. Désormais, sa manière de tenir son café, de rire ou de se toucher la joue n'existe plus que dans tes souvenirs. Envolé à jamais, tout ça. Je veux que tu essaies d'imaginer ce chagrin.

– Tony est mort, Lenah. Kate est morte. Je sais ce que c'est que le chagrin.

Je m'enhardis néanmoins à faire encore un pas.

– Les humains peuvent apprendre à revivre après un deuil, mais pour le vampire, ce chagrin est constant. C'est ce qui nous rend si dangereux. Et quand Rhode est mort, ou que je l'ai cru mort, tu étais là, au moment où j'étais humaine pour la première fois. Tu m'as sortie de cette malédiction. Tu m'as guérie.

Il regardait au loin pour éviter mon regard. J'attendis une réaction, qu'il dise qu'il était touché, qu'il comprenait. Mais il se contenta de soupirer et de fourrer ses mains dans ses poches.

– Je sais que tu m'as entendue parler à Rhode l'autre jour, sur le terrain de tir. J'étais surprise de le trouver là, tentai-je d'expliquer.

– Je m'en doute, tu penses.

– Je ne peux pas dire que je...

À ces mots, il tourna vivement les yeux vers moi.

– ... que je ne t'aime pas, terminai-je.

Il soutint mon regard mais ne répondit pas. Ne dit pas : « Moi aussi, je t'aime. » Je lui laissai encore quelques secondes.

– Très bien.

Je tournai les talons et partis à la hâte.

– Attends ! Lenah, attends !

Mais je n'attendis pas. Je continuai à avancer, de plus en plus noyée par des vagues successives de honte. *Je n'en reviens pas : je lui dévoile mes sentiments, et il ne réagit pas. Rien, aucune réaction !* Cela ne lui ressemblait pas du tout. J'avançai, avançai, jusqu'à me retrouver presque devant Seeker Hall.

Je m'arrêtai à côté de la bibliothèque, saisie par un puissant désir d'y entrer. Il restait une heure avant l'extinction des feux. Je voulais me rendre dans la salle d'écoute, où il me suffirait d'appuyer sur un bouton pour écouter la musique de mon choix. Et où je pourrais être seule. Je mettrais peut-être du Mozart. Je l'avais vu en concert plusieurs fois. Quatre, pour être exacte.

J'avais fui les paroles de Justin. J'espérais à présent que la salle d'écoute m'aiderait à oublier son regard. Je pénétrai dans la bibliothèque et remontai l'allée centrale pour rejoindre les petites pièces, au fond. J'avais travaillé là l'année précédente, je connaissais bien les lieux. Je jetai un regard par la lucarne de la salle d'écoute : elle était déserte. J'entrai.

Il n'y avait plus de CD. À leur place, un ordinateur était posé sur un petit bureau. J'avais passé l'année à apprendre à me servir d'un ordi. Je m'assis et cliquai sur une icône marquée NOUVEAUX MORCEAUX. Quelqu'un les avait classés par catégorie : romantique, classique, New Age, death metal... *Death metal ?*

Je feuilletai les morceaux pendant un moment, en m'émerveillant des milliers de choix qui s'offraient à moi. Soudain, une main passa au-dessus de mon épaule. Je sursautai légèrement tandis qu'elle effleurait doucement mes doigts et se posait sur la souris. Je n'avais même pas entendu la porte. La main était chaude et bronzée.

– Mets ça, me dit Justin tranquillement.

Il double-cliqua sur une ballade, une chanson très douce chantée par une femme.

– Qu'est-ce que tu fais ? lui demandai-je tandis qu'il me faisait lever de ma chaise.

– Je danse avec toi.

L'image de lui fourrant ses mains au fond de ses poches me revint en tête.

– Mais je croyais que tu m'en voulais.

Ses bras forts m'attirèrent doucement contre lui, et il me prit les épaules de ses mains fermes. Sa paume reposait au milieu de mon dos et je levai le menton vers lui. Sous le col de sa chemise dépassait un cordon de cuir noir, et un pendentif en argent miroita un instant lorsqu'il bougea, mais il me serra plus fort. Je me demandai quel genre de bijou c'était, et ce qui avait encore changé pendant l'été. Le son d'une guitare emplit la pièce, et les notes mélancoliques du piano me traversèrent de part en part. Nos regards se rencontrèrent, et l'expression douce de Justin m'incita à dire quelque chose.

– Je suis vraiment, sincèrement désolée. Pour Rhode, pour... (Là, j'hésitai. C'était bizarre de s'excuser d'avoir failli mourir pendant un rituel.) Eh bien, comme je l'ai dit, je suis navrée. Pour tout.

Il me fit tendrement taire et nicha son nez dans le creux de mon épaule. Nous commençâmes à tourner.

– À propos de Tony...

– Chhhut, souffla-t-il.

Cette fois, je fermai les yeux. J'étais de retour au bal d'hiver avec lui, dansant sous les lumières étincelantes. Dans ce monde moderne, les gens dansaient d'une manière si intime ! Au corps à corps, au cœur à cœur. Je percevais le désir de Justin dans la chaleur qui montait entre nous deux. De si près, la musique me rendait consciente de son envie. Le vampire en moi se languissait du battement de son cœur. Et lorsque je fermai les yeux pour écouter la chanson... ce fut moi qui me languis.

Imagine, si c'était Rhode. Que dirait-il des danses modernes ?

Il n'y avait pas de mouvements chorégraphiés comme autrefois. Rien que deux corps se mouvant à l'unisson. Si cela avait été Rhode, ses mains seraient remontées dans mon dos pour me saisir la nuque. Celles de Justin se glissèrent sous mes bras. Ma peau se couvrit de chair de poule. Il me serra plus fort encore, et mes lèvres embrassèrent la base de son cou.

Oui, il est là. Rhode est là. Ce n'est pas Justin, c'est Rhode.

Rhode accentua son étreinte pendant que la sérénade continuait. Je déglutis nerveusement tout en me laissant aller à mon fantasme. Rhode et moi tournions dans cette pièce, ses doigts gracieux montant et descendant le long de mon corps. Sa chaleur, sa chaleur humaine, m'écrasait presque. Il n'y avait plus la moindre distance entre nous. Il m'embrassa dans le cou, envoyant des frissons dans tout mon corps.

L'« amour ». Quel mot étrange. Infini. Comme il avait défini toutes mes convictions pendant si longtemps ! Car nous avions parcouru des dizaines et des dizaines de décennies, main dans la main, toujours, toujours, déambulant sous la lune. Nous nous étions réjouis de tous les couchers de soleil du monde.

– Je t'aime tant..., chuchotai-je.

– Moi aussi, je t'aime, me répondit une voix étrangère.

L'accent américain m'arracha à ma rêverie. Je clignai des yeux plusieurs fois, me raccrochant aux derniers vestiges de mon rêve, mais sachant déjà, en relevant le menton, que mes yeux rencontreraient ceux de Justin et non ceux de Rhode.

Nous continuâmes de danser, bien que le charme, pour moi, fût brisé en mille morceaux.

– J'ai cru, quand tu as vu Rhode, que tout était terminé entre nous.

Je ne peux pas avoir Rhode. Jamais plus je ne toucherai sa main. C'est fini.

– Je pensais que ce serait plus facile de t'en vouloir, poursuivit-il.

– Je ne suis pas habituée à te voir en colère.

– Je ne peux pas cesser de t'aimer, Lenah, je ne peux vraiment pas. J'essaie, j'essaie. Mais je n'y arrive pas.

Je le regardai au fond des yeux tandis que résonnaient les derniers accords de la chanson.

Je peux y arriver, n'est-ce pas ? Justin et moi ?

C'était tellement plus facile que les rejets sans fin de Rhode... Rien de surnaturel n'avait décrété que nous ne pouvions pas être ensemble. Rien ne se dressait entre nous.

Justin prit ma joue dans sa paume et passa son pouce sur ma pommette. Je cherchais son regard. Était-ce seulement de l'amour ? L'amour, c'était de la chaleur, du réconfort. L'amour, c'était pour les vivants. Justin pouvait m'aider à me sentir à nouveau en vie. Je le savais. Je l'avais ressenti l'année passée.

Il se pencha pour m'embrasser sur le bout du nez.

– Tu veux qu'on s'en aille ? me demanda-t-il.

Il reste une demi-heure avant le couvre-feu débile instauré par Williams.

Il éteignit les lumières et me vola un dernier baiser avant me tendre la main pour me raccompagner chez moi.

Chapitre 10

Il avait plu au petit matin, et l'herbe en était toute luisante. Elle me chatouilla les doigts de pied tandis que je tournais au coin du bâtiment Curie. Mrs Tate arriva en même temps que moi, l'air pressé.

– Lenah, dit-elle en s'arrêtant devant moi. Je suis bien contente de te trouver. Il faut que nous discutions de ton projet de travaux pratiques pour le semestre.

Elle déblatéra pendant un moment sur Justin et moi et sur l'importance du travail d'équipe. Je pris quelques papiers sur le tas qu'elle avait dans les bras et les tins pour elle.

– Ah, merci, me dit-elle en poursuivant son laïus.

Je l'écoutai encore un peu, mais le vent me déconcentrait. Il était plus fort qu'une simple brise. L'air qui serpentait entre les arbres et soulevait mes cheveux était comme mû par une volonté propre, dirigé par une intention. Je lissai rapidement de la main mes mèches décoiffées. La voix de Mrs Tate s'estompa et je me désintéressai totalement de ce qu'elle racontait.

Au-dessus de nous, les feuillages se remirent à frémir. Le murmure de la fontaine s'assourdit curieusement. Pas besoin de perceptions vampiriques pour comprendre. J'avais toujours cette intuition en moi.

Je le sentais dans l'air : quelqu'un m'observait.

Je fouillai les ombres du regard, prête à me contenter du moindre indice. Un fin sourire, ou des yeux immobiles comme la mort.

– D'accord, Lenah ? conclut Mrs Tate.

– Oui, bien sûr.

Elle sourit, même si j'ignorais totalement ce que je venais d'accepter. Je scrutais le parc, devant moi, mais sans ma vue vampirique, je ne pouvais pas espérer voir jusqu'à l'autre bout du campus. En pivotant pour la suivre à l'intérieur, je pris conscience que les bois qui encerclaient le lycée se trouvaient juste derrière nous, tout près. Ils étaient parfaits pour dissimuler une personne épiant une victime innocente.

– Lenah, je veux que tu me rendes le plan de ce devoir dès aujourd'hui, me dit Mrs Tate depuis le hall d'entrée.

Mon regard s'attarda sur les arbres et sur le soleil matinal qui filtrait entre les branchages. Je n'avais pas le temps de chercher un espion.

Lorsque j'entrai enfin, ce fut avec une certitude absolue.

J'étais traquée.

Je me glissai sur ma chaise à côté de Justin, tâchant de faire disparaître la chair de poule qui s'attardait sur ma peau. Justin avait toujours la main bandée, et je repensai un instant à ses bras autour de moi, dans la salle d'écoute.

– Je ne peux pas me sortir hier soir de la tête, me confia-t-il.

Sous la paillasse, il me pressa le genou. Je lui souris. Peut-être que ce ne serait pas si dur, d'être avec lui ? Il savait comment m'apaiser. La fille de l'an dernier existait peut-être encore, celle qui voulait être humaine, qui avait besoin de Justin pour se sentir telle. Pas comme Rhode. Rhode, qui était bien plus fort que moi pour obéir aux Aeris.

– Eh bien, elle ne perd pas de temps, commenta Justin. Hier les tests de pH, aujourd'hui la sédimentation je ne sais quoi. Je n'arrive même pas à prononcer l'autre mot.

En effet, l'expérience était compliquée, très compliquée. Lorsque nous nous levâmes pour aller chercher le sujet du devoir, je pris soin d'éviter de regarder Rhode. Je ne tournai même pas la tête dans sa direction ; il aurait suffi que je le fasse pour ressentir une connexion étrange et incontrôlable. Je ne savais toujours pas précisément ce qui avait provoqué l'odeur de pommes, l'afflux de souvenirs et cet aperçu de ses pensées.

– On pourrait peut-être dîner ensemble, me proposa Justin.

– Ah...

Je m'en voulus de regretter que cette proposition ne vienne pas de Rhode. Dans ma tête, je voyais une pièce éclairée aux chandelles ; Rhode et moi, assis à une longue table de chêne, levions des coupes emplies de sang. Je n'avais jamais partagé un vrai repas avec lui. Je me demandai quels étaient ses plats préférés dans le monde réel.

– Lenah ? Alors, pizza ce soir ?

– D'ac !

Je songeai alors aux tables en Formica et aux couverts en plastique. À la cuisine graisseuse et aux serviettes en papier de la cafèt'. Cette cafétéria où nous avions dîné ensemble l'année précédente, des dizaines de fois.

Je sentais physiquement le vide qui séparait ma chaise de celle de Rhode. Je savais très bien que les bougies, celles de ma salle à manger d'Hathersage, étaient consumées depuis longtemps.

J'aurais pu parier que Rhode détestait les pizzas de l'époque moderne. Ce n'était pas assez raffiné pour lui.

Justin prit une boîte de lamelles de verre pour le microscope. Lorsqu'il tendit le bras, je revis le cordon de cuir qu'il portait autour du cou. Je me grandis pour mieux voir le pendentif.

– Andrea me fait la tête, dit-il avec l'ombre d'un sourire. Elle ne me parle plus.

– Désolée, répondis-je en retournant avec lui vers notre paillasse.

Justin me tendit une pipette et de la teinture d'iode.

– Moi pas, me souffla-t-il avec un clin d'œil.

Dans l'après-midi, j'essayai de faire une sieste, mais des sirènes déchirant le calme du campus m'en empêchèrent. Je rejetai mes draps et courus à la fenêtre : des agents de sécurité faisaient dégager les élèves des allées. De l'autre côté de la pelouse, des professeurs semblaient faire évacuer le bâtiment Hopper et diriger tout le monde vers le foyer.

Le bruit d'une autre sirène me parvint par vagues, enflant à mesure que la voiture se rapprochait avant de s'arrêter devant Hopper. Je m'efforçai, en vain, de ne pas penser à la mort de Tony, dans cet édifice même. J'aperçus alors Vicken et Rhode, juste à côté. Le regard de Rhode accrocha le mien.

D'un simple hochement de tête, il me fit signe de descendre. Je suivis immédiatement son ordre. Je n'avais jamais su lui dire non.

– Que s'est-il passé ? demandai-je.

Il y avait des centaines d'élèves sur la pelouse. Dans le foyer, les gens se pressaient contre les vitres circulaires.

– Il faut que j'aille à l'atelier d'art, disait une élève à un policier, un carton à dessins sous le bras. Je dois rendre mon portrait demain.

– Le bâtiment Hopper va être fermé pendant environ deux heures, lui répondit l'homme tout en faisant un pas de côté pour laisser passer un vigile.

– Est-ce qu'il y a encore un mort ? demanda quelqu'un.

– Rentrez dans vos dortoirs, s'il vous plaît.

– Alors c'est vrai, quelqu'un est mort !

Tout le monde commençait à sortir son téléphone.

Un troisième véhicule de police arriva. Sa sirène était éteinte, mais les gyrophares bleus tournaient sans fin. Vicken me tira par la manche et s'éloigna avec moi du tumulte ambiant.

– Une fenêtre est ouverte à l'arrière du gymnase, m'informa-t-il.

Le gymnase était attenant au bâtiment Hopper, et l'arrière donnait sur le pied de la grande butte du champ de tir à l'arc.

– Allons-y, dit Rhode.

– Mais ne nous faisons pas remarquer, précisa Vicken, qui pensait toujours en soldat. Marchez lentement.

Un par un, nous fîmes le tour du bâtiment Hopper. Une fois sous les fenêtres du gymnase, je repris la parole.

– Ava. C'est forcément elle. Elle nous a avertis, à l'herboristerie. Elle a bien dit qu'elle reviendrait. Et j'ai senti sa présence ce matin.

– Tu as senti sa présence ? s'étonna Rhode.

– J'ai senti qu'on m'épiait. Je suppose que c'était elle.

– Eh bien il n'y a qu'un moyen de le savoir. Il nous faut des preuves. Des indices.

– Des indices, répétai-je comme un perroquet, tout en passant les mains sur le bord des fenêtres.

Celles-ci, qui s'ouvraient à plus de un mètre de haut, étaient d'étroits rectangles horizontaux. Je pourrais m'y glisser facilement, mais Vicken et Rhode devraient attendre que je vienne leur ouvrir une porte.

Passant la main par la fenêtre entrouverte, je parvins à atteindre la poignée, ouvrir en grand et me glisser dans le gymnase.

À l'intérieur, il faisait sombre. Je fis quelques pas, puis regardai les garçons par la fenêtre.

– Vas-y, me chuchota Rhode.

– Elle ne devrait pas y aller seule, s'inquiéta Vicken.

– Pas de problème, le rassurai-je.

Et je m'approchai sans bruit des grandes portes du gymnase. Je poussai un des battants, à peine, juste assez pour jeter un œil dans le couloir. Personne. Une fois passé le coin, je me retrouverais dans l'aile administrative du bâtiment Hopper. Le bureau de la proviseur était là, ainsi que celui des inscriptions. Je m'engageai dans le corridor et entendis des voix qui venaient des bureaux.

Lorsqu'on est vampire, garder son assurance est crucial. Au fil des ans, on acquiert de plus en plus de confiance en soi. À présent, simple être humain, j'avais du mal à la retrouver. Je tâchai de ne pas faire le moindre bruit malgré mes lourdes bottes, et m'approchai ainsi des voix, au bout du couloir. Mon corps n'était plus aussi agile qu'autrefois ; à présent, mes organes étaient remplis de sang qui *circulait*. Je m'arrêtai enfin derrière la porte du bureau.

– Morte. En sommes-nous certains ? demanda Mrs Williams.

– J'en ai bien peur. Depuis au moins une demi-heure, répondit quelqu'un que je n'identifiai pas.

– Que vais-je dire aux élèves ? s'enquit faiblement la directrice.

– Nos hommes vont devoir enquêter en profondeur, madame. Le mieux serait que vous remplaciez Mrs Tate et que vous déplaciez temporairement ses bureaux dans un autre bâtiment.

Ma main retomba du mur ; je ne m'étais pas rendu compte que j'avais le poing serré.

Mrs Tate ? Ma prof de sciences ?

– Mais je ne comprends pas, dit Mrs Williams d'une voix brisée.

Il y eut un silence, puis quelqu'un souffla dans un mouchoir. Les bruits de pas se rassemblèrent près de la porte et la proviseur reprit la parole d'une voix étranglée.

– Pourquoi avoir laissé ce mot sur le corps ? Que signifie-t-il ?

– C'est comme une devinette, répondit quelqu'un.

– Nous l'emporterons avec les autres pièces à conviction.

– Lesquelles ? Vous avez dit qu'il n'y avait pas d'empreintes.

– Il semble qu'elle ait été tuée exactement comme les deux autres. Plaies ouvertes, importante perte de sang. Nous allons devoir photographier le corps et laisser les médecins légistes l'expertiser.

– À vous entendre, on se croirait dans un film d'horreur, inspecteur.

– Cela arrive de temps en temps, en effet : un cinglé qui a trop regardé *Dracula*...

À nouveau, des pas. *Oh, non !* Ils allaient sortir du bureau. Je cherchai une issue. Avisai une porte dans le couloir. Je courus, l'ouvris et m'engouffrai dans un petit placard à balais. Je me laissai glisser au sol, le dos contre le mur de ciment, les genoux remontés contre la poitrine, retenant mon souffle, le sang me battant aux oreilles.

– Mrs Williams, il va falloir que vous interdisiez l'accès à cette zone. Nous la fermerons avec du ruban et la ferons surveiller toute la nuit.

– Et elle est vraiment rentrée jusqu'au campus en voiture ? Alors qu'elle se vidait de son sang ? insista Williams.

– Il y a du sang plein la voiture, mais nous ne connaissons pas encore les détails, madame.

Il fallait que je voie le corps, pour être sûre. J'espérais qu'ils n'allaient pas l'enlever tout de suite.

Les voix s'éloignèrent dans le couloir et quittèrent le bâtiment. Je gardais mon bras serré contre moi, afin de ne pas renverser un balai posé en équilibre précaire. J'entrouvris la porte, juste à peine, et jetai un œil dans le couloir. Un policier était resté en faction devant le bureau, sans doute pour garder le corps. Il allait falloir que je me glisse dans la pièce par la porte communicante du bureau voisin.

L'agent se tenait dans la position réglementaire, les pieds à largeur des hanches, les mains dans le dos. Il fallait juste qu'il regarde ailleurs un instant. Qu'il soit distrait par quelque chose, n'importe quoi. J'attendis. Pendant ce temps, je savais que Rhode et Vicken allaient finir par perdre patience et venir à ma recherche. *Allez, regarde ailleurs, crétin !*

Dehors, une fille poussa un cri strident. L'agent pivota vivement pour regarder par la fenêtre. Parfait ! Le hurlement se transforma en rire pendant que je rampais hors du placard à balais. Je dus laisser la porte entrouverte derrière moi. Je traversai le couloir à quatre pattes et me glissai dans le bureau d'à côté. Puis je me levai, attendis encore un peu et m'adossai à la porte de communication. Je tâchai de calmer ma respiration, et attendis de voir si le flic m'avait entendue. Contrairement à Ava, j'avais des empreintes digitales. Donc, je pris à nouveau soin de garder mes mains serrées contre moi. Je savais me déplacer en silence, en faisant porter mon poids sur toute la plante de mon pied, de manière régulière. Il fallait que j'entre dans le bureau. Que je vérifie si oui ou non c'était bien Ava qui avait tué Mrs Tate.

Je retirai ma botte et ma chaussette, et me servis de cette dernière pour faire tourner sans bruit la poignée de porte. Je remis ma botte et, à quatre pattes, entrai dans le bureau gardé par le policier resté sur le seuil côté couloir.

Jamais je n'aurais peur des morts. Jamais. Je vis en premier les talons de Mrs Tate. Elle gisait au sol, sur le flanc. Elle était revenue en voiture pour mourir ici, dans ce bureau.

Une morsure de vampire continue de suinter pendant des heures après la mort de la victime. En m'agenouillant à côté du corps, je sentis qu'il était froid sans avoir à le toucher. Un corps vivant dégage de la chaleur. Celui-ci était comme du marbre. Et voilà, je les trouvai : deux piqûres dans son cou, crachant encore un liquide épais. Ce qu'il restait du sang de Mrs Tate. L'écoulement s'arrêterait bientôt, sans aucun doute : plus le temps passait, plus le sang s'épaississait.

Ses yeux étaient clos, quelqu'un avait dû fermer ses paupières. Et sur le sol, à côté du cadavre, il y avait un petit papier blanc. Le message mentionné par Mrs Williams.

Joliment calligraphié à la main, à l'ancienne, on pouvait lire :

La mort peut être rapide, vive comme la flamme,
Ou lente, lente,
De la pointe du couteau

Sans fin
Sur la peau.

Je réprimai difficilement un cri d'horreur. En bas de la feuille était écrite encore une ligne.

Tu sais ce que je veux.

– C'est comme un petit poème ! commenta Vicken. Charmant. Enfin, quand on aime les poèmes menaçants sur le meurtre et la mort.

– Elle le fait exprès, souligna Rhode.

– Évidemment qu'elle le fait exprès. C'est exactement ce que j'aurais fait à sa place. C'est immonde.

– Un par un, elle va occire tous ceux qu'elle sait proches de toi, Lenah, poursuivit-il. Cela doit faire des jours et des jours qu'elle nous épie.

Je marchais de long en large devant la fenêtre du gymnase.

– Le poème annonce d'autres morts. Des tortures prolongées. Elle ne renoncera jamais, dit encore Rhode.

Vicken croisa les bras.

– Alors, qu'est-ce qu'on fait ? On ne peut quand même pas lui donner le rituel !

– Bien sûr que non, répondis-je immédiatement. Pense un peu aux conséquences...

Ces conséquences que j'avais vues dans le rêve envoyé par Suleen.

– Pour l'instant, la seule chose à faire est de rejoindre les autres élèves, indiqua Rhode. Williams a convoqué une réunion au foyer.

Encore un décès. À ce rythme, le lycée ne tarderait pas à fermer. Ce serait certainement obligatoire. Le seul endroit où nous puissions nous rendre était Hathersage. Il me faudrait quitter Lovers Bay.

En nous éloignant du gymnase, nous passâmes devant la voiture de Mrs Tate. Un agent de la police criminelle la prenait en photo. Les vigiles dirigeaient déjà les élèves vers le foyer. Tracy et Claudia marchaient côte à côte, à la tête d'un vaste groupe.

– Je pense à quelque chose, dit soudain Vicken en s'arrêtant à côté de l'auto. Mrs Tate n'a pas été tuée dans l'enceinte du campus. Lenah, tu as dit qu'elle était revenue au volant, en sang. Elle a échappé à son agresseur.

– Ou on l'a laissée partir, précisa Rhode.

– Quoi qu'il en soit, la force du rituel est toujours là. Ava ne peut pas s'introduire dans le campus. Pas encore.

– Par ici, je vous prie, intervint un vigile.

Nous entrâmes dans le foyer et, par la même occasion, dans un chaos absolu.

Chapitre 11

– Je répète, cet accident s'est produit en dehors de l'établissement. En dehors, j'insiste. Il n'y a pas de rapport entre l'accident de Mrs Tate et la sécurité du lycée. Et maintenant, poursuivons.

Il y eut un tumulte général, mais Mrs Williams éleva la voix dans le micro.

– Silence ! À partir de maintenant, seuls les élèves de terminale seront autorisés à sortir du campus, et ils devront signaler toute sortie et toute entrée. Et ne sortez jamais seuls, toujours par deux ou plus. Ce qui est arrivé à Mrs Tate s'est déroulé à l'extérieur et semble indépendant des deux autres malheureux événements. Néanmoins, nous insistons fermement sur un système d'accompagnement, où que vous alliez. L'enceinte de Wickham demeure, plus que jamais, l'environnement le plus sûr pour les élèves.

Il y eut une explosion de voix et de questions.

– Pourquoi est-elle revenue mourir ici ? cria quelqu'un.

– Du calme, s'il vous plaît. Je n'en sais rien.

Mrs Williams leva les deux mains et le silence

revint. Les fenêtres étaient fermées ; dans ce réfectoire, nous étions entourés de comptoirs et de conteneurs métalliques vides.

– Lovers Bay, Massachusetts, n'avait jamais connu un tel degré de violence et je suis certaine que cet incident est le dernier.

– S'il s'agit d'un accident, pourquoi devons-nous nous déplacer par deux ? demanda quelqu'un dans l'assistance, soulevant une nouvelle avalanche de cris et de questions.

– Je veux des réponses ! lança une élève de seconde avant de fondre en larmes.

– Taisez-vous ! tonna Mrs Williams dans le micro, si fort que certains se couvrirent les oreilles. Les déplacements de groupe sont la meilleure solution pour assurer la sécurité des élèves sur n'importe quel campus, à Wickham comme ailleurs.

Regardant autour de moi, je finis par repérer Justin. Il était de l'autre côté de la salle avec son équipe de crosse.

– Cet établissement est l'endroit le plus protégé où vous puissiez vous trouver, insista Williams.

– Faut croire que non ! commenta quelqu'un.

– Je comprends que quelques-uns d'entre vous aient envie de rentrer chez eux, et nous ne pouvons vous en empêcher. Mais comme nous l'avons répété à vos familles, l'accident de voiture de Mrs Tate, survenu *à l'extérieur*, n'était que cela : *un accident.*

– Elle ment, chuchotai-je à Vicken.

– Tout le monde le sent, me répondit-il. À un point impressionnant, d'ailleurs.

– Que ressens-tu d'autre ? s'enquit Rhode.

– Eh bien... Ils voient bien qu'elle est bouleversée. La plupart d'entre eux sont en colère. Ils savent qu'il y a un lien entre ces événements. Ils se sentent trahis dans leur confiance.

– Tu n'éprouverais pas la même chose ? souffla Rhode.

La réunion s'acheva, et la plupart des élèves restèrent sur place pour parler de Mrs Tate. Certains pleuraient, d'autres demandaient ce qu'il en était de leurs devoirs à rendre. Quelques-uns voulurent savoir qui assurerait les cours de sciences.

Je ne pouvais pas pleurer.

Je n'en avais pas envie. J'avais vu la marque de la mort.

Je demeurais là, à attendre de ressentir quelque chose, une once de chagrin. Mais je n'arrivais à éprouver que de la colère. De la colère et de la rage contre moi-même. Contre Ava. Contre Rhode et contre les souvenirs partagés que je ne comprenais pas.

– Lenah !

Je relevai vivement la tête. Rhode était devant moi.

– Quoi ?

D'un bref hochement du menton, il m'indiqua Claudia et Tracy, qui se tenaient non loin de moi. Visiblement, il y avait un moment qu'elles tentaient d'attirer mon attention.

– Comment te sens-tu ? me demanda Claudia.

Je haussai les épaules.

– Ça peut aller.

Je me poussai pour leur faire de la place, mais Claudia s'assit à côté de Vicken et je me demandai si elle le faisait exprès. Elle dégageait un parfum sucré, proche de celui de la vanille.

– Tu sens bon, lui dis-je. Je connais cette odeur.

– C'est l'ancien parfum de Kate.

Je m'intéressai immédiatement au Formica de la table.

– Oh.

Voilà tout ce que j'arrivai à répondre.

– Tu étais proche de Mrs Tate, non ? demanda alors Tracy.

Elle posait sur moi un regard interrogateur, et je compris soudain qu'elle s'adressait à moi.

– Pas vraiment.

Je réfléchis à l'année passée. Non, on ne pouvait pas dire que j'étais *proche* de Mrs Tate, mais elle était tout de même le premier adulte avec qui j'avais passé du temps depuis mes parents. C'est-à-dire depuis cinq cent quatre-vingt-douze ans.

– C'est la troisième victime, lâcha Claudia.

– On tient des comptes, maintenant ? fit Tracy en prenant une gorgée de soda.

– On devrait peut-être.

– Une coïncidence, trancha Rhode qui se leva et s'en alla.

Tracy le suivit des yeux jusqu'à la porte de la salle.

– Tu ne dis pas grand-chose, fit remarquer Claudia à Vicken.

– Je ne suis pas d'un tempérament inquiet, répliqua-t-il.

Claudia poussa un long soupir et secoua la tête.

– Je n'ai pas envie de voir Mrs Tate quand ils vont... (Elle frissonna.) Quand ils vont la sortir du bâtiment.

– Moi non plus.

Je me remémorai le spectacle de son corps sans vie, les talons de ses chaussures.

– Tu veux venir faire un tour en ville avec nous ? me proposa Tracy.

Elle se leva et lissa le devant de son tee-shirt bleu. J'admirai l'harmonie entre la couleur et sa peau.

– Maintenant ?

– Oui, maintenant, s'impatienta Claudia. Je veux aller quelque part où il y ait du monde. Au cinéma, par exemple.

Mauvaise idée. Dans le noir.

– Ou alors une balade en voiture ? suggéra Tracy.

Claudia se leva et croisa les bras.

– Je n'en reviens pas que tu restes aussi calme, dit-elle à Vicken.

Il se leva à son tour.

– Que veux-tu que je fasse, belle blonde ? Que je coure partout en hurlant ? (Il prit une cigarette entre ses lèvres.) La mort nous arrive à tous. Elle en frappe certains plus tôt que d'autres, voilà tout.

Il sortit du foyer en laissant l'odeur de sa cigarette derrière lui.

Justin vint alors nous rejoindre et me prit immédiatement par la main. Je le serrai contre moi et respirai dans le coton rassurant de sa chemise. Je m'attardai un moment ainsi, prenant le temps de laisser sa force recharger mes batteries.

– Tu veux venir avec nous ? lui demanda Claudia. On va faire un tour en voiture. Histoire de sortir un peu du campus.

Justin se rembrunit.

– Je ne peux pas. L'entraîneur veut réunir l'équipe de crosse.

Je me dégageai et il me regarda dans les yeux. Je sentais qu'il avait une question en tête, mais qu'il ne pouvait pas me la poser en présence de Claudia et Tracy. *Ava est-elle derrière tout cela ?*

Un groupe de pom-pom girls passa devant nous. Toutes se tenaient par les bras, par les épaules, ou par la main. Au milieu, l'une d'entre elles pleurait à chaudes larmes.

Claudia me tira par la manche.

– Je n'en peux plus. Tirons-nous d'ici.

– Fais attention à toi, me dit Justin en m'embrassant rapidement.

– T'inquiète. J'ai la lumière du jour avec moi.

Je savais que Rhode n'aimerait pas me savoir à l'extérieur après l'assassinat de Mrs Tate, mais aller me promener dans un lieu public ne me semblait pas dangereux. Et même si nous faisions juste un tour en voiture, nous serions dans celle de Claudia ; si elles voulaient s'arrêter quelque part, je leur suggérerais un lieu fréquenté.

– Il faut juste que je passe prendre mon porte-feuille, dis-je en me dirigeant avec elles vers Seeker Hall.

Tout en montant avec les filles, je me rendis compte qu'elles n'étaient jamais venues chez moi, même pendant l'année précédente, à l'époque où Tony vivait encore. Tracy se tenait juste derrière moi, si près que je l'entendais respirer.

– J'arrive tout de suite, dis-je.

– On ne peut pas entrer ? me demanda-t-elle. Tu es agent secret, Lenah, ou quoi ?

Hum. J'aurais dû m'y attendre.

– Si, bien sûr, entrez !

Je tournai la clé dans la serrure. Mes rameaux de romarin et de lavande étaient accrochés sur la porte, comme d'habitude.

– Mignon, commenta Claudia en les effleurant du bout des doigts. Moi aussi, quand on m'offre un bouquet, je le fais toujours sécher.

J'ouvris la porte et elles entrèrent. Elles poussèrent des « oh » et des « ah » en découvrant l'épée, mon mobilier et tout l'espace dont je disposais. Ce fut Tracy qui leva le doigt pour toucher l'épée.

– À ta place, j'éviterais, lui dis-je. Elle est très aiguisée.

– Pourquoi as-tu une épée chez toi ?

– C'est un héritage.

Il faut vraiment qu'on sorte d'ici, me dis-je.

– Qu'est-ce qui est écrit dessus ? Ita-fert...

– *Ita fert corde voluntas.* C'est du latin. Ça veut dire : « Elle suit la volonté du cœur. »

– Elle suit la volonté du cœur, répéta Tracy au bout d'un instant. Ça me plaît.

Nous observâmes ensemble la longue épée à laquelle j'étais si habituée. Je supposais qu'en effet elle devait être assez impressionnante pour qui la voyait pour la première fois.

– Qu'est-ce qu'il y a sur ton balcon ? me demanda soudain Claudia. Tu travailles sur un projet artistique ?

Je me retournai. Les mains pressées contre la porte-fenêtre, elle levait le menton pour mieux voir.

Mes cendres de vampires s'obstinaient à rester collées au carrelage. L'essentiel avait été balayé par les pluies orageuses de l'été, mais il en restait qui scintillaient au soleil de midi.

Je décidai que le mieux était encore de jouer les idiotes.

– Non, je ne sais pas d'où ça vient. Bon, on y va ?

Et nous voilà parties. Je baissai la vitre de la BMW de Claudia pour sentir l'air de la fin d'été s'engouffrer à l'arrière et déranger mes cheveux.

– Joie, joie et bonheur. Ne pas penser à Mrs Tate. C'est la joiiiiiiie ! clama Claudia en mettant de la musique et en montant le volume.

Une forte explosion de guitares, de synthés et de voix multiples résonna à mes oreilles. La chanteuse parlait d'amour et de chewing-gum. On était loin de Mozart. Je notai que Tracy était exceptionnellement silencieuse. Elle regardait par la fenêtre.

– Que pensez-vous du centre commercial ? demanda Claudia au bout d'un moment. On pourrait aller y faire un tour.

Oui. Malin. Plein de lumière. Plein de gens.

Cela peut paraître idiot avec le recul, mais sur le moment, c'était bon de sortir du campus en septembre, tant que je pouvais encore aller faire du shopping comme une adolescente ordinaire. C'est-à-dire avant le début de la Nuit Rouge.

Claudia prit un virage serré et le moteur vrombit : nous entrions sur l'autoroute. Je dus me retenir à l'accoudoir central pour ne pas être projetée contre la portière.

– Alors, me lança Claudia de but en blanc. Parle-moi de Vicken.

Je m'agrippai de plus belle à l'accoudoir tandis qu'elle prenait une autre bretelle.

– Joli, son œil au beurre noir, se moqua Tracy.

C'étaient les premiers mots qu'elle prononçait depuis qu'elle était montée en voiture.

– J'ai tout le temps envie de le toucher ! affirma Claudia.

Mais ce que l'on entendait dans sa voix n'était pas du dégoût. C'était plutôt, disons... de l'excitation ?

– C'est de Vicken qu'on parle, là ? demandai-je, étonnée.

Sanguinaire. Excellent à l'épée. Tu aurais fait un parfait casse-croûte pour lui.

– Il est écossais ? s'enquit encore Claudia.

– Oui, il vient de Girvan, sur la côte.

– C'est ton cousin germain, c'est ça ?

– Exactement, mentis-je. Le fils du frère de ma mère.

– Allez, vas-y, demande-lui, s'impatienta Tracy. Il a une copine ?

– Je... Je ne crois pas, répondis-je, légèrement horrifiée à l'idée de Claudia et Vicken ensemble.

Elle tourna si brutalement dans le parking du centre commercial que je nous crus bonnes pour un accident. Mais par miracle, elle évita les autres voitures. D'ailleurs, toutes deux étaient déjà descendues le temps que je reprenne mon souffle.

Elles me faisaient l'effet de parler une langue étrangère : elles comparaient des tendances auxquelles je ne comprenais goutte.

« Hippie chic. Robe trapèze. »

« Et les *platform shoes*, c'est encore tendance ? »

« Plutôt des compensées ? »

C'était Rhode qui m'avait fourni la plupart de mes vêtements l'an passé. Je me contentais de les porter sans me poser de questions. Je ne m'étais pas intéressée à la mode depuis l'époque victorienne. J'avais acquis un peu de savoir, mais j'étais toujours nulle lorsqu'il s'agissait de faire un choix.

Claudia me tira par le bras pour me faire entrer dans une boutique.

– Lenah, il faut que tu essaies ceci. Cette couleur t'irait tellement bien !

Elle me montrait un mannequin dans la vitrine. Vêtu d'un top mandarine flottant au-dessus d'un jean. L'étoffe était douce et aérienne ; la couleur me rappela un souvenir. Une soirée à l'Opéra, une sublime robe orangée. En tant que reine vampire, le moyen le plus simple d'attirer mes victimes avait été de les tenter à l'aide d'objets exquis. Aussitôt qu'elles m'approchaient pour me complimenter sur ma toilette, eh bien...

Claudia trouva le même top orange sur un cintre et me le fourra dans les mains. Peu après, nous entrions chacune dans une cabine, des vêtements plein les bras. Claudia et Tracy essayaient les fringues à la chaîne, sortant dans le salon d'essayage pour s'observer sous tous les angles dans la glace et échanger des commentaires. Je ne m'étais jamais montrée à quiconque dans des vêtements modernes autres que mes frusques noires. Demander une approbation semblait idiot, mais apparemment c'était la chose à faire.

– Lenah ! Je veux voir ce top ! s'écria Claudia.

Gênée comme tout, je sortis vêtue du top en question et me tournai pour le montrer aux filles.

Claudia en resta bouche bée.

– Oh ! Tu es splendide ! souffla-t-elle. Il faut que tu le prennes !

– La couleur te va très bien, approuva Tracy.

Sur le moment, dans ce centre commercial, j'aurais presque pu oublier la lettre d'Ava. La mort de Mrs Tate et celle de Kate aussi. Envisager d'acheter des vêtements aurait pu me distraire. Je pouvais même m'imaginer rentrant au lycée pour les arborer devant Rhode.

J'enfilai ensuite une robe moulante rose, très contemporaine, à larges bretelles, courte et décolletée. J'adorais. J'espérais qu'elle plairait aussi aux filles. J'aurais voulu que les dames des années 1900, avec leurs corsets et leurs tournures, me voient en ce moment. Je sortis de la cabine ; mes amies étaient en train d'admirer des robes noires semblables à la rose que j'avais sur le dos. Justin allait l'adorer, parce qu'elle était près du corps. Il remarquerait que je portais autre chose que du noir, et me dirait que j'étais belle. Il me rappelait combien c'était important que je participe à ce monde moderne, comme Suleen m'avait conseillé de le faire.

Rhode ne m'avait jamais vue ainsi vêtue. Je n'étais même pas sûre qu'il remarquait encore mon corps, maintenant que celui-ci n'était plus serré par un corset ni modelé par une tournure.

Pendant ce temps, une femme de haute taille admirait son reflet dans un miroir à trois faces, au bout du salon d'essayage. De longs cheveux blonds tombaient de manière parfaite dans son dos. Elle s'adressa à elle-même un sourire satisfait, et passa la main sur son ventre pour lisser la robe.

Oh, non.

Sa peau était impeccable. Trop. Ces cheveux blonds. Ces ongles rouges. Horriblement taillés en pointe.

Ava.

Je battis aussitôt en retraite dans ma cabine d'essayage, et plaquai une main sur ma bouche pour réprimer un hurlement. Je tremblais de tous mes membres, incapable d'empêcher mon corps de réagir ainsi. Comment était-ce possible ? Comment faisait-elle pour supporter la lumière vive de la mi-journée ? Je reculai involontairement et baissai la tête : une longue jambe galbée s'insinuait dans l'espace ouvert sous le panneau de séparation entre les cabines. Féline, la femme s'aplatit au sol et se glissa dans la mienne. En un instant, elle fut juste devant moi. Acculée contre la glace, je m'entendais respirer à petits coups rapides.

Sa bouche forma alors un rictus goguenard, taché de rouge à lèvres.

– Allez, sors, Lenah ! me lança Claudia depuis le salon d'essayage.

Mes amies...

– J'arrive tout de suite !

Ava fit un pas dans ma direction. Sous les néons, sa peau luisait comme du marbre. Elle ressemblait à une statue mouvante. Elle inclina la tête sur le côté.

– Surprise de me voir, Lenah ? Tu te croyais en sécurité dans la lumière ? Tu pensais que tu ne risquais rien, entourée d'humains ? Le jour ne me fait pas peur. Pas le moins du monde.

Elle plaqua brusquement une main contre le miroir, juste à côté de ma tête.

– C'était quoi, ce bruit ? s'exclama Tracy.

– Il est comment sur mes fesses ? lui demanda Claudia, qui devait être en train d'essayer un pantalon.

– Parfait.

Je demeurai le dos contre le mur. La seule manière de m'échapper aurait été d'ouvrir la cabine et de partir en courant, mais Ava pouvait très bien tuer Tracy et Claudia en un clin d'œil.

– Tu ne me fais pas peur, mentis-je.

Ava sourit, mais pas longtemps. Ses dents blanches brillèrent un instant sous la lumière, après quoi ses canines s'allongèrent, pointues et acérées. La faim vampirique qui faisait sortir les crocs prenait le dessus. Elle fit mine de se jeter sur moi, puis rit tout bas en se reculant. La musique de fond couvrit son rire, et pendant ce temps, Tracy et Claudia s'extasiaient sur un chemisier.

– La grande Lenah Beaudonte. Comme j'ai attendu ce moment ! Combien j'espérais être la première à te saigner ! Sais-tu que j'ai dansé avec Heath ? Ce grand type de ton cercle qui ne parlait qu'en latin ? Oui... dans les années 1920.

Elle approcha sa bouche de mon oreille.

– Pendant que tu dormais six pieds sous terre, ajouta-t-elle dans un souffle.

Je frémis.

Tel un animal, elle eut un nouveau mouvement vers moi, abattant cette fois ses mains des deux côtés de ma tête. Puis elle inspira profondément en passant le bout du nez sur ma gorge.

– Mmm. À l'odeur, je dirais que ton sang pourrait bien m'illuminer, moi aussi.

J'inspirai brièvement. L'illuminer ? Qu'est-ce qu'elle racontait ?

– Ne fais pas semblant de ne pas comprendre, dit-elle en voyant ma tête. Le rituel permet de projeter des rayons de soleil. C'est ainsi que tu as tué ton cercle.

– Faux ! Ce n'est pas ce qui s'est passé.

– Chhhut, fit Ava, me laissant revoir les pointes de ses crocs. Tes mensonges n'ont pas droit de cité, ici. Mais à une époque, c'était toi la puissante vampire, non ? Devine qui c'est, maintenant ?

Elle pointa un de ses ongles en lame de rasoir vers le ciel et me regarda du coin de l'œil.

– Bien sûr, on ne m'appelait pas Ava lorsque j'étais humaine. Tu te souviens de moi ? Tu as tué ma mère, mon père et mon amoureux.

Des images des victimes massées derrière les Aeris me bombardèrent soudain. Sa mère, son père et son amoureux se trouvaient dans cette masse. J'aurais voulu lui dire qu'ils étaient en sécurité et le seraient à jamais : plus jamais victimes, plus jamais soumis à la peur et à l'horreur. Ils avaient à présent l'âme blanche comme neige.

Elle plaqua à nouveau ses deux mains contre le mur, à l'instant précis où Claudia éclatait bruyamment de rire de l'autre côté de la porte. J'adorais le rire de Claudia. Il fallait que je la protège.

Vite, réfléchir à un plan. Je me concentrai sur les ongles effilés. Si j'appelais à l'aide, je mettrais Claudia et Tracy en danger. Si j'ouvrais la porte de la cabine d'un coup de pied, je pourrais partir en courant, mais elle me rattraperait.

– Lenah ! Tu dors là-dedans, ou quoi ? s'impatienta Claudia.

Un rapide mouvement de poignet, un crissement déchirant dans mon oreille. Ma chair. Ava m'avait coupée, et le sang coulait sur mon épaule. L'estafilade n'était pas profonde, mais la peau était nettement entaillée. Cela me brûlait et me picotait. Elle se pencha pour me chuchoter quelque chose à l'oreille, de si près que je perçus la froideur de ses lèvres.

– La blonde idiote. Puis la prof. Tu sais ce que je veux.

Elle me prit alors par la gorge et me souleva du sol, contre le miroir. Je pouvais à peine respirer. Je toussai et elle desserra son étreinte pour me laisser parler.

– Je veux ce rituel, insista-t-elle entre ses dents.

Au-dessus de la clavicule, ma chair saignait.

– Il ne te rendra pas ton humanité, croassai-je.

Un rictus grandit sur son visage, lui donnant l'air d'un clown étrange et menaçant. Ses narines palpitèrent et elle chuchota :

– Parce que tu crois que c'est ça que je veux ? Tu ne m'as pas entendue ? J'ai pris ta place.

Son regard se durcit. Alors, je vis la vérité, tout au fond de ses yeux.

Ce fut une sensation indescriptible, tant je reconnaissais ce que je découvrais, comme une vue familière sur l'océan ou un champ que j'avais aimé. À l'intérieur de ce regard se trouvait une jeune femme terrifiée, bien trop tôt arrachée à la vie.

Je parvins à peine à balbutier, tout en me forçant à soutenir son regard d'un vert dérangeant.

– C'est le tourment, n'est-ce pas ? Le tourment sans fin.

Elle tressaillit comme si on l'avait giflée.

– Quoi ?

– Si tu déverses tes émotions dans ce sort, tu n'apporteras que ruine et dévastation. Tu libéreras une magie noire que tu n'auras jamais appelée de tes vœux. Je vois bien ton besoin de pouvoir. Le pouvoir soulage la douleur, n'est-ce pas ?

La voix de Claudia passa par-dessus la porte.

– On va voir s'ils ont ta taille, Lenah. Tu fais du combien ?

– Réponds-lui, m'ordonna Ava.

D'une main, elle me tenait contre le miroir. De l'autre, elle recueillit une petite flaque de sang sur mon épaule, qu'elle lécha sur ses doigts.

– Taille M ! criai-je avec un spasme de nausée en regardant Ava avaler mon sang.

– Je crois que j'en ai vu par là-bas, dit Claudia.

Je les entendis sortir toutes deux du salon d'essayage.

Ava me plaqua de nouveau contre le miroir. Ma main cogna contre le verre et des taches de lumière blanche explosèrent devant mes yeux.

– Donne-le-moi maintenant. Sinon, quand tes copines reviendront dans cette pièce, tu seras déjà morte.

Je tentai de déglutir, mais me mis à tousser. J'allais mourir. Ce ne serait pas la première fois.

Alors qu'une autre décharge d'éclairs blancs m'aveuglait, une image m'apparut. Rhode et moi dans le verger de mes parents. Pas tels que nous étions alors, mais tels que nous apparaissions maintenant, dans le monde moderne. Main dans la main, marchant vers la maison. La cheminée fumait. Une pomme dans l'autre main de Rhode. Était-ce possible ? Était-ce l'avenir ?

Je m'efforçais de respirer d'un souffle rauque, mais un silence irréel commença à noyer le reste du monde.

– D'accord ! croassai-je.

Elle me libéra immédiatement et je m'effondrai mollement au sol. Mes mains heurtèrent la moquette et le bruit s'engouffra en torrent dans mes oreilles. Juste au même moment, j'entendis Tracy et Claudia revenir.

– Écris-le, m'ordonna Ava.

Je trouvai un vieux morceau de papier dans mon portefeuille et lui obéis. *Tu es en train de lui donner le rituel. Tu es en train de le lui donner.* Je n'arrêtais pas de me le répéter, car je savais qu'elle lisait dans ma tête. *Ceci est le rituel. Je ne voulais pas te le donner, mais je le fais quand même.*

Je tentai d'enfouir le mensonge le plus profondément possible en moi. Il fallait absolument qu'elle soit convaincue.

– Lenah, tiens ! me héla Claudia, et une tunique bleue passa par-dessus la porte.

Ava la rattrapa et la tint coquettement contre elle.

Je terminai d'écrire et lui tendis la feuille.

Ceci est vrai, vrai, vrai. Je ne pensais à rien d'autre.

Avant de regagner sa cabine en passant sous la cloison, elle me lança un regard entendu, inoubliable.

– Je comprends pourquoi il t'aime, dit-elle avec une inclinaison animale de la tête. Si fragile...

Et sur ces mots, elle regagna sa cabine. Je regardai ses pieds bouger tandis qu'elle rassemblait des affaires. Écoutai ses pas légers lorsqu'elle ouvrit la porte et s'éloigna entre les portants. Épuisée, je me laissai glisser jusqu'à me retrouver assise, le dos contre le miroir.

– Dis donc, t'es morte ou quoi ? plaisanta Claudia.

– Non, je me rhabille.

Mon reflet n'était pas beau à voir. La sueur collait mes cheveux sur mon front, et l'entaille horizontale qui barrait la base de ma gorge était rouge et à vif. Je ne saignais plus, mais le sang était encore poisseux dans la fente. Ce serait toutefois facile à couvrir avec mon chemisier.

Comme aurait dit Vicken, elle était « sacrément douée » ! Je ne pouvais qu'admirer son style. En vérité, Ava aurait été une rivale de qualité si j'avais encore été vampire. Il fallait que je me remette debout. Que je m'habille. Il ne fallait pas que les filles me voient ainsi. Les mains tremblantes, je m'appuyai contre la moquette pour me lever.

J'ignorais combien de temps il me restait avant qu'elle ne s'aperçoive que je lui avais donné un faux rituel. Cela se comptait-il en jours ? En semaines ?

Une fois debout, je lissai mes cheveux de mon mieux et sortis de ma cabine, encore tremblante. J'évitai le miroir à trois faces. Mais ce n'était pas nécessaire : Ava était partie.

– J'ai faim, annonça Claudia.

– On n'a qu'à manger ici, proposa Tracy. Je ne suis pas pressée de retrouver la cantine.

Nous payâmes nos articles et je les suivis hors de la boutique sans rien dire. Je tâchais de ne pas bouger le bras droit, parce que ma coupure m'élançait. Aussitôt que nous eûmes retrouvé l'éclairage violent de la galerie commerciale, mes tremblements s'apaisèrent – très légèrement.

Je commandai machinalement mon déjeuner, mais intérieurement je revivais en boucle ce qui venait de se passer dans la cabine d'essayage. Les vampires tels qu'Ava, qui pouvaient s'exposer au soleil, ne couraient pas les rues. C'était un signe certain de sa puissance. *Mais comment ?* Comment avait-elle pu acquérir si rapidement une telle force ? Ava disait que j'avais tué sa famille, mais j'avais tué des tas de gens. Je l'avais même tuée, elle, brisant le contrat de sa vie humaine. Comme me l'avaient rappelé les Aeris.

Pendant notre déjeuner, je ne pus m'empêcher de scruter les visages de tous les passants. Toute chevelure blonde retenait mon attention. Cette femme vampire n'était sûrement pas seule. Elle était puissante. Elle se faisait une gloire de me remplacer.

– Qu'est-il arrivé à Rhode ? s'enquit Claudia.

La mention de son nom me ramena brutalement à la réalité. Me concentrant à nouveau sur mon repas, je grignotai une feuille de salade.

– Qui était en tort dans son accident de voiture ? Il a une tête à faire peur, continua mon amie.

– C'est le type le plus secret du monde, commenta Tracy. J'ai bien essayé de lui en parler en cours de maths, mais il m'a envoyée bouler.

– Il n'a pas voulu m'en parler non plus, dis-je, détestant que ce soit si vrai.

J'avais toujours eu l'habitude de tout savoir sur lui, mais ce n'était plus le cas.

– Je ne suis pas aussi proche de lui que je le suis de Vicken, ajoutai-je.

– Mais il en a parlé à Vicken, objecta Claudia. Ils sont toujours ensemble à table au dîner.

– Je m'étonne même qu'il ait survécu, ajouta Tracy, qui parlait toujours de l'accident de Rhode. (Elle dégusta délicatement une fourchetée de salade grecque.) Il a encore des bleus.

– Il a des yeux incroyables, fit remarquer Claudia.

J'observai un instant une blonde à queue-de-cheval, puis me détendis. Ce n'était qu'une jeune fille qui faisait du shopping.

Tracy me donna un coup de coude.

– Pardon, soufflai-je en mordant dans mon sandwich. Oui, ils sont très bleus.

Je me sentis ridicule en le disant.

– ... tu n'es pas bien bavarde, me glissa Tracy.

– Je suis juste un peu fatiguée.

– Bon, alors, qu'est-ce qui se passe entre Justin et toi ?

J'ouvris la bouche pour me joindre à la conversation, et...

Là. Elle était là.

Ava s'avançait sur la longueur de la galerie, parallèlement à la cafétéria. Ma main qui tenait le sandwich resta suspendue en l'air. Je la fixais sans pouvoir m'en empêcher. Même si elle portait une casquette de baseball masculine enfoncée sur les yeux, ses longs cheveux blonds lui tombaient dans le dos. Elle était superbe. Sa beauté surpassait celle de la plupart des humains, mais je savais pourquoi elle abritait son visage des tubes au néon : cela aurait souligné la teinte étrange de sa peau et ses pupilles dilatées.

Elle tourna la tête vers moi.

Ses yeux glissèrent sur les clients de la cafétéria, directement, volontairement – jusqu'à plonger dans les miens. Sa bouche s'ouvrit toute seule, ses yeux tombèrent sur mon sandwich. Et là, recourbant ses lèves d'une manière horrifique, elle sourit. Et...

... me fit un clin d'œil.

Chapitre 12

– Vicken !

Je tapai trois fois sur sa porte. Au quatrième coup, le responsable de l'étage sortit la tête de sa chambre ; c'était un jeune professeur assistant qui enseignait la photographie.

– Il y a des gens qui révisent, ici, Lenah, râla-t-il avant de claquer sa porte.

Devant moi, le battant s'ouvrit lentement et Vicken apparut, bâillant et se grattant la tête.

– Il est six heures du soir, dis-je. Tu dormais ?

– J'ai quelques siècles de sommeil à rattraper, si ça ne te dérange pas.

J'entrai, après quoi il prit une serviette sur son bureau et la tassa dans la fente sous sa porte. Puis il ouvrit une fenêtre, mit en marche un ventilateur et alluma une cigarette. Je faisais les cent pas sur la moquette de sa chambre.

– Ava m'a agressée, l'informai-je.

Vicken tourna si vivement la tête que ses cheveux lui tombèrent dans les yeux.

– Où ?

– Au centre commercial. J'étais avec les filles, dans une boutique de fringues, et je l'ai trouvée là, en train d'essayer une robe de cocktail. Vicken... (Je passai la main dans mes cheveux et en agrippai les racines.) Je lui ai donné un faux rituel.

– Tu as fait *quoi* ?

– Je n'ai pas eu le choix. Elle allait me tuer.

Vicken tira une bouffée, me dévisagea à travers la fumée, puis écrasa sa cigarette à peine entamée sur l'appui de la fenêtre avant de la laisser tomber dans une canette vide.

– OK, on y va, dit-il.

Il sortit avec moi. Je m'attendais à ce que nous descendions l'escalier, peut-être pour rejoindre un autre dortoir. Je ne m'étais jamais demandé où logeait Rhode sur le campus. Au bout du couloir se trouvait la chambre 429, une piaule individuelle semblable à celle de Vicken. C'était ça, la chambre de Rhode. Il y avait quelque chose d'étrangement comique à l'imaginer vivant dans un dortoir d'étudiants après avoir servi comme chevalier sous le roi Édouard III.

Vicken frappa et, pendant que nous attendions, m'encouragea d'un clin d'œil. Nous entendîmes quelques pas derrière la porte, et Rhode vint ouvrir. Il nous regarda tour à tour. Ses bleus et ses bosses rendaient son œil droit plus petit que l'autre.

– Qu'est-ce qui se passe ?

– Une chose dont on ne peut pas vraiment parler avec le tout-venant, mon ami, répondit Vicken en montrant les autres chambres.

Rhode nous fit entrer. Je suppose que je m'attendais à du luxe, à ce que son existence à Wickham soit à la hauteur de notre vie à Hathersage. Mais comment aurait-ce été possible ? Il n'y avait là ni buffets d'apothicaire ni meubles d'époque. Nous étions incognito. À l'exception d'un télescope pointé vers la fenêtre et de sa garde-robe, la chambre de Rhode n'était rien de plus qu'un lieu où poser sa tête pour dormir. Au moment où Vicken referma derrière nous, j'aperçus du romarin et de la lavande punaisés sur la porte.

Bien sûr. Certaines choses ne changent tout de même pas.

Il s'assit à son bureau.

– Ava s'est attaquée à moi. Je lui ai donné un faux rituel. Avec des ingrédients bien sophistiqués. Il lui faudra des jours pour découvrir la supercherie. Je me suis creusé la tête. De la fève de Saint-Ignace, du bois de naja, ce genre de choses.

– Des choix judicieux. Ces ingrédients sont inoffensifs. Même avec les pires intentions, elle ne pourrait pas en tirer grand-chose.

L'approbation de Rhode me fit frémir d'amour ; j'en avais même des picotements dans la poitrine. Lorsqu'il leva les yeux vers moi, je goûtai sur le bout de ma langue les pommes croquantes et le riche terreau du domaine de mon père. Je reculai en chancelant, m'efforçant de rompre ce contact. Si je regardais ailleurs, peut-être ne serais-je pas submergée par les souvenirs. J'inspirai à fond, mais sentis encore plus fort l'odeur de pommes, ainsi qu'un parfum de feu de bois. Le bois craquant et fumant, la senteur de la pluie. En reculant, je marchai sur le pied de Vicken.

– Eh ! Attention ! s'écria-t-il.

Une bouche de vampire. Lèvres entrouvertes, prête à tuer. À l'emplacement des crocs, deux trous noirs, béants. Un vampire sans crocs ? Je voudrais m'enfuir, mais je sais que ce n'est pas possible.

Vicken me rattrapa par le bras.

– Lenah ? Ça va ?

– Elle m'a soulevée par la gorge ! soufflai-je, désemparée. Et elle m'a griffée.

Je baissai le col de mon tee-shirt pour leur montrer la blessure.

– Il faudra que tu nettoies ça, commenta Rhode.

Je remarquai qu'il serrait de toutes ses forces le dossier de la chaise sur laquelle il était appuyé.

– Bon, j'imagine que quand elle comprendra que les ingrédients sont fantaisistes, sa riposte ne traînera pas, déclarai-je. Mais elle a dit autre chose... Elle a dit qu'elle comprenait pourquoi *il* m'aimait.

Le souvenir d'Ava me fit frémir de la tête aux pieds.

Rhode se tourna vers le bureau et porta sa main blessée à son menton.

– Qui ça, « il » ?

– Un membre de son cercle ? hasarda Vicken en s'adossant au mur.

– Tu nous as fait gagner du temps, mais nous n'avons toujours pas de solution, dit Rhode.

J'essayai de ne pas me vexer, mais sa remarque faisait mal.

– Au cas où tu aurais raté quelque chose quand je l'ai raconté la première fois, elle était sur le point de me tuer !

L'image que je venais de piocher dans la mémoire de Rhode, celle de la bouche béante et privée de crocs, revint s'insinuer dans ma tête. J'ajoutai autre chose avant qu'il me réponde.

– Elle veut du pouvoir, c'est la seule chose qui soulage sa folie. Le pouvoir est son seul désir.

Rhode appuya son bras contre le dossier de la chaise ; un bleu circulaire marquait son poignet. Cela ne ressemblait pas à une morsure de vampire : il y aurait eu des trous. Lorsqu'il s'aperçut que je le regardais, il me cacha son bras.

– Elle ne recherche pas l'humanité, poursuivis-je. Elle veut accomplir le rituel dans l'espoir qu'il lui donne encore plus de pouvoir. Le pouvoir de régner sur les éléments. Si elle possédait une puissance pareille, elle pourrait attirer les monstres à elle, contrôler les êtres plus faibles. Elle pourrait...

Je me remémorai à nouveau mon rêve. Je revis Wickham abandonné, les pierres descellées, la plage déserte.

– ... elle pourrait faire tout ce qu'elle veut.

– On ne peut rien tant qu'elle ne se montrera pas, enchaîna Rhode. Et elle finira par le faire. En attendant, nous pourrions être une cible. Comme tous les proches de Lenah. Si j'étais toi, Vicken, je garderais en permanence mon poignard sur moi.

Vicken leva la jambe, posa sa botte sur le bureau, et Rhode regarda à l'intérieur. Je supposai qu'il observait le couteau.

– Et toi, fais pareil, me dit-il.

– Qu'est-ce qui te fait penser qu'un simple poignard servirait à quelque chose ?

Je levai le menton. Il contrôlait tellement tout, me disant quoi faire, me disant qu'il m'aimait mais gardant ses distances... C'était exaspérant.

– Je ne peux pas me balader toute la journée avec une épée au côté, n'est-ce pas ? lâcha-t-il froidement. Et tu ne peux plus faire sortir le soleil de tes mains.

La colère montait en moi. Le soleil. Il était donc au courant de mon exploit passé.

– D'accord, je porterai un poignard, cédai-je en posant la main sur la poignée de la porte. Et je vais descendre cette fichue épée du mur, histoire de décapiter le prochain vampire qui s'approchera de moi.

– Voilà, ça c'est parler ! triompha Vicken en nous regardant tout à tour. Enfin, étant donné les circonstances, marmonna-t-il ensuite entre ses dents.

Je fusillai Rhode du regard.

– Pourquoi es-tu tellement en colère ? me demanda-t-il.

– Parce que tu nous caches tout ce que tu sais. Dis-moi, Rhode : tu étais ici l'an dernier, oui ou non ? Tu te tenais dans l'ombre à m'observer, pendant que je me battais pour sauver ma peau ? Tu as regardé mon meilleur ami Tony mourir de la main du cercle que j'ai créé lorsque tu es parti ? Partir... Ça, c'est une chose que tu connais bien, pas vrai ?

Sa bouche s'entrouvrit, mais il resta coi.

Je tournai les talons et m'en allai. Je n'en revenais pas du plaisir que j'avais pris à lui dire ses quatre vérités. Il se comportait en grand professionnel chevronné, avec tous ses secrets et ses bleus. Mais moi, j'ignorais toujours par qui ou par quoi il s'était fait tabasser.

– Lenah, attends !

Je me retournai face à lui et croisai les bras.

– Tu te comportes comme si tout ce qui vient de m'arriver n'était rien ! éclatai-je. Juste un petit désagrément, alors que j'ai dû sauver ma peau dans une cabine d'essayage. Mais ne t'en fais pas, Rhode. J'ouvrirai l'œil, ajoutai-je en singeant son ton condescendant. Je serai une bonne fille, je porterai un poignard.

Son expression se durcit.

– Je ne te comprends pas, dit-il en secouant la tête.

J'avais envie qu'il me prenne dans ses bras, comme il l'avait fait pendant des siècles. Dans ma tête, pendant un instant, nous fûmes à l'Opéra, dans les années 1700. Sa bouche effleurait mon cou, ses mains remontaient lentement sur mon ventre. Mais je ne pouvais rien dire de tout cela à voix haute.

Je fermai les yeux pour chasser ce souvenir.

– Je sais ce que j'ai à faire.

Sur ces mots, je quittai la pièce. Ma fureur enflait toujours lorsque je dévalai l'escalier. Je n'avais pas besoin de poignard. Plus jamais je n'aurais peur dans une cabine d'essayage. Personne ne me dirait comment vivre ni quelles armes porter, et surtout pas lui.

« Vous êtes des âmes sœurs. Inextricablement liées. »

Je ne voulais pas être son âme sœur dans ces conditions. J'avais besoin de prendre le contrôle. Sur n'importe quoi. N'importe quoi pour qu'Ava ne m'approche pas. J'allais donc me protéger à ma manière, en préparant un sort de barrage.

– Attends ! entendis-je derrière moi.

Je m'arrêtai à l'entrée de mon bâtiment et me retournai.

Vicken courait pour me rattraper.

– Ne fais pas ça, me dit-il, encore essoufflé. Surtout pas de magie.

Il posa ses mains sur ses cuisses.

– Si tu arrêtais de fumer, tu aurais moins de mal à retrouver ton souffle.

En se redressant, il vit quelque chose dans son reflet, derrière moi.

– Bon sang ! jura-t-il en s'approchant de la porte vitrée. Il diminue.

– Qu'est-ce qui diminue ?

Il se tourna vers moi.

– Mon coquard !

Il ouvrit la porte et, après avoir montré nos pièces d'identité, nous montâmes chez moi. Je secouai la tête.

– Depuis quand es-tu le petit messager de Rhode ? Et pourquoi pas de sorts, d'abord ?

– Si tu lances un sortilège, m'expliqua-t-il en se tournant de profil pour éviter un couple qui descendait l'escalier... Je veux dire, UN FLORILÈGE, lança-t-il d'une voix forte pour ne pas nous trahir. (Nous montions toujours.) Si tu lances un sortilège, reprit-il tout bas, la magie pourrait libérer suffisamment d'énergie pour attirer *encore plus* de vampires. Ils le sentent, tu t'en souviens ?

Je me rappelais ce qu'avait dit Suleen sur la magie, mais si Rhode avait raison et que nous jouissions d'une sorte de protection jusqu'au début de la Nuit Rouge, alors nous étions en sûreté à l'intérieur du campus. Ce que je dis à Vicken.

– Quoi qu'il arrive, continuai-je, je compte faire quelque chose d'un peu spécial ce soir. Un sort de barrage.

Une fois entrée avec lui dans l'appartement, je filai tout droit à la cuisine. Mes doigts s'attardèrent sur les boîtes d'herbes et d'épices que Rhode m'avait laissées tout au début de ma vie d'humaine à Wickham. Je ne le reconnaissais plus, à présent. Mais à sa décharge, il n'avait fait que se plier aux injonctions. Garder ses distances avec moi.

De retour dans le salon, je m'agenouillai devant mon vieux coffre de voyage ; les serrures cliquetèrent et je soulevai le couvercle. À l'intérieur étaient cachés quelques articles dont j'aurais besoin pour réaliser mon sort. Mes doigts voletèrent au-dessus d'un petit coupon de satin. Je le mis de côté, ainsi que d'anciennes boules de cristal, des dagues au fourreau serti de pierres précieuses et autres babioles de ma vie de vampire. Des profondeurs de la malle, je sortis l'un des rares livres que Rhode m'avait laissés. Il datait de 1808 et était simplement intitulé *Incantato.*

Je l'ouvris et feuilletai les pages épaisses jusqu'à trouver la bonne.

– Sort de barrage, dis-je à voix haute tout en marchant.

J'allai poser le livre sur le comptoir de la cuisine.

Je saisis la sauge et une vieille coquille Saint-Jacques, assez grande pour contenir mon mélange d'herbes. Après avoir vérifié la recette, je disposai du pissenlit, du thym, de la sauge, de la lavande et une pomme. Tout en tenant le livre dans le creux de mon bras, je répandis les herbes séchées sur tout le périmètre de la pièce.

Vicken m'observait depuis le seuil de la cuisine, les bras croisés sur son large torse.

– Connais-tu l'origine du mythe d'Invitation ? lui demandai-je sans cesser de disperser mes herbes.

– Quoi ? L'histoire selon laquelle les vampires doivent être invités pour pénétrer dans une maison ? (Il s'assit dans le canapé.) Une vaste blague.

L'arôme des herbes frappait mes narines par vagues de thym piquant et de douce lavande. Quelques miettes tombèrent sur les pages ouvertes du grimoire.

– Passe-moi ton poignard, lui dis-je.

Il s'exécuta. Je coupai la pomme horizontalement par le milieu et la posai face en haut. Quand on coupe ce fruit en deux, le cœur dessine un pentacle, une étoile à cinq branches. Le pentacle est connu, dans le monde surnaturel, pour donner du pouvoir à ceux qui profèrent une incantation. Il pouvait aussi représenter les quatre éléments : la terre, l'eau, l'air et le feu, la cinquième pointe symbolisant la combinaison du tout – ce que l'on appelle parfois l'esprit. Penser à ce pentacle me rappelait les Aeris, leur puissance. Je le tournai face à la pièce.

– Ce sont les vampires qui ont inventé le mythe d'Invitation, poursuivis-je, pour éloigner les monstres les plus terribles. Les métamorphes, les hommes-animaux, les vilains de tout poil. Tu bois un peu de leur sang, et soudain tu es un individu de la pire espèce ! (Je lui décochai un sourire entendu.) Car, oui, il existe des créatures pires que les vampires. Des créatures qui entrent chez vous par une fenêtre ouverte pour vous voler votre souffle. Des créatures qui vous brisent le dos... pour le plaisir.

Je dénichai une chandelle grise dans la malle et l'allumai. Le gris n'est utilisé que dans des occasions très particulières : c'est une couleur à mi-chemin entre le bien et le mal. La couleur de l'intermédiaire, de l'entre-deux. Il ne faut pas faire n'importe quoi avec les chandelles grises.

La flamme vacilla et, le livre ouvert devant moi, je lus l'enchantement d'une voix posée. Je déversai toutes mes intentions dans cet acte. De tout mon cœur, je voulais nous protéger.

– Dans cet espace, je suis protégée du danger.

Je répétai l'incantation et posai le livre sur la table. Puis je pris la bougie grise entre mes paumes et fis à nouveau le tour de la pièce.

– Dans cette enceinte, je suis protégée du danger. Par le sang qui coule dans mes veines, par l'intervention de ces herbes, que nul vampire ni créature monstrueuse ne franchisse cette porte. Dans cette enceinte, je suis protégée du danger.

Je fis cinq fois le tour de la pièce. Lorsque j'eus terminé, je posai la bougie sur la table basse. Je tâchai de ne pas remarquer l'élancement dans ma clavicule.

– Il faut laisser brûler la chandelle, dis-je. Et tu ne peux pas partir tant que ce n'est pas fait. Il ne faut pas perturber les énergies.

– Nous ne sommes plus des vampires. Comment savoir si nous pouvons activer ce genre de magie ?

Je regardais la fumée de la bougie s'élever dans l'atmosphère.

– Eh bien je suppose qu'il faut attendre pour le savoir. Si ça marche...

J'hésitai, et Vicken attendit patiemment la suite.

– Si ça marche, on pourra essayer encore autre chose.

– Autre chose ?

Je jetai un coup d'œil à mon livre. Combien de fois y avais-je eu recours à Hathersage ? Des milliers ? D'accord, c'était généralement pour attirer un ennemi à moi, pas le contraire.

– Tu sais ce que je veux dire. Si ça marche, on pourrait essayer des sorts plus puissants.

– Et pour quoi faire ?

Je songeai à la mise en garde de Suleen sur la plage. Plus longtemps je demeurais mortelle, plus mes liens avec le monde surnaturel s'affaiblissaient.

– On ne saura pas si ça fonctionne tant que des vampires n'essaieront pas d'entrer ici pour te tuer, ajouta-t-il.

– En effet, c'est le seul moyen d'être fixés.

Et sur ces mots, je m'emparai de la télécommande.

Lentement. Peau contre peau. La faible lueur d'une lanterne. Deux corps ensemble. Une cuisse repose contre la mienne... des lèvres chuchotent à mon oreille.

Les vampires aiment plus avec leur âme qu'avec leur corps. Leur condition les prive de sensations physiques. Leur sens du toucher s'estompe, ne laissant rien que l'enveloppe humaine. À l'intérieur, cet engourdissement pousse l'âme torturée jusqu'à la folie. Et lorsque deux vampires s'unissent, deux vampires qui aiment, leurs âmes peuvent réellement se toucher.

Mais pas dans ce rêve.

Rhode et moi sommes étendus sur une paillasse. Les vitres sont anciennes, la flamme de la chandelle se reflète dans leur verre épais. Le bois est si sombre qu'il est presque noir.

La main de Rhode me tient la tête, ses lèvres effleurent les miennes.

Dans ce rêve... je le sens à la manière d'une mortelle.

Nos corps produisent de la chaleur dans cette vieille pièce. Un feu ronfle dans l'âtre et fait transpirer ma peau. « Rhode », dis-je tout bas, et il s'éloigne de mon oreille. Il me regarde dans les yeux – le bleu de ses iris est si captivant que j'oublie, pendant une fraction de seconde, à quel point nous sommes proches.

– J'aimerais pouvoir te sentir physiquement, dis-je.

– Tu ne peux donc pas ? souffle-t-il en approchant son visage du mien. Jamais, chuchote-t-il. Jamais plus je ne pourrai être séparé de toi.

Le mot « toi » résonne en écho. Une toute petite syllabe.

Toi, toi, toi... et l'image sombre dans les ténèbres.

Le matelas de paille et la chaleur du corps de Rhode contre le mien s'éloignent. Soudain, l'espace s'ouvre et je m'élève dans les airs... il me semble que je lévite : je flotte au-dessus du lit.

– Vous ne comprenez donc pas.

La voix de Rhode. Je redescends lentement vers le sol, l'air soutient mon corps comme si j'étais un oiseau. Je descends plus bas encore : me voici à présent sous un plafond noir. Debout dans une pièce. Ceci n'est pas la chambre, je suis ailleurs. Rhode est à genoux, tête baissée.

– Vous ne comprenez donc pas, dit-il à quelqu'un dans la pièce. Je ne peux pas le faire. Je ne peux pas. Vos exigences sont trop extrêmes.

Je pivote pour regarder à qui il s'adresse, mais je n'ai que de l'ombre devant les yeux.

– C'est trop, dit encore Rhode.

Je suis à présent consciente de mon corps de mortelle couché dans un lit. Le lit de paille ? Non. C'est plus doux. Je dors dans mon lit au lycée Wickham.

Je veux me réveiller. Réveille-toi, Lenah. La lumière blanche des Aeris luit devant mes yeux. Là... encore cette bouche de vampire, celle qui n'a pas de crocs. Des trous béants les remplacent. Réveille-toi, Lenah !

Réveille-toi !

Mes yeux s'ouvrirent d'un coup.

Je hoquetai, et de l'air frais s'engouffra dans ma gorge. Par la porte ouverte de ma chambre, je vis que la télévision donnait les nouvelles du matin. La chandelle grise était depuis longtemps consumée. Vicken s'était endormi, je ne voyais que ses bottes de moto qui pendaient au bout du canapé. Il ronflait sur un rythme régulier.

Je repris mon souffle et m'assis. Un petit filet de sueur coulait sur mon front. Je l'essuyai et passai une main sur mes cheveux, le cœur battant. La coupure sur ma clavicule me brûlait ; je touchai la plaie sensible. *Rhode*, disait mon cœur. *Rhode*.

Mais il était de l'autre côté du campus, sans moi.

Je sortis de mon lit parce que je voulais le trouver, je voulais ses yeux brûlants dans les miens. Malheureusement, ce que je voulais et ce dont j'avais besoin étaient devenus deux choses radicalement différentes. Je m'arrêtai, un chemisier à la main. Malgré la chaleur et la proximité que j'avais ressenties avec Rhode dans ce rêve, il me rejetterait si j'allais le surprendre dans sa chambre. Ce qu'il me fallait, c'était quelqu'un qui soit prêt à me réconforter. Qui soit prêt à accepter que je le touche.

J'avais besoin de Justin.

Chapitre 13

Des nuages bleu sombre et noirs s'amoncelaient dans le ciel gris. Le soleil ne tarderait pas à se lever, dans une heure au plus. Je savais que je n'étais pas censée me déplacer seule sur le campus. En sortant, je sentis ma coupure m'élancer, comme pour me rappeler que j'avais tort d'enfreindre le règlement. J'y portai les doigts : le sang séché formait une croûte irrégulière.

Je vérifiai qu'il n'y avait personne sur le chemin de la plage, puis jetai un coup d'œil au parking derrière moi. À côté de la guérite du garde, il n'y avait qu'un monospace, garé le long du bâtiment Hopper. Après un dernier regard circulaire, je filai en veillant à rester sur le bord du chemin, dans l'ombre des bâtiments et des arbres.

Je savais que Justin avait changé de chambre à la rentrée en terminale et qu'il vivait désormais au rez-de-chaussée du bâtiment Quartz, face aux bois et, au-delà, à l'océan. Le vent chuchotait dans les arbres, secouant leurs feuilles jaunies. En arrivant au chemin, je frissonnai : un instant, j'avais imaginé Suleen m'attendant sur la plage. Mais tout était désert.

Quand comptait-il se manifester ? Il avait laissé un vampire assoiffé quasiment me tuer... Pourtant, il m'avait dit qu'il viendrait au moment où j'aurais le plus besoin de lui. Pourquoi pas maintenant, par exemple ?

Une voiture passa sur Main Street. Une bourrasque de brise marine souleva mes cheveux. Non. Ce n'était pas possible. Personne ne m'observait en ce moment. Ava et son cercle devaient être occupés à préparer mon faux rituel.

Cours, Lenah...

Je ne voulais pas regarder derrière moi, en direction de Seeker Hall. Et s'il y avait un membre de son cercle dans ces ombres ? Quelqu'un qu'elle aurait chargé de m'épier ? Je m'exhortai à marcher plus vite. S'il y avait quelqu'un derrière moi, il allait m'attraper par les épaules. *Allez, un peu plus vite.* Je commençais à avoir du mal à respirer. J'arrivais à proximité du foyer.

Plus vite, Lenah, ils peuvent te tomber dessus à tout moment.

Je contournai la serre, le bâtiment des sciences, et c'est seulement alors que j'osai me retourner vers le chemin. Si un surveillant m'attrapait, je perdrais le droit de sortir ; or, il me fallait le plus de liberté possible, vu la situation avec Ava.

Je partis en courant vers le bâtiment Quartz, fis le tour et me plaquai contre le mur. Dans les bois, une lumière jaune tombait en longs rayons sur l'écorce des arbres. Les fenêtres du rez-de-chaussée s'alignaient sur le bâtiment.

La chambre de Justin. Laquelle était-ce ? Oui. Voilà. Toutes les fenêtres étaient identiques, mais ses rideaux à lui étaient ouverts. Par la vitre, on voyait du matériel de sport en désordre. Un pied pendait au bout du lit.

Je frappai deux fois au carreau, tout en restant sur le côté de la fenêtre pour ne pas l'effrayer. À l'intérieur, il y eut un mouvement et un faible grognement. Je cognai à nouveau.

– Bon Dieu, c'est pas vrai !

J'entendis quelques pas. La fenêtre s'ouvrit avec un petit grincement. Je m'avançai alors. Justin était ébouriffé et ensommeillé. Il était torse nu, en bas de survêtement. Même à cette heure matinale, il était mignon à tomber.

Absolument à tomber.

– Euh..., fis-je en reculant d'un pas dans l'herbe.

Il se pencha par la fenêtre.

– Lenah ? Qu'est-ce que tu fais là ? me demanda-t-il d'une voix tendre, heureuse.

Dans la lumière de l'aube, je baissai le col de mon tee-shirt pour lui montrer la longue balafre qui courait au-dessus de ma clavicule.

– Oh, la vache ! Entre vite.

J'agrippai le rebord, me hissai sur la fenêtre. À cause de cet effort, la plaie se mit à me lancer et je faillis retomber dehors. Justin m'attrapa à temps et me tira à l'intérieur.

– Assieds-toi, assieds-toi, dit-il en me guidant jusqu'à son lit.

Des images de nos corps entremêlés sous ses draps, l'année précédente, surgirent dans ma tête. Il s'agenouilla devant moi un instant, et tira sur le tee-shirt pour examiner la coupure de plus près.

– Aïe, souffla-t-il, ça doit faire mal. Tu devrais retirer ton tee-shirt et me laisser nettoyer ça.

– Mon tee-shirt ?

Il se leva, si bien que mes yeux se posèrent sur son ventre musclé. Puis ils remontèrent vers son torse, et je vis, dans la lumière matinale, le pendentif. Un disque argenté. Je connaissais ce symbole.

– Une rune du savoir ! dis-je en me levant à mon tour.

Je touchai le bijou du bout des doigts.

– Ouais, j'ai acheté ça l'autre jour.

– Pourquoi ?

– Je l'ai trouvé en ville. C'était censé m'aider à tout débrouiller. Quand le type au turban a fait son bouclier d'eau, là... Je... Je ne sais pas. Il fallait que je comprenne. Que je te comprenne, toi.

– Moi ?

– Toi, le rituel, Rhode... Pourquoi tu es encore si pleine de vie... alors, quoi que tu aies fait avec ce rituel, je veux... (Il se leva et se dirigea vers le fond de la pièce.) Enfin bref, j'ai une trousse de premiers secours dans mon sac de crosse.

Touchée par son geste, je n'insistai pas. Justin avait volontairement recherché un objet capable de le connecter à mon univers sombre et inquiétant. J'eus la certitude, alors, que j'avais fait le bon choix en venant le voir. Il faisait tout ce qu'il pouvait pour me comprendre.

Pendant qu'il farfouillait dans le coin de la chambre, je regardai les bois par la fenêtre. Dans la pénombre, entre les arbres, je me vis sous ma forme vampirique. M'approchant du dortoir d'un pas insouciant, en gigantesque robe écarlate, mes longs cheveux lâchés sur les épaules. Mes crocs dégoulinant de sang.

– Lenah, ton tee-shirt ! dit Justin en s'agenouillant devant moi.

Lorsque je regardai à nouveau par la fenêtre, le fantôme de mon passé n'était plus là.

– Ah, oui.

Je soulevai le vêtement, exposant mon soutien-gorge. Justin tapota la plaie avec une compresse. Je fis la grimace. Il souffla alors sur ma peau, puis continua.

– Tu veux que j'arrête ? me demanda-t-il.

– Non, ça pique un peu, c'est tout.

Nous demeurâmes un moment ainsi ; Justin se redressa sur son genou. Ses lèvres se rapprochèrent, se rapprochèrent, et soudain elles furent sur les miennes. Mon cœur s'emballa : je ne voulais pas qu'il cesse de m'embrasser. Je voulais faire comme si je n'avais jamais été ce monstre que j'avais vu dans les bois. Il grimpa sur le lit et je m'étendis. Mais alors que son corps commençait à peser sur le mien, il se dégagea. Je portai les doigts à mes lèvres, étonnée, puis déglutis.

Notre élan passionné s'était évanoui aussi vite qu'il était venu.

– Ta coupure, dit-il. C'est moche. Laisse-moi essayer autre chose.

Il fouilla de nouveau dans le sac. Je descendis du lit et m'assis par terre, face à lui. Il ouvrit un autre flacon, et je flairai une odeur que je connaissais bien. Je posai la main sur son poignet, et il me montra la bouteille.

– C'est ma mère qui fait ça, dit-il.

Je lui pris le flacon des mains pour mieux le renifler.

– C'est... de la lavande et de l'aloe vera. Un mélange qui remonte au Moyen Âge.

– Alors ça doit être efficace.

Il se remit à tamponner ma plaie. Je vis de minuscules écailles de sang séché sur la compresse, qu'il jeta à la corbeille.

– Quand on était petits, mes frangins et moi, on s'écorchait tout le temps. Maman nous préparait ce remède. J'en ai emporté au lycée, pour les blessures de sport.

Ensuite, il plongea deux doigts dans un onguent huileux et les passa sur ma balafre.

– Un antibactérien. Pour que ça ne s'infecte pas.

Quelques minutes plus tard, il avait posé un pansement sur ma blessure.

– Je ne vais pas te demander comment tu t'es fait ça, dit-il en me portant sur le lit avant de m'y rejoindre.

– Tu le sais déjà. Tu l'as vue tuer Kate sur la plage. Et je n'ai pas pu te le dire pendant la réunion au foyer, mais c'est elle aussi qui a tué Mrs Tate. Laquelle m'avait parlé peu avant, derrière le bâtiment Curie.

Les larmes me montèrent aux yeux et je les refoulai d'un battement de paupières. Ma voix se brisa.

– Elle t'a probablement vu avec moi, ce qui fait de toi une cible, et je...

– Elle ne me fait pas peur, déclara Justin. Vraiment pas. Si elle me cherche, elle me trouvera.

– Il fallait que je te voie. Je savais que tu comprendrais.

Il m'attira contre lui et je posai la joue sur sa poitrine.

Dehors, un craquement de tonnerre éclata, ce qui nous fit sursauter tous les deux. Il se dépêcha d'aller fermer la fenêtre.

– Que veut-elle, au juste ? Elle t'observe depuis tout ce temps ? Je ferais bien de rester près de toi en permanence, au cas où elle reviendrait...

Justin continua de parler, mais pour ma part je fermai les yeux. J'aurais voulu lui décrire l'impression étrange que j'avais ressentie en discutant avec Mrs Tate, mais je devais être épuisée. Je me souviens juste de sa chaleur. Il me tenait contre lui, et lorsque je rouvris les yeux un peu plus tard, j'avais le nez dans son cou. Son souffle était lent et régulier. Je l'écoutai respirer jusqu'à me trouver au bord du sommeil. Et là, je rêvai...

Un champ de lavande au parfum merveilleux, frais et apaisant. Je tiens dans mes mains l'étoffe noire d'une grande robe. Le décor change. Ceci n'est pas le champ de lavande. Je suis ailleurs. Une main masculine au pouce meurtri s'accroche au bord d'un lavabo. Elle serre plus fort, au point que l'avant-bras en tremble. Qu'est devenu le champ de lavande ?

Les mains tremblent et s'élèvent, et dans le reflet du miroir de la salle de bains, elles encadrent un visage – celui de Rhode.

– Est-ce que tu l'aimes ? demande-t-il à la faïence.

C'est une salle de bains de Wickham, je reconnais les carrelages bleus et blancs au sol.

– Tu n'as pas besoin d'elle, dit Rhode en relevant les yeux vers son reflet, puis en les détournant vivement.

Dans cette connexion, je ressens son dégoût comme si je le vivais moi-même. Je sens le malheur et la haine lui déchirer le ventre en deux. Cette haine n'est pas dirigée contre moi, mais contre... lui-même.

Rhode lève la main droite. Il a retiré le bandage, et de longues griffures sont visibles sur ses phalanges.

– Tu n'as pas besoin d'elle, répète-t-il, en insistant cette fois sur le mot « besoin ». Tu peux faire ce qu'ils te demandent, ajoute-t-il en scrutant son reflet.

Puis, baissant les yeux, il ajoute :

– Non, tu ne peux pas. Leurs exigences sont trop extrêmes.

Vif comme la foudre, il donne un coup de poing dans le miroir, qui se fendille comme un kaléidoscope. Dans le reflet éclaboussé de sang, ses yeux bleus sont mouchetés de gouttelettes écarlates.

– Je ne peux pas, je ne peux pas, je ne peux pas, répète Rhode, encore et encore.

Je me réveillai et m'assis en sursaut, le souffle court. À côté de moi, plus personne. Il y avait dans la chambre un placard ouvert, plein de casques de crosse et de chemises masculines, où j'aperçus aussi un ballon de football américain. *Ah oui, c'est vrai.* J'étais sur le lit de Justin. Sur sa table de nuit, un petit mot : *Entraînement par tous les temps, qu'il pleuve ou qu'il vente !*

Je me levai, enfilai mon tee-shirt et remis mes chaussures. Lorsque je me baissai pour nouer mes lacets, le pansement posé par Justin tira sur ma peau. Je le touchai par réflexe. J'hésitai devant la fenêtre et regardai la pluie tambouriner sur l'herbe et sur les arbres. Ces rêves de Rhode devenaient si réalistes... Dans celui-ci, il y avait même les carrelages de salle de bains de Wickham ! Je tournai la poignée de la fenêtre et, juste au moment où je posais les mains sur le rebord, la réalité me frappa comme un coup de poing à l'estomac. Je reculai en titubant, car soudain je *savais*. C'était peut-être parce que nous étions des âmes sœurs, comme l'avaient dit les Aeris, mais en tout cas, je n'avais plus aucun doute.

Mon rêve n'en était pas un. C'était la réalité. C'était bien une salle de bains de Wickham, et c'était le vrai Rhode, devant le lavabo. Ce n'étaient pas des souvenirs auxquels j'avais accès, mais ce qui se passait dans sa tête au moment présent. Je passai une main dans mes cheveux et fixai du regard les gouttes de pluie qui s'écrasaient sur l'appui de la fenêtre. Donc, nous étions des âmes sœurs qui n'avaient plus le droit d'être ensemble, mais j'avais un accès privilégié à ses pensées ? Cela me paraissait inutilement cruel. Et je ne pouvais rien contre la décision des Aeris : si proches que nous soyons dans nos cœurs, nos vies devaient rester séparées. *Inutilement cruel*, décidément, c'était le mot. Je grimpai sur l'appui de la fenêtre et sortis dans la tempête.

Au fil de la journée, la pluie s'intensifia. Quelques heures plus tard, assise seule à l'une des longues tables du réfectoire, je dressai encore une liste.

Souvenirs du passé.
Pensées présentes de Rhode.
Pourquoi est-ce que je les reçois, et de plus en plus fréquemment chaque jour ?

La pluie fouettait les grandes baies vitrées. Devant moi, une part de tarte au citron meringuée gisait intacte sur une assiette. J'étais en train de raturer une autre théorie à propos de Rhode et de notre connexion, lorsque quelqu'un appuya un parapluie trempé contre ma table. Je posai doucement mon cahier, haussai les sourcils, et Vicken mordit dans ma part de tarte tout en poussant un journal plié devant moi. C'était le journal britannique *The Times*.

HATHERSAGE, DERBYSHIRE
UNE DEMEURE HISTORIQUE
RAVAGÉE PAR UN INCENDIE

Et là, sur la page : une photo de mon sublime château. Des dizaines d'hommes et de femmes grouillant sur la grande pelouse. Des déménageurs portant un large bureau – celui de ma chambre. Les fenêtres du rez-de-chaussée noircies, défoncées. Des éclats de verre hérissant les châssis. Deux rideaux flottant à l'extérieur, comme pour s'évader.

Vicken reprit une bouchée de tarte.

– Où as-tu eu ça ? lui demandai-je en posant les doigts sur le fin papier.

– Je t'avais dit que j'allais fouiner un peu. Je reçois le *Times* depuis quelques semaines. Et j'ai beau râler à propos de ce bahut, je suis quand même allé à la bibliothèque. (Il retourna le journal vers lui.) « Le 31 août, lut-il, un terrible incendie a dévoré la demeure historique d'Hathersage, qui datait du début du XVIIe siècle. Des milliers d'objets d'une rareté extrême ont pu être sauvés des flammes. Aucune victime n'est à déplorer, et l'on pense que le château –

réputé dans la région pour être hanté – était vide lorsque l'incendie s'est déclaré. Le feu a consumé tout le rez-de-chaussée et détruit une tapisserie qui avait appartenu à Élisabeth Ire. »

– Plus exactement à sa mère, Anne Boleyn. Je l'avais fait restaurer plusieurs fois.

Mais si j'avais le cœur serré, c'était pour une autre raison. Le journaliste avait écrit que le château était vide. Il ne l'était pas du tout. Il était empli de mon histoire, de mon passé, et presque tout cela était parti en fumée.

Vicken poursuivit sa lecture.

– « Les historiens locaux ont identifié sur place des dagues précieuses, des herbes insolites et d'étranges amulettes. Certains sont d'avis que les objets présents dans la demeure sont de nature occulte. Dans les étages, de nombreuses pièces de mobilier ont été épargnées, tel ce lit à baldaquin du XIXe siècle, ainsi qu'un portrait anonyme datant de la même époque.

L'expert David Guilmain, du Groupement de recherches occultes de Londres, a été très impressionné par la salle d'armes. Il y avait là des étoiles ninja, une gigantesque collection de poignards, et les épées bâtardes les plus rares qu'il ait jamais vues. L'une d'elles avait une poignée en os humain. Guilmain a également découvert des éléments tout à fait étranges dans cette salle. Il s'est déclaré abasourdi par l'arsenal pharmaceutique ancien et par de mystérieux appareils qui évoquaient des instruments de torture. »

– C’en était, commentai-je.

Vicken poursuivit.

– « Il semble que la demeure soit restée dans la même famille depuis l’époque élisabéthaine. Les autorités s’efforcent en ce moment de contacter les propriétaires actuels, dont l’identité n’a pas été révélée. Les objets récupérés seront catalogués sous la supervision du British Museum, qui coordonne les opérations en collaboration avec l’association English Heritage. »

Vicken s’anima, tout son visage s’illumina et il sourit.

– Tu as entendu ça ? Le British Museum !

Le journal était daté du 31 août.

Nous étions le 5 septembre.

Le 31 août ? Rhode était réapparu à Wickham le 3 septembre ; il pouvait donc très bien s’être trouvé à Hathersage au moment de l’incendie.

Je remis mes livres dans mon sac, fourrai la page du journal dans ma poche et me levai.

– Où est-il ? demandai-je avec autorité.

Vicken ne répondit pas.

– Où ? hurlai-je en tapant du plat de la main sur la table.

D’autres élèves, qui révisaient tout en mangeant, m’observèrent avec des yeux ronds.

– Dans sa chambre, lâcha Vicken avec un soupir.

Je jetai mon sac de livres sur ses genoux et regardai la pluie par la fenêtre. Retroussant rageusement les lèvres, je lui demandai :

– De quel côté es-tu ?

Sur quoi je sortis en coup de vent sous la pluie.

Rhode n'était pas dans sa chambre. Après avoir tambouriné à sa porte, je ressortis ; en quelques minutes, mon tee-shirt s'était fait tremper, et mon jean pesait lourd sur mes cuisses. J'avais l'intention de rentrer chez moi lorsque Rhode, tout vêtu de noir, traversa l'allée à quelque distance devant moi. Il gardait le menton pointé vers le sol et portait un gros sac de sport sur l'épaule. Voilà qui était curieux. Je m'écartai de l'allée pour courir me dissimuler derrière une statue du fondateur de l'établissement, Thomas Wickham. Rhode disparut au-delà de la serre. Où allait-il ainsi ? N'étions-nous pas convenus qu'il était dangereux de sortir seul ?

Je partis en courant, m'arrêtai derrière un gros chêne qui poussait à côté de la serre, puis poursuivis. Lorsque j'arrivai au bout de l'édifice, Rhode était déjà entré dans les bois. J'aperçus un bandage neuf autour de ses doigts. La gaze blanche contrastait avec sa chemise et son jean noirs. Au début de notre histoire commune, il m'avait appris à suivre quelqu'un sans être vu, prédateur suivant sa proie.

Peut-être sa destination m'indiquerait-elle où il s'était caché pendant toute l'année – ce qu'il ne me dirait jamais, même si je le lui demandais mille fois. Quoi qu'il en soit, il avait sûrement une raison bien précise de sortir du lycée sans prévenir Vicken ni moi – et cette raison, je voulais la connaître.

Je chassai la pluie de mes yeux, et une pensée agaçante me fit hésiter : *il sait bien qu'il n'est pas censé sortir seul, et il le fait quand même.* Comme le prouvait ma balafre, Ava ne craignait pas la lumière du jour. En outre, les heures matinales étaient plus dangereuses que celles de l'après-midi ; quoi qu'il en soit, elle avait prouvé qu'elle était capable de supporter les rayons du soleil.

Je fis encore un pas et le regardai louvoyer entre les arbres. Je posai une main contre le verre tiède de la serre. Rhode s'approchait du mur d'enceinte. S'il sautait par-dessus, il me faudrait faire de même pour savoir où il se rendait.

Vas-y, Lenah. Vas-y !

Je veillai à garder mes distances en le suivant. Une seule fois, il jeta un coup d'œil derrière lui. Je bondis m'abriter derrière un bouquet d'érables et plaquai mon dos contre l'écorce. Je le suivais de trop près, c'était imprudent. Allez, juste quelques secondes. Je pouvais bien attendre quelques secondes ! D'impatience, je sautillais sur mes orteils. Et s'il avait déjà franchi le mur ? Je coulai un regard au-delà des arbres : il disparaissait de l'autre côté du mur pour redescendre dans Main Street.

J'escaladai aussitôt le mur et, lorsque mes bottes touchèrent le trottoir, demeurai dans l'ombre de Rhode, comme si celle-ci pouvait me protéger de son regard perçant. Il marchait toujours, balançant le sac de sport à bout de bras. Il dépassa ainsi la bibliothèque publique de Lovers Bay, l'herboristerie, puis le dernier magasin de Main Street, et s'enfonça dans le quartier résidentiel qui se trouvait au-delà.

Arrivé devant l'entrée du cimetière, il hésita. Je me tapis dans l'ombre en écoutant la pluie tomber sur le trottoir. J'attendis que Rhode ait franchi le portail. Il entrait dans le cimetière. Pourquoi ? Était-ce encore un indice concernant la vie qu'il avait menée l'année précédente ?

Je le suivis à distance, juste assez loin pour ne pas le perdre entre les sépultures de granit et les arbres. Il semblait trouver son chemin sans difficulté. Il ne s'arrêtait pas pour consulter un plan, une carte. Il n'en avait nul besoin. Il savait précisément où il allait.

Je trouvai devant moi un endroit où m'arrêter discrètement afin de rassembler mes pensées : un grand mausolée de pierre grise qui s'élevait au centre du cimetière. Non loin de là se trouvait la tombe de Rhode, celle que j'avais fait ériger à sa mémoire l'année passée, le croyant mort. Mais il passa devant sans s'arrêter. Je m'aplatis encore davantage contre la pierre froide du mausolée.

Il tourna dans la rangée de tombes où Tony était inhumé.

Je n'étais pas allée à son enterrement : je n'aurais pas supporté de voir le chagrin de ses parents, connaissant ma part de responsabilité dans son décès. Mais je savais où se situait sa tombe. Évidemment.

La curiosité me serrait l'estomac. « Allez, Lenah, rentre au lycée », chuchotai-je pour moi-même, mais il m'était impossible de faire demi-tour. Mes bottes émirent des bruits de succion sur le sol détrempé tandis que je courais sur l'herbe. Il fallait que je me replie pour éviter qu'il ne m'entende.

Rhode se tenait dos à moi, la tête baissée vers ce qui était très probablement la tombe de Tony. Deux rangées derrière lui, je me mis à genoux et avançai à quatre pattes. La terre mouillée sentait l'herbe fraîchement tondue. Je restai proche du sol, car je ne voyais pas d'autre solution. Si je me levais, il me verrait forcément du coin de l'œil.

Je rampai donc entre les tombes. Levant un instant la tête, je le vis ouvrir son sac de sport. Il en sortit son épée. Je retins mon souffle. Ce qu'il fit ensuite était extrêmement calculé. Du bout effilé de l'épée, il traça un cercle autour de la sépulture de Tony, entaillant profondément la terre boueuse.

Rhode avait presque terminé de tracer un cercle complet. À ma connaissance, ce n'était pas un sort. Il leva l'épée haut en l'air et la plongea dans la terre. Imprégnée de magie, imbibée de ses intentions pour je ne sais quelle raison, elle s'enfonça facilement dans le sol détrempé. Dans les ténèbres de mon esprit, j'imaginai la lame traversant la terre, la pointe brisant les mottes qui protégeaient mon ami et atteignant le bois de son cercueil.

Rhode tomba à genoux et serra une main sur la poignée de l'épée, puis posa l'autre main à plat sur la pierre tombale. Le menton à la poitrine, les yeux fermés, il semblait plongé dans une méditation silencieuse. Silencieuse, jusqu'au moment où il se mit à murmurer rapidement.

– Honni soit qui mal y pense, répétait-il, encore et encore, comme une psalmodie.

C'était la devise de l'ordre de la Jarretière. Rhode accomplissait une cérémonie datant de l'époque où il était chevalier. Je ne l'avais jamais vu rien faire de tel. Je demeurai immobile, comme paralysée, incapable de détacher mes yeux de ce spectacle.

Rhode se rassit sur ses talons et porta les deux mains à son visage.

Pourquoi ? Pourquoi la tombe de Tony ?

Je n'y comprenais rien. J'avais envie de le héler, mais je savais bien qu'il ne valait mieux pas l'interrompre en un instant si sacré.

Il se laissa ensuite tomber en avant, tendant un bras devant lui pour se rattraper au sommet de la stèle de pierre. Le pansement qui entourait ses doigts était trempé de pluie. Mes yeux se fixèrent sur une tache rouge sang qui traversait la gaze. Comme elle était rouge, dans ce jour gris ! Il avait fracassé le miroir avec son poing, comme je l'avais vu en rêve.

Mais attendez. Il parlait à nouveau. Que disait-il ? Je retins ma respiration pour distinguer ses paroles. Et réprimai un cri étouffé, car tout ce que j'entendis, tout ce qui traversa l'air jusqu'à moi, moi qui étais couchée, la joue dans l'herbe mouillée, fut ceci :

– Pardonne-moi.

Je ne pouvais pas assister à cela plus longtemps sans rien dire. C'était une trahison. Je me levai dans l'allée derrière Rhode. Il fallait que je fasse un bruit. Le mouvement de mon corps lui suffirait d'ailleurs pour deviner ma présence.

Je marchai volontairement dans une flaque pour qu'il m'entende. Il sortit l'épée de la terre, la fit tournoyer en l'air et la pointa droit sur moi. La férocité de son regard me frappa. Je vis ensuite qu'il me reconnaissait, et il laissa retomber l'arme le long de son corps.

– Tu as été à bonne école avec moi, dit-il.

– Belle journée pour une visite au cimetière. Qu'est-ce que tu fais là ?

– Je suis venu honorer quelqu'un, me répondit-il en s'accroupissant, enveloppant l'épée dans une feuille de cuir avant de la remettre dans le sac.

– Mon ami ?

Il se mit en marche pour sortir du cimetière. Je le suivis.

Il avançait à grands pas dans les allées détrempées, retournant vers la zone moins boisée. Nous repassâmes devant le mausolée.

– Tu disais que nous ne devions pas sortir seuls, et pourtant te voilà.

J'essayais de le provoquer pour qu'il me parle.

Il s'arrêta pour me regarder.

– Je ne suis pas désarmé, lâcha-t-il d'un ton sans appel.

– Tu peux m'expliquer cela ? demandai-je en sortant de ma poche la page du journal. C'est dans le *Times*, bon sang ! Le château d'Hathersage a brûlé. Il est rempli d'historiens, maintenant ! Tout est parti en fumée !

Le seul fait de le dire m'envoya une décharge de douleur dans le corps.

Il lança un coup d'œil au journal mais ne dit rien.

Je jetai le papier détrempé par terre.

– Ça suffit, les petits jeux. Explique-toi. C'est daté du 31 août.

– Pourquoi fais-tu cela ? me demanda Rhode.

La pluie continuait d'alourdir l'air entre nous : je le voyais à peine.

– Tu as assisté à l'incendie ?

Il posa le sac par terre et laissa la pluie nous mouiller tous les deux.

– Oui, répondit-il enfin. J'ai vu le château brûler.

Le chagrin me déchira le cœur.

– Comment as-tu pu laisser faire ?

Il garda le silence. C'était exaspérant.

– Très bien, continuai-je. Donc, tu ne te contentes pas de mentir à tout le monde avec ton histoire d'accident de voiture. Tu me mens aussi, à moi. Je t'ai demandé si tu avais été à Hathersage. Tu ne m'as jamais répondu.

– Il faudrait que je raconte à tout le monde que j'ai été tabassé presque à mort ? Que le seul moyen que j'avais de m'en sortir était de mettre le feu ?

– C'est *toi* qui as mis le feu ? répétai-je, horrifiée.

La pluie tombait si fort que les gouttes froides me faisaient mal au nez et aux joues.

Au bout d'un moment, il reprit la parole.

– Des vampires sont venus à notre recherche. Je devais incendier les lieux pour les tuer et brûler toute trace de ma survie. Alors, je l'ai fait.

Je passai la main dans mes cheveux trempés. Mes doigts se prirent dans leurs nœuds imbibés d'eau.

– Qui t'a attaqué ? Ava, n'est-ce pas ?

Il se baissa, ramassa le sac et se dirigea à nouveau vers la sortie.

– Quand les vampires m'ont vu et se sont rendu compte que j'étais mortel, ils s'en sont pris à moi. Je ne pouvais que fuir.

Rhode, mon Rhode qui ne connaissait pas la peur, frissonna sous cette horrible averse.

– Je ne pensais pas m'en sortir.

– Tu aurais pu mourir, dis-je.

– Qu'est-ce que ça peut te faire ? Tu m'as cru mort pendant toute une année.

– Et tu crois que je pourrais survivre à nouveau à ça ? Que je ne m'inquiète pas pour toi chaque jour ? À chaque minute ? (Il me fallut plusieurs essais, mais je finis par trouver les mots.) Dis-moi. M'observais-tu, l'année passée ? Savais-tu ce que je faisais ?

Il baissa le menton vers sa poitrine. Il parut réfléchir un instant.

– Oui, je te voyais. Après la mort de ton ami Tony, je n'ai pas pu venir à toi. Sur le moment, cela semblait stérile.

Une explosion de soulagement se répandit en moi. *Enfin*, quelque chose.

– Mais tu savais que le cercle était à mes trousses. Et tu n'as rien fait ?

Ses yeux étaient rivés sur mon cou. Il ne me répondit pas.

– Rhode ?

Il fit un pas vers moi et leva la main. Allait-il me toucher ? Mon cœur fit un bond. Mais non. Il saisit le col de mon tee-shirt mouillé et froid entre le pouce et l'index et le descendit un peu pour exposer ma peau. Le pansement avait glissé avec la pluie, découvrant la plaie. Il l'examina quelques instants puis lâcha le tissu, tout en évitant soigneusement de me toucher.

– Il y a eu un moment, le jour où nous avons découvert que j'avais une sœur, où tu as juré que nous serions ensemble à jamais, chuchotai-je.

Je fis un pas vers lui. Je comptais prendre sa main dans la mienne. Rhode bondit en arrière et je vis de la peur, une peur authentique, passer dans ses yeux. Je retirai ma main, blessée et gênée de ce nouveau rejet.

– Je ne peux pas ! s'écria-t-il avant de se figer. Je ne te quitterai jamais, Lenah, mais je ne peux plus t'aimer. Pas de cette manière.

Son regard était plein de peine, comme s'il était en proie à un conflit.

Au bout d'un instant de silence uniquement brisé par le tambourinement de la pluie sur l'herbe, il ajouta :

– Notre situation est du domaine de l'absolu. Il n'y a pas de demi-mesure.

Notre situation.

– *Notre* château. *Nos* portraits. *Notre* bibliothèque, m'enhardis-je à répondre. Tout cela n'est plus. C'est comme si on effaçait notre histoire. Et tous ces beaux livres...

Je portai la main à mon cœur. L'eau détrempait mon tee-shirt et mes doigts.

– C'est ce qui t'inquiète, *les livres que nous avons laissés là-bas ?* s'exclama-t-il, ses yeux bleus perçant l'air gris et brumeux. Tu devrais plutôt te soucier des squelettes de ceux que nous avons emmurés, ou des coupes de sang oubliées sur les tables. Ils vont analyser le contenu des vieilles coupes. Mais cela ne nous concerne plus. C'est terminé, Lenah. N'es-tu pas soulagée ? Contente de pouvoir laisser tout cela derrière toi ?

Je m'écartai de lui. Toutes mes possessions. Toutes les vieilles photographies, les bijoux. Les vastes salles où nous prenions la vie si volontiers étaient à présent vides, en ruine.

Ce que le Feu nous avait dit sur le terrain de tir à l'arc me revint en mémoire.

« Les vampires sont des morts. Des vagabonds nocturnes, des errants surnaturels. Nous ne pouvons pas vous tenir pour responsables des assassinats commis dans ce monde-là. »

Rhode avait raison. J'étais heureuse que les années de destruction et de tristesse soient terminées.

Et à ce moment-là... la pluie redoubla de violence. Elle pilonnait l'herbe et je dus la chasser de mes yeux à deux mains.

– Tout a été détruit. Cela n'a plus d'importance, reprit-il. Nous sommes humains, désormais.

Il ramassa à nouveau le sac et fit quelques pas vers la sortie.

– N'est-ce pas ce que tu voulais ? demandai-je.

– Pour toi, si, me répondit-il gentiment.

Mais mon merveilleux Rhode me cachait encore quelque chose. Je le voyais à la courbe de son dos et à son regard tourné vers le sol.

– Si les Aeris ne s'en étaient pas mêlées, serais-tu heureux d'être mortel ? Où que tu sois ? demandai-je encore, espérant que cela le pousserait à me révéler ce qu'il avait fait l'an passé.

Il se retourna vers moi, haute silhouette noire dans cette tempête de pluie.

– Je ne suis pas réellement un mortel. Je suis fait de chair et de sang, mais je suis autre chose. Coincé.

– Qu'es-tu, alors ?

– Quelque chose d'oublié. D'archaïque. Bon à mettre sous clé derrière une vitrine.

– Tu ne crois pas réellement à ce que tu dis, n'est-ce pas ?

– Ce que je crois, c'est que j'ai rencontré une fille sous la pluie. Une jeune fille qui avait perdu la boucle d'oreille de sa mère. Et je l'ai tuée. Maintenant, je me retrouve dans une époque à laquelle je ne connais rien. J'ai vu mourir des rois bien plus puissants que n'importe quel homme vivant aujourd'hui. Et je suis *encore là*, dit-il, la bouche brillante de pluie, ses yeux bleus me transperçant dans la grisaille de l'orage.

L'image d'une paire d'anneaux anciens en or apparut dans ma tête. Rhode soutint mon regard entre les longues lignes de la pluie. Je le comprenais ; nous nous comprenions totalement.

– Les boucles d'oreilles de ma mère, dis-je, étaient dans le château.

Il réfléchit à sa réponse.

– Ainsi que les fantômes de tout notre passé.

La pluie s'abattait sur le sac qui abritait l'épée. Rhode me regarda.

– *Tout cela en valait-il la peine ?* me demanda-t-il en français. Tout cela pour retrouver le sens du toucher ?

Il se détourna de moi et sortit alors du cimetière. Il n'avait pas besoin de me dire de le suivre : nous savions l'un comme l'autre que nous ne devions pas rester seuls.

De retour au campus, je m'arrêtai chez moi. Rhode disparut dans la foule des élèves. En le regardant partir, je compris enfin pourquoi le chevalier du roi Édouard III s'était rendu sur la tombe de mon meilleur ami, Tony Sasaki.

Il se sentait responsable.

Chapitre 14

Plus tard dans la journée, je ressortis de Seeker Hall. Le soleil perça entre les nuages gris, et j'étais encore éblouie lorsque Vicken me héla.

– Je montais justement chez toi !

Il me prit ensuite par la main.

– Allons-y !

– Qu'est-ce que tu fais ? lui demandai-je alors que sa poigne m'entraînait déjà dans l'allée. Qu'est-ce qui te prend ?

– Il nous faut un max de monde. On va au foyer, c'est tout. Il y a beaucoup de gens là-bas, en général.

– Tu es devenu fou ?

– Là ! Des masses de monde.

Il désignait le terrain de crosse, derrière le bâtiment Hopper.

Nous avions réussi à nous mêler à une bande d'élèves de première et de terminale qui assistaient à un match d'entraînement. La moitié de l'équipe était en maillot blanc, l'autre en bleu foncé. Vicken se fichait pas mal du match ; il m'entraîna sur le côté des gradins noirs de monde et me lâcha la main.

– Toi ! Toi, là-bas ! cria-t-il.

Il pointa le doigt sur une toute petite élève de troisième qui serrait un sac de cours contre sa poitrine. Elle trembla devant son index tendu.

– Regarde-moi. Regarde-moi dans les yeux. (Il attendit un instant.) Oh, et puis zut ! cracha-t-il ensuite.

Je l'attrapai par le dos de son tee-shirt.

– Mais arrête, enfin !

La fille se détourna et fila à toute allure vers le bâtiment Hopper. Tous les quelques pas, Vicken arrêtait des gens.

– Toi ! Oui, toi ! Qu'est-ce que tu crois ? Reviens ici tout de suite ! Ne pars pas en courant quand je t'appelle !

– Qu'est-ce que tu fais ? lui soufflai-je entre mes dents. Tu es devenu complètement dingue.

– Ah oui ? J'ai perdu mes foutues perceptions extrasensorielles, voilà ce qui m'arrive. J'ai passé plus de cent ans avec, et d'un coup, pouf ! C'est parti.

– Parti ? répétai-je comme un perroquet.

Voilà qui ne jouait pas en notre faveur.

– Parti. Plus de PES ! brailla-t-il en plaquant les mains sur ses cuisses.

– Mais chut ! fis-je en désignant les gradins derrière nous.

Tracy et Claudia, assises tout en haut, regardaient le match. Claudia me fit signe et je lui souris. Je sentais le regard de Tracy posé sur moi, même s'il était caché derrière ses lunettes noires.

– Oh, parce que tu crois que les gens comprennent de quoi je parle ? (Il tendit les bras.) PES ! PES ! cria-t-il vers le ciel.

D'une tape, je lui fis baisser les bras.

Ce fut comme s'il avait soudain conscience d'où il se trouvait. Il se tourna vers le terrain de sport.

– Qu'est-ce que c'est que ça ? me demanda-t-il avec un dédain non dissimulé.

– C'est une rencontre sportive.

– Merci, j'avais compris. Mais qu'est-ce qu'ils fabriquent ?

– Ça s'appelle la crosse.

Un silence, puis :

– Eh ben, je ne vais pas rester regarder ces conneries. On s'arrache.

Alors qu'il se tournait pour partir, des acclamations éclatèrent autour de nous et j'entendis Tracy et Claudia crier avec les autres :

– Jus-tin ! Jus-tin !

Sur le terrain, Justin arracha son casque, le jeta au sol et s'approcha d'un autre joueur. Il pointa le doigt sur le visage du type et brailla quelque chose que je ne compris pas.

Je posai la main sur le bras de Vicken. Celui-ci s'arrêta et nous restâmes au pied des gradins pour assister aux événements. Vicken se rapprocha de moi pour me parler tout bas.

– Alors parce que tu es humaine, te voilà fan de sport ?

– Non...

Je ne pouvais pas détacher mes yeux de Justin.

– Attends.

Vicken soupira.

– Ça suffit, Enos, c'est mon dernier avertissement ! cria l'arbitre.

Justin ramassa son casque et rejoignit ses coéquipiers.

Je m'assis sur les gradins. Vicken soupira, s'assit à côté de moi et croisa ses bottes de moto l'une sur l'autre. Il appuya ses coudes sur la marche derrière lui.

Sur le terrain, un des joueurs frappa de sa crosse celle de Justin, et la balle blanche s'envola dans les airs. Lorsqu'il eut compris qui avait la balle, Justin abattit sa crosse contre celle de l'autre, si fort que celui-ci recula en titubant. Justin continua de frapper, encore et encore, jusqu'à ce que l'arbitre se remette à siffler.

– C'est quoi, le problème ? aboya Justin à l'arbitre.

– Je ne te le redirai pas, Enos. Encore une fois, et tu sors !

Le sifflet résonna : le match recommençait. Les joueurs se rassemblèrent et, immédiatement, Justin se remit à frapper la crosse de son adversaire, envoyant la balle en l'air, qui retomba dans son filet.

Justin traversa le terrain en courant à une telle allure que personne ne put le rattraper. Il heurta les autres joueurs si violemment qu'il semblait vouloir les jeter au sol. Lorsqu'un défenseur de l'autre camp fit sauter la balle de son filet, il arracha son casque, le jeta au loin, et envoya au joueur un coup de poing en plein estomac.

– Je ne l'ai jamais vu jouer comme ça, dis-je.

– Comme quoi ?

– Comme s'il voulait se venger, ou je ne sais quoi.

Autour de nous, les acclamations fusèrent à nouveau.

– Jus-tin ! Jus-tin !

Encore un coup de sifflet.

L'arbitre désigna le banc de touche. Justin s'inclina face à la foule et sortit du terrain. Il passa alors devant le défenseur qui l'avait privé de la balle et se rua sur lui comme s'il allait le frapper. L'autre recula : Justin renversa la tête en arrière et éclata de rire. Puis il se laissa tomber sur le banc et s'ébroua pour chasser la sueur de son visage. Sous les acclamations de la foule qui continuaient, il se tourna vers les gradins et posa les yeux sur moi.

Il passa la langue sur ses lèvres, et l'étincelle qui allumait son regard me rappela notre première rencontre. C'était juste après que Rhode avait pratiqué le rituel pour moi, et j'étais humaine pour la première fois. Je l'avais vu marchant sur la plage, main dans la main avec Tracy Sutton, bien avant qu'il ne l'ait quittée pour moi. Là, sur le terrain de crosse, il détourna les yeux de moi pour se concentrer à nouveau sur le match.

– Si quelqu'un a perdu la boule, c'est lui, pas moi, observa Vicken lorsque le match fut terminé.

Nous descendions des gradins avec les autres élèves.

– Salut, Vicken ! lancèrent une poignée de filles, presque parfaitement à l'unisson.

Il leur adressa un signe de tête, sourcils froncés, les mains enfoncées dans les poches. Il n'avait pas de temps à consacrer à la bagatelle en ce moment, apparemment.

– J'ai beau avoir perdu mes perceptions, je peux quand même te dire que ce type a quelque chose qui ne tourne pas rond.

Justin s'attardait sur le terrain, entouré de ses coéquipiers et aussi de quelques filles, y compris Andrea, celle avec qui il était monté l'autre soir à l'observatoire. La plupart étaient habillées pour l'automne, bien trop chaudement pour une si belle journée. En m'approchant, je regardai le short que je portais. Mes jambes étaient longues et bien trop blanches, comparées au bronzage artificiel des filles qui entouraient Justin. Je m'arrêtai, et la rage me brûla les joues. Je détestais cela. Cette gêne mortelle. Si seulement... non. Je me retins. Je ne voulais pas souhaiter cela. Jamais je ne m'autoriserais à regretter mes pouvoirs de vampire.

– Quoi ? fit Vicken. Tu ne veux pas aller parler à Mister Agressif ?

Non, pas tant qu'il se comporterait ainsi. Ce matin encore, il avait été si tendre... Si ouvert, comme avant... Couchée contre lui à rêver de Rhode, j'aurais pu être de retour l'année précédente. Même si ce n'était plus tout à fait la même chose. Nous étions ensemble comme l'an dernier, allongés l'un contre l'autre, et Rhode, comme toujours, m'était inaccessible.

Justin capta mon regard par-dessus l'épaule de quelqu'un et contourna des élèves pour me rejoindre. Il s'arrêta avant d'être arrivé à moi, les yeux fixés sur Vicken.

Roy rejoignit alors son frère et, lui aussi, dévisagea mon ami, les paupières plissées. Bientôt, deux autres joueurs de crosse, couverts de protections rembourrées, vinrent se placer à sa droite et à sa gauche. Vicken glissa une cigarette entre ses lèvres. Les intentions de Justin ne semblaient pas cordiales.

– Est-ce que je t'ai dit qu'il m'a fait un œil au beurre noir ? plaisanta Vicken.

Il cligna de l'œil de manière exagérée, pour mettre en relief la légère ombre jaune qui le décorait encore. Puis il tourna les talons et partit à travers le campus avec les autres élèves, laissant derrière lui une traînée de fumée de cigarette.

Justin se sépara du groupe pour se diriger vers moi.

Je l'attendis, parcourue d'un grand frisson.

J'inspirai un petit coup, déglutis et regardai par terre. On m'épiait encore. J'en étais sûre. Cette sensation me pétrifiait. Où étaient-ils ? Je tournai imperceptiblement la tête à droite, guidée par l'impression désagréable qui rampait sur toute ma peau. Ava. C'était sûrement elle. Je continuai de tourner jusqu'à me retrouver face à la pelouse qui me séparait du bâtiment Quartz.

Les élèves se dirigeaient par petits groupes vers le foyer ou la bibliothèque. Ils passaient devant les vigiles et les équipes d'entretien qui installaient des téléphones d'urgence jaune fluo à tous les carrefours ou presque. Mon regard fut attiré par une ombre qui se tenait au pied de Quartz, et mon souffle resta coincé dans ma poitrine.

Rhode était là, qui m'observait. J'aimerais ces yeux bleus à jamais. Leur regard, lorsque je m'étais éveillée humaine, un an plus tôt ! J'avais envie d'aller le rejoindre, de rester avec lui. Et je savais, comme tous les vampires, que si l'on est observé, c'est qu'on est désiré.

– Lenah, dit une voix derrière moi.

Je sursautai et me retournai. Justin était désormais seul devant moi, et épongeait son front en sueur. Les contours ciselés de ses biceps attirèrent mon regard.

– Pardon, souffla-t-il. Je ne voulais pas te faire peur.

– Tu ne m'as pas fait peur, mentis-je.

Il me sourit à nouveau.

– Tu es très belle. Je te l'ai déjà dit ?

Je ne sus que répondre à cela.

– Oh. Eh bien... non, fis-je, les joues soudain en feu.

Un frémissement de joie me passa au creux du ventre. Je jetai un nouveau regard vers Quartz et l'ombre projetée par le bâtiment, mais Rhode n'était plus là. Je me surpris à constater que j'étais heureuse d'être seule avec Justin.

– C'était… intéressant, ce match, dis-je en le regardant dans les yeux, sans trop savoir ce que j'allais bien pouvoir ajouter.

– Ça t'a plu ?

Je tressaillis : je ne comprenais pas où il voulait en venir.

– Quoi donc ?

Il bomba le torse et passa la langue sur ses lèvres, puis m'adressa un sourire goguenard.

– Lenah, allez. Je te plais.

Il s'approcha de moi, si près que je perçus sur sa peau une odeur de crème solaire et de sueur. Oui, il me plaisait. Je ne faisais pas semblant. Ses manières étaient si typiques du XXIe siècle ! Même son petit coup de tête pour se débarrasser de la sueur qui roulait sur sa peau était un geste totalement étranger à Rhode. Les messieurs du temps passé s'épongeaient le front avec un mouchoir. Les mouvements de Justin étaient vifs, rapides. Nous nous trouvions dans un monde de messageries instantanées, de communications et d'interactions immédiates. Les gens s'adressaient les uns aux autres sans chichis, en employant des formules abrégées. J'étais peut-être née à l'époque médiévale, mais j'étais revenue à la vie au XXIe siècle. C'était mon univers, à présent. Le monde de Justin.

– Tu sais ce que j'éprouve pour toi, me dit-il d'une voix douce avant que j'aie eu le temps de réfléchir.

Sa façon de parler me donnait le frisson. De minuscules gouttelettes de sueur perlaient sur sa lèvre supérieure. À mes yeux, il brillait, et brillerait toujours. Il dégageait une force vitale que j'avais adorée dès le début de ma vie humaine, et même à présent j'avais toujours envie d'y goûter.

Il chassa encore la sueur de ses yeux et leva la main pour passer légèrement les doigts sur ma coupure. Ce qui me fit trembler.

– Ton pansement est tombé, constata-t-il.

Une vive chaleur envahit mes joues.

– Il faudra peut-être que tu le refasses.

– Je le ferai. (Il fit encore un pas vers moi, soudain sérieux.) Tu as revu la blonde ?

Je fis non de la tête.

– Enos ! cria quelqu'un derrière nous.

Justin se recula, laissant tomber sa main. Là où il m'avait touchée, la chaleur de ses doigts céda la place à une sensation de fraîcheur. Soudain, il cessa de reculer et me fit signe en brandissant son casque.

– Eh, j'allais oublier ! me lança-t-il. Bon anniversaire !

Ma bouche s'ouvrit toute seule. On était vraiment le 6 septembre ?

– Mais oui, bien sûr ! C'est aujourd'hui, n'est-ce pas ?

– Tu avais oublié ton anniversaire ? s'étonna-t-il.

C'est que, vois-tu, mon âme sœur depuis six cents ans habite ici, au lycée, mais je ne peux pas rester avec cet homme parce qu'une force surnaturelle nous a ordonné de nous séparer. Tu es magnifique à tout point de vue, sur le fond comme sur la forme, mais j'ai sans doute gâché toutes mes chances avec toi. Mon meilleur ami, Tony, est mort et c'est mon autre ami, Vicken, qui l'a tué. Mais rassurons-nous : ce n'est plus un fou dangereux.

– J'ai eu beaucoup de choses en tête, ces derniers temps.

– Bon, je donne une fête ce soir, dit-il en jetant un coup d'œil à ses potes. Au camping de la ville. Je voulais te le dire plus tôt, mais je ne t'ai pas trouvée.

Le moment passé dans la salle d'écoute me revint en mémoire. Ses bras dans mon dos et sur mes épaules pendant que nous dansions.

– Ce sourire, ça veut dire que tu viendras ?

Je souriais donc ? Cela me semblait impossible, après tout ce qui s'était passé depuis deux jours.

– Bien. On se retrouve à sept heures. Emplacement 404. Camping de Lovers Bay. Tu peux amener Vicken, tu sais, surtout qu'il faut se déplacer deux par deux. C'est à environ trois kilomètres en suivant Main Street. Il y aura du monde, ajouta-t-il avant que je puisse dire non. Il faut être au moins dix pour réserver là-bas.

Une fois qu'il eut dit cela, une partie de moi, la partie futile, n'eut plus aucune envie de refuser, même si je savais à quel point l'idée était mauvaise. Justin ramassa son sac de sport, et lorsqu'il le passa sur son épaule, son pendentif accrocha un rayon de soleil.

Il se détourna pour rejoindre son équipe et le gymnase. J'allais m'en aller lorsqu'il me décocha un dernier sourire, éblouissant.

Il m'avait toujours ainsi. Lorsqu'il entrait dans une pièce, il faisait aussitôt la conquête de tout le monde. Chacun voulait voir les petites rides qui se creusaient autour de sa bouche quand il souriait. Ses cheveux blond cendré en bataille. C'était plus fort que moi, j'avais envie d'y aller. J'avais envie d'être heureuse, ne fût-ce que le temps d'une soirée.

Chapitre 15

Tant que la sécurité était assurée sur le campus, Mrs Williams se fichait de ce qui pouvait se passer à l'extérieur. Ce point, en particulier, mettait sans cesse Vicken en rage, lui qui pensait que l'extérieur n'était *absolument* pas sûr. Quoi qu'il en fût, je trouvais qu'il valait mieux aller à la fête. Ou plutôt, j'avais envie d'y aller. Du moment que nous sortions en groupe, cela ne devrait pas être dangereux. Ava ne s'était pas manifestée. Le faux rituel devait encore la tenir occupée, et je doutais qu'elle fît une apparition parmi tant de monde.

Je devinais cependant que Rhode aurait été furieux s'il avait su que j'avais décidé de sortir sans sa supervision.

Ce soir-là, je me regardai dans la glace accrochée à côté de mon bureau. Mes yeux semblaient d'un bleu plus sombre que d'ordinaire, comme si j'étais incapable de masquer mon anxiété. Je lissai quelques mèches folles, puis tournai les yeux vers la photo de Rhode et moi qui était posée sur le bureau. Elle avait retrouvé sa place après que Tony l'avait volée l'année passée pour tenter de découvrir mon histoire.

Dans la glace, je vis aussi le fourreau qui protégeait l'épée de Rhode depuis deux cents ans. Il était vide, comme je m'y attendais.

Par terre, je vérifiai que les herbes de mon sort étaient toujours là, comme je le faisais chaque jour. Lorsqu'un sort de barrage entre en action, les herbes s'enflamment et ne laissent de l'intrus qu'un tas de cendres. Tant que ceux qui entraient dans la pièce étaient les bienvenus, elles resteraient inertes et inoffensives.

Je me retournai vers mon reflet et commençai à mettre une paire de petites boucles d'oreilles en or que j'avais achetées au début du XXe siècle. Elles étaient dans mon coffret à bijoux, presque oubliées, mais à présent que celles de ma mère étaient perdues, qu'elles avaient disparu dans l'incendie d'Hathersage, j'avais décidé de porter celles-ci. J'en enfonçai une dans mon lobe.

Une violente odeur de pommes explosa littéralement dans la pièce.

Je plaquai les deux mains contre le mur et me laissai tomber en avant, tout mon corps englouti par cette puanteur. Je me pris le ventre à deux mains, car il était en proie à des spasmes de nausée. Une fausse odeur de pommes. Comment pouvait-on partir d'un parfum si délicieux et le rendre si atroce ? Si écœurant ? Sa force me fit tomber à genoux, et les boucles d'oreilles roulèrent sur le parquet. Juste au moment où mes mains frappaient le sol...

« Il faut l'isoler pour que personne ne la retrouve. »

C'est la voix de Suleen que j'entends en premier. Je suis à nouveau dans la tête de Rhode.

Suleen et Rhode se tiennent tous les deux à côté d'une tombe, dans le cimetière qui jouxte mon château, à Hathersage. Quatre ou cinq stèles sont dressées ensemble sur un petit terrain entouré d'une clôture en fer forgé.

Voici ma pierre tombale. Pas d'épitaphe, pas de nom. Un simple L gravé dans la pierre.

Rhode m'a inhumée en 1910 et m'a déterrée cent ans plus tard pour accomplir le rituel qui me rendrait mon humanité. Étant donné son apparence, il s'agit là du Rhode moderne, celui que j'ai vu lorsque je me suis réveillée au lycée Wickham. Il m'a déterrée en secret, sans que mon cercle en soit informé, sans que Vicken en soit informé. Je reconnais aussi l'apparence contemporaine de Suleen. Il est vêtu de blanc et porte son turban traditionnel.

– Es-tu sûr de ce que tu vas faire, Rhode ?

Ce dernier opine de la tête, mais l'expression de Suleen demeure sombre. Rhode pivote sur lui-même, se regarde dans la vitre d'une maison. Dans ce souvenir, les yeux de marbre de Rhode sont plus froids que ceux de sa personne humaine. C'est difficile à croire, mais je me suis habituée à son visage de mortel.

– Ce sera plus facile ainsi. Je ne fais pas confiance à son cercle. As-tu remarqué à quel point ils sont puissants ? Vicken,

Heath, Song, Gavin. Elle les a choisis un par un pour leur force et leur intelligence. Il faut procéder tant qu'ils ne sont pas là.

– Ce n'est pas ce que je voulais dire. Ce rituel ? Te sacrifier ? demande Suleen.

Le soleil est presque couché. Au-dessus, la pleine lune illumine le ciel.

– Ta mort ne m'apportera aucune consolation, Rhode.

– Ce rituel est le seul moyen de sauver la vie de Lenah. Les Évidés la protégeront. Ils veilleront à ce qu'il ne lui arrive aucun mal après mon départ.

– Les Évidés ne tiendront leur promesse que si tu meurs. Nul ne peut prévoir ce qui se passera si tu survis. On ne peut pas se fier à eux, Rhode.

Rhode contemple les collines, saupoudrées d'or par le couchant.

– Et son âme ? demande-t-il à Suleen.

– Quoi, son âme ?

– Comment savoir ? (Il regarde rapidement Suleen, puis se replonge dans la contemplation des prés.) Comment savoir si son âme n'est pas endommagée ? Si, en tant qu'humaine, elle ne succombera pas de nouveau à sa soif de pouvoir ? Même moi… (Il se tait un instant, comme pour choisir ses mots.) Elle a tué une enfant, Suleen.

– Douterais-tu de ton pardon ? C'est pourtant la clé du sacrifice.

– Je doute de son incarnation humaine. Peut-elle encore aimer, alors qu'elle a été capable d'un tel crime ?

– Je ne peux pas répondre à cela pour toi. (Suleen regarde le ciel.) Si tu veux l'exhumer, tu dois le faire maintenant.

– Dis-moi, Suleen. Une personne qui a fait tant de mal peut-elle vraiment revenir ? Ses horreurs ont surpassé celles de tous les vampires que j'ai connus.

– Tout de suite, Rhode ! Tu dois commencer avant que le soleil ne soit entièrement couché.

– Et si je n'arrive jamais à lui pardonner ?

La vérité se fait jour, enfin. Il ne m'a pas pardonné d'avoir tué une enfant. D'avoir sombré dans la folie lorsque j'étais vampire.

– Tout de suite ! crie Suleen.

Alors, Rhode soulève une pelle et l'enfonce dans la terre.

– Arrêtez-le ! Arrêtez-le ! hurlai-je.

Quelqu'un me tenait par les épaules et me secouait pour me réveiller. Le bois du plancher était frais sous mon dos, et je battis des paupières.

– Lenah ! Eh, Lenah !

C'était Vicken qui prononçait mon prénom. Il était penché sur moi, et ses cheveux fous lui retombaient dans les yeux. Il haussa les sourcils.

– Tu t'es endormie par terre. Alors que tu as un canapé, un fauteuil moelleux et un lit, mais bon ! Ce n'est pas moi qui critiquerai tes petites habitudes.

Je m'assis, déglutis et passai la main dans mes cheveux. Je restai ainsi un instant, à regarder fixement la base de mon bureau. J'observais ses pieds de bois sculptés, la finesse des motifs. Vicken vint s'asseoir à côté de moi.

– Dois-je en déduire que c'est une urgence ? Faut-il que j'appelle quelqu'un pour t'aider ?

Je me concentrai sur le parquet et ses lignes horizontales.

– Je... Je ne sais pas.

Ce n'était pas que Rhode ne *pouvait* plus m'aimer, comme il me l'avait dit dans les bois après la visite sur la tombe de Tony. C'était qu'à un moment il ne l'avait plus *voulu*. Parce que je ne le méritais pas. C'était peut-être pour cela qu'il n'était pas revenu l'an passé. Il ne voulait pas revenir vers une personne sans cœur comme moi.

– Qui sont les Évidés ? demandai-je.

Vicken plissa le front.

– Les Évidés ? Jamais entendu parler.

– Aide-moi à me lever.

Je lui tendis une main. Ses doigts tièdes saisirent les miens et me tirèrent vers le haut. Je m'approchai du mur et m'y adossai. Vicken m'observait, les bras croisés. Le souvenir de Rhode tournoyait dans ma tête.

– Je vois dans les pensées de Rhode, annonçai-je de but en blanc. (Vicken, intrigué, plissa les paupières.) Je vois ses pensées, parfois ses souvenirs.

Il chercha ses cigarettes dans sa poche et en alluma une.

– Comment ça ? Les pensées...

Je me laissai à nouveau glisser au sol et passai les bras autour de mes genoux.

– Je le vois dans ma tête, mais c'est comme si j'étais dans la sienne. Je l'ai vérifié. J'ai rêvé que je le voyais fracasser un miroir de son poing. Et peu après, quand je l'ai vu en personne, il avait un pansement tout frais autour de la main.

– Et pourquoi pouvait-il bien cogner contre un miroir ?

– Il ne supportait pas de se voir dedans.

Vicken secoua la tête.

– Bizarre.

Je soufflai longuement en regardant par la porte-fenêtre. Dehors, tout était noir. La lune éclairait légèrement le sol du balcon et mes cendres de vampire scintillaient toujours. C'était bon de dire la vérité à quelqu'un.

– Pourquoi puis-je lire dans ses pensées maintenant ? Je suis complètement mortelle. Je n'ai plus ni PES ni vue vampirique. Et cela ne m'est jamais arrivé de toute mon existence de vampire, quand j'étais avec lui avant... avant qu'il ne parte, avant que je... (J'avais du mal à trouver les mots.) Avant l'époque où je t'ai rencontré.

Vicken réfléchit un instant, puis releva brusquement la tête.

– Tu te rappelles cette histoire que Rhode racontait ? Celle du vampire qui aimait une humaine ? Ça se passait pendant l'épidémie... La...

– L'*Anam Cara* ?

Je me souvenais de Rhode racontant cette histoire au coin du feu. J'avais oublié l'expression jusqu'à maintenant.

– Oui. Le vampire était plus proche de cette mortelle que de quiconque. À tel point qu'il percevait ses pensées, et pas seulement ses intentions. Il lui cachait sa nature de vampire, et lorsqu'elle a attrapé la peste...

– Il l'a laissée mourir.

Je me souvenais de l'histoire, à présent.

– Oui !

Vicken s'approcha de la malle qui était poussée contre le mur, sous mes chandeliers de fer forgé. Il fouilla à l'intérieur.

– Très inhabituel pour un vampire, nous qui sommes si fondamentalement égoïstes, dit-il.

La fumée de sa cigarette s'élevait et restait suspendue au-dessus de sa tête. Il sortit un de mes grimoires. *Le Livre de la magie celtique.*

– Il lui aurait été facile de la guérir, en faisant d'elle un vampire à jamais. Mais il la laissa mourir, comme le voulait la nature. Une mort désagréable, mais elle était malade et s'éteignit comme le font les humains.

J'aimais beaucoup cette histoire et je m'en souvenais bien. Elle me rappelait mes sentiments pour Rhode. Sauf que lui ne m'avait pas laissée partir...

Vicken ouvrit le livre de magie celtique.

– Voilà, c'est là. *Anam Cara*. Une âme chère, un esprit ami. Lorsqu'on trouve son *Anam Cara*, la connexion est indéniable. Indestructible. C'est un lien de lumière blanche qui relie deux âmes à travers le temps et l'espace. Certains pensent que les *Anam Cara* partagent un esprit unique. Un esprit remontant à un passé commun si riche que les pensées peuvent être partagées.

Il releva les yeux vers moi et prit une dernière bouffée de sa cigarette, qui était presque entièrement consumée.

– Donc, les âmes sœurs partagent leurs pensées ?

Et là, cela me frappa de nouveau : la voix de Rhode se demandant s'il pourrait me pardonner d'avoir tué cette enfant et formé ce cercle. La déception me submergea une fois de plus. Je ramassai mes boucles d'oreilles et me levai, face à mon reflet. Je lissai à nouveau mes cheveux, dérangés par ma chute. À quoi servait de partager nos pensées si Rhode ne pouvait plus m'aimer ? Si mon âme était corrompue ?

– Alors c'est tout ? se lamenta Vicken. Tu ignores mon éclair de génie et tu recommences à te préparer pour ta soirée, comme si de rien n'était ?

Il reposa le grimoire dans la malle, dont il referma le couvercle pour s'asseoir dessus.

« Et si je ne lui pardonne jamais ? »

Je mis les boucles d'oreilles et m'étudiai dans la glace. Mes cheveux me tombaient dans le dos par-dessus l'étoffe légère du top mandarine que j'avais acheté au centre commercial. J'aurais voulu que les boucles soient celles de ma mère, les anneaux perdus dans l'incendie.

Malheureusement, ce n'était pas possible. Je vis mes narines palpiter et mes mâchoires se serrer.

– *Anam Cara*, dis-je à voix haute, comme pour faire rouler l'expression sur ma langue.

Vicken appuya les mains sur ses cuisses et se leva.

– Bien ! Je suppose que tu veux quand même aller à cette fête, malgré ces interférences entre vos esprits.

– Un peu, que j'y vais !

– Bon.

Il laissa tomber deux poignards dans ses bottes, un dans chaque. Il en glissa ensuite un autre dans une sangle de cuir cachée sous sa manche de chemise.

– On se prépare ? fis-je.

– Ta vie a été menacée par deux fois et tu veux encore la risquer ? Écoute, j'ai une idée. Si tu tiens vraiment à faire la fête autour d'un feu de camp, j'en allume un sur ton balcon et je te chante *Joyeux anniversaire* !

– Je sais que c'est bizarre de vouloir s'amuser dans un moment pareil.

– Non, ce n'est pas bizarre, c'est carrément ridicule. Mais je ne vais pas te laisser y aller seule. Je t'enchaînerais au mur si ce n'était pas interdit par le règlement du lycée.

J'ouvris la porte. Il me suivit.

– Tu n'es pas obligé de participer à la fête, dis-je, tout en sachant que bien sûr, il le ferait.

– Ça, c'est sûr. Avec cette bande de débiles ? Les connaissant, ils vont se perdre et il faudra aller les chercher dans les bois – ça va être mortel.

– Alors où seras-tu ?

– Je patrouillerai sur tout le périmètre. Histoire d'être sûr qu'aucun individu aux dents longues n'entre dans le camping.

– Il y aura bien trop de gens pour ça autour de moi. Tu ne crois pas qu'ils sont inoffensifs quand ils sont inférieurs en nombre ? Moi, je n'aurais pas attaqué dans ces circonstances.

– Peut-être..., concéda Vicken en descendant l'escalier derrière moi.

– Et puis, c'est mon anniversaire ! Tu te rends compte ? Ça veut dire que je vieillis, pour de vrai !

– Ah oui ? Et ça te fait quel âge, au juste ? me taquina-t-il avec un fin sourire.

– Dix-sept ans.

– Tiens donc. Tu fais *beaucoup* plus vieille.

Je l'aurais giflé si ce n'avait été lui !

Peu après, nous étions dans Main Street, en route vers le camping. J'écoutais les conversations dans la rue. Une femme qui promenait son chien passa entre nous, nous obligeant à nous séparer.

– Peut-être que Rhode aussi peut lire dans tes pensées, fit remarquer Vicken.

– Impossible de le savoir. Il refuse de me toucher et c'est à peine s'il me parle. Tu sais, il y a d'autres choses, des choses étranges que j'ai vues en dehors de ses souvenirs. Je vois aussi ses pensées.

Une délicieuse odeur de café flotta vers nous. Je tournai la tête en longeant une terrasse animée.

J'aurais bien aimé passer une soirée entière à boire des cafés en bavardant avec Vicken. Une soirée à oublier Ava, Rhode et tout ce qui m'attendait encore. Suivant toujours Main Street, je lui expliquai le comportement étrange de Rhode lorsqu'il avait brisé le miroir avec son poing. Mais lorsque j'ouvris la bouche pour parler de Tony, je jetai un coup d'œil à Vicken et me ravisai.

– Je t'assure, il a envoyé un coup de poing dans le miroir et répété « Je ne peux pas », je ne sais combien de fois.

– Rhode ? Rhode devenant fou ? Ce n'est pas possible.

Ses yeux ne quittaient pas les lignes du trottoir.

– Je crois que c'est profondément enraciné en lui. Il ne pense pas mériter son humanité, quelque chose comme ça. Je te l'ai dit. Il n'arrêtait pas de répéter : « Je ne peux pas. »

Vicken laissa cette information suspendue entre nous, puis demanda :

– Il ne peut pas quoi ?

– Je n'en sais rien, je voudrais juste arranger les choses.

Et je connaissais un moyen d'alléger la douleur de Rhode. Depuis des jours, j'avais envie de le faire : appeler Suleen à l'aide. Ou bien peut-être pourrions-nous appeler les Aeris. Appeler quelqu'un, n'importe qui, à notre secours. Peut-être Rhode souffrait-il parce que nous ne pouvions pas être ensemble ? Ou alors – et je n'avais pas envie de l'admettre car je ne voulais pas que ce soit vrai –, peut-être Rhode ne pensait-il pas mériter d'avoir survécu au rituel et d'être humain. Il avait prévu de mourir – et moi aussi. C'était notre lien d'âmes sœurs qui nous tenait rattachés à ce monde.

J'en avais la migraine.

Nous arrivâmes au camping.

– Ne t'en fais pas pour Rhode, me dit Vicken tandis que nous marchions toujours dans l'air vif du soir. Essaie de t'amuser avec ces... cette bande de fous furieux, c'est comme ça qu'on dit ?

Il glissa une cigarette entre ses lèvres.

– Exactement.

J'entendis d'abord la musique. Des guitares électriques, une mélodie légère. Je me remémorai les centaines de fois, sur des centaines d'années, où j'avais piétiné des branches, écarté des feuillages et traversé des bois. Jamais, pas une seule fois, des instruments électroniques n'avaient résonné à mes oreilles parmi les arbres et les taillis.

Devant moi brillait la lueur orangée d'un grand feu. En voyant deux ou trois voitures garées dans le camp, je compris. La musique émanait du 4 × 4 gris métallisé de Justin. Claudia et Tracy étaient assises à côté du feu avec quelques camarades et buvaient dans de grands gobelets rouges. Tracy semblait très proche d'un type de l'équipe de crosse que je ne connaissais pas. Justin, qui était en train de déballer des steaks pour hamburgers et un petit gril à charbon, leva la tête.

Claudia bondit sur ses pieds en me voyant.

– Bon anniversaire ! s'écria-t-elle en me sautant au cou.

Elle dut se hausser sur la pointe des pieds pour m'embrasser, après quoi elle sortit de sa veste légère une petite carte dans une enveloppe violette.

– Pour toi, me dit-elle.

– Claudia, il ne fallait pas !

– Bien sûr que si, affirma-t-elle avec un hochement de tête.

– Merci.

J'étais sincèrement touchée. Je pris la carte.

– C'est moi qui ai eu l'idée de cette fête. Ne laisse pas Justin te faire croire le contraire. Ça vient de moi !

Elle lui adressa un sourire enjoué.

J'ouvris mon cadeau. Je ne me rappelais même pas la dernière fois qu'on m'en avait fait un. Du moins un qui ne soit pas voué à être immédiatement vidé de son sang. Je soulevai le rabat. Dans l'enveloppe, je trouvai une petite carte, de la taille d'une carte de crédit, sur laquelle il était écrit : *Galerie commerciale de Cape Cod.*

– Un bon d'achat, m'expliqua Claudia. Tu as eu l'air de bien t'amuser quand on est allées faire du shopping. Et tu as mis ton top mandarine !

Un cadeau ? Pour moi ? Je tournais et retournais la carte entre mes doigts, m'émerveillant de ce petit présent dans la lumière vacillante du feu de camp.

– Merci, dis-je à Claudia dont le regard était si chaleureux.

Tracy releva la tête à son tour et m'adressa un demi-sourire, comme si elle n'y mettait pas tout son cœur. Elle était en train de faire griller un marshmallow sur une longue baguette : la friandise avait l'air merveilleusement fondante. Ses cheveux brillaient dans la lueur des flammes et ses traits anguleux me parurent plus prononcés que quelques jours plus tôt. Je ne le remarquais que maintenant, mais elle me semblait avoir perdu beaucoup de poids en peu de temps.

Je glissai la carte dans ma poche revolver. Tandis que je regardais le marshmallow fondre dans la chaleur du feu, une autre bande d'élèves de Wickham arriva. L'assortiment habituel : des sportifs, des intellos, une bande de gamins bien décidés à s'amuser. Mais à mieux y regarder, j'eus un mouvement de recul et battis des paupières pour m'assurer que j'avais toute ma tête. Venais-je réellement de... de prendre un de ces lycéens... pour Rhode ?

Non, c'était bien lui, qui traînait derrière les autres.

– Héhé ! cria quelqu'un à l'avant du groupe en brandissant des sacs en papier.

– Mon schnaps à la pêche est là-dedans ! s'exclama Claudia.

Rhode était entièrement vêtu de noir, et je ne pouvais détacher mes yeux de lui. Comment avait-il su où j'étais ? L'espace d'un instant, je me sentis dans la peau d'une enfant prise à désobéir, puis je relevai le menton avec insolence.

Claudia fit volte-face et eut un petit hoquet.

– Ouh ! Rhode est là, me murmura-t-elle. Amusez-vous bien...

Sur quoi elle alla rejoindre Tracy.

Je me levai. Rhode s'avança à grandes enjambées et s'arrêta pile devant moi. Il plongea une main dans sa poche. Bien que j'aie toujours en tête son image en vampire, je remarquai les petits détails humains : les lèvres boudeuses, le besoin d'inhaler, un peu de sueur sur son front. Il enfonça encore la main dans sa poche et en ressortit un petit sachet noir. Puis il hocha la tête en direction des bois.

– Je peux te parler un instant ?

– Bien sûr, répondis-je le plus naturellement possible.

Il n'était pas là parce qu'il avait changé d'avis, je savais au moins cela. Il avait été clair en me disant qu'*il ne pouvait plus m'aimer*. Je le suivis sur un petit sentier, jusqu'à ce que le feu et les bavardages soient assez lointains pour que plus personne ne puisse nous entendre. Il regarda le ciel par un trou entre les branches. De longs nuages effilochés passaient devant la lune.

– Lune de dentelle, dit-il avant que j'aie pu le dire.

Et lorsque le vent chassa les nuages, il ajouta :

– Tu te souviens de la première fois qu'on a vu ça ?

Je fis oui de la tête et souris.

– Bien sûr. Tu me l'as montré en 1604, pendant le carnaval de Venise.

Nous savions l'un comme l'autre que la lune de dentelle annonçait un changement. Quelque chose se préparait.

Rhode fit un pas vers moi, mais cette fois je reculai, incapable de déchiffrer ses intentions.

– Tu me crains, à présent ? s'étonna-t-il.

– Jamais je ne pourrais te craindre.

« Et si je n'arrive jamais à lui pardonner ? » avait-il pourtant demandé à Suleen.

La douleur provoquée par ces mots me serra à nouveau les tripes. J'avais envie de lui demander s'il m'avait finalement pardonné, s'il avait réussi à voir au-delà des horreurs du passé.

– Si tu n'as pas peur de moi, ouvre ta main.

Je m'exécutai. Je lui présentai ma paume comme si j'avais attendu qu'il y pose son cœur.

Le contenu du petit sachet de velours noir s'y déversa.

Anam Cara.

Je ne regardai pas, pas encore. Mon cœur battait la chamade. Mes doigts se refermèrent sur deux petits objets. Métalliques. Ils étaient frais au toucher. Je baissai les yeux... Les boucles d'oreilles de ma mère ! Il les avait sauvées de l'incendie.

– Lenah !?

C'était la voix de Justin, qui résonna entre nous.

– Lenah, reviens ! On mange !

– Joyeux anniversaire, me murmura Rhode.

Son regard triste et calme aimanta le mien, mais il ne put me regarder plus de quelques secondes.

– Rhode...

Je tendis la main vers lui. Il recula de deux pas.

Je retins ma respiration. Les larmes me piquaient les yeux. Je voulais tant le toucher que j'en avais mal partout. La douleur du manque courait dans mes bras, jusqu'au bout de mes doigts, et irradiait au plus profond de mon âme.

– C'est tout ce que j'ai pu sauver. Je n'ai eu qu'un instant. J'ai sauté par la fenêtre de ta chambre. En fracassant les carreaux.

Je me souvins de mon rêve, de son poing fracassant le miroir, le brisant en mille fragments lumineux.

– Mais je me suis servi d'une chaise, clarifia-t-il.

Ses yeux scrutaient mon visage. Il fronça les sourcils, et une ride verticale se creusa entre ses yeux. Bleus. L'océan. Le ciel. L'amour de ma vie.

– Joyeux dix-septième anniversaire, se hâta-t-il d'ajouter avant de tourner les talons.

Et il disparut rapidement dans les bois, en direction de Main Street.

– Attends, le rappelai-je à mi-voix.

Il se retourna, éclairé uniquement par le faible clair de lune qui filtrait entre les nuages, puis s'enfonça plus loin parmi les arbres. La douleur qui me poignardait le cœur était encore plus profonde que tout ce que j'aurais pu imaginer.

– Rhode, tu vas te perdre ! lui criai-je d'une voix qui se brisa. C'est dangereux !

Il leva la tête vers le ciel et la lune de dentelle.

– Qui t'a appris à retrouver ton chemin en te guidant sur les étoiles ? me demanda-t-il.

Il n'était plus qu'une silhouette noire. J'aurais voulu marcher à ses côtés, rentrer avec lui, lui parler et le toucher – peau contre peau.

J'aurais voulu que quelqu'un me serre dans ses bras et me dise que tout irait bien. Me dise que le soleil, la lune et les étoiles n'étaient pas gouvernés par des forces invisibles. Je voulais croire que j'étais libre et que j'avais une volonté propre. Mais, au fond, je connaissais la vérité : Rhode et moi n'étions pas libres.

Et il ne pouvait plus m'aimer.

Je le regardai s'enfoncer dans la forêt sombre, jusqu'à ce qu'il ne se distingue plus des arbres. Je savais que Vicken patrouillerait toute la nuit. Peut-être Rhode aussi. Et c'était sans doute égoïste de ma part, mais j'étais bien, dans ces bois, avec les fantômes de mon passé incarnés par deux boucles d'oreilles cachées au creux de ma main.

Soupirant lourdement, je repartis vers la fête, en écoutant les feuilles mortes crisser sous mes pas. Je constatai que la plupart des terminales étaient là. Il y avait encore bien plus de gobelets rouges que quand j'étais partie, et bien plus de gens dans tous les coins.

Je restai un instant à l'orée du sentier. Je regardai derrière moi, sachant que Rhode était déjà loin – mais sachant aussi que ce moment et cet endroit où il avait déposé les boucles d'oreilles dans ma main seraient à nous deux pour toujours.

– Joyeux anni-ver-saire, joyeux anni-ver-saiiiire ! se mit à brailler un groupe.

Une minuscule flamme s'approchait de moi dans le noir. Justin la tendit à Claudia, qui vint vers moi avec Tracy. Elles portaient un *cupcake* au décor exquis. Le glaçage au chocolat formait des volutes extravagantes, et au centre brillait la petite bougie d'anniversaire.

C'était Justin qui chantait le plus fort, et j'aurais aimé, oh, comme j'aurais aimé, que Tony soit là.

La flamme vacilla et je croisai le regard de Justin par-dessus la bougie.

– Bien, dit-il en se penchant à mon oreille. Fais un vœu.

– Un vœu ? Que pourrais-je souhaiter ?

– Tout ce que tu veux.

Il fourra son nez dans mon cou. Mon corps réagit par un accès de chair de poule.

– Tout ce que tu veux, répéta-t-il, pour ton anniversaire.

Alors, je fermai les yeux, soufflai ma bougie et fis mon vœu.

Je fais d'abord un vœu pour notre sécurité. À tous. Celle de Vicken, celle de Rhode, celle de Justin et la mienne. Et aussi pour Wickham. Mais mon cœur souhaite que la douleur s'en aille. Je forme le vœu que quelqu'un me dise que tout va bien. Que ce que j'ai fait est pardonné. Que je suis pardonnée.

Lorsque je rouvris les yeux, mes vœux tournoyant encore dans ma tête, la bouille ravie de Justin m'accueillit. C'était donc vrai, il avait organisé cette fête rien que pour moi !

– Joyeux anniversaire.

Il me prit par la main et caressa ma peau.

Quelqu'un plaça un gobelet dans mon autre main. Je pris une gorgée, et la liqueur de pêche, épaisse et forte, me descendit dans le gosier. Tenant toujours ma main, Justin m'entraîna jusqu'à sa voiture. Il avait monté une petite tente à côté. Il me prit mon verre et le posa par terre, puis plaça ses deux mains autour de mon visage. Je pensais toujours à Rhode et aux boucles d'oreilles qu'il m'avait offertes, ce qui me mit mal à l'aise. En plus, si Vicken arpentait le périmètre, il pourrait voir ce que je faisais.

– Je sais que tu aimes Rhode. Il y a six cents ans que tu l'aimes, me dit Justin, dont la chaleur corporelle irradiait jusqu'à moi. Je ne peux pas lutter.

– Quoi ? balbutiai-je.

Il comprenait tout, et cela me coupait le souffle.

Dans le noir, son expression semblait féroce. Il se pencha vers moi pour me chuchoter à l'oreille, d'une voix basse et grondante :

– Mais il ne te connaît absolument pas en tant qu'humaine. Contrairement à moi.

– Justin...

Une onde d'étonnement me parcourut, descendant le long de mon dos jusqu'au bout de mes orteils.

Il referma sa main sur ma nuque.

– Non. Je veux être celui qui te montrera ce que c'est que de survivre à un rituel, Lenah. Ce que c'est que de vivre. Il ne te connaît pas comme moi.

Sa sincérité me transperçait. Il parlait vrai, je le voyais à l'intensité de son regard, à la hâte de ses paroles et à la crispation de sa mâchoire.

– Ouvre-toi à moi, Lenah, gronda-t-il. Ouvre-toi.

Il rapprocha mon visage du sien et s'inclina pour m'embrasser. Il gémissait comme une créature affamée. Mes épaules se détendirent. Ma poitrine se desserra. Car je voulais être touchée, je voulais de la chaleur, je voulais ce que je n'avais pas pu avoir lorsque j'étais vampire. Il s'écarta de moi, le temps que nous reprenions notre souffle. *Ouah ! J'ai adoré son baiser.* Je vis alors la rune argentée accrochée à son cou.

« Il fallait que je comprenne. Que je te comprenne, toi. »

Je revécus ce moment, dans la chambre de Justin, où il avait délicatement nettoyé ma blessure. Je touchai le pendentif du bout des doigts.

Il m'enlaça de nouveau, m'attira contre son corps. Je sentais la passion qui émanait de lui.

– J'ai besoin de toi, dit-il d'un ton farouche, sans bouger. Alors tu comprends, ce que tu as pu faire avec ce rituel ne compte pas pour moi. Je veux...

Tout à coup, Claudia apparut à côté de la tente. Je me rendis bientôt compte qu'elle n'était pas seule : Tracy la suivait, l'air contrarié. Comme si on l'avait forcée à venir.

– Allez, Justin, tu ne peux pas garder Lenah pour toi tout seul ce soir !

Elle me tira par la main, et je me retrouvai bientôt près du feu avec les autres. Pendant tout le reste de la soirée, je dansai, bus du schnaps pêche et me fondis dans la chaleur du corps de Justin.

En effet, il ne lâcha pas mon bras, paradant avec moi dans la fête comme si nous avions été un couple royal. Je n'avais plus peur de la forêt. Je n'avais plus peur des vampires. La compagnie des lycéens de Wickham me rassurait. Comme moi, ils pleuraient Mrs Tate, Kate et Tony, et tâchaient d'oublier toute cette violence. L'humanité de tout cela était un vrai soulagement. Je laissais le contact de Justin m'enraciner dans la terre. Lorsque nous nous touchions, lorsque sa peau était contre la mienne, je savais quelle version de Lenah Beaudonte je devais être. Je pouvais sourire. Je pouvais être humaine.

Il n'y eut aucune odeur bizarre de pommes. Je n'étais pas une reine vampire folle et impardonnable. J'étais une jeune fille de dix-sept ans qui fêtait son anniversaire, rien d'autre. Adossés au large tronc d'un chêne, nous regardions un petit cercle se former. Claudia se mit à danser au milieu, ondulant de tout son corps et riant avec d'autres terminales. Tracy, un peu en retrait, observait la scène. Elle ne souriait pas, du moins pas comme les autres. Son sourire n'était qu'un paresseux mouvement du coin des lèvres.

À mesure que la nuit se déroulait, le geste de Rhode me donnant les boucles d'oreilles devint de plus en plus facile à oublier. Elles étaient au fond de ma poche, trop loin pour que je puisse les toucher. Je pouvais, en revanche, passer mes doigts sur la peau de Justin.

Heure après heure.

Verre après verre.

Cela ne comptait plus vraiment... n'est-ce pas ? C'était si facile d'oublier, par une nuit tiède, avec des amis. Avec Justin et ses mains douces. Il me chuchotait des mots à l'oreille.

« Tu m'as tellement manqué. »

« Ne retourne pas au campus. »

Ce genre de mots qui menaient à...

Aux bras de Justin autour de moi.

À un sac de couchage...

Dans une tente.

Derrière mes paupières baissées, il y avait des hortensias bleus, dont les pétales étaient des symboles d'amour et d'espoir. D'amour et d'espoir. D'amour et d'espoir.

– Je t'aime, dit la voix grave.

Comme dans la salle d'écoute, elle n'avait pas l'accent anglais. Justin répéta mon nom, encore et encore... jusqu'à ce que nous soyons endormis.

Chapitre 16

Mon crâne était comme rempli de sable. *Quelle curieuse sensation.* J'avais les yeux fermés, mais je savais que ma tête reposait sur un oreiller. J'ouvris un œil... trop de lumière. *Ça fait mal !* Était-ce donc une lumière démoniaque, pour causer tant de douleur ? J'avais entendu dire que l'enfer des démons était éblouissant au point d'aveugler les créatures normales.

Les oiseaux ne chantent pas dans l'enfer des démons.

J'allais me rendormir, j'avais bien chaud. Étais-je dans mon lit ? J'inspirai profondément : une odeur boisée de cendres. De feu de camp. Ah, bien sûr ! J'étais au camping de Lovers Bay. J'osai rouvrir mes paupières.

Le soleil qui filtrait à travers un plafond de Nylon bleu rendait mon sac de couchage très chaud.

J'étais dans la tente de Justin...

Il reposait endormi sur le dos, le visage tourné vers moi. J'admirai ses lèvres pleines et son nez effilé, son menton pas rasé. Il remua dans son sommeil.

– Lenah..., murmura-t-il.

Les événements de la nuit me revinrent d'un seul coup.

Lenah, espèce d'idiote ! Pire qu'une idiote. Imbécile. Imbécile idiote. Il fallait que je trouve comment sortir de la tente sans le réveiller. *Oh, non !* Et si Rhode m'avait vue avec Justin ? S'il n'était jamais sorti des bois ? Il était sûrement resté pour surveiller, avec tous ces vampires qui rôdaient aux alentours.

Du calme, Lenah. Lève-toi lentement. Où sont tes habits ?

La pression de mon sang envoya des élancements dans ma tête quand je tentai de me lever. *Lentement*, me dis-je en me dégageant prudemment du duvet. Un spasme de nausée me submergea. Et pas parce que je regrettais d'avoir passé la nuit sous la tente avec Justin.

Mais parce qu'une partie de moi ne le regrettait *pas*.

Je le regardai dormir encore un instant. La rune argentée reposait sur son torse et brillait dans la lumière du petit matin.

« Je ne sais pas, avait-il dit à propos de ce bijou. Il fallait que je comprenne. Que je te comprenne, toi. »

Il s'était mis en quête de cette rune de savoir pour pouvoir me comprendre, moi et mes pouvoirs surnaturels. Mais ce qui était arrivé pendant la nuit n'avait rien de surnaturel. J'avais eu besoin qu'il me touche, qu'il me rappelle ce que c'était qu'être mortelle. De savoir que même moi, je pouvais être pardonnée. Pardonnée par Justin, qui m'en avait tant voulu et qui avait trouvé la force de m'accueillir à nouveau.

Je sortis de la tente le plus silencieusement que je le pus. Un gros buisson me cachait du reste du camping. Je m'habillai rapidement.

Nous étions loin dans les bois, mais je voyais le 4 × 4 de Justin à côté du feu de camp. De petites tentes silencieuses étaient disposées tout autour, et des reliefs de la fête jonchaient le sol.

Il fallait que je rentre au campus, et apparemment, j'allais devoir le faire seule. J'allais aussi devoir trouver une ruse pour justifier le fait que je n'étais pas accompagnée. Je savais que c'était une mauvaise idée de me déplacer seule, mais j'étais bien obligée de prendre le risque.

Une fois habillée, je me dirigeai vers les bois en marchant sur l'herbe craquante, et j'hésitai en entendant un mouvement dans la tente. Justin devait être en train de se réveiller.

Je me mis en marche tout en réfléchissant à mes options. Je n'osais pas repasser devant le feu de camp, où dormaient Claudia et Tracy. Je fis quelques pas vers la sortie, mais m'arrêtai.

Une silhouette vêtue de noir émergea de la forêt et s'engagea sur le chemin, devant moi. Mon cœur cessa de battre. J'inspirai difficilement. Une fois. Deux fois. La silhouette était haute et se tenait dans l'ombre d'un gros arbre. La lumière matinale ne faisait encore qu'effleurer le sommet des frondaisons. L'homme fit encore un pas, et ma gorge se serra. Un vampire ? Je pouvais partir en courant dans les bois et tenter de le semer. Ou alors, je pouvais réveiller tout le camp.

Mais... Minute.

Ce vampire fumait une cigarette.

Vicken.

J'enfonçai mes mains dans mes poches lorsque je sortis enfin du camping pour rejoindre Main Street.

– Tu es d'une stupidité monstrueuse, tu le sais, ça ? rouspétait Vicken. Pas besoin de PES pour le comprendre. Cette Claudia m'a dit de ne pas te déranger. J'ai dormi le dos contre un arbre, bon sang.

– Vicken...

Je parlais d'un ton repentant, tout en marchant du même pas que lui.

Dans la chaleur de la poche de mon jean, les boucles d'oreilles de ma mère me mordaient le bout des doigts. Ma gueule de bois se calmait peu à peu. Le soleil levant embrassa les édifices de Main Street.

– J'étais censé te protéger, gronda encore Vicken.

– Épargne-moi tes reproches.

Mais une boule de remords me noua le ventre.

Nous marchions toujours, de plus en plus vite, dans le petit matin. Dépassant les boutiques et le marché, jusqu'à atteindre le portail du campus.

– Vos noms ? nous demanda le vigile à l'entrée.

Nous lui montrâmes nos cartes d'étudiant, et la porte pour piétons s'ouvrit.

– Vicken. Il faut que tu me promettes de ne rien dire à Rhode.

– Te promettre ! Il patrouillait aussi, figure-toi !

Ne sachant pas au juste ce que cela voulait dire, je me mordis la joue. L'expression sombre de Vicken s'adoucit.

– Pourquoi tu as fait ça ? me demanda-t-il.

Je ne répondis pas.

– Laisse tomber, montons, enchaîna-t-il. J'ai bien besoin d'un bon café.

Pas à pas, nous montâmes l'escalier de chez moi. Nous avions presque atteint mon étage lorsque...

Des pommes, encore. Une puanteur écœurante. Des pommes pourries. Des pommes en pleine fermentation dans un tonneau de bois fendu. Je les voyais dans ma tête. Une image sortie de mon passé : des pommes restées trop longtemps au soleil, brunies, semblables à du cuir.

– Non ! criai-je en plaquant une main contre le papier peint à motifs nautiques de la cage d'escalier.

Rhode est debout au milieu de sa chambre. Il ramasse l'épée par terre. Je vois son torse : il respire rapidement. Puis il abat l'épée sur le télescope, envoyant voler des pièces noires. Il fracasse sa lampe, et des éclats de verre sont projetés dans toute la pièce. Sa rage...

– Non ! criai-je à nouveau en tombant à genoux.

Des portes s'ouvrirent quelque part en dessous de moi, avec des cliquetis métalliques.

– Ça va, là-haut ? cria quelqu'un.

– Oui, tout va bien ! répliqua Vicken.

Je rouvris les yeux, tâchai de me concentrer sur lui. Mais à ses cheveux fous se mêlait ma vision de Rhode saccageant sa chambre.

Je réprimai un hurlement horrifié. La colère de Rhode battait en moi comme un cœur emballé. Je tentai de retenir ces images de lui, fermai les yeux pour le voir. Sa rage me traversait en bouquets d'étincelles qui explosaient dans tout mon corps.

Il savait que j'avais passé la nuit avec Justin sous cette tente.

– Qu'est-ce que tu as vu, cette fois ? me demanda Vicken. C'était encore une vision de Rhode, pas vrai ?

Je m'aperçus alors qu'il me tenait la main.

– Il est en colère. C'est sûr qu'il m'a vue hier soir.

Vicken m'aida à me relever. Je flairai une senteur de pin dans ses vêtements et de tabac sur sa peau. Pas de pommes, par chance.

La dernière volée de marches me parut incroyablement difficile à gravir. Mais je réussis. J'étais impatiente d'entrer chez moi, de fermer la porte, de rejoindre ma chambre et de m'écrouler dans mon lit.

« Est-ce que tu me pardonnes ? » avais-je demandé à Justin. Et il avait dit oui. Je comprenais seulement maintenant que je n'avais pas posé la question à la bonne personne.

J'avais espéré, tandis qu'il touchait mes larmes salées, qu'il ne se rendait pas compte que je pleurais parce que j'aurais voulu que Rhode soit à sa place.

N'aurais-je pas dû être heureuse, enlacée par quelqu'un qui m'aimait tant ? Euphorique, même, comme l'an dernier, lorsque nous étions ensemble et que j'étais folle de joie à l'idée de me savoir aimée ?

– Si tu continues de hoqueter sans me dire ce qui se passe, je t'enferme jusqu'à ce que tu craches le morceau, me dit soudain Vicken.

– Je pensais juste à la nuit dernière, répondis-je en tendant la main vers la poignée de ma porte.

Mes doigts se refermèrent sur le métal.

Et une douleur déchirante se déchaîna dans tout mon corps. Mes tripes se serrèrent en un nœud si étroit que je me pliai en deux. Mes genoux heurtèrent la moquette râpeuse, qui me brûla la peau. Je posai une main à plat par terre, la bouche envahie de salive.

Le sort de barrage *fonctionnait* !

– C'est ridicule, commenta Vicken. Tu étais capable de boire des litres de sang, avant. Tu étais une puissante reine vampire.

Il leva une main pour toucher la poignée.

– Non ! Non !

Je voulus tendre le bras vers lui, mais ma main était un poids mort et elle retomba par terre.

– Le sort de barrage a flambé.

Mon malaise était une réaction de simple mortelle à une puissante magie. C'était la preuve qu'un vampire avait tenté de s'introduire chez moi. S'il s'agissait d'Ava, elle était réduite à un tas de cendres. Qui que ce fût, il avait été tué instantanément.

Vicken s'assit sur ses talons et observa la porte d'un air ébahi.

– Alors ça y est, ils se sont aperçus que ton rituel était bidon.

La magie présente dans l'air indiquait que toutes les herbes que j'avais répandues s'étaient enflammées, diffusant des énergies dans toute la pièce. Ces énergies nous rendaient malades, nous, les humains. Je levai une main ouverte et hésitai devant la porte. Il fallait que je sache si elle était froide ou chaude. Si elle était chaude, le sort était récent ; froide, il remontait à plusieurs heures.

Vicken, qui avait eu la même idée, posa la main sur le battant. Ses phalanges blanchirent et sa main retomba en cognant sa cuisse.

– Chaud, annonça-t-il d'un ton grave. Ils viennent de passer, à mon avis.

J'essayai à mon tour de toucher la porte, et retirai aussitôt ma main, comme il l'avait fait. L'énergie du sortilège m'envoyait des chocs électriques jusqu'en haut des bras. Vicken fermait et rouvrait ses doigts. Nous nous accrochâmes l'un à l'autre pour nous relever, après quoi j'hésitai en tenant la clé devant la serrure. Enfin, je me décidai à la glisser dedans, tournai, et la porte s'ouvrit.

– *Hunc locum bonis ominibus prosequi*, dis-je. « Bénissez ces lieux », en latin.

Mes mains me picotaient toujours, comme engourdies. Je serrai les poings pour réveiller mes sensations.

– Entrons, lâcha Vicken.

Le battant pivota lentement en grinçant. Nous restâmes un instant sur place, à attendre. Un étrange bruit blanc résonnait, comme si des centaines de gens avaient hurlé tout au bout d'un très long tunnel. C'étaient les échos des cris des vampires.

Une fine poudre grise marquait à présent tout le pourtour du salon, à la place des herbes.

Et au centre de la pièce, il y avait un tas de cendres noires.

Je m'en approchai, mais quelque chose accrocha mon regard sur le balcon. Quelqu'un bougeait. Il me fallut un moment pour la reconnaître. Ava. Elle roula sur le flanc et ses boucles blondes lui retombèrent sur le visage. Elle essayait de se lever.

Je bondis par-dessus le tas de cendres, sortis sur le balcon, mais mon adversaire était déjà debout. Vicken me dépassa et la poussa. Elle retomba par terre, assise, et je vis qu'elle souffrait. Son bras était couvert de sang, ses doigts à vif, ses ongles cassés. Parfait. Blessée. Nous pourrions peut-être l'avoir, en jouant sur l'effet de surprise. Vicken se baissa vers sa botte pour y prendre un poignard, mais Ava roula sur le dos et lança ses deux pieds en avant. Elle le heurta et il dut reculer.

Bon sang, au pire des moments, pourquoi Rhode avait-il pris l'épée ?!

Ava courut le long de mon balcon.

– Vas-y ! criai-je en repoussant Vicken vers elle.

Mais elle était bien trop rapide. Comme sa force, sa vélocité était supérieure à celle d'un vampire ordinaire. Je me penchai par-dessus le garde-corps, jetai mes mains en avant et tentai de la rattraper par la jambe de son pantalon. Mes doigts frôlèrent le tissu et elle se jeta dans les airs.

Elle sauta sur le toit du bâtiment adjacent au mien. Je m'attendais à la voir atterrir comme un chat, sur ses pieds, avec agilité. Mais elle trébucha et dut faire des moulinets des bras pour garder son équilibre avant de tomber à genoux.

Vicken leva une jambe pour monter sur le parapet. Il allait tenter de sauter !

En tant qu'humain, il n'avait aucune chance d'y arriver sans se blesser gravement. Je l'agrippai par le bras et le tirai en arrière sur le balcon. Nous tombâmes ensemble sur le carrelage.

– Non, soufflai-je. Je ne vais pas te perdre une fois de plus.

Il soutint un instant mon regard, et le feu qui animait ses yeux s'adoucit. Il soupira et m'aida à me relever.

– Descendons, finis-je par dire en le tirant par la manche.

Je comptais intercepter Ava au pied du bâtiment où elle avait sauté. À deux contre un, nous avions peut-être une chance. À condition qu'elle ne nous prenne pas de vitesse.

– Attends, me dit Vicken d'un air sombre.

Sur le toit d'en face, Ava voulut se relever, mais ses bras cédèrent sous elle et elle se cogna durement les coudes.

– Qu'est-ce que..., souffla-t-il. Regarde !

Elle essaya encore, et cette fois se redressa toute droite. Elle s'approcha du bord du toit et leva les bras au-dessus de sa tête. Je serrai involontairement le bras de Vicken en la regardant sauter et s'enfuir au loin.

– Comment a-t-elle fait ça ? s'interrogea-t-il.

– Et ses bras ! Elle a guéri instantanément. Tu les as vus quand elle les a levés au-dessus de sa tête ? Plus de sang.

– Ce qui m'inquiète encore davantage, c'est qu'elle ait pu pénétrer dans l'enceinte du campus. Et avant le 1er octobre. La protection du rituel ne fonctionne plus.

Les cendres d'un autre vampire, qui, lui, n'avait pas survécu à mon appartement, étaient toujours entassées en plein milieu du salon.

Mais Ava... ses plaies ensanglantées s'étaient refermées en quelques minutes. Je n'avais jamais connu de vampire capable de guérir si rapidement. Décidément, elle démentait tout ce que je savais sur les vampires.

Nous rentrâmes dans mon appartement et Vicken se pencha sur les cendres du vampire mort. Il sortit une grosse montre en argent du petit tas. Elle oscilla au bout de son doigt.

– Une montre d'homme, constata-t-il. Ava est vraiment sans pitié : elle a sacrifié sans vergogne un membre de son cercle. Elle se doutait que tu élèverais une barrière.

En étudiant les herbes carbonisées tout autour de nous, je perçus que l'énergie de la pièce avait changé. Toute créature surnaturelle qui entrerait saurait à présent que le sortilège m'avait protégée. Le premier vampire avait sans doute été inciné aussitôt qu'il avait pénétré dans cet espace ; quant à Ava, seuls ses doigts et son avant-bras y étaient entrés avant qu'elle se rende compte de ce qui se passait.

Quoi qu'il en fût, c'était désormais *mon* espace, saint et sacré. Rhode l'avait toujours dit : l'énergie laisse une trace indélébile. À présent, les cheveux emplis de l'odeur du feu de camp et la tête pleine d'images de Rhode saccageant sa chambre, je savais ce que j'avais à faire. Nous avions besoin d'aide. Besoin de protection. Je ne pouvais plus laisser Ava et ses acolytes nous dominer.

– Je vais lancer un sort de convocation, annonçai-je à Vicken. Je ne vais pas rester les bras ballants à attendre qu'elle me contrôle.

– Ah oui, vraiment ? lâcha-t-il sur un ton sarcastique.

– Quoi que tu en dises, Rhode est en train de perdre la raison, et j'ai besoin de ton aide. Surtout maintenant qu'Ava se balade sur le campus.

– Tu veux que je m'incline devant toi, ou un « bon d'accord » te suffira-t-il ? s'enquit Vicken, une épaule appuyée contre le mur.

– Nous allons faire venir Suleen.

Il ne répondit rien, mais continua de me dévisager sans se départir de son petit air supérieur, une cigarette intacte pendant entre ses lèvres.

– Tu ne vas pas essayer de m'en dissuader ? demandai-je, incrédule.

– Je ne gagnerais pas, n'est-ce pas ? Tu as lancé le sort de barrage. Je ne pensais pas que ça marcherait, et ça a marché.

– Essayons à l'aurore. Au moment où la lune et le soleil se partageront le ciel. C'est le temps le plus spirituel de la journée.

– Dois-je vous appeler « majesté » ?

– Arrête.

– Ou « maîtresse » ? Ou « déesse » ?

– Elle a perdu un membre de son cercle, ils ne sont plus que quatre. Et nous savons qu'elle se remet vite. Au moins, on est fixés là-dessus.

– Ce n'est pas tout ce que nous savons, très chère, ajouta-t-il en allumant sa cigarette. (Il inhala profondément et se remit à parler en exhalant.) Nous avons découvert un autre élément d'une importance capitale, ce matin.

– Quoi donc ?

– Elle est tombée en atterrissant sur le toit. Elle est affaiblie quand elle saigne.

Si Ava était affaiblie quand elle saignait, alors il faudrait la blesser au couteau, pour finir par la poignarder en plein cœur. C'était le seul moyen de l'abattre définitivement. Entre-temps, nous avions besoin d'aide. Vicken et moi ne perdîmes pas de temps. Tôt le lendemain matin, je posai ma tête contre le siège passager, les yeux clos, les cheveux agités par le vent. S'il n'y avait eu le bruit du moteur, nous aurions pu être dans un attelage rapide... mais ce n'était pas le cas. Vicken était au volant de ma petite voiture bleue. Il conduisait comme un fou, et un virage abrupt me projeta contre la portière. Je me retins à l'accoudoir et rouvris les yeux. Lorsque nous nous garâmes devant la plage de Lovers Bay, la lune était suspendue au-dessus du port, dessinant sur l'eau des lignes ondulantes de lumière gris-bleu. Le soleil allait bientôt se lever. Je le sentais dans mon cœur, dans mes os. Peut-être, comme un sixième sens, serais-je toujours capable de percevoir le soleil et sa puissance. Le danger qu'il recelait.

Nous restâmes assis en silence à contempler l'océan.

– Elle tire sa force de quelque part, dis-je, les yeux dans le lointain. Un sortilège, sans doute, je ne sais pas. C'est la seule explication au fait qu'elle se régénère si vite.

– Ne nous inquiétons pas de ça. Concentre-toi sur le sort.

– Il faut que les quatre éléments soient représentés.

Au moment où je le disais, les Aeris se présentèrent à mon esprit. Surtout le Feu et sa chevelure crépitante.

Je pris sur la banquette arrière mon sac de magie, qui contenait notre matériel et le livre de sorts. Nous descendîmes de voiture, et lorsque je pris pied sur la petite plage, le sable s'enfonça sous mes bottes. Les étoiles scintillaient faiblement au-dessus de nous, dans une lumière grise et brumeuse. Cela s'appelait « la Ligne ». Les vampires considéraient cette heure du matin comme sacrée. Le moment des sorts, où le monde n'est pas sûr de lui-même, où ce n'est plus la nuit et pas encore le jour.

Je scrutai la zone qui s'étendait devant le parking.

– Descendons là, à l'abri des regards, proposai-je, soucieuse de ne pas être repérée par le commun des mortels. Il nous faut ces bouts de bois flottés, là, on les empilera sur la grève.

Je désignais, au pied d'un bouquet d'arbres, un tas de vieux bois blanchi par les saisons.

– Tu es bien autoritaire pour quelqu'un qui va probablement nous faire tuer tous les deux, rouspéta Vicken.

Pendant que je descendais sur la plage pour rassembler ce qui nous manquait encore, il déplaça plusieurs morceaux de bois. Je me tins au bord de l'eau et regardai les vaguelettes lécher le sable et les cailloux. Le sort agirait comme un phare dans la nuit, un appel. Un vampire aussi puissant que Suleen pouvait certainement éviter d'être contacté s'il ne souhaitait pas l'être. Mais si cela n'était pas un moment où j'avais besoin de lui, je ne savais pas ce que c'était. Je plongeai la main dans mon sac et en sortis un petit flacon vide. J'y recueillis un peu d'eau de la baie et allai rejoindre Vicken, qui m'attendait à côté de son tas de bois.

Le jasmin était crucial pour la réussite du sort de convocation. Dans le sac, je pris une petite boîte de résine d'ambre, un peu de jasmin et des allumettes, puis tendis la fiole d'eau de mer à Vicken. Lorsque ses doigts touchèrent les miens, je souris légèrement en regardant mon vieil ami. Notre amour, celui qui avait existé entre lui et moi cent soixante ans plus tôt, était à présent révolu, remplacé par la tendresse de l'amitié.

– Allons-y avant qu'Ava ne décide de se pointer, dit-il dans un soupir. Ça me picote de partout. Je déteste ce sentiment d'anticipation, c'est intensément humain.

– Tu devrais commencer. Tu as été le dernier connecté au monde surnaturel, indiquai-je à Vicken.

C'est-à-dire qu'il était le dernier d'entre nous à avoir retrouvé son humanité.

Je sortis alors du sac mon lourd grimoire relié de cuir. Mes bottes s'enfoncèrent plus profondément dans le sable lorsque je m'avançai pour le lui tendre. Son titre en lettres d'or, *Incantato*, miroita sous les premiers rayons du soleil qui venaient peu à peu couronner l'horizon. Vicken l'ouvrit à la page marquée par un petit ruban rouge et releva les yeux vers moi.

– Prête ?

Dessine une porte dans le sable..., me dit une voix sortie de ma mémoire. J'avais presque oublié. Un jour, il y avait bien longtemps, Rhode m'avait raconté qu'il avait lancé un tel sort. J'observai attentivement le tas de bois flotté et la zone qui l'encerclait, après quoi j'enfonçai mon index dans le sable frais et traçai le contour d'une porte autour du foyer. Je croisai le regard de Vicken pour me rassurer, et lui répétai ce que Rhode m'avait dit des siècles auparavant.

– Aussi longtemps qu'il y a eu des portes, il y a eu des sorts de convocation. Des entrées. Des passages.

Je m'écartai de mon dessin.

– Alors, on convoque Suleen et il nous aidera à combattre ces vampires ?

Et à protéger Rhode.

– C'est l'idée.

Je frottai une allumette, qui flamba entre mes doigts. Puis je la propulsai d'une pichenette, et elle dessina un grand arc de cercle avant d'atterrir sur le tas de bois. Embrasé par sa flamme et par les ingrédients surnaturels, le bois siffla, cracha, souffla de la fumée vers le ciel. Ouvrant la boîte, je pris une pincée de résine d'ambre entre mon pouce et mon index pour la saupoudrer sur le feu. De minuscules flammes orangées s'élevèrent en grésillant.

– Commence, ordonnai-je doucement à Vicken.

Il baissa les yeux vers le grimoire.

– Je fais appel à toi, Suleen. Je te demande d'apparaître devant moi dans cet espace sacré, déclama-t-il en latin.

Je dévissai ensuite le bouchon du flacon et répandis l'eau salée, ce qui fit encore siffler le feu. L'eau glissait sur mes mains avant de lâcher dans les flammes ses petites perles liquides. Il y eut alors un craquement anormal, et les flammes grandirent brusquement. Surprise, je fis un bond en arrière.

– Ouah ! C'était puissant.

C'est normal que les flammes aient explosé comme ça ? me demandai-je.

Je m'agenouillai, pris une poignée de sable dans ma main et, tendant le bras en avant, je le saupoudrai sur le feu fumant.

Vicken n'eut pas besoin de me tendre le grimoire. Je me souvenais du sort.

– Je te donne la terre et l'eau. Je fais appel à toi, Suleen.

– Lenah..., commença Vicken d'un ton d'avertissement.

Lui aussi avait remarqué l'étrangeté des flammes. Je ne l'écoutai pas, soucieuse de rester concentrée sur mon énergie et sur mes intentions.

– Je te convoque, Suleen, je te demande de te présenter à nous, car nous avons besoin de toi.

Je laissai tomber les fleurs de jasmin dans les flammes orangées. Le contour de la porte que j'avais dessinée dans le sable se mit à briller d'une lumière bleu vif, comme le ciel matinal. Cela fonctionnait-il ? Il fallait que j'aide Rhode. Il fallait que je l'empêche de fracasser les miroirs et d'accomplir les rituels de l'ordre de la Jarretière sur la tombe de mon meilleur ami. Je voulais l'empêcher d'éprouver la douleur de me voir avec Justin. J'avais besoin de tant de choses... il *fallait* que quelqu'un nous vienne en aide.

– Je te convoque ! hurlai-je. Je te convoque, Suleen !

Soudain, le feu explosa en hautes flammes rouges. Le bois sauta en l'air, propulsé par un afflux d'énergie violent comme l'enfer. Je fus moi-même violemment projetée en arrière, avant d'atterrir sur le dos dans le sable.

Et là...

Mon bras.

Des flammes me remontaient jusqu'au coude.

– C'est pas vrai ! s'écria Vicken en jetant des brassées de sable dessus.

Je roulai sur le côté pour les étouffer, puis me rassis. Je me balançais d'avant en arrière, et c'est alors seulement que je m'en rendis compte : je me tenais le poignet et hurlais à pleins poumons. Je n'avais pas entendu ma propre terreur. Ces flammes avaient surgi de nulle part. Elles n'auraient jamais dû monter si haut. Vicken saisit le grimoire et me traîna vers la voiture, même si je glissais et trébuchais sans cesse sur la pente sableuse. Je jetai un coup d'œil à la porte dessinée et au tas de bois, qui avait cessé de flamber : c'est à peine s'il fumottait encore.

La porte. Elle avait disparu !

Mon bras me faisait un mal de chien et je fis la grimace.

– Qu'est-ce qui s'est passé ? Ça a raté ? demandai-je avec un gémissement de douleur, serrant à nouveau mon poignet.

Vicken m'ouvrit la porte passager et je me glissai sur le siège.

Nous étions à présent sur la route, et les cahots me donnaient mal au cœur.

– Où est l'hôpital ? cria Vicken d'une voix paniquée.

– L'infirmerie. Conduis-nous à l'infirmerie de Wickham. Il faut que je sois près de ma chambre. Le sort de barrage ! criai-je à mon tour, sans oser toucher mon avant-bras. Si on a fait venir qui que ce soit avec ce sort de convocation, il faut se mettre à l'abri.

Ma peau me brûlait horriblement, j'avais envie de plonger le bras dans un seau de glace. J'appuyai le front sur la vitre, espérant me rafraîchir. Nous prenions les virages sur les chapeaux de roue, et chaque fois que Vicken tournait le volant trop vite, cela m'envoyait un élancement de douleur.

– Tu devrais éviter de le regarder, très chère, me dit Vicken. Ça n'arrange rien, au contraire.

Encore un virage serré, et mon épaule heurta la vitre, diffusant à nouveau la douleur dans tout mon bras.

– C'est toi qui as eu cette idée géniale ! s'énerva Vicken. Convoquer Suleen ! Et en utilisant la magie des éléments, en plus ! Qui t'a dit de ne pas t'en mêler ? Le Feu, l'élément lui-même, t'a ordonné *en personne* de ne pas jouer avec ça. Mais non ! Lenah Beaudonte ne va quand même pas écouter les Aeris, vous pensez !

– Tu pourrais garder tes critiques pour toi, s'te plaît ? râlai-je entre mes dents, serrant mon poignet encore plus fort.

C'était vrai, j'aurais mieux fait de ne pas regarder mon bras, et mon estomac eut un spasme. La peau formait des cloques, rouges, à vif, horribles. Au moment où je croyais que je n'allais plus supporter les mouvements de la voiture, celle-ci franchit le portail du lycée et le vigile posté à l'entrée nous fit signe de passer. Les lieux étaient animés, pour un samedi matin. Les externes n'étaient pas là, mais il restait des dizaines d'élèves qui révisaient ou se détendaient sur les pelouses. La voiture stoppa dans un grand crissement de pneus. Vicken en fit le tour en courant, ouvrit ma portière, et son bras passé autour de mes épaules me réconforta un peu. Il m'aida à me lever. Des voix. La douleur dans mon bras... et tant de voix.

« Lenah. »

« Ça va ? »

« Allez chercher Justin, quelqu'un ! »

Non sans mal, Vicken et moi arrivâmes à la porte de l'infirmerie. J'étais certaine que mes jambes allaient me lâcher. J'avais envie de hurler, de pleurer. Je détestais la douleur. Celle-ci était tellement intense que j'étais certaine de garder des cicatrices à vie.

Vicken ouvrit la porte de l'infirmerie en grand et entra avec moi, qui tenais à peine debout. Une infirmière surgit de derrière le comptoir de l'accueil ; elle cria au médecin de venir. Je m'appuyais sur Vicken, la main toujours serrée sur mon poignet. Des larmes involontaires me montaient aux yeux. La sensation de brûlure et les vagues de souffrance m'écrasaient littéralement. Lorsqu'une femme en blouse blanche arriva en courant, je compris intensément le soulagement très humain que provoque l'apparition d'un médecin.

Je lui tombai dans les bras et vomis par terre.

Chapitre 17

– Comment as-tu réussi à te faire ça ? me demanda une infirmière une heure plus tard.

Un épais bandage m'entourait tout l'avant-bras, du poignet au coude.

– En faisant cuire des brochettes sur un feu de camp.

Mensonge flagrant mais nécessaire.

Pourquoi le sortilège a-t-il échoué ? me demandai-je pour la millième fois.

– Eh bien tu as eu de la chance, me dit l'infirmière Warner. Une flamme nue peut provoquer des brûlures au troisième degré. Les tiennes ne sont qu'au deuxième degré. À l'avenir, contente-toi de manger à la cantine !

Vicken, qui ne m'avait pas quittée un instant, s'adossa au mur, en face de mon lit.

– Bienvenue au club, me dit-il en désignant son œil, qui était presque revenu à la normale (la peau autour était encore légèrement jaune, mais c'était tout).

Le visage massacré de Rhode passa un instant dans ma tête. Puis c'est Justin qui entra en coup de vent et vint se poster à mon chevet.

– Lenah ! Mais qu'est-ce qui t'est arrivé ? Tu as filé ce matin avant que je puisse...

Il se tut lorsque l'infirmière revint.

– Seulement quelques minutes, Justin, dit-elle. Je ne peux pas accueillir toute une ménagerie ici.

– Oui madame.

Il prit ma main intacte dans la sienne et embrassa mes doigts.

– Oh là là, pitié, je vais vomir ! soupira Vicken avec malice.

Justin lui décocha un regard meurtrier, et l'infirmière s'en alla en me prévenant qu'elle allait revenir avec des antalgiques.

Aussitôt qu'elle fut sortie, Justin me souffla une question.

– C'est Ava qui t'a fait ça ?

Vicken fronça les sourcils mais ne dit rien.

– Non, pas Ava. Vicken et moi avons tenté un sort de convocation.

– De convocation ?

– Pour appeler Suleen.

– Et ça ne s'est pas passé comme tu voulais ?

– T'as tout compris, mon pote, fit Vicken en se détachant du mur.

Je me laissai glisser du lit, et lorsque mes pieds touchèrent le sol, il tint mes doigts du côté endommagé tandis que Justin me soutenait par l'autre bras. Je soupirai : j'avais juste envie de rester allongée. L'infirmière rentra dans la pièce en examinant l'étiquette d'un flacon médical marron qu'elle tenait entre ses doigts.

– Vicken, tu devrais raccompagner Lenah à sa chambre, dit-elle en levant la tête pour regarder tour à tour les deux garçons. Ou Justin. Débrouillez-vous entre vous.

– Justin est pressé, il a un entraînement de crosse, ricana Vicken.

– Arrête, lui crachai-je entre mes dents.

L'infirmière lui tendit le flacon de comprimés.

– Les instructions sont sur l'étiquette, Lenah, je te suggère de les suivre.

– Et si je t'apportais à manger ce soir ? proposa Justin en me lâchant tandis que Vicken m'entraînait vers la porte.

– Super ! C'est parfait comme ça.

Pendant que nous sortions tous de la salle, je lançai sans cesse des coups d'œil vers la porte de l'infirmerie : je m'attendais à voir Rhode entrer à tout instant.

Non, Lenah. C'est dans l'ordre des choses. C'est Justin qui est là pour toi. Pas Rhode.

– Il faudra que tu gardes ton pansement encore deux ou trois jours, et surtout ne touche pas les cloques. Laisse-les tranquilles. Reviens vendredi, on défera le bandage et on verra où tu en es, me dit l'infirmière en nous suivant jusqu'à la porte.

– Je l'accompagnerai, précisa Justin avec un coup d'œil à Vicken.

Ils me firent prendre un antalgique avant de partir, et m'avertirent que le médicament me rendrait somnolente. Justin m'embrassa encore une fois, après quoi Vicken m'accompagna en direction de Seeker Hall.

Dormir, oui, ce serait bon, pensai-je tandis que mon ami répétait en boucle les pires horreurs sur Justin.

Dormir...

Dormir m'empêcherait de me demander pourquoi Suleen n'était pas venu à notre secours. Dormir entraînerait peut-être des rêves susceptibles de m'expliquer pourquoi le sort s'était retourné contre moi. Pourquoi, après tout ce que nous avions traversé, Suleen n'était pas apparu pour sauver Rhode.

– N'oublie pas : quand tu prends une douche, il faut que tu protèges ton pansement, que tu l'emballes dans un sac en plastique pour ne pas le mouiller... Tu m'écoutes, au moins ? me demanda Vicken.

Affalée sur le canapé, je contemplais le ventilateur au plafond. Il tournait, tournait, tournait. Les pales ? Que leur était-il arrivé ? En tournant, elles formaient une tache floue sur le plafond.

– Tiens... qui a repeint le plafond ? demandai-je, complètement hébétée.

Vicken regarda en l'air, puis baissa les yeux vers moi, la mine consternée.

– Pourquoi ne m'est-il pas apparu ? Pourquoi Suleen n'est-il pas venu ? Est-ce parce que Rhode ne me pardonne pas ? Je te l'ai dit, ça ? Il pense qu'après tous mes crimes j'ai l'âme trop noire.

– Il t'a dit ça ?

– Non, pas tout à fait.

Mes paupières étaient lourdes, elles retombaient sans cesse sur mes yeux. Mon Dieu, qu'elles étaient lourdes.

– Bon... Il est temps que tu dormes. Je crois que ces antalgiques font enfin effet.

– J'adore dormir, répondis-je d'une voix somnolente. Tu crois qu'on va mourir ? Qu'Ava va nous tuer ?

– De mieux en mieux ! soupira Vicken, qui déploya une couverture sur moi et la borda autour de mon corps : un geste qu'il connaissait bien, maintenant. On en reparlera quand tu auras toute ta tête.

– Toute ma tête ?

– Il faut que je file. Mais je reviendrai aux nouvelles tout à l'heure. Et que je ne te reprenne plus à lancer des sorts !

Des sorts, pensai-je en regardant le ventilateur. *Des sorts qui ne marchent pas. Des sorts qui me font mal*. Et lentement... je m'endormis.

Je suis au centre du gymnase, seule. Il est décoré d'étoiles blanches, de flocons de neige scintillants, de paillettes étincelantes. J'ai déjà vu cela : la salle est décorée comme pour le bal d'hiver de l'an dernier. Je baisse les yeux et touche la soie d'une longue robe du soir. Celle que je portais lors du bal !

Au-dessus de moi, les spots fixés au plafond clignotent en bleu et rouge, bleu et rouge, bleu et rouge, et se reflètent au sol. La musique est un slow, mais il n'y a personne dans la cabine du DJ. Le son est fort, au point de faire vibrer le plancher déserté.

Où sont-ils tous passés ? Je vais pour faire un pas, mais recule mon pied... Qu'est-ce que c'est que ça ? J'ai failli marcher sur quelque chose. Un collier ? Je me baisse et ramasse un cordon de cuir. Le pendentif de Justin y est accroché. Je regarde tout autour de moi. Il n'a pas pu le perdre par inadvertance. Pas après tout ce qu'il m'a dit. Et il y tient. Il faut que je le lui rende.

– Justin ?! crié-je dans la salle vide, à pleins poumons, pour couvrir la musique. Justin !

– J'ai toujours aimé cette robe, fait alors une voix que je connais.

Je me retourne d'un coup vers la porte d'entrée.

Tony s'approche de moi, vêtu d'un smoking, exactement comme lors de ce bal. Vivant et en bonne santé.

– Ce sont les filles qui l'ont choisie, dis-je.

Tony est devant moi, les mains dans les poches. Ses piercings et son sourire solaire sont exactement tels que je les ai vus la dernière fois.

– J'ai perdu Justin. Je ne le retrouve pas, dis-je encore, en contemplant le gymnase désolé.

– Il reviendra, me dit calmement Tony. Tu veux danser avec moi ?

– Oui.

Je le prends dans mes bras et nous tournons dans ce gymnase, mon meilleur ami et moi.

– Je donnerais n'importe quoi pour te revoir, ajouté-je en contemplant ses traits agréables.

– Cela arrivera.

– Quand ?

Il me fait pirouetter afin que ma jupe tourne autour de moi. Mais lorsque je me retrouve à nouveau face à lui, c'est Ava qui se tient là. Nous sommes vêtues de manière identique. Je réprime un cri de surprise et recule. Ses cheveux sont longs et raides sur ses épaules.

Elle essuie du sang sur sa bouche.

– C'est lui qui avait le meilleur goût, déclare-t-elle.

Le lendemain matin, en m'habillant, je flairai une senteur de tabac dans l'air. Vicken avait dû venir me voir pendant la nuit.

« C'est lui qui avait le meilleur goût. »

Cette phrase d'Ava continuait à me résonner aux oreilles lorsque je sortis de Seeker Hall pour traverser le campus. Oui, Ava pouvait s'exposer à la lumière du jour. Mais moi aussi. J'avais des gens autour de moi qui m'aimaient et des gens prêts à m'aider si j'en avais besoin. Et après ce rêve, il fallait que je voie le portrait de Tony. Je ne l'avais pas voulu jusque-là. Je n'étais pas remontée dans la tour des arts depuis sa mort, mais à présent, le moment était venu.

Je marchais en inhalant profondément l'air matinal pour tenter de m'éclaircir les idées. Des élèves me hélaient.

« Salut, Lenah ! Comment va ton bras ? »

« Lenah, qu'est-ce que tu t'es fait ? »

Je tâchai de chasser le souvenir obsédant de mon rêve, de le faire fondre sous le vif soleil, parmi la foule de mes camarades. Des picotements circulaient dans mes bras, descendaient dans mes jambes, jusqu'à mes doigts de pied. Je détestais ces comprimés blancs qui me donnaient l'impression d'avoir pris une double dose d'opiacés et d'absinthe – un mélange que je consommais fréquemment lorsque j'étais vampire. Je marchais toujours, mais j'avais du mal à ne pas agripper mon bras brûlé ; mon cœur envoyait du sang dans ce bras, ce qui faisait battre la douleur dans mes doigts. Je plissai les paupières, éblouie par le soleil, et m'abritai les yeux en plaçant ma main abîmée en visière. La peau brûlée battait au même rythme que mon cœur. Je dépassai le foyer et la pelouse noire de monde devant le bâtiment Quartz. Pendant un bref instant, au cours de la nuit, j'avais vu mon meilleur ami en vie. Comme c'était cruel de l'avoir là, près de moi, puis qu'il me soit enlevé au matin ! Mais je voulais son réconfort, même dans la mort, et je me dirigeais vers le seul endroit où je me sentirais proche de lui, où nous serions ensemble.

Maintenant que le bâtiment Hopper avait enfin rouvert, les élèves en sortaient avec des chevalets et des cartons à dessins. Je regardai leurs mains, la peinture séchée sur leurs doigts, le fusain sous leurs ongles. Cela me rappela Tony, son visage maculé de taches de couleur et son grand sourire. J'étais tellement perdue dans mes pensées que je faillis heurter Justin de plein fouet.

– Lève la tête, me dit-il avec son adorable sourire nonchalant. J'allais justement chez toi pour prendre de tes nouvelles. J'ai frappé deux fois hier soir, mais pas de réponse.

– Oh... Ces petites pilules qu'on m'a données m'ont assommée, je ne t'ai pas entendu.

Il fit un pas vers moi.

– Je me suis fait du souci pour toi, hier. D'abord cette coupure infligée par Ava, et la mort de Mrs Tate, et à présent ce sort de convocation et ta brûlure...

L'intensité de son regard me força à m'arrêter. Une petite gêne s'installa entre nous. Cela me rappela le soir de mon anniversaire.

– Je trouve que je prends tout ça de manière plutôt cool, continua-t-il. Je veux t'aider, tu sais. Parce que après ton anniversaire, je croyais qu'on était... Je croyais que tu étais *avec* moi.

– On l'est, dis-je. Je veux dire, je suis avec toi.

– Bien.

Il me passa la main sur l'épaule.

– Écoute, on peut reparler de ça plus tard ? Je comptais monter un instant dans la tour des arts. Si je n'y vais pas maintenant, je ne le ferai jamais. Tu vois ce que je veux dire ?

Le dos de Justin se raidit.

– Tu vas voir le portrait ?

Pour toute réponse, je hochai la tête.

Ses yeux s'agrandirent. De sa main libre, il attrapa son pendentif et le frotta nerveusement.

– Vas-y, moi je ne peux pas monter là-haut, finit-il par me dire en me lâchant l'épaule.

Je vis que ses lèvres étaient agitées de tics nerveux tandis qu'il s'efforçait de trouver le mot juste. Il secoua la tête et fronça les sourcils, puis s'exprima sans ciller.

– Je ne suis pas prêt. Je ne dis pas que nous étions amis, Tony et moi, mais ensuite il est mort... Et j'ai vu ce que j'ai vu...

Sa voix s'éteignit. Clairement, il était toujours traumatisé d'avoir assisté à la mort de Tony, dans toute son horreur. Justin et moi étions arrivés trop tard sur place.

– Je comprends.

Des élèves continuaient de sortir autour de nous. Il fit quelques pas sur la pelouse, mais sans me quitter un instant des yeux.

– Passe à ma chambre après, me dit-il.

– D'accord, répondis-je avec un petit sourire. Promis.

En s'éloignant, il serra son sac de cours contre sa poitrine.

Je promenai mon regard sur le campus, observant les élèves qui profitaient de cette belle journée. Mais ce que je voulais, c'était être dans la tour des arts, même s'il y avait des élèves en train de travailler là-haut. Ils n'avaient pas besoin de savoir ce que je faisais. La porte vitrée se ferma derrière moi avec un petit choc sourd. Une marche après l'autre, tout en gravissant l'escalier en colimaçon qui montait dans la tour, je respirai de plus en plus à fond, avec soulagement. En fait, je me sentais mieux, sans aucun doute. C'était bien ce qu'il me fallait.

En grimpant, je croisai quelques élèves qui descendaient. Ils durent se tourner de profil pour ne pas me heurter avec leurs grands cartons à dessins. Je montai encore, et m'arrêtai à ma fenêtre habituelle, celle par laquelle j'avais regardé lors de mon arrivée à Wickham. Mes doigts effleurèrent les pierres, et j'hésitai en voyant Justin entrer dans le bâtiment Quartz.

Arrivée à la dernière marche, je passai la porte... et je me vis, moi. Tony avait voulu peindre ce portrait aussitôt que nous nous étions connus. Il s'était inspiré d'une photo prise par lui un jour où nous étions allés faire de la plongée avec masque et tuba. Je me regardai peinte sur la toile : on m'y voyait de dos, à partir de la taille, la tête tournée de profil. Mes cheveux étaient repoussés sur le côté pour révéler le tatouage que je porte sur l'omoplate, la devise de mon cercle : *Honni soit qui mal y pense.*

Je ne le remarquai pas immédiatement, mais Claudia était dans la pièce, sous le portrait. Elle était baissée, en train de fermer un carton à dessins, et lorsqu'elle se releva, elle regarda d'abord le tableau, puis moi.

– Personne n'a pu se résoudre à l'enlever. On accroche simplement nos œuvres autour, me dit-elle.

– Je ne savais pas que tu peignais.

Elle tira ses cheveux blonds en queue-de-cheval.

– Oh non. J'ai juste pris dessin en option.

Nous contemplâmes mon portrait ensemble pendant un moment : mon profil, la courbe de mon sourire.

– J'ai l'impression de me voir à une autre époque. Dans une autre vie.

– Lenah, tu as dix-sept ans. Ne sois pas si mélodramatique !

– Tu as raison, dis-je.

À ce moment-là, on entendit claquer une lourde porte.

– C'est la... ? commença Claudia.

Mais ce n'était pas la peine. Je sus immédiatement. La porte de l'atelier était ancienne, en chêne massif. Elle restait *toujours* ouverte. Et quelqu'un venait de la fermer. Je me retournai en même temps que Claudia.

Ava.

En la voyant, je fus horrifiée un instant, mais l'horreur fut aussitôt remplacée par autre chose. Mes joues brûlaient. La colère explosa dans mon ventre, accompagnée de la détermination qui avait caractérisé mon existence de reine vampire.

Les cheveux parfaitement coiffés d'Ava tombaient sur son chemisier en boucles délicates. Ses yeux vert sombre se posèrent sur moi et un large sourire vint étirer ses lèvres. Elle osait se présenter devant moi ? ici ? Je sentais presque la vampire en moi montrer les crocs.

– Claudia, abrite-toi derrière moi.

Elle m'obéit. Je sentis sa respiration hachée dans mon cou.

– Vois-tu, je ne crains plus rien des humains, me dit Ava. Je cours plus vite que n'importe lequel d'entre eux, désormais.

– Tu as tort. Tu devrais me craindre, moi.

Son regard flotta jusqu'à mon portrait.

– Joli, n'est-ce pas ? fit-elle en souriant. C'est dommage, ce qui est arrivé à ce garçon.

Claudia lâcha un petit cri.

– Tu croyais que je ne m'en rendrais pas compte ?

La voix d'Ava était cassante. Elle parlait du rituel.

– Eh bien, oui. Je ne te crois pas très maligne.

Elle ressemblait à une statue. Elle se tenait droite, les pieds légèrement écartés. En jean et top rouge, elle était superbe.

– Lenah..., me chuchota Claudia. Qui est-ce ?

– Chhhut...

Je ne quittais pas Ava des yeux.

– Tu ne penses quand même pas que j'ai essayé ce sort ridicule, si ?

– Si. Je pense que tu l'as essayé. Je pense que tu m'as crue assez bête pour te le donner.

Sois forte, Lenah.

Elle fit le tour de la pièce pour aller s'arrêter juste sous le tableau. J'agrippai le poignet de Claudia et la maintins derrière moi tout en pivotant pour rester face à l'ennemie. Claudia pressait ses doigts fins contre les miens.

Si j'arrivais à faire saigner Ava, nous aurions le temps d'essayer de rouvrir la porte. Il fallait que je l'affaiblisse et que je gagne du temps.

Ne t'arrête pas de parler.

– Tu as essayé ce sort des jours après l'avoir reçu, pas vrai ? dis-je d'un ton goguenard. Tu as envoyé tes hommes à la recherche des ingrédients ridiculement rares que j'avais mis sur la liste. Le cristal noir de la côte africaine, par exemple.

Ava monta sur un petit tabouret posé près du mur. Elle leva une main et la recourba comme une serre d'aigle. Puis elle se haussa sur la pointe des pieds pour que sa main se retrouve devant mon portrait.

Il y eut un bruit horrible lorsqu'elle passa ses ongles sur la toile, en plein milieu. J'eus l'impression que c'était moi qu'elle déchiquetait, en regardant les lambeaux de l'œuvre de Tony tomber au sol.

– Mais qu'est-ce qui se passe ? chevrota Claudia.

Je serrai les dents.

Ava se remit en marche. Je tenais toujours le poignet de Claudia, et je nous éloignais d'elle. Nous nous déplaçâmes en cercle pendant un moment.

Nous n'avions pas d'autre choix que reculer. Mes doigts effleurèrent le bois de la porte au passage.

Claudia tremblait et tout son corps vibrait contre le mien chaque fois qu'elle frissonnait. Là, sous le tableau, il y avait des casiers où j'avais repéré une boîte de cutters. Parfait ! Une lame si petite entrant dans son cœur ne suffirait probablement pas à la tuer, mais cela me donnerait peut-être un peu de temps.

– Claudia, soufflai-je entre mes dents, essaie d'ouvrir la porte.

Ava, mettant fin à notre lente valse-hésitation, traversa la pièce pour se diriger directement vers nous. En un clin d'œil, elle me prit par le cou et me souleva. Mon occiput heurta le mur de casiers en bois. Les ongles d'Ava s'enfoncèrent dans ma peau, provoquant une éruption de douleur brûlante.

Mes mains battaient l'air derrière moi pour se rattraper aux casiers, cherchant un cutter à l'aveuglette – en vain. Je voulais ouvrir la bouche et croasser à Claudia de m'en passer un, mais celle-ci avait reculé jusqu'à la porte, terrifiée. Ava me serrait la gorge encore bien plus fort qu'elle ne l'avait fait dans la cabine d'essayage. Je levai les genoux vers ma poitrine et lançai mes pieds en avant, directement dans son ventre. Elle tituba en arrière et jeta les bras sur les côtés. Elle reprit ensuite son équilibre, mais son expression de surprise était déjà une petite victoire.

Je tombai en avant sur les genoux. Je n'étais pas idiote, j'avais appris à me défendre. Un membre de mon cercle, Song, m'avait appris des tactiques utiles. Ava allait contre-attaquer, et vite. Lorsque je voulus m'appuyer sur mon bras pour me relever, je m'effondrai, anéantie par la douleur de ma brûlure.

– Sais-tu ce qui arrivera lorsque je serai en possession de ce rituel ? J'aurai tout simplement le cercle le puissant du monde, déclara Ava en traversant lentement la pièce.

Ce n'était pas vers moi qu'elle se dirigeait.

Oh, non...

Claudia tirait sur la poignée de la porte, la secouait, pantelante. Sa queue-de-cheval blonde était agitée par ses efforts désespérés, mais vains.

– Je voulais te prendre à part sans Vicken ni Rhode. Et c'est ce que j'ai fait, mais je ne peux pas te tuer ! Ça ne te rend pas folle, toi, ce genre de paradoxes ? grinça Ava en laissant retomber ses mains sur ses cuisses. Rhode n'est *jamais* seul sans arme. Crétin de mortel. Il se déplace toujours avec d'autres, ou reste à parler aux professeurs. Mais toi. L'arrogante Lenah. Tu choisis de rester seule avec une fille humaine.

Ava tira Claudia par sa queue-de-cheval, comme elle l'avait fait avec Kate. Puis elle lui serra le cou sous son bras droit. Cela me rappela ce qu'elle avait tenté de faire à Vicken chez l'herboriste. Elle ne pouvait pas enlever mon amie en plein jour, mais elle pouvait la tuer.

Le menton de cette dernière tremblait.

– Lenah..., gémit-elle.

Son visage mouillé de larmes et son regard perplexe me hanteraient à jamais. Ava tira encore sur ses cheveux pour exposer son cou.

– Pitié, bredouilla Claudia d'une voix pâteuse.

« Pitié. J'ai une famille. J'aime ma vie. Je ne veux pas mourir. » J'aurais pu proférer ces phrases en douze langues au moins. On me les avait dites tant de fois !

Lorsque Ava mordit dans le cou de Claudia, la salive envahit ma bouche et une vague de nausée me submergea. Quelque part, tout au fond de moi, je désirais le goût métallique du sang.

Les genoux de Claudia se dérobèrent.

Enfin, mes doigts se refermèrent sur un bouquet de cutters. Je me précipitai alors sur Ava et les lui plongeai dans la cuisse.

Il y eut un bruit de succion. Ava releva la tête. Claudia, à peine consciente, était inerte dans ses bras. Ava eut un rire dément et un filet de sang coula dans le cou de mon amie, tachant son chemisier.

– Tu croyais me faire mal avec ces petites lames ridicules ?

Elle saisit Claudia par les oreilles, me décocha un sourire narquois, et lui brisa la nuque d'un coup sec avant de la laisser tomber par terre. Son corps se recroquevilla instantanément, et ses membres heurtèrent le sol avec un craquement sinistre.

Elle ne bougeait plus. Morte.

Les cutters que je tenais dans l'autre main tombèrent par terre, et mon cœur dégringola avec.

Non. Elle n'était pas morte. Je ne pouvais pas laisser faire. Je rampai jusqu'à elle et pris sa petite main dans la mienne. Elle était molle et immobile, encore tiède.

Ses cheveux s'étaient déployés en éventail par terre, doux et légers comme des plumes.

– Debout ! m'intima Ava en me tirant brutalement par les cheveux.

Elle avait toujours plusieurs cutters plantés dans la cuisse. Je lâchai Claudia et me levai. Ava serrait dans son poing une grosse mèche de mes cheveux, et me grogna quelque chose à l'oreille.

– Chaque jour qui passe, je deviens plus forte. (Elle approcha son visage du mien, et je flairai un remugle de sang pourrissant.) Je ne peux pas attendre la Nuit Rouge. (Elle lâcha ma tête pour atteindre un rayonnage de livres.) Et comme je ne peux pas non plus te faire enfermer dans une oubliette...

Avec un rictus abominable, elle saisit la bibliothèque à deux mains et la précipita sur le corps sans vie de Claudia, le broyant définitivement.

Je bondis comme un diable de sa boîte, traversant la pièce d'une traite.

– C'est ça, cours ! se moqua-t-elle.

Et avec un sourire assuré, terrifiant, elle ouvrit la porte comme si celle-ci n'avait pas été plus lourde qu'une feuille d'arbre. Elle m'adressa un rire sec, arracha les cutters de sa cuisse et les jeta au sol.

– Reine vampire ! ricana-t-elle avant de descendre.

Le sable de la plage de Wickham me glaçait les jambes. Avec un frisson, j'ouvris les doigts, et les cutters propres cliquetèrent en tombant. J'avais été obligée de les emporter avec moi. Maintenant que Claudia était morte, je ne pouvais pas laisser d'indices.

J'observai fixement les ondulations du sable, consciente qu'à une époque pas si éloignée, j'aurais pu en distinguer les détails infinitésimaux. Mais je ne me concentrais pas, pas vraiment. Mon dos frémissait à chaque respiration. Je m'attendais à pleurer, ce qui aurait été une réaction humaine normale. Mais là, agenouillée sur cette plage, je n'en trouvais pas la capacité en moi. Je fixais simplement le sable, et tout mon corps tremblait.

Il y eut un bruit de clés derrière moi, puis des pas qui approchaient.

Faites que ce soit Ava.

Faites qu'elle m'enlève, une bonne fois pour toutes.

Mais du coin de l'œil droit, je vis une paire de bottes de combat noires s'arrêter à côté de moi. Du coin de l'œil gauche, une autre paire de bottes, usées, dont le cuir bâillait. Je levai les yeux vers Rhode.

L'état de ces bottes était encore une petite preuve supplémentaire qu'il était bien en vie l'année précédente. Qu'il avait été mortel et avait arpenté le monde. Il tomba à genoux mais ne me toucha pas.

– Claudia Hawthorne est morte, m'annonça-t-il.

– Je suis descendue quelques minutes... non, quelques *secondes* avant que les vigiles ne montent, soufflai-je.

Je n'arrivais pas à m'empêcher de haleter. Je regardais les vagues rouler et se briser devant moi.

– Tant mieux, intervint Vicken. Tu te serais retrouvée dans des interrogatoires et des problèmes judiciaires sans fin, avec les humains. (Il s'agenouilla à côté de moi.) La police attribue déjà sa mort à un accident.

Je secouai la tête avec incrédulité. Vicken observa attentivement les cutters et les prit dans sa main.

– Elle a une force incroyable. Je ne sais pas comment elle s'y prend. Pas comme nous, en tout cas, dis-je à Rhode.

Il fronça les sourcils en regardant mon bras bandé, puis le sable.

– Notre force n'a jamais été augmentée par notre statut de vampires. Et elle peut sortir en plein jour, au milieu de tout le monde. Elle ne craint pas la foule.

– Allez, me dit Vicken en me tirant par le coude. Il faut qu'on en parle. Mais pas ici, pas à découvert.

– Je suis d'accord, conclut Rhode.

Il regarda derrière lui les arbres qui longeaient la plage.

N'importe qui aurait pu se cacher dans l'ombre des bois.

Chapitre 18

Ce soir-là, tout le lycée ne parlait que du décès de Claudia. Je n'aurais su dire quelles rumeurs étaient les plus ridicules : elle avait été assassinée par un gang venu voler du matériel technique ; la tour des arts était hantée et c'était un poltergeist qui l'avait tuée ; ou alors, quelqu'un avait volontairement dévissé la bibliothèque du mur pour qu'elle lui tombe dessus. Je suppose que rien de tout cela n'avait de sens pour un humain normal, forcément. On avait appelé d'autres agents de surveillance en renfort, et les cours étaient annulés pour les deux jours à venir.

Après une nouvelle réunion d'urgence imposée à tous les élèves, Rhode, Vicken, Justin et moi nous retrouvâmes chez moi. Les deux premiers se tenaient près de la porte-fenêtre donnant sur le balcon, les bras croisés, tandis que Justin était assis à côté de moi dans le canapé.

– Bon, vous allez me raconter ce qui s'est vraiment passé, n'est-ce pas ? dit-il en me regardant.

Il posa les coudes sur ses genoux et se pencha en avant.

– Parce que j'ai vu Lenah juste avant... (Il baissa la tête une seconde.) ... Juste avant d'apprendre la nouvelle.

– Un à un, l'un après l'autre. Voilà ce qui va se passer. Dès l'instant où on baisse notre garde, dis-je en regardant Rhode et Vicken, pétrie de remords. Je ne comprends pas d'où elle tient une telle puissance. À moins de la saigner, nous n'avons aucun moyen de nous défendre. Surtout vu la vitesse à laquelle elle pompe le sang. Comment fait-elle pour l'extraire si rapidement ?

J'avais l'impression d'être trop serrée dans ma peau. J'avais été si égoïste de monter dans la tour des arts ! Non, j'avais été égoïste *et* idiote. Son pouvoir surpassait de loin celui qui avait été le mien, même au sommet de ma splendeur. Lorsqu'elle était venue au centre commercial, encore, elle avait pu y entrer par les caves ou rester à couvert dans une voiture. Il y avait toujours moyen d'éviter la lumière directe du soleil. Et elle s'était arrangée pour être seule avec moi. Alors que cette fois, elle avait traversé un campus grouillant de monde. Croisé des centaines de gens. Elle était en train de devenir bien trop forte.

– Il nous faut une stratégie, dit Vicken.

– On peut compter les uns sur les autres, répondis-je.

– On ne peut compter sur rien du tout. Dis-lui donc ce qu'on a fait, Lenah.

– Merci bien, Vicken, lâchai-je en espérant qu'il comprendrait à quel point j'étais sarcastique.

– Me dire quoi ? s'enquit Rhode.

Je me levai du canapé et croisai les bras sur ma poitrine.

– J'ai tenté de convoquer Suleen. Pour qu'il nous aide. Mais j'ai échoué.

– Comment ça, tu as tenté de convoquer Suleen ?

Vicken se racla la gorge.

– Eh bien vois-tu, nous avons lancé un sort.

– Vous avez *quoi* ? s'exclama Rhode en se décollant du mur et en levant les bras au ciel. Vicken... Tu n'as pas cru bon de me raconter ça ?

– Pourquoi, c'est ton espion ? intervins-je.

– Ça aurait pu être utile ! se justifia Vicken.

– Mais vous n'avez rien dans le crâne ? On dirait que vous n'avez jamais été immortels, tous les deux. Je m'étonne qu'elle ne vous ait pas trouvés et poignardés en plein cœur, bon Dieu, pendant que vous étiez en train de jeter ce fichu sort.

– Parfois, ça vaut la peine d'essayer, répliquai-je.

Les bras toujours croisés, je m'appuyai contre la porte de ma chambre.

– Qu'est-ce qui valait la peine ? Te bousiller le bras ? C'est là que c'est arrivé, n'est-ce pas ? (Je ne répondis rien et Rhode se tourna vers Vicken.) Et toi, tu l'as laissée faire ?

– Comme si j'avais pu l'arrêter !

– Suleen a le pouvoir de nous protéger, plaidai-je.

– Ne parlez pas de ces choses devant lui ! ajouta alors Rhode en montrant Justin du geste. Il ne comprend pas.

Justin eut un sourire mauvais.

– Je comprends très bien.

Mais Rhode, apparemment, ne l'entendit pas car il continua sur sa lancée sans me quitter des yeux.

– Tu ne crois pas que j'ai essayé moi-même ? J'ai appelé Suleen quand tu m'as dit avoir vu Ava à l'herboristerie. En vain. Tu as choisi, au champ de tir à l'arc...

Il se força alors à se taire pour réfléchir à la suite, puis inspira un petit coup.

– Personne ne nous viendra en aide.

J'avais toujours cru que si l'un d'entre nous était capable de contacter Suleen, c'était bien Rhode. Et après les souvenirs que j'avais vus dans sa tête, j'aurais cru que le doyen viendrait.

– Que veut Ava ? demanda soudain Justin.

– Elle veut être Lenah, dit Vicken.

– Elle veut le rituel, ajouta Rhode.

– Pourquoi ne pas simplement le lui donner, et éviter d'autres décès ?

Vicken eut un rire cruel qui déchira l'atmosphère.

– Eh bien quoi, qu'est-ce que ça peut faire ? insista Justin en nous regardant tour à tour.

– Ce que ça peut faire ? répéta Vicken.

Rhode soupira.

– Si des créatures surnaturelles déversent leurs intentions dans un sort aussi puissant, expliqua-t-il, cela reviendra nous exploser au visage. Le rituel pourrait conférer à Ava des pouvoirs inimaginables. Il pourrait libérer le mal et attirer à Lovers Bay des créatures qui ne se nourrissent pas de sang... mais directement des âmes. Voilà ce que ça peut faire.

Le rêve dans lequel j'avais vu Wickham abandonné et Lovers Bay en ruine refit surface dans mon esprit.

Il y eut alors un silence de plomb. Vicken fut le premier à le briser.

– On ne peut quand même pas élever un sort de barrage autour de tout le campus.

Rhode poussa un gros soupir.

– Que voulez-vous qu'on fasse ? Se mettre de l'ail dans les cheveux ? Des crucifix autour du cou ?

– Il nous faut Suleen, insistai-je. Ou alors, on pourrait appeler les Aeris. Elles sont plus puissantes que n'importe quel vampire.

– Non, on ne peut pas les appeler, gronda Rhode. Tu viens d'échouer à convoquer Suleen, et tu envisages de recommencer avec des entités encore plus puissantes ?

– Et pourquoi pas ? Il nous reste peu de temps. La Nuit Rouge commence dans deux semaines. La barrière entre notre monde et le monde surnaturel s'affaiblit déjà.

– Lenah, tu as failli ne pas sortir vivante de cette tour, me rappela Rhode.

– Alors qu'est-ce qu'on fait ? On reste enfermés dans nos chambres pour l'éternité ?

– Non, il faut qu'on se prépare. Nous savons qu'Ava est affaiblie lorsqu'elle saigne. Il suffit de trouver le bon moment pour l'attaquer par le seul moyen qu'il nous reste.

Le seul moyen. Bien sûr...

Il y eut encore un silence, après quoi je dis tout haut ce que Vicken et Rhode pensaient tout bas.

– Des armes.

Je croisai le regard de Justin.

Rhode hocha une fois la tête.

Nous y étions. Notre seul et unique espoir : quatre corps humains qui ne faisaient pas le poids face à Ava et ses pouvoirs exceptionnels.

– Voici ce qu'on va faire, reprit Rhode. Ne *jamais* rester seuls. (Il me regarda.) Ne *jamais* rester désarmés. C'est très simple. Nous nous tiendrons sur nos gardes en permanence. Toujours armés d'un poignard, et toujours bien en vue, aux yeux de tous. (Son regard parcourut la pièce pour finir par se poser sur Justin.) C'est comme ça, quand on est la proie.

Les obsèques de Claudia Hawthorne eurent lieu le 1er octobre, à la pleine lune de l'équinoxe d'automne, premier jour du mois de la Nuit Rouge. Il y avait une grande marée exceptionnelle, du jamais vu dans l'histoire : les vagues montèrent de quatre mètres sur la plage de Lovers Bay. La cérémonie fut brève, et je gardai les yeux rivés sur le sol du cimetière. Lorsque les élèves remontèrent dans les cars pour rentrer au campus, Rhode laissa une fleur de jasmin sur le cercueil. S'ils avaient su pourquoi ! S'ils avaient su pourquoi nous nous sentions si responsables...

Sur le chemin du retour, Tracy marcha rapidement. Elle se hâtait à petits pas vifs, ses talons cliquetant sur le sol de l'allée lorsqu'elle rejoignit son dortoir.

Je la regardai partir. Maintenant que Claudia et Kate étaient mortes, Tracy Sutton était tout ce qu'il restait du Trio. Je n'aurais pas été étonnée qu'elle quitte ces lieux maudits, qu'elle coure chez elle se faire réconforter par ses parents. Une douzaine d'élèves de seconde et de première étaient déjà partis définitivement.

Au fil des jours, quelques-uns de nos camarades continuèrent à s'habiller en noir, mais la couleur refit peu à peu son apparition, ainsi que l'enthousiasme pour le bal d'Halloween qui s'annonçait. C'était la dernière chose qui puisse soulever un peu d'impatience sur le campus. Entre deux débats sur les chars de carnaval et les déguisements pour le bal, la direction annonça qu'elle souhaitait planter un arbre en mémoire de Claudia près du bâtiment Hopper. Ces mortels ignoraient donc que les pins plantés artificiellement n'apporteraient que tristesse à ceux qui s'assoiraient dessous ? Ils ne savaient pas que c'étaient les chênes qui apportaient la paix ? Non, ils tenaient à planter un pin, et je ne pouvais pas vraiment leur expliquer mes objections.

Je me demandais si Claudia avait déjà atteint la lumière blanche des Aeris. Le fait de la savoir là-bas, morte à cause de moi, victime d'un vampire créé par moi, m'encourageait à laisser tomber mon poignard dans ma botte tous les matins après m'être brossé les dents. Chaque fois que j'envisageais de le laisser chez moi, je repensais aux fins cheveux blonds de Claudia déployés autour de son corps sans vie.

Quelques jours après l'enterrement, Vicken et moi allâmes prendre le petit déjeuner au foyer. Nous regardions des terminales apporter des guirlandes et des squelettes en carton pour décorer le gymnase où devait avoir lieu le bal d'Halloween à la fin du mois, le 31 octobre – dernière et plus puissante nuit de la Nuit Rouge.

De l'autre côté de la pelouse, derrière le bâtiment Quartz, Tracy sortit du petit dortoir des filles de terminale. Je fus obligée d'y regarder à deux fois pour être sûre que c'était bien elle. Elle avait teint ses cheveux en brun foncé, et ses pommettes étaient si saillantes qu'elle ne se ressemblait plus. Elle était maigre et creuse, très différente de la fille rayonnante et débordant de vitalité de l'année passée, celle qui ne portait que des tenues assorties de la tête aux pieds pour parader sur tout le campus, celle qui se maquillait pour les cours de sport, et tenait à avoir le même pyjama que ses copines. Copines toutes deux décédées, à présent.

Une certaine force émanait d'elle désormais, la dureté de quelqu'un qui a tenu la main de la mort. Je ne lui aurais pas souhaité cela si tôt dans sa vie. Elle avait un sac à dos sur l'épaule et était vêtue comme durant les semaines passées, tout en noir. Elle se dirigeait vers la zone des bois qui n'était pas surveillée.

– Où va-t-elle, à ton avis ? me demanda Vicken.

Tracy jeta un regard en arrière pour voir si elle n'était pas suivie et remonta la bretelle de son sac sur son épaule.

– Je vais la suivre, annonçai-je.

– Non, Lenah.

Il me retint par le bras. Je me dégageai d'un geste brusque.

– Tu sais ce qui va se passer aussitôt qu'elle sera seule.

Vicken me dévisagea.

– Justement.

– Laisse-moi une longueur d'avance.

Je traversai la pelouse au pas de course pour rejoindre Tracy, qui passait à ce moment-là devant la bibliothèque.

– Eh, Tracy ! Attends-moi !

Elle se retourna. Je m'attendais à la voir me sourire, mais au contraire, elle m'envoya promener.

– Non, Lenah. Ne t'approche pas de moi.

Je me retrouvai toute bête. Sa chevelure sombre faisait étonnamment ressortir le bleu de ses yeux.

– Moi ? Tu ne veux pas que je m'approche de toi ?

Elle s'appuya sur l'autre jambe et quelque chose tinta dans son sac à dos. Un objet métallique.

– Où vas-tu comme ça, Tracy ?

– Nulle part.

Elle se renfrogna, l'air buté. Encore un tintement.

– C'est ridicule, insistai-je.

Derrière elle, sur le côté de la bibliothèque, Vicken se rapprochait discrètement de nous. Il alluma une cigarette et fit semblant d'être simplement en train de faire une petite pause clope, dos au mur, un pied appuyé contre les briques.

– Il faut que j'y aille, me dit Tracy, qui tourna les talons et fit deux pas en direction des bois.

– Non, Tracy. C'est dangereux.

Les mots n'avaient pas plus tôt quitté mes lèvres que je les regrettai. Elle partit en courant.

Vicken vint me rejoindre.

– Elle est armée, dis-je.

– Quel genre d'arme ?

Nous avions commencé à courir sur ses traces. Elle était déjà dans Main Street.

– Je n'en sais rien.

– Elle t'a dit où elle allait ?

– Non, mais j'ai ma petite idée.

Vicken et moi veillâmes, comme toujours, à rester dans l'ombre. Le soleil de la fin d'après-midi traversait les branches nues et mes bottes noires crissaient sur les feuilles mortes, superbement colorées, qui jonchaient le sol.

– Je n'ai qu'un poignard, chuchotai-je au moment où nous entrâmes dans le cimetière.

– J'en ai deux, me répondit Vicken.

– Combien de temps avant l'arrivée d'Ava, à ton avis ?

– Pas plus de quelques minutes, prédit-il d'un ton lugubre.

Il fallait sans cesse que je me répète que c'était Tracy que j'avais devant moi. Ses cheveux tombaient maintenant en longues boucles brun chocolat. Les mains serrées sur les sangles de son sac, elle tourna, comme je m'y attendais, dans la rangée de tombes où se trouvait celle de Tony.

– Qu'est-ce qu'elle fabrique ? murmura Vicken.

– Viens.

Nous remontâmes furtivement le chemin pour la rejoindre. Je m'arrêtai, et sursautai en arrivant en vue de la tombe de Tony. Tracy, qui avait posé son sac, était à genoux dans l'herbe. Elle passa les doigts sur l'étrange cercle de terre retournée que Rhode avait tracé tout autour.

J'attrapai le bras de Vicken. Nous reculâmes dans l'ombre d'un chêne et je fis ce à quoi j'avais été entraînée pendant des siècles. J'épiai. Elle s'assit sur la hanche et, appuyée sur une main, tendit l'autre bras devant la pierre tombale. Elle scrutait le sol meuble.

Son poing se referma sur la terre, sa tête retomba et elle fondit en larmes. Son bras céda sous son poids et elle s'effondra sur la sépulture, le visage caché dans le creux de son coude. Son dos était secoué par des sanglots irréguliers. Elle pleurait sans réserve, comme on le fait quand on se croit seul.

La lumière du jour s'accrochait encore dans le ciel, mais la Nuit Rouge était commencée : le soleil ne fournissait donc aucune protection. L'attaque pouvait se déclarer à tout instant. Je me penchai en avant, guettant les bois qui entouraient le cimetière. Les oiseaux pépiaient en s'installant pour le soir. Une brise légère nous apportait l'odeur musquée de la terre. En ma qualité d'ancienne prédatrice, je m'immobilisai et pris le temps d'écouter. Un chasseur guette à l'oreille tout mouvement anormal de l'air. Car même l'air bouge. Pour l'instant, il me semblait que nous étions seuls.

Je m'avançai le long des tombes, Vicken sur mes talons. Tracy releva brusquement la tête, les yeux rougis par les larmes. Elle sortit un crucifix de son sac.

– N'approchez pas ! hurla-t-elle.

Vicken recula d'un bond et dégaina un de ses poignards. Son bras retomba dès qu'il vit qu'elle ne brandissait rien de dangereux.

– Tu te fiches de moi, pas vrai ? dit-il. D'abord, ces croix n'ont jamais marché, et, en plus, on n'est pas des vampires.

– Vous savez qui a fait ça ! me cria Tracy.

– Fait quoi ? demanda Vicken.

– Qui a tué Claudia. (Elle me regardait toujours.) Justin m'a dit que tu étais là-bas avec elle. Dans la tour des arts.

– Je n'ai pas touché Claudia.

– Alors c'est toi, peut-être ? cracha-t-elle à Vicken. On sait tous de quoi tu es capable. La tour des arts est ton endroit préféré.

Elle se leva au-dessus de la stèle arrondie de Tony. Tout ce que je voyais, gravé dans le granit, était le mot « artiste ». Elle me cachait le reste de l'épitaphe.

– Tracy, calme-toi. Ce n'est pas nous, dis-je.

– C'est moi qui ai accompagné Tony dans ta chambre l'année dernière, me révéla-t-elle. J'ai vu la photo de Rhode et toi sur ton bureau, cette photo qui doit avoir au moins cent ans. Tu arrives au lycée, et devine qui meurt ? Tony. Et ensuite mes deux meilleures amies, Kate et Claudia. Est-ce que je suis la prochaine sur la liste, Lenah ? Hein ?

Elle finit par craquer, terrassée par les sanglots, et laissa tomber le crucifix dans l'herbe.

J'échangeai un regard avec Vicken, puis m'approchai de Tracy et la pris dans mes bras. Elle pleura sur mon épaule, la trempant de larmes.

Il y eut un bruit sec.

Une salve de claquements.

Quelqu'un applaudissait ?

– Alors comme ça, la mortelle sait que vous êtes des ex-vampires ? se rengorgea Ava en apparaissant entre les arbres. Si seulement elle savait avec quel plaisir vous avez assassiné des enfants !

Cette fois, j'étais préparée.

Un souvenir de la tour des arts me revint comme un flash.

– Cache-toi derrière, moi, Tracy.

Je me baissai vivement et sortis de ma botte mon poignard, que je brandis devant moi.

Le cœur. Le cœur. Vise le cœur.

Ava montra ses crocs. Les doigts de Tracy s'enfoncèrent dans mes épaules. Ava s'approcha de nous et Vicken, mon merveilleux Vicken, se précipita sur elle, son couteau en avant. Ava s'en prit d'abord à lui. Le saisissant par le poignet, elle le projeta au loin, comme s'il n'avait rien pesé. Son corps s'envola à trois mètres avant d'aller s'écrouler au pied d'un arbre.

Il ne bougeait plus. Mon ventre se serra, mais il fallait que je reste concentrée. Je n'avais pas le choix.

Je n'échouerais pas avec Tracy comme je l'avais fait avec Claudia. Pas cette fois.

Je tins tête à l'ennemie et tendis mon poignard devant moi.

– Tu n'as donc rien appris ? Pourquoi sors-tu du campus sans ton précieux Rhode ? fit Ava en griffant l'air devant moi.

Je bondis en arrière ; elle rata ma poitrine de justesse.

– Tracy, sauve-toi !

Ava était si rapide qu'elle ne fut plus qu'une tache floue, noir et miel. Mais j'avais anticipé sa réaction. Je pris Tracy par les épaules et la jetai au sol. Ava me laboura la poitrine de ses ongles, qui déchirèrent ma chemise. Je poussai un cri de douleur.

Ava éclata de rire, puis lança un coup d'œil malveillant à Tracy. Je savais ce que j'avais à faire pour la protéger ; je donnai tout ce que j'avais. Pendant qu'elle se riait de ma souffrance, je poignardai la vampire à l'avant-bras. La lame s'enfonça dans sa peau lisse. Ce n'était pas un minable cutter, cette fois. Mon geste arrêta son rire. Elle regarda fixement sa blessure, comme abasourdie que j'aie osé.

– C'est le sang d'un pêcheur en parfaite santé qui suinte de mon bras, cracha-t-elle.

À ses pieds, Tracy tira de son sac une grande lame argentée qui miroita dans les rayons du couchant, mais Ava ne sembla pas la voir. Avec un rictus malsain, elle s'avança vers moi, bien décidée à riposter. Je levai mon arme, prête à frapper de nouveau.

Ava ne faisait absolument pas attention à l'humaine couchée à ses pieds. À quoi bon ? Un peu d'espoir s'insinua en moi lorsque Tracy donna un grand coup de couteau en plein centre de sa chaussure. Ava cria et tomba en arrière dans l'herbe.

– Va-t'en ! hurlai-je en croisant le regard noyé de mon amie.

Cette fois, elle obéit.

Elle partit en courant dans le dédale d'arbres et de tombes. Soudain, je me sentis déséquilibrée. Ava avait passé son pied intact derrière mes jambes pour me faire tomber.

Je partis en arrière et touchai durement le sol à plat sur le dos, ce qui réveilla la douleur de mes coupures à la poitrine. J'en eus le souffle coupé. *Respire, Lenah.* Un coup de pied vint me heurter le flanc droit. Un autre, le flanc gauche. Les boucles d'Ava, qui me semblaient à présent horribles, jaune pissenlit, pendaient devant mes yeux. Son sourire démoniaque se troubla lorsque les larmes m'aveuglèrent.

– Ta petite copine croyait peut-être qu'un coup de couteau dans le pied allait m'arrêter ? Tu ne vois donc pas comme je suis puissante ? (Je luttais toujours pour retrouver mon souffle.) Et je suis vouée à le devenir de plus en plus, de jour en jour. Oh, chérie, tu as du mal à respirer ?

Elle s'accroupit au-dessus de moi et leva l'index pour me montrer une nouvelle fois ses ongles aiguisés, comme elle l'avait fait dans la cabine d'essayage. Lentement, je parvins à inspirer un peu d'air : mes poumons figés commençaient à se dégeler. Elle désigna mon bras bandé.

Ne me... ne me poignarde pas.

– Bien sûr que si, je vais te poignarder, dit-elle, lisant à livre ouvert dans mes émotions. Je croyais t'avoir prévenue, mais je suppose que tu n'écoutes rien. En ex-reine que tu es, tu crois toujours que c'est toi qui décides. Mais c'est fini, tout ça.

Elle remua ses longs ongles rouges au-dessus de mon bras brûlé.

– Donne-moi le rituel.

– Jamais.

Alors, elle s'en prit à mon bras. Ses ongles tranchants comme des rasoirs tailladèrent le pansement et atteignirent la peau à vif. Un bruit de tissu qui se déchire, une douleur insoutenable. Je poussai un hurlement si violent que je me cassai la voix. La souffrance intense fit remonter une bile amère jusque dans ma bouche. *Vicken, qu'est-ce que tu fabriques ?*

– Alors, reine de tous les vampires ? Pourquoi tiens-tu autant à te rendre la vie si difficile ?

« Reine de tous les vampires. »

Tandis qu'elle me regardait de haut, avec sa peau de porcelaine et sa bouche ensanglantée, le temps parut se ralentir. Nos regards entrèrent en connexion. Mes yeux bleus, ses yeux verts. Ensemble. Oui. Dans ses pupilles, je me voyais en vampire, renversant la tête en arrière, la bouche grande ouverte, riant dans la nuit.

Je connaissais bien ce désir étourdissant de *ressentir* à nouveau. Nous ne voulions qu'une chose : avoir des sensations. *Engourdie. Aucune sensation dans mes doigts ni dans mes mains. Soulager la douleur. Besoin de sang coulant dans ma bouche et d'énergie se répandant dans mon corps.*

J'éprouvais cette dualité en moi-même, en ce moment même.

J'*étais* à nouveau la reine des vampires.

Les prendre par surprise. Un grand spectacle public. Pour Halloween.

C'étaient les pensées d'Ava. Je connaissais son plan parce qu'à cet instant, lorsque ses yeux d'un vert artificiel de jade avaient plongé dans les miens, je l'avais vu. À sa place, je ne l'aurais pas formulé autrement.

Elle allait chercher à me tuer lors du bal d'Halloween, lorsque je serais trop occupée à tenter de protéger les humains autour de moi. Je voyais les décorations, je voyais les corps de Vicken et de Rhode, morts et couverts de sang sur le sol du gymnase.

Et avec cet aperçu de ma perversité de vampire remontèrent des souvenirs oubliés depuis ma transformation en humaine.

Le meurtre d'Ava, lorsque je l'avais vampirisée.

– Je me rappelle le jour où tu as changé, soufflai-je d'une voix tremblante. Ce n'était que quelques heures avant mon hibernation. J'ai proposé à Vicken de te mordre, mais il ne l'a pas fait. Moi, je voulais la brusque bouffée de plaisir, l'euphorie d'offrir au monde un nouveau vagabond nocturne.

Elle se recula et ses doigts se fléchirent, une fraction de seconde à peine. La douleur se réveilla dans mon bras et m'envoya des larmes dans les yeux. Ce que j'avais à dire était plus facile à avouer si je ne la voyais pas clairement.

– Pardon, dis-je. Pardon pour ce que je t'ai fait.

Elle referma les mains sur mes épaules, me souleva très légèrement, puis, d'une poussée, me rejeta au sol.

– N'essaie pas de faire diversion ! cria-t-elle.

La douleur lancinante remonta jusqu'à la racine de mes cheveux.

– J'ai attaqué Rhode à Hathersage afin d'obtenir le rituel, mais tout ce qu'il a trouvé à faire, c'est mettre le feu à la baraque. Vous êtes plus lâches l'un que l'autre. Je vais t'emmener avec moi ce soir. Je vais t'emmener avec moi, et ensuite... (Elle grimaça.)... quand Rhode viendra te chercher et te trouvera morte, enchaînée au mur, il me révélera le rituel.

– Ce rituel ne te servira à rien, crachai-je. Tu n'as pas la puissance suffisante pour faire apparaître la noirceur que tu recherches.

Je m'efforçai de plonger à nouveau mon regard dans le sien, de recréer la connexion, mais en vain.

– Tu ne sais rien de ma puissance, répliqua-t-elle en levant ses griffes, prête à frapper une nouvelle fois.

Je me crispai en attendant le coup fatal.

Mais soudain, elle sembla s'affaisser. Il y eut un choc sourd, écœurant, et un bruit de chair qui se déchire. Le poignard de Vicken dépassait de son cou. Elle tomba, les mains sur la gorge, et roula sur le dos, cherchant désespérément à attraper le manche du couteau.

Vicken apparut à côté de moi, les cheveux plus fous que jamais, la joue griffée. Il leva sa botte et appuya légèrement sur le ventre de la jeune vampire, qui montra ses dents et siffla.

– Allons, allons, gentille ! dit-il.

Mais je le mis en garde.

– Elle est très forte.

– C'est pourquoi je l'ai poignardée, très chère, me confia Vicken du coin des lèvres. Maintenant, dis-nous, d'où tiens-tu ta force exceptionnelle ? lui demanda-t-il, le pied toujours posé son ventre.

– J'ai accompli des sorts dont vous n'avez même pas idée, grinça-t-elle. Pour devenir chaque fois plus rapide, plus forte, plus rusée.

Mais à présent, je voyais de la peur dans ses yeux. Du sang s'écoulait de son cou et tombait sur son épaule avant d'être bu par la terre. Elle tenta de se relever mais retomba lourdement, toujours sous la botte de Vicken.

– Lenah, il va me falloir un autre couteau, dit-il en tendant la main vers celui de Tracy, qui était resté par terre à côté de la tombe de Tony.

Ava se débattait sous sa botte et montrait les dents tel un animal.

Oui, je l'avais transformée en vampire, mais pas dans le grenier comme j'en avais eu l'intention au départ. J'avais redescendu la pauvrette au rez-de-chaussée. Elle s'était dissimulée derrière mes meubles anciens. Ses yeux, à l'époque, étaient verts, magnifiques, désespérés. La première fois que j'avais tenté de la tuer, elle m'avait eue par la ruse, s'était enfuie du grenier et avait retrouvé sa famille à côté des écuries, dans les jardins.

– Lenah ! Couteau ! me cria Vicken.

Son père m'avait suppliée. Naturellement, je l'avais tué en premier.

Je regardais fixement par terre. Son prénom de naissance était Odette.

« J'ai une vie à vivre », m'avait-elle suppliée.

« Ah oui ? » avais-je répondu avec un rire impitoyable.

Quelque part au loin, j'entendais la voix de Vicken :

– Le couteau ! Elle cicatrise !

« Non, lamentable enfant, avais-je continué. Moi, j'ai une vie à vivre, et je ne peux pas entrer en hibernation à moins d'être rassasiée. Toi, tu es jeune et en pleine santé. »

Je haïssais ma voix de vampire.

Pitié..., répétait la voix humaine d'Ava dans ma tête.

Suivie du même rire mort. Comme j'avais ri pendant qu'elle implorait ma pitié et me suppliait de lui laisser la vie sauve !

– Lenah ! cria Vicken, plus fort.

Sortant de ma rêverie, je vis Ava refermer les doigts sur le manche qui dépassait de son cou.

Je ne pouvais pas bouger. Un écœurement profond me traversait de part en part. Reconnaissable entre tous, et indéniable.

Ava arracha le poignard sanglant de son cou. Elle bondit sur ses pieds et envoya un puissant coup de pied à Vicken, qui fut déséquilibré. Le temps qu'il se remette, elle s'enfuyait déjà dans les bois.

– Qu'est-ce qui t'a pris ? me cria-t-il.

Tracy surgit de nulle part, reprit le couteau sur la tombe de Tony et repartit en courant entre les arbres.

– Hé, la folle ! la rappela Vicken. Reviens ici tout de suite !

Elle s'arrêta à l'orée du bois, le couteau pendant toujours le long de son corps.

Quant à Ava, elle s'était volatilisée.

Vicken longea l'alignement de pierres tombales et s'arrêta à côté de Tracy. Il lui présenta sa main ouverte. Elle fit mine de lui tendre le couteau, mais il secoua la tête. Elle le regarda alors dans les yeux, puis considéra de nouveau sa paume. Cela suffit à me briser le cœur. Elle laissa tomber le couteau dans l'herbe et lui prit la main.

Chapitre 19

– D'où viens-tu comme ça ? lui demanda-t-il. Je te croyais déjà loin du cimetière.

– Non, je m'étais cachée dans le mausolée. Quand je l'ai vue partir, je ne sais pas, j'ai eu un instant de bravoure.

Je pressais son sweat-shirt contre mon bras blessé tandis que nous retournions vers le campus et passions devant le vigile de l'entrée. Le vêtement absorbait une partie du sang qui suintait de ma coupure, mais la douleur était supportable.

– Je suis désolée, dis-je. Désolée de ne pas avoir…

– Ça va, ça va, me coupa Vicken.

– Non, ça ne va pas. J'étais comme paralysée.

Tracy avait l'air pensive.

– Il m'a fallu tout l'été pour accepter la mort de Tony.

Vicken inclina un peu la tête. Elle le regarda.

– Est-ce que tu l'as tué parce que tu étais un vampire ?

– Nous faisions beaucoup de choses, en tant que

vampires, que nous ne ferions jamais sous notre forme humaine, répondit-il avec douceur.

– C'est *elle* qui a tué Kate et Claudia, n'est-ce pas ?

Ses yeux brillaient dans le bleu spectral du crépuscule. J'acquiesçai.

– J'ai passé l'été à étudier comment tuer les vampires. Je sais pourquoi tu as une épée au mur, chez toi. Pourquoi tu accroches des herbes à ta porte. La lavande est là pour protéger ton foyer. Et le romarin... c'est pour les souvenirs, dit-elle en passant la main dans ses cheveux.

Elle tira un pendentif de sous son tee-shirt. C'était un médaillon d'argent, qu'elle ouvrit : il contenait un petit rameau de romarin.

J'étais fascinée, incapable d'en détacher les yeux.

– Tony aussi a fait des recherches sur vous. C'est pour ça que tu portais ces cendres brillantes à ton cou, l'an dernier. Comme celles que j'ai vues sur ton balcon. Ensuite, Justin me l'a confirmé. Que tu étais... (Elle s'arrêta pour bien me regarder dans les yeux.)... que tu étais un vampire.

Je n'aurais jamais cru Tracy si perspicace. Peut-être l'avais-je toujours sous-estimée.

– J'aimais énormément Tony, dis-je. Il était mon meilleur ami.

Au centre de ma poitrine, une douleur déchirante me faisait oublier celle de mon bras.

– Je ne vais rien dire, déclara Tracy. Au sujet de vous deux. Il m'a déjà fallu tout l'été pour accepter que les rumeurs puissent être fondées. Et puis, Justin l'a confirmé. (Elle passa une fois de plus la main dans ses cheveux.) Bon, enfin, c'est surtout que je ne lui ai pas laissé le choix.

– Comment ça ?

À mesure qu'elle parlait, mon soupçon de trahison se dissipa.

– Je l'ai menacé d'exploser les phares de sa voiture. Comme ça ne marchait pas, je lui ai montré toutes mes recherches. Tout ce que j'avais trouvé. Je lui ai parlé des photos. Il a fini par m'avouer la vérité.

– Vous vous ressemblez plus que je ne le croyais, Tony et toi.

Sa ténacité me rappelait en effet les efforts de mon ami pour découvrir par lui-même tous mes secrets.

– Je veux savoir. Un jour. Pas aujourd'hui, mais un jour je veux savoir ce qui est arrivé à Tony, affirma-t-elle en regardant Vicken. C'est tout. Tu peux me le promettre ?

– Oui, répondit-il. Je te le promets.

Nous commençâmes à nous mêler à la foule des élèves, qui se déplaçaient par deux ou trois pour rejoindre le foyer, la bibliothèque ou les dortoirs.

– Qu'est-ce qu'on fait pour le bal d'Halloween ? s'enquit Tracy.

– Ne te montre pas, très chère, lui conseilla Vicken en allumant une cigarette.

– Si vous avez besoin de moi, je vous aiderai, dit-elle en remontant son sac sur son épaule. De toutes les manières possibles.

Ce soir-là, Rhode, Vicken et Justin me rejoignirent à mon appartement. Je sortis sur mon balcon pour observer mes cendres de vampire. C'est seulement quand je bougeais que j'en apercevais encore une dernière étincelle. Plongeant la main dans ma poche, je tâtai la carte que Claudia m'avait offerte pour mon anniversaire.

– Alors comme ça, tu as eu l'impression de retrouver tes perceptions extrasensorielles ? dit Rhode.

– Oui. Ce que voulait Ava m'est apparu très clairement. J'ai perçu ses désirs les plus profonds. J'ai vu des images de ses projets pour le soir d'Halloween.

– Qu'est-ce qui a pu les faire revenir ? s'enquit Justin.

La seule explication que je puisse imaginer était que le lien créé entre Ava et moi par cette sombre journée, cent ans plus tôt, m'attachait éternellement à son âme.

– C'est moi qui l'ai transformée. C'est la seule explication. J'ai compris ses motivations, bien involontairement.

– Pourquoi ne l'as-tu pas tuée alors que tu en avais l'occasion ? s'enquit Rhode.

Je le regardai fermement, la mâchoire serrée. Mon cœur battait comme un tambour. Je détestais repenser à moi-même à ce moment-là, incapable de passer à Vicken le couteau à portée de ma main. J'ignorais comment répondre à cela. Je *connaissais* cette femme. Elle était seule et effrayée, et moi j'avais aspiré sa vie. Je l'avais tuée. Pire, j'avais créé le monstre qu'elle était devenue. Sa mort tournait en boucle dans ma tête : le souvenir de sa tiédeur, de ses tremblements de terreur et de ma joie quand je lui avais pris sa chaleur et sa vie.

Je croisai le regard de Rhode.

– Parce que je l'ai déjà tuée une fois. Désolée, mais c'est la vérité. Ça m'a paralysée.

Silence.

Vicken finit par parler.

– À propos, c'est l'heure du dîner, annonça-t-il.

Lorsqu'il se leva, il y eut un tintement dans sa botte. Je tournai à nouveau le dos au salon pour faire face au balcon. Je savais ce qui m'attendait dans quelques jours, et je n'aurais qu'une vieille épée et deux poignards pour abattre Ava. J'ignorais si je pourrais m'y résoudre.

– Ça va ? me demanda Justin à l'oreille en posant une main sur mon épaule.

La porte se referma et je me rendis compte que Vicken et Rhode étaient partis sans dire au revoir. Aussi Justin et moi nous retrouvâmes seuls ensemble pour la première fois depuis la nuit de mon anniversaire.

Je m'adossai à la porte-fenêtre et contemplai son pendentif. Me concentrai dessus. Il l'avait mis à l'envers : le bijou était retourné.

Je croisai son regard. Justin m'embrassa sur le front et, lorsqu'il recula sa tête, me sourit. Ses yeux s'attardèrent dans les miens. Je repensai à lui ce jour-là, le jour où je m'étais soumise au rituel pour rendre à Vicken son humanité. Justin était tombé à genoux lorsque j'étais sortie sur le balcon. J'étais tellement prête à tout laisser derrière moi, à ce moment-là...

– C'est le plus difficile, lui avais-je dit. Les ingrédients sont importants, bien sûr, mais le sacrifice, l'intention, c'est ce qui compte le plus dans un rituel. Toujours.

L'intention...

Des images du sort de convocation revinrent flotter dans mon esprit : les flammes bondissant soudain, la porte brillant dans le sable. Mes intentions avaient-elles été pures ? Les avais-je bien canalisées dans le sortilège, afin qu'il m'apporte ce que je désirais ?

– Bien sûr ! m'exclamai-je soudain. Bien sûr !

Le sort s'était retourné contre moi parce que mes intentions étaient impures. Pour qu'il réussisse, il aurait fallu qu'elles soient toutes tournées dans la même direction, mais elles étaient partagées. Je voulais être protégée d'Ava, mais en réalité, c'était pour Rhode que j'appelais Suleen à moi.

Je savais ce que j'avais à faire, à présent !

Mon moral remonta considérablement.

– J'ai besoin de ton aide, dis-je à Justin.

– D'accord...

Une étincelle bienveillante brillait dans ses yeux. Elle me rappela pourquoi j'avais dormi sous sa tente la nuit de mon anniversaire. Pourquoi j'avais laissé ses caresses me ramener l'année dernière, à l'époque où je croyais que vivre en tant qu'humaine serait simple. Que je pouvais être une jeune fille amoureuse, libérée des échos de mon passé.

Mais nous devons toujours payer pour nos atrocités. C'est pour cela que l'intention qui sous-tend les sortilèges est si importante.

– Lenah ? demanda Justin.

– Je vais le refaire.

– Quoi ? Le sort de convocation ?

– Oui.

Le feu était de retour dans mon ventre. *Oui. Oui.* Je recommencerais, avec des intentions pures, et j'appellerais Suleen. Cette fois, il viendrait !

– Allons-y.

Après avoir pris le grimoire, un flacon pour l'eau de mer et tous les ingrédients dont j'aurais besoin, je dévalai l'escalier sans prêter attention aux élancements de ma brûlure. Je dépassai en courant des élèves installés dans le couloir, qui mettaient la dernière touche à leurs costumes d'Halloween.

– Eh, attends-moi ! m'appela Justin.

– Non, cours !

Je sortis du bâtiment et trouvai Vicken sur le banc d'en face, une cigarette à la main.

– Minute ! lança-t-il lorsqu'il se rendit compte que je n'allais pas m'arrêter pour bavarder. Où vas-tu comme ça ?

– Je vais refaire le sort de convocation.

– Ah, d'accord, lâcha-t-il en m'emboîtant le pas. Ça y est, tu es officiellement zinzin.

Je poursuivis. Je me fichais totalement de ce qu'il pouvait penser.

Justin nous rejoignit sur le parking.

– Qu'est-ce qu'il fait là, lui ? Où va-t-on ? demanda-t-il.

– On retourne à la plage.

Je déverrouillai les portes de ma voiture.

– T'es complètement cinglée, bon sang, tu le sais ? Je n'arrive même pas à fumer tellement je suis furax, s'énerva Vicken.

J'ouvris la portière et jetai mon sac de magie ainsi que le grimoire dans l'auto.

– Dans ce cas, cette expédition est déjà un succès.

J'allais me glisser sur le siège passager lorsqu'il m'arrêta en me prenant par l'épaule.

– Lenah. Tu risques ta vie, là. Tu n'es même pas guérie de ta dernière tentative. (Il jeta un coup d'œil à mon bras bandé.) Est-ce qu'on n'a pas appris une leçon la dernière fois que nous sommes sortis du campus ?

– Si Lenah est décidée, elle le fera avec ou sans toi, intervint Justin depuis le siège passager.

– Mon jeune ami, tu ne sais pas de quoi tu parles. Sors de cette voiture et ferme-la.

Justin contourna le capot si vite que je descendis pour m'interposer entre eux.

– Toi aussi, tu peux y rester, dit Vicken à Justin entre ses dents.

– Je vais le faire quoi qu'il arrive, affirmai-je, les mains pressées contre son torse nerveux. Et nous nous sommes seulement promis de ne pas sortir du campus *seuls*. Tu vois ? Je ne suis pas seule, conclus-je en montrant Justin.

– Alors je viens aussi. À trois, on est plus forts, gronda Vicken d'un air mauvais avant de reculer d'un pas. Le triangle symbolise l'infini. Ça pourrait... mieux marcher comme ça.

– Très bien. Si vous me jurez de ne pas vous disputer. Il faut que je reste concentrée.

– Je veux bien, répliqua Justin, s'il promet de ne pas s'approcher de moi. Je ne suis pas fana des assassins.

Je fis volte-face, en proie à une colère noire.

– Alors tu n'es pas fana de moi non plus.

Il en resta abasourdi. Bouche bée.

– Je ne... Je veux dire...

– En voiture. Tous les deux.

Lorsque je dessinai le contour de la porte, le sable me rafraîchit le doigt. La lune était suspendue au-dessus de l'horizon. Cette fois, nous jetions le sort à la tombée de la nuit.

– Prête ? Tu es sûre ? me demanda Vicken.

Justin observait la porte avec de grands yeux. Et bizarrement, il souriait presque. Lorsqu'il croisa mon regard, il changea rapidement d'expression et sa bouche se réduisit à une ligne.

– Pardon, c'est juste... tu sais... c'est la première fois que j'assiste à un rituel, se justifia-t-il.

Je débouchai le flacon d'eau de mer et la jetai sur les flammes.

– Je te convoque, Suleen, dans cet espace sacré. (Mes yeux se levèrent vers la lune, basse dans le ciel.) Je t'appelle ici pour que tu nous protèges d'un danger imminent.

Et j'étais sincère. Je voulais protéger nos vies, nos âmes.

L'ambre succéda à l'eau, et lorsque la résine poisseuse rencontra les flammes, le contour de la porte, comme la dernière fois, se mit à briller d'un éclat doré. Vicken et Justin étaient fascinés.

– Je te convoque, répétai-je.

Le feu crépita, mais les flammes restèrent plus calmes que la dernière fois. Bien ! Oui ! Cette fois, cela allait fonctionner !

Le vent fouettait mes cheveux et une grande explosion surgit à nouveau.

Je fis un bond en arrière. Je m'attendais à voir une flamme de trois mètres s'élever vers le ciel. Mais non. Le foyer s'éteignit complètement, ne laissant que du bois noirci et carbonisé.

Une minuscule boule de lumière bleue se trouvait au centre du tas de bois, à la place des flammes. L'orbe lévita au-dessus des cendres, brilla plus fort, puis s'allongea verticalement, devenant plus oblong à chaque seconde qui passait.

– Qu'est-ce que..., fit Justin.

– Chhhut !

L'orbe bleu grandit jusqu'à la taille de la porte que j'avais dessinée dans le sable. Il brilla encore un peu et je m'attendis à ce que Suleen, l'homme que j'avais appris à tant apprécier, franchisse le seuil. J'avais hâte de revoir son vêtement blanc et son turban familier.

La porte ne s'ouvrit pas. Au lieu de cela, elle s'anima comme un vieux film et projeta les images vacillantes d'une salle de bal, dans un château cher à mon cœur. La lumière bleue était de plus en plus vive, de plus en plus vaste.

– Oh, non, souffla Vicken.

Un battement de cœur – une pulsation.

L'orbe envahit presque tout le ciel. Immense... un portail vers un autre monde ? Non...

Une explosion de lumière bleue, et puis...

Hathersage, 1740

Vicken, Justin et moi, debout sur le côté de la salle, faisions partie intégrante de la scène qui se déroulait devant nous.

– Nous sommes à Hathersage, constata Vicken, émerveillé.

– Chhhut, soufflai-je en agitant une main devant moi comme pour dissiper la perturbation créée par sa voix.

Justin, lui, ne disait rien. Il observait, la bouche ouverte, assommé par l'incrédulité, la peur ou les deux.

Des coupes emplies de sang s'entrechoquaient. Un petit orchestre de vampires jouait dans un angle de la salle. Les bavardages de dizaines de nos congénères résonnaient dans ma grande salle de banquet.

– Lenah, qu'est-ce que c'est que ça ? me demanda Vicken. Je ne reconnais pas ces gens.

– Ils datent de bien avant ton époque.

Je savais, moi, ce que c'était. C'était la nuit d'épouvante qui m'avait assuré une macabre réputation dans le monde entier.

C'était la nuit où j'avais tué une enfant.

Nous, les trois mortels, étions invisibles aux yeux des convives.

J'eus le souffle coupé en me voyant moi-même, vampire, tournoyer dans la salle, une coupe à la main. La couleur était à la mode dans les années 1740, et pourtant je m'étais volontairement vêtue de noir... La soie de ma robe corsetée était entièrement brodée de roses de jais et de perles noires.

– Saviez-vous, dit mon incarnation vampirique, que la Nuit Rouge est le mois durant lequel nous avons accès à la magie noire ?

Le corset m'écrasa les côtes quand je ris, enjambant d'un saut léger le corps d'un homme en tunique blanche et culottes noires. Un fermier des environs, saigné à blanc.

– Ce soir, c'est All Hallows Eve[1] !

Les vampires qui m'entouraient levèrent leur coupe de sang.

Des torches vives jetaient dans la salle une lumière orangée presque onirique.

Un Rhode vampirique franchit la grande porte de la salle, vêtu de la soie la plus fine. Il était, comme toujours, tout en noir, les cheveux lissés en arrière, et ses yeux turquoise étaient sa seule touche de couleur. Il passa la main sur sa bouche et traversa la salle en cou-

1. Nom ancien d'Halloween.

rant, pour rejoindre le corps de l'enfant qu'il avait pourtant mise en terre quelques heures plus tôt. Elle gisait à présent dans le coin de la pièce, où j'avais tenu à ce qu'on l'installe. Juste pour la soirée.

– Je l'ai déterrée ! À mains nues ! criai-je à Rhode en riant et en buvant une grande goulée de ma coupe de sang.

On dansa de plus belle au centre de la pièce, tous les vampires sautillant sur un air entraînant.

– N'est-ce pas magnifique ? ajoutai-je tandis que Rhode s'agenouillait auprès du cadavre de la petite. Elle me ressemble un peu, tu ne trouves pas ? Elle pourrait être ma petite sœur.

Les fleurs qui décoraient les lieux vibraient, remuées par des dizaines de pieds sautant sur le parquet. Des roses, de la lavande, des marguerites, des orchidées, une abondance odorante. Lenah la vampire prit quelques marguerites et des roses dans un vase et les apporta à Rhode, qui était toujours à genoux, le regard rivé sur l'enfant.

Je posai sur ses yeux des têtes de marguerite. Les pétales atteignaient facilement les sourcils, sur ce petit visage.

– Je lui donnerai un enterrement de première classe, dis-je gaiement. J'ai invité tous nos amis du Derbyshire.

Tout en parlant, je dansais en cercle autour de Rhode, tenant ma jupe pour pouvoir me faufiler entre lui et la petite.

Il répandit des corolles sur le corps.

– Et cette jeune demoiselle ! « Voici une pâquerette. Je vous aurais bien donné des violettes, mais elles se sont toutes fanées, quand mon père est mort. On dit qu'il a fait une bonne fin[1]. »

Rhode se leva alors. En regardant, je sus immédiatement ce qui allait suivre.

– Oh, allons, n'aimes-tu donc plus Shakespeare le Barde ? le taquinai-je.

Mais Rhode contemplait les autres corps éparpillés au sol. Ses yeux rencontrèrent les miens – ceux de mon incarnation vampirique. Qui soutint longuement son regard.

– Pourquoi ? dit-il.

– Pourquoi ? Son sang est des plus purs !

Elle retourna vers le petit cadavre en robe blanche et répandit encore gaiement une pluie de fleurs dessus.

– Assez ! cria Rhode.

Il me prit par les épaules et me poussa violemment contre le mur.

– Lenah, qu'es-tu devenue ?

Je me ris de son regard sérieux.

– Ne t'inquiète pas ainsi, je la ferai enterrer à nouveau quand la fête sera terminée !

Il grogna, et ce fut presque un rugissement : le cri de douleur d'un vampire qui voudrait pleurer. Il

1. Citation de *Hamlet*, traduction François-Victor Hugo.

m'agrippa à nouveau et me secoua si durement que mes dents claquèrent. Je détestais me voir ainsi.

– Pourquoi ne peux-tu pas te contenter de mon amour ? demanda-t-il, les dents serrées.

– Parce que je suis à bout. Et que le pouvoir est mon seul rempart contre la douleur. Le pouvoir. Pas l'amour.

Il me lâcha alors et fit volte-face pour s'engouffrer dans le couloir sombre. Je regardai la version vampirique de moi-même lui courir après au loin et la suivis, entraînant Justin et Vicken dans mon sillage.

– Qu'est-ce qui te prend ? s'écria-t-elle. Rhode !

Mais il ne répondit pas. Il continua de marcher jusqu'au grand vestibule du château. À côté de la porte était posé un petit sac de cuir noir, qu'il saisit avant d'ouvrir le vantail. Le soleil couchant, qui embrasait le ciel, me brûla les yeux. La vampire Lenah leva instinctivement les mains devant son visage, mais nous étions en 1740 : après trois cent vingt-deux ans, elle n'avait plus rien à craindre.

– Rhode !

– Tu es complètement irresponsable, cracha ce dernier en se retournant brusquement. Le pouvoir ne te sauvera pas. Il ne fera qu'accélérer l'altération de ton esprit.

Il sortit et s'éloigna de la demeure pour rejoindre les collines qui se déployaient à l'infini. Lenah la vampire fit quelques pas à sa suite.

– Je sais ce que je fais ! lança-t-elle en redressant le menton avec insolence.

Vicken, Justin et moi l'observions depuis la porte. Rhode s'arrêta et se retourna à nouveau vers elle.

– Ah oui ? (Il se rapprocha jusqu'à n'être plus qu'à quelques centimètres de son visage. Ses crocs apparurent lorsqu'il chuchota.) Tu sais ce que tu fais, vraiment ? Tu as tué une enfant. Une enfant, Lenah.

– Tu disais toujours que le sang des petits était le plus doux. Le plus pur.

Rhode recula peu à peu, l'air horrifié.

– Je l'ai dit comme un fait, pas comme une invitation à y goûter. Tu as changé. Tu n'es plus la jeune fille en chemise de nuit blanche que j'ai aimée dans le verger de son père.

Son regard était embrumé et, même en souvenir, je voyais qu'il cherchait soigneusement les mots justes.

– Je t'avais dit de te concentrer sur moi ce soir. Je t'avais dit que si tu te concentrais sur ton amour pour moi, tu pourrais te libérer. Mais tu en es incapable, je le vois à présent.

Je me vis essayer de parler, mais il continua avant que j'y parvienne.

– Tu l'as constaté toi-même chez les autres. À ton âge, les vampires commencent à perdre la tête. La plupart choisissent le feu ou un pieu dans le cœur pour trouver la mort, afin d'éviter une longue chute dans la folie. La perspective de l'éternité leur est insupportable. Quant à toi, c'est la vie que tu as perdue qui te rend folle. L'idée d'arpenter cette terre à jamais a envoyé ton esprit en un lieu où je ne peux plus t'atteindre.

– Je ne suis pas une folle, Rhode. Je suis un vampire.

– Tu me fais regretter ce que j'ai fait dans ce verger, conclut-il tristement en commençant à descendre la colline.

– Tu regrettes de m'avoir prise ?

– Trouve-toi, Lenah. Quand ce sera fait, je reviendrai.

Ma personne humaine se souvenait si clairement de ce moment... À l'époque, j'aurais pu suivre des yeux sa silhouette jusqu'à ce qu'il ne soit plus visible, mais cette fois-ci, la douleur était trop grande. Je voulais sortir de cette lumière bleue, sortir de ce souvenir. Mais je regardai mon moi vampirique faire demi-tour et regagner le vestibule vivement éclairé. De la musique sortait de la salle de bal, mais pour moi c'était un autre monde. La Lenah vampire posa une main sur le mur de pierre. Je me souvins que les pierres n'avaient pas de température, pas plus que je ne sentais leur surface rugueuse sous mes doigts.

Rien... Rien... Rien...

– Je veux sortir de là ! criai-je en tombant à genoux.

La maison n'était plus. Ma vie était à Wickham, désormais.

– Sortez-moi de là ! hurlai-je à pleins poumons.

Il y eut un éclair bleu, et le sable froid de la plage de Lovers Bay frappa mes genoux. Je tombai au sol, le visage dans les mains. Une sorte de sanglot sortit de moi telle une vague. Une immense poussée de tristesse. Je dus retenir ma respiration ; je flairais le sel de la mer et la résine d'ambre sur mes mains. Je pleurai avec des gémissements effroyables. Mes larmes trempèrent mes mains et, tout en inhalant difficilement l'air marin, je laissai l'horreur de ce souvenir me submerger de gêne et de honte.

Justin et Vicken étaient cois.

Je n'avais pas fait apparaître Suleen. Ce que j'avais convoqué, c'était la vérité, un rappel de celle que j'étais vraiment. Une tueuse.

Et je ne méritais aucune aide.

Chapitre 20

Je partis en courant de toutes mes jambes le long de Main Street, dans la direction opposée à la plage.

Viens me chercher, Ava. Mes poumons étaient en feu. Des pas claquant sur le sol résonnaient en écho derrière moi.

– Lenah ! Lenah, c'est dangereux !

La voix de Justin.

Je ne répondis pas. Le vent froid me mordait les joues. Un moteur de voiture vrombit, puis hurla avant de s'arrêter devant moi. Les phares de mon auto bleue tournèrent brusquement et le véhicule me barra la route. Je reculai et enfonçai les talons de mes mains dans mes yeux.

Une portière claqua. Les bottes de Vicken s'approchèrent de moi sur le ciment. Suivies du bruit des pas de Justin.

– Ne me touchez pas ! hurlai-je.

Ces mots me brûlèrent la gorge. Je regardai dans mes paumes. Mon dos frémit tandis que des larmes se frayaient un chemin derrière mes paupières avant de rouler sur mes joues.

– Combien de sang avons-nous versé, Vicken ? Réponds-moi.

Je le poussai à deux mains, si bien qu'il recula de quelques pas.

– Je ne peux pas, repris-je. Je ne peux pas la tuer. J'ai essayé, je ne peux pas.

Vicken vint à moi et me prit dans ses bras sans rien dire. Je pleurai contre sa poitrine, jusqu'à ce que sa chemise soit trempée.

– Tu *peux* le faire. On t'aidera.

Justin et lui échangèrent un regard qui signifiait : « Oui, nous allons traverser cette épreuve ensemble. »

J'ignore comment, je retournai à la voiture ; j'ignore comment, je montai dedans, consciente que, sans savoir encore comment m'y prendre, j'allais devoir trouver une fois de plus la tueuse que j'avais en moi afin d'achever Ava.

Sur le chemin du retour à Wickham, la main posée sur la vitre, je gardai le silence. Une nuance de bleu s'attardait dans le ciel, semblable au bleu de l'orbe qui m'avait montré mon passé. Mon *horrible* passé. Vicken était au volant à côté de moi, et je ne pouvais que deviner ses pensées. Je lui avais expliqué tant de fois... mais à présent, il avait eu un aperçu direct de ma vie avant 1850, avant qu'il ait rejoint ma folie.

Justin, assis à l'arrière, le bombardait de questions.

– Qu'est-ce que c'était que ça ?

– Je ne sais pas, grommela Vicken.

– Mais pourquoi on l'a vu ?

– J'en sais rien.

– Mais on...

– Écoute, mon pote, tu la fermes et c'est tout, d'accord ?

À notre arrivée sur le campus, tout le monde était en pleine préparation de la parade et du bal d'Halloween. En descendant de voiture, je humai un parfum de cannelle et de cidre en provenance du foyer. Je m'engageai dans l'allée principale. *Comme c'est étrange*, me dis-je en sortant du parking pour marcher dans l'herbe. Les pas de Vicken et de Justin sonnaient derrière moi. Mais ils résonnaient comme des tambours à mes oreilles. *Comme c'est étrange*, pensai-je encore en voyant les citrouilles orangées et les banderoles noires se fondre dans les couleurs d'octobre. *On dirait un tableau de Monet*. Tout cela n'était qu'un mouchetis de couleurs que je ne comprenais pas.

Les élèves enroulaient des guirlandes noires autour des réverbères. Une équipe d'hommes et de femmes installait des chapiteaux et des stands au loin, sur le terrain de crosse. Ils ne ressemblaient pas à des lycéens. Ou c'était peut-être moi. Peut-être que je ne savais plus qui j'étais.

– Attends, m'appela doucement Justin.

Je ne ralentis pas. J'entendis Vicken lui répondre.

– Laisse-la tranquille.

Je passai devant Seeker Hall, devant le bâtiment Curie où, un jour, j'avais été incapable de disséquer une grenouille parce que je ne supportais plus de détruire une seule créature. Je poursuivis, dépassant le bâtiment Hopper. Un lieu maudit où je ne pouvais même plus jeter un coup d'œil à la tour des arts parce que mes deux amis étaient morts entre ses murs.

– Lenah !

Cette fois, c'était Tracy qui m'appelait alors que je passais devant le bâtiment Quartz. Elle était assise sur une couverture, seule, avec un livre. Comme j'aurais été incapable d'expliquer ce qui s'était passé, je l'ignorai. Je bifurquai vers la serre et ouvris la porte. L'air humide et brumeux m'enveloppa et je pressai le pas, arrachant au passage des roses, de la sauge et de la lavande dans les pots. Je les serrai fort dans mes poings. Les pétales furent broyés sous mes doigts. Je me laissai tomber au sol.

Cette enfant...

La porte grinça derrière moi. Des chaussures de sport crissèrent sur le ciment mouillé. La soudaine bouffée d'air frais apporta avec elle l'odeur humide de la serre, mélangée à la fumée d'un sort de convocation qui avait mal tourné. Justin se laissa tomber à genoux à côté de moi. Sa main chaude glissa sur ma paume et se recourba sur les pétales, accrochant mes doigts.

– Désolée que tu aies vu tout ça, murmurai-je.

C'était tout ce que j'étais capable de dire.

– Alors c'est vrai, commença-t-il. Tu étais réellement très puissante.

Je relevai lentement les yeux vers lui. Il se pencha vers moi et soutint mon regard.

– C'est ça que tu as retenu ? demandai-je. Le pouvoir ?

Il ouvrit la bouche pour parler, mais ne put que bredouiller un faible « non » avant de lâcher brusquement ma main.

– Ce n'est pas ce que je voulais dire, clarifia-t-il. Mais tu... tu n'avais peur de rien, à l'époque. Tu étais...

– Complètement folle. Ni plus ni moins.

– C'est vrai, c'était de la folie. Mais...

Lorsque je rencontrai à nouveau son regard, même le vert de ses yeux était changé. Ses iris ne me rappelaient plus les arbres agités par le vent dans la rue de ses parents. Je ne vis pas non plus les feuillages persistants des bois qui entouraient le pensionnat Wickham. En dépit de tous ses efforts, il ne me comprendrait jamais. Il était impossible qu'il sache ce que c'était de vivre après avoir été si longtemps morte. D'avoir connu le baiser de la mort et survécu pour le raconter.

Il reprit ma main. Sa chaleur m'enracinait dans la serre. Je battis des paupières pour chasser l'image de la petite fille. Je préférai me concentrer sur le ronronnement des brumisateurs et les reflets des bannières orange et noir à l'extérieur. Dans cet espace, au milieu des fleurs et des herbes, j'étais tranquille et mon esprit parvenait à adoucir quelque peu l'atrocité de ce que j'avais commis. Justin frottait mes mains entre les siennes. L'année passée, avec toute sa beauté, son bonheur et ses horreurs, avait fait de moi une autre personne. Je n'aurais pas dû survivre à ce rituel, et pourtant je l'avais fait. Ainsi que Rhode. Ce ne serait plus jamais comme avant entre Justin et moi. Trop de choses avaient changé. J'avais changé.

Je n'aimerais jamais Justin.

Je pourrais exécuter tous les gestes, porter les vêtements appropriés, le parfum qu'il fallait, et dire ce qu'il fallait dire. Mais jamais je n'aurais dû vivre dans ce monde moderne. Je n'étais pas faite pour cela.

Je vivrais ma vie pour Rhode, même si cela signifiait que je devais exister sans lui. Il était le seul. Mon âme sœur. Mon amour.

Même s'il ne me pardonnait jamais.

Même si tout était terminé.

Chapitre 21

Un jour, il y a bien longtemps, je traversais en courant un verger poudré de neige. Le froid me mordait le bout du nez. Les bras tendus devant moi, je courais, courais, et le vent soufflait entre mes doigts et dans mes cheveux.

– Lenah ! Lenah ! me cria ma mère depuis la porte de la maison.

Elle me souriait lorsque je tournai les talons et m'enfuis dans les profondeurs du verger. C'était au XVe siècle, et nous faisions du feu à longueur de journée. Sans feu, nous serions morts de froid.

Je m'arrêtai à l'extrémité d'un long alignement de pommiers. Le froid glacial me léchait le nez et je le sentais dans l'air, pas comme un vampire, mais comme une enfant du monde médiéval : le printemps arrivait, la neige qui tombait était lourde, presque comme de la pluie. Je me tenais au bord des terres de mon père et regardais le monde immense qui s'ouvrait au-delà. Les bois étaient mon lieu de promenade préféré à ce moment de l'année, avec leurs beaux arbres couverts d'argent et de diamants de glace. J'inhalais de grandes goulées d'air frais. Et je plongeais le regard dans ces bois, sans la moindre peur du monde au-delà.

– Donc, Rhode ira chercher les costumes ? demanda Justin. Comme ça, on pourra cacher les armes.

J'étais dans le box d'étude en verre de la bibliothèque, en cette veille d'Halloween, dos à la vitre. Justin, Rhode et Vicken étaient assis à la table et regardaient un plan du gymnase dessiné par Rhode.

– Tout le monde connaît sa position ? demanda ce dernier en levant les yeux de son dessin. Lenah ?

J'avais déjà étudié ce croquis plus de dix fois. Je savais précisément ce que j'aurais à faire, j'espérais simplement que j'en serais capable.

– Revoyons tout une dernière fois.

Je soupirai et récitai notre plan pour la millionième fois – c'est du moins ce qu'il me semblait.

– On isole les membres de son cercle pour que je puisse frapper proprement. Un seul coup, dis-je, croisant enfin son regard. Un coup de poignard dans le cœur.

Cette nuit-là, je rêvai de vampires dénués de crocs. C'étaient des démons sans visage ; pas d'yeux, pas de nez, rien qu'une bouche avec deux trous béants dans le palais. Le sang coulait de leurs bouches grimaçantes sur leurs mentons.

J'eus du mal à chasser ces images lorsque je me réveillai le matin d'Halloween. Ce qui m'aida fut que le campus avait subi une métamorphose totale. Des bannières proclamaient JOYEUX HALLOWEEN !, il y avait des citrouilles tout le long des allées, et les entrées de nombreux bâtiments étaient entièrement décorées. Il n'y avait pas cours ce jour-là. Lorsque Rhode fut revenu avec les costumes qu'il avait loués, nous décidâmes que le mieux serait que nous nous mêlions aux autres élèves toute la journée. J'avais frappé deux fois à la porte de Justin, mais il ne m'avait pas répondu. Je supposais qu'il était déjà en train de s'affairer avec des camarades. Je m'étonnai tout de même un peu qu'il ne prenne pas de mes nouvelles après les événements de la veille.

Sur la pelouse, je m'arrêtai pour contempler un stand garni de dizaines de bocaux à poissons rouges.

– Allez, tente ta chance ! me dit Vicken. Faisons une partie en l'honneur de la Nuit Rouge. Et pour ce jeu-là, tu n'auras besoin d'assassiner personne. (Il me fit un clin d'œil.) C'est totalement inoffensif de gagner un poisson rouge.

Si j'arrivais à lancer une petite balle dans un bocal, je le rapporterais chez moi et garderais le poisson. Je balayai l'idée d'un rire dédaigneux. Moi ? Garder quelque chose... en vie ?

Au moment où Vicken s'adossait au stand, des basses rythmiques, *boum boum boum*, se mirent à résonner.

– Oh, non, les voilà... encore ! gémit-il.

Pour la quatrième fois de l'après-midi, la fanfare du lycée passa en tapant sur ses grosses caisses et traversa en ordre de marche le terrain de football pour rejoindre le défilé de carnaval. Avec leurs uniformes, on aurait dit un gros nuage de laine blanche. Ils portaient des chapeaux absurdes surmontés d'une grande plume jaune d'or, aux couleurs du lycée. Autour de nous, de nombreux élèves s'interrompirent dans leurs jeux pour courir vers le terrain de football. Vicken agita le bras dans leur direction avec dégoût.

Il puisa une cigarette dans la poche de sa veste, puis palpa toutes ses poches à la recherche d'un briquet. Il y eut un cliquetis métallique, suivi d'un panache de fumée.

– Tout ce que je dis, c'est que quand on fait quelque chose autant le faire jusqu'au bout.

– Vicken Clough ! Éteins-moi ça tout de suite !

Mrs Warner, l'infirmière scolaire, fonçait à bras raccourcis sur lui, l'index pointé tout droit vers son torse. Vicken lâcha la cigarette et l'écrasa sous sa botte.

– Ma chère Mrs Warner ! Vous êtes ravissante aujourd'hui.

– Combien de fois devrai-je te le dire, Vicken ? Il est interdit de fumer sur le campus. Et en plus, tu n'as pas dix-huit ans, c'est *illégal* ! Donne-moi ça.

– Vous donner quoi ?

– Le paquet.

Vicken soupira.

– Ne râle pas après moi, Vicken. Allez, donne !

Abandonnant mon éventuel poisson à plus compétent que moi, je reposai ma balle.

– Tu ne vas pas essayer ? me demanda le responsable du stand.

– Pas aujourd'hui !

En m'éloignant de Vicken et de Mrs Warner, je repensai à ces poissons rouges. À la vie entière qu'ils menaient dans cette petite bulle de verre, à nager, monter, redescendre et tourner en rond dans leur monde miniature.

Devant moi, je vis que l'équipe d'aviron avait transformé son local en maison hantée. De fausses toiles d'araignées effilochées pendaient paresseusement aux fenêtres. Quelqu'un avait suspendu un rideau noir, si bien que je ne voyais pas à l'intérieur. La porte s'ouvrit en grand et un élève revêtu d'un drap blanc poussa dehors deux élèves de troisième ou de seconde. Le couple sortit avec un grand sourire aux lèvres et partit en courant vers le terrain de football.

– C'est vrai que ça faisait un peu peur ! dit la fille avec un petit rire.

Le fantôme me lorgnait par les deux trous percés dans son drap.

– Entrez, si vous l'osez...

Je regardai derrière moi si Vicken suivait, mais la foule était trop dense. Des élèves couraient de stand en stand et la fanfare se rassembla tout au bout du terrain pour entamer une marche synchronisée. Soudain,

Rhode apparut dans la foule et je me figeai. Il me sourit, juste un peu, avec un seul côté de la bouche.

Ce fut un petit instant partagé, mais cela passa trop vite.

– Allez, entre donc ! m'encouragea Mrs Williams en indiquant la maison hantée.

– Dans une minute, dis-je à l'infirmière, qui était déguisée en chat, avec des oreilles noires et velues, une queue et tout et tout. Rhode s'arrêta près de moi et j'attendis un peu avant d'essayer de lui parler. Vicken apparut à son tour en apportant, apparemment, un assortiment d'absolument toutes les friandises en vente au carnaval.

– Quoi ? me fit-il, une pomme d'amour entre les dents.

– Je vois que tu es terrifié à l'idée de ce qui va se passer ce soir, commenta Rhode.

– Si ça ne te fait rien, j'ai envie d'un peu de sucré avant de me battre pour ma peau.

– Lenah ! Vicken ! nous héla alors Tracy.

Elle avait un ton de voix bizarre et une ride creusée entre ses sourcils. Sa peau semblait encore plus délicate, par contraste avec ses cheveux teints en brun.

– Tout va bien ? lui demanda Vicken alors que d'autres élèves nous doublaient pour entrer dans la maison hantée.

– C'est Justin. Il ne s'est pas présenté au responsable d'étage hier soir. On ne l'a pas vu aujourd'hui non plus. L'école a appelé les flics.

Rhode, Vicken et moi échangeâmes des coups d'œil inquiets. Mon cœur tressaillit. Je ne paniquerais pas. Pas encore. Ce n'était pas complètement impossible que Justin se soit échappé pour un après-midi avec ses amis ou son frère.

– Quand l'as-tu vu pour la dernière fois ? me demanda Tracy.

– Hier après-midi.

– Est-ce qu'il s'est passé quelque chose ? Un incident dangereux pour lui ? insista-t-elle, et je compris à son ton qu'elle pensait à Ava.

– Non, c'était dans la serre. En sécurité sur le campus.

– À quelle heure ?

Ses yeux s'étaient allumés. Apparemment, je lui avais donné une info nouvelle et intéressante.

– Vers le soir. Six, sept heures, par là.

– OK, merci, souffla-t-elle en reculant avec un petit sourire plein d'espoir. C'est déjà quelque chose. Super.

Elle tourna les talons et parcourut en courant la longueur des stands.

– Justin, disparu ? dis-je.

Je ne l'avais pas vu de la journée, c'était vrai. Cela expliquait aussi qu'il ne m'ait pas ouvert quand j'avais frappé à sa porte après le petit déjeuner.

– Si Justin était *réellement* introuvable, une réunion générale aurait peut-être été convoquée, non ? Tu ne crois pas que la parade aurait été annulée ?

Nous évitions tous les deux l'évidence. Nous savions parfaitement qu'Ava pouvait être derrière cette absence.

– Je vais le chercher de mon côté, dit Vicken. Je te tiendrai au courant.

Il jeta sa pomme d'amour entamée et partit dans la foule.

– On devrait aussi faire un tour, dit Rhode.

Je ne pigeais pas. Pourquoi ne pas croire que Justin avait pu simplement laisser tomber, étant donné tout ce qu'il avait vu ? Il avait très bien pu se raviser après avoir assisté au sort de convocation, non ?

Rhode et moi passâmes devant un stand de tir et un jeu d'anneaux. Certains stands étaient tenus par des lycéens, et d'autres appartenaient à une entreprise engagée par le lycée. Ainsi, un grand chapiteau blanc de location annonçait un palais des miroirs.

– On entre là-dedans ? proposa Rhode.

Sans répondre, je le suivis à l'intérieur.

Je savais bien que Justin n'y serait pas, mais j'avais envie d'y entrer quand même. Je voulais continuer à repousser l'idée qu'il soit réellement en danger. Ou pire, mort.

Non, Lenah. Arrête.

Je tournai à la première bifurcation. Des miroirs déformants étaient accrochés aux murs. Certains me rendaient longue et maigre. Un autre me compressa totalement le visage.

Rhode me suivait de près, réglant son pas sur le mien.

– Je croyais que tu aurais voulu accompagner Vicken, dis-je.

Il secoua la tête.

– Je veux juste en finir avec tout ça.

Nous nous arrêtâmes devant le même miroir, si bien que nos reflets se fondirent l'un en l'autre. Mon bras était celui de Rhode. Mon torse, le sien.

– Tes mensonges sont accablants, dis-je en me tournant vers lui. Ava m'a raconté que c'était elle qui avait attaqué le château d'Hathersage.

Nous restâmes là un moment, contre le mur.

– Oui, Ava est arrivée la première au château, concéda-t-il. Pour commencer, je ne savais pas ce qu'elle cherchait. Elle semblait cordiale dans l'ensemble, mais cela a vite tourné à l'horreur. J'ai tenté de contre-attaquer, mais comme tu l'as vu, elle est extrêmement douée. Cependant, elle n'avait pas une rapidité surnaturelle à l'époque, et j'ai donc pu m'échapper. Ce don particulier est récent.

– Pourquoi est-ce que tu ne me l'as pas dit, tout simplement ? Tu n'as pas besoin de me cacher les choses.

Il s'inclina vers moi.

– Parce que je croyais pouvoir te protéger. Je croyais pouvoir appeler Suleen ou régler les choses moi-même.

– Et tu l'as fait ?

– Je n'y suis pas arrivé tout seul, avoua-t-il. Comme toujours, je suis meilleur avec toi. Plus fort.

Et nous étions à nouveau proches, debout l'un près de l'autre, séparés par quelques centimètres seulement. Sa peau n'était plus meurtrie, elle était redevenue lisse, comme celle d'un jeune homme qui a toute sa vie devant lui.

– Pourquoi crains-tu de me toucher ? murmurai-je.

– Je ne le crains pas, répondit-il avec un profond soupir. Ça n'a jamais été la question.

Je ne savais pas bien comment réagir à cela.

– Il y a des mois que tu ne m'as pas laissée t'approcher.

– Lenah, dit-il d'une voix douce. Je crains seulement ce dont je suis capable quand j'ai le cœur qui bat. Ce contre quoi les Aeris nous ont mis en garde. Je ne peux pas promettre de me contrôler.

– Si tu me touches ?

Pitié, suppliai-je, *faites que personne ne nous dérange maintenant.* Il leva la main pour me laisser voir sa paume. Il me regardait, avec des yeux brillants, mais la bouche serrée, sérieuse. Il tendit sa main, la paume en avant, et la posa au centre de ma poitrine, juste au-dessous de ma gorge, là où Ava avait posé son pied dans la boutique de l'herboriste.

Sa peau, la douceur de cette peau : en cette seconde, jamais de ma vie je n'avais désiré quoi que ce soit davantage. Notre monde avait été envahi par la soif de sang. Nous avions infligé la douleur, et là, nous

nous touchions réellement pour la première fois, en humains. Je levai la main pour toucher sa joue et je sentis mon cœur tambouriner contre sa peau. J'avais envie de le respirer, de flairer son odeur, de voir chacun des pores de sa peau, de sentir battre son cœur.

Je frissonnai. Rhode gardait les yeux rivés sur sa main pressée contre ma chair.

– Toi..., soufflai-je. Tu donnes un sens à chaque instant qu'il me reste sur terre. Même si je dois t'aimer de loin jusqu'à la fin de mes jours.

Sa lèvre inférieure tremblait, et la mienne aussi. Je déglutis, la gorge serrée.

Des larmes roulèrent sur ses joues tandis qu'il regardait sa main se soulever en rythme avec mon souffle. Je ne pouvais pas le regarder dans les yeux tant qu'il pleurait sur moi.

Des pommes ! Non ! Pas maintenant ! Des pommes. Partout. L'odeur me submergea. Une lumière blanche m'aveugla.

Rhode est au centre d'une vaste bibliothèque. Jamais de ma vie je n'en ai vu de pareille. D'immenses rayonnages de bois montent jusqu'à un plafond décoré d'une fresque de style italien. Mais je ne peux pas me concentrer sur les chérubins ni sur les nuages blancs peints là-haut.

Rhode a les cheveux courts. Il est debout, les mains derrière le dos, en costume trois pièces noir. On doit être en 1910, par là.

– Elle est en hibernation, explique-t-il à des gens que je ne vois pas. Sous la maison d'Hathersage.

– Souhaitez-vous l'amener ici ? demande une voix grave de l'autre côté de la pièce.

– Je souhaite négocier.

– Lenah Beaudonte à Lovers Bay ? demande la voix avec un rire rauque. La reine vampire en personne ?

– Elle vivra en mortelle, monsieur, dit Rhode.

– Fascinant ! Parlons encore de cet accord.

Un éclair de lumière blanche traverse mon champ de vision et la bibliothèque disparaît. Où est passé Rhode ? Rhode ? Me voilà de retour dans cette pièce que je vois depuis des mois. Bien qu'il fasse sombre, il apparaît... lentement. Un Rhode moderne, un Rhode humain, tombe à genoux.

– Je ne peux pas ! crie-t-il. Je comprends les conséquences. Je connais les risques.

Les images se succèdent comme des balles de mitraillette.

Une route côtière bordée de hautes falaises.

L'océan, qui s'étend à l'infini dans le lointain.

Une grande maison, un manoir gothique, retiré, à l'écart de la côte.

Le numéro 42 gravé sur une plaque de marbre à l'extérieur.

Je sus immédiatement que cette demeure était un lieu d'épouvante. Le siège d'un pouvoir obscur. Il fallait que je la trouve.

Dans le palais des glaces, Rhode me touchait toujours. J'inspirai à grandes goulées laborieuses, et je reculai en titubant jusqu'à me cogner au miroir accroché derrière moi, qui tinta sur ses gonds. Je fermai les yeux pour tenter de retenir les images.

– Que... Qu'est-ce que c'était que ça ? Cette maison ? demandai-je.

Il s'essuya rapidement les yeux et regarda par terre. Ma peau battait toujours là où sa main s'était posée.

– Cette maison. Qu'est-ce que tu as fait là-bas ?

– Tu as eu une vision ?

Il s'avança, un bras tendu vers moi.

Rhode avait négocié avec quelqu'un dans cette demeure. Avec quelqu'un de puissant qui me connaissait et qui savait précisément ce que j'avais fait dans le passé. Et cet inconnu, j'allais le trouver.

Je sortis rapidement du palais des miroirs et me retrouvai sous le soleil.

– Lenah, dit Rhode en me poursuivant.

Des étudiants passaient autour de nous en parlant de leurs déguisements pour le bal du soir.

– Il faut que je parte, dis-je d'un ton neutre.

– Lenah !

Il me courut après, mais je marchais vite dans l'allée, dépassant de nombreux stands, jusqu'au moment où je m'arrêtai net. Roy Enos et d'autres joueurs de crosse étaient entourés d'une petite cour très proche et intime. Roy arborait un air sombre, la mine chiffonnée, les épaules voûtées. *Il n'y a pas de problème*, me dis-je à moi-même. *Il n'y a aucun problème avec Justin. Je vais arranger ça.* Il fallait que j'aille dans cette maison. Quelque chose en moi me disait que c'était d'une importance cruciale. Que ces gens pouvaient m'aider à combattre Ava.

La voix de Rhode éclata de nouveau.

– Lenah ! Lenah !

Il était juste derrière moi. Je fis volte-face.

– Non, Rhode. Quoi qu'il y ait là-bas… Je connais cette route. Cette maison. Et je vais y aller.

– Non ! Pour une fois, je t'en prie, n'en fais pas qu'à ta tête.

Nous étions au bord du terrain de sport.

– Tu ne peux pas m'arrêter, dis-je.

Il leva un pied pour s'approcher de moi, lorsque soudain…

Dans un grand fracas de cymbales, la fanfare chargea joyeusement sur le terrain depuis le côté du gymnase, pour la cinquième fois de l'après-midi. La laine blanche et les chapeaux ridicules des costumes des musiciens nous séparèrent. Je regardai Rhode tenter de s'engouffrer dans un espace libre, mais la fanfare était imperturbable. Je saisis l'occasion pour tourner les talons et filer.

Chapitre 22

Cette maison était la clé. Je le savais. Quelqu'un là-bas m'aiderait. Nous aiderait. Nous pourrions combattre Ava et triompher d'elle. Je trouvai Vicken à côté du local du club d'aviron, en train de considérer Roy et sa bande.

– J'ai besoin que tu viennes avec moi quelque part, dis-je. Tant qu'il fait encore jour.

– Non.

– J'ai eu encore une vision. J'ai vu un lieu dans la tête de Rhode.

– Quel lieu ? Qu'est-ce qui te prend de faire confiance à ses visions ?

– Je ne peux pas t'expliquer ça maintenant. J'ai besoin que tu m'accompagnes. Dans une maison.

– Je crois me souvenir que je t'ai déjà dit non. Fini les sorts, fini les convocations.

Il jeta son mégot dans l'herbe et soupira, croisant à nouveau mon regard.

– Qu'est-ce que ça va nous rapporter, d'aller voir cette maison ? Encore des brûlures ? Ça vaut ta peau ? Ton âme ?

– Très bien. Comme tu voudras.

Je retraversai la pelouse en laissant la parade derrière moi. Puisque c'était comme ça, j'allais prendre ma voiture et y aller toute seule. Je connaissais cette route. Elle passait devant la plage municipale et rejoignait Nickerson Summit, où j'avais fait du saut à l'élastique l'année précédente.

Il fallait que je fasse vite, avant que Rhode ne m'arrête.

– Bon Dieu, Lenah ! soupira Vicken. Tu sais bien que je vais t'aider. Mais cette maison, cette vision... ça pourrait être n'importe quelle maison.

– Eh non. C'était une maison de pierre et j'ai déjà pris la route qui y mène. Je l'ai reconnue.

Nous approchions de la voiture.

– Ce n'est pas bien d'y aller seuls, objecta Vicken.

Je m'installai au volant.

– Là où nous allons, nous ne serons pas seuls. Nous allons trouver de l'aide.

Je savais que nous étions proches du but. La route, de plus en plus escarpée, s'élevait toujours plus haut. Exactement comme dans le souvenir de Rhode, l'océan se déployait à l'est, au-delà d'une vaste étendue de ravins et de dunes.

– Il faut rentrer à temps pour le bal, Lenah, me rappela Vicken. Elle va bientôt commencer à semer le chaos, là-bas.

– On sera rentrés. On va chercher de l'aide.

– C'est ce que tu répètes sans cesse.

– Voilà, c'est là ! m'écriai-je.

J'écrasai la pédale du frein, faisant crisser les pneus. Sur une petite plaque de pierre fixée à un poteau à côté d'une longue allée qui s'enfonçait entre les arbres, en retrait de la mer, se trouvait le numéro 42.

Nous suivîmes les méandres de l'allée d'accès sur un kilomètre et demi ou deux. Lorsque nous atteignîmes enfin le domaine, il fallut nous arrêter parce qu'une barrière mécanique protégeait l'entrée du parc qui entourait une énorme bâtisse de pierre grise. Il y avait de hautes tours à la gauche et à l'arrière de la maison. La façade n'était percée que de deux fenêtres. Absolument noires.

Vicken soupira fortement.

– Je ne sais pas ce que tu en penses, mais cette maison me dit : « Entre si tu veux mourir. »

Je descendis la vitre. Il y avait un interphone sur le pilier, avec un bouton marqué SONNER POUR ENTRER.

Alors que mon doigt hésitait au-dessus, une voix grave dotée d'un accent étrange et non identifié s'adressa à moi dans le micro.

– Tu es la bienvenue ici, Lenah Beaudonte.

– Eh bien, voilà qui est rassurant, commenta Vicken.

Je ravalai ma peur. Il fallait continuer coûte que coûte.

Je me garai sur une place de parking toute proche de la porte d'entrée. L'avant de ma voiture faisait face aux bois, mais dans mon rétroviseur latéral, je voyais toujours la monstruosité architecturale. Tout comme ma demeure d'Hathersage, elle était entièrement en pierre, avec très peu d'ouvertures.

Vicken était assis à côté de moi. J'aimais sa chevelure léonine et ses yeux pensifs qui me regardaient depuis le siège passager, attendant que je dise ce que nous allions faire et pourquoi nous étions venus.

– Je suis heureuse que tu sois là.

– Je n'aurais surtout pas voulu rater ça, répondit-il en débouclant sa ceinture de sécurité.

Il m'arrêta alors que j'allais descendre de voiture.

– Tu sais qu'on risque vraiment de laisser notre peau, là-dedans, me dit-il avec un sérieux absolu.

Je contemplai à nouveau ses cheveux fous et la ligne de sa mâchoire. Il était le soldat de ma vie.

– Je ne t'en voudrai pas si tu décides de m'attendre ici. C'est pour moi-même que je fais ça.

Il sortit du véhicule sans ajouter un mot.

Nos pas firent crisser les minuscules coquillages qui formaient le sol de l'allée. Je pris alors conscience que ce domaine était entretenu avec un grand soin. Des statues de marbre se cachaient entre les massifs de fleurs ; au bout du long édifice, on apercevait la verrière d'une serre. Ce n'était pas une simple maison. C'était tout un complexe.

Nous avançâmes jusqu'à la porte d'entrée pour attendre ensemble devant le lourd battant de chêne noir. La main au-dessus du marteau de porte, j'imaginai un instant que Vicken et moi nous rendions à un dîner chez des amis. Nous étions des gens normaux, et pas d'anciens vampires. Rien que des personnes. De simples adolescents désireux de vivre leur vie. J'allais frapper à nouveau lorsque la porte s'ouvrit.

À l'instant où je reconnus celui qui m'ouvrait, mon cœur fit un petit bond. C'était l'individu de ma vision, sauf qu'il était vêtu d'un pull en coton et d'un pantalon marron tout à fait conventionnels. Il aurait pu être enseignant, à voir ses lunettes et sa tenue. Il nous observait tour à tour.

– Ah très bien, dit-il avec un soupir de soulagement. Vous ne vous sentirez pas seuls, tous les deux.

Et sur un geste fluide de ses mains, toute sa tenue se mua en une brume de couleurs, comme s'il n'avait été fait que de poussière colorée. L'homme fut soudain habillé d'un pantalon de cérémonie noir sous une toge noire. Voilà l'accoutrement dans lequel je l'avais vu !

– Pas seuls ? reprit Vicken.

– Vous êtes tous deux d'anciens vampires damnés. Vous êtes les bienvenus ici.

Et il nous ouvrit la porte du vestibule. Comme nous franchissions le seuil, je jetai un dernier regard à l'extérieur. La grosse porte se referma avec un choc sourd. Nous nous retrouvâmes momentanément dans le noir total.

Vicken retint sa respiration. Il était prêt à tout pour me défendre, je le savais.

– Inutile d'envisager des tactiques de rapidité et de force, Vicken Clough. Elles seraient tout à fait inefficaces ici, dit le vampire.

Sur un claquement de ses doigts, les chandelles s'allumèrent d'un coup et leur clarté augmenta. Il y en avait dans des appliques de verre au mur, d'autres qui vacillaient aux quatre coins de la pièce. Au-dessus de nous, un petit lustre. Cinq bobèches, cinq bougies : un pentacle. Cette pièce recelait beaucoup de puissance.

– Je suis Rayken, Lenah Beaudonte, dit-il en me tendant la main.

C'était en effet un vampire, sans aucun doute, car ses mains étaient glacées et les pupilles de ses yeux bruns étaient larges et noires. Rayken soutint mon regard et un petit sourire joua aux commissures de ses lèvres serrées.

– Tu es tiède, dit-il en me lâchant la main. Fascinant. (Il recula d'un pas.) Tu peux attendre ici, je vais prévenir mes frères de ton arrivée.

Il longea le corridor et tourna vers la droite. Je restai seule dans le vestibule avec Vicken, qui pivota et posa une main sur la porte. Il n'y avait pas de poignée.

– On est enfermés, chuchota-t-il avant de lever la tête. Ouah ! Le plafond est en onyx, s'émerveilla-t-il.

La couleur noire de l'onyx révèle l'âme originelle. Et là, luisant au-dessus de moi, flottait le reflet véritable de la mienne. Dans mon reflet, suspendu audessus de mon cœur, flottait un orbe. Lorsque je me déplaçais dans le vestibule, il me suivait. Baissant à nouveau la tête, je tentai de le toucher devant moi, mais c'était impossible : je ne le voyais que dans le plafond. Cette sphère fumeuse flottait en face de l'endroit où mon cœur battait dans ma poitrine.

– Qu'est-ce que c'est que ça ? demanda mon compagnon en pointant le doigt vers mon reflet.

– Je... Je crois que c'est mon âme. Mais remarque, je ne me suis jamais vue dans de l'onyx, alors je ne peux pas être sûre.

– On ne peut pas s'y refléter. En tant que vampires.

J'acquiesçai, éblouie par cette étrange boule de lumière. Vicken aussi en avait une. C'était un nuage sphérique gris à reflets argentés, suspendu devant son cœur. Nous étions tous deux mortels, c'est pour cela que nous pouvions nous voir dans le plafond en onyx ; les vampires ne se voient pas parce qu'il n'y a pas d'âme à refléter. L'onyx abritait un pouvoir énorme. Un pouvoir sombre. Plus sombre est l'âme, plus sombre est son image dans la pierre. Celle-ci absorbait l'énergie négative.

– Par ici, je vous prie, dit une voix issue de l'obscurité du couloir.

Tout comme Vicken, je volai une dernière image de nous dans le plafond avant de m'engager dans le couloir derrière Rayken. Nous tournicotâmes dans un dédale de corridors, jusqu'à atteindre un passage voûté en bois. Deux battants de portes étaient décorés de sculptures représentant des centaines de corps tordus et peints, dotés d'une longue langue serpentine et d'yeux globuleux. Je détournai la tête. Ces êtres étaient si grotesques que c'en était gênant.

Le vampire tendit la main vers une poignée de porte en forme de dague. J'en avais de semblables dans ma maison d'Hathersage. Façonnées par les vampires Linardi d'Italie. Des artisans virtuoses – je m'en souvenais bien, car j'en avais occis un grand nombre aux alentours de l'an 1500.

– Bonne chance, dit le vampire en ouvrant la porte.

Je jetai un coup d'œil en arrière à Vicken, qui prit ma main dans la sienne. Nous entrâmes dans une immense bibliothèque. Celle de la vision de Rhode ! Tous les murs étaient couverts de livres, du sol au plafond. Au-dessus de moi, la fresque recréait un ciel radieux par une superbe journée d'été.

Un craquement me fit baisser les yeux : une énorme cheminée occupait la moitié du mur du fond. Les flammes dansaient et projetaient une lumière orangée dans la pièce. Devant l'âtre, trois vampires étaient assis dans des fauteuils moelleux, chacun un livre à la main.

Celui du milieu était Rayken, qui pourtant était dans le couloir deux secondes plus tôt. Je tâchai de conserver mon calme.

– Bienvenue, Lenah Beaudonte et Vicken Clough. C'est un grand plaisir de voir que le rituel de Rhode a fonctionné, à deux reprises.

– Vous êtes impressionnant, répondis-je. Quelle rapidité !

– Je ne cherche pas à impressionner, mademoiselle. Mon pouvoir réside dans mon savoir. Les vampires ne se déplacent pas plus vite que l'humain lambda.

S'il connaissait Ava, il ne dirait pas ça ! pensai-je. Il était évident que Rayken avait atteint son siège bien avant que Vicken ou moi ayons franchi le seuil. Quoi qu'il en fût, je ne le croyais pas. J'avais vu de quoi Suleen et Ava étaient capables.

– Vous connaissez nos noms, je pense que nous devrions connaître les vôtres, dis-je. Ce serait plus équitable.

Rayken regarda le vampire assis à sa gauche.

– Laerte, se présenta ce dernier.

– Comme dans *Hamlet* ! commenta Vicken derrière moi, l'air content de lui, avant de toussoter avec embarras. Enfin, si vous lisez ce genre de choses, ajouta-t-il faiblement.

Le sourire de Laerte le vampire fut assez chaleureux pour lui donner l'air humain.

– Fascinant, dit le troisième.

Lui aussi sourit, franchement, la bouche ouverte ; et c'est là que je vis qu'il n'avait pas de crocs. Rien que deux trous béants, là où ils auraient dû être. Comme dans mon cauchemar !

– Elle voit bien que nous sommes particuliers, constata Laerte en posant une main sur le genou de Rayken.

Je le voyais, oui, mais je voyais aussi leur puissance. Je voulais qu'ils m'aident à combattre Ava, mais avant, il me fallait des réponses.

– Miss Beaudonte, vous connaissez déjà Rayken. Et à ma droite, voici Levi. Nous sommes...

– Les Évidés, complétai-je.

Les hommes de la vision de Rhode. Ils inclinèrent la tête à l'unisson.

– Les Évidés ? répéta Vicken.

– J'en sais très peu sur vous, avouai-je maladroitement. Mais j'ai entendu parler de vous.

– Votre ami Rhode ne vous a pas décrit notre spécialité ? demanda Levi.

Ses grands plis de peau et les rides profondes qui entouraient ses yeux indiquaient qu'il avait dû être vampirisé tard dans sa vie.

– Je sais qu'il est venu ici. Je l'ai vu dans ma tête. (Je m'enhardis à faire un pas vers eux.) J'ai eu une vision dans laquelle vous parliez avec Rhode. Il vous suppliait d'épargner sa vie. Il vous implorait.

– Épargner sa vie ? dit Rayken. Rhode Lewin ne nous a jamais demandé d'épargner sa vie.

Ah non ?

– Hmm. Hmm...

Les Évidés échangèrent des regards soucieux.

– Vous dites que vous l'avez vu en esprit ? me redemanda Laerte.

J'acquiesçai.

– Intéressant. Comment se fait-il que vous ayez eu un accès privilégié à ses pensées ? s'enquit Rayken en pliant les mains sur ses genoux.

– Nous sommes des âmes sœurs. Depuis que les Aeris ont décrété que nous ne pouvions pas être ensemble, il refuse de me toucher. Pourtant, il semblerait que j'aie une connexion avec ses pensées. Parfois, ses souvenirs.

Laerte, Rayken et Levi se regardèrent et conférèrent dans un idiome étrange, à voix basse. J'entendis les mots *Anam Cara*. Puis le nom de Suleen.

– Les véritables âmes sœurs, celles dont l'essence vitale est inextricablement liée, trouvent toujours un moyen d'entrer en contact, même quand elles ne peuvent pas être ensemble physiquement, m'expliqua Laerte.

Ces vampires me connaissaient, ils savaient les atrocités que j'avais commises. Cette fois, je n'avais besoin de nul sort de convocation. J'avais besoin de leur force pour m'aider à affronter Ava. La compréhension du mystère de Rhode pouvait encore attendre. Il fallait que je me concentre sur ma tâche.

– Je suis venue vous demander une faveur différente de celle que Rhode vous a demandée.

– Nous n'accordons pas de faveurs, protesta Rayken.

– C'est vrai, ajouta Laerte avec un sourire. Le savoir, rien que le savoir. Rhode a cherché notre protection, ce qui ne pouvait être fait qu'en passant un marché.

Je savais que ce marché, quel qu'il fût. était dangereux. Possiblement fatal pour moi.

– Qu'a négocié Rhode ? demandai-je.

– L'amour, m'informa Laerte.

– Comment ? soufflai-je.

Ça n'avait aucun sens.

– C'est pour cela qu'il était là. L'accord qu'il nous a proposé était le suivant : s'il nous donnait sa capacité d'aimer, comme objet d'étude, nous vous protégerions pendant le reste de votre vie mortelle.

– Comment pouvez-vous faire ça ? s'étonna Vicken.

– Nous pouvons faire beaucoup de choses.

– Mais pas aimer, miss Beaudonte, ajouta Laerte.

– Les vampires sont pourtant capables d'amour.

– Nous nous sommes débarrassés de cette capacité il y a longtemps, car cela aurait diminué notre capacité à apprendre.

– Alors vous deviez prendre son amour pour moi ? Pourquoi a-t-il fait ça ?

J'étais si horrifiée que j'arrivais à peine à parler. Je repensai à toutes les visions. Aujourd'hui, dans le palais des glaces, il m'avait touchée. Et il avait pleuré.

Je crus suffoquer lorsque je compris soudain. Quelle idiote j'avais été ! Moi qui avais cru que Rhode avait du mal à affronter sa mortalité. Mais c'était bien plus que cela. Il avait dû envisager de renoncer à son amour pour assurer ma sécurité ! C'était donc cela, la source de son tourment ?

– Il a échoué, ajouta Rayken. Il n'a pas pu.

– Quel est votre désir, miss Beaudonte ?

– Rhode n'a pas pu renoncer à son amour pour moi ?

Je voulais une confirmation avant de demander à être protégée d'Ava.

– En effet, confirma Rayken. Il n'a pas pu abandonner sa capacité à vous aimer, malgré votre situation avec les Aeris.

C'était sûrement vrai. Sinon, comment auraient-ils été au courant pour les Aeris ?

Rhode n'avait pas pu renoncer à son amour. Il l'avait dit dans sa vision : « Vos exigences sont trop extrêmes. » Et aujourd'hui, dans le palais des glaces, il avait enfin cédé à son tourment. Quoi qu'il arrive, jamais nous ne parviendrions à rester séparés l'un de l'autre. Il reviendrait encore et toujours à cet instant-là. Je pouvais appeler cela comme je le voulais : *Anam Cara*, âmes sœurs, l'amour de ma vie... il était mon Rhode.

À jamais.

Mais Rhode n'était pas le seul en cause.

Des images flottaient dans ma tête et une compréhension différente de l'amour m'apparut lentement. Ce n'était pas seulement mon amour pour Rhode... c'était autre chose.

Tracy me disant qu'elle m'aiderait, quoi qu'il arrive.

Le portrait de Tony en lambeaux.

Les yeux clos de Mrs Tate, comme endormie. Un mot posé sur sa poitrine.

Le visage trempé de larmes de Claudia, juste avant sa mort.

Tout cela, était-ce la vie ? Était-ce donc ce que j'avais imploré pendant les jours de folie pure passés à Hathersage ? Mon cœur brûlait dans ma poitrine quand je me revoyais répandant des fleurs, telle une furie, sur le dallage du château.

Je relevai la tête pour regarder les Évidés. Je savais ce que je voulais, désormais, et ce n'était plus leur protection. Ce que j'avais à faire, j'aurais dû le faire des mois plus tôt. C'était le seul moyen de laisser derrière moi Ava et ma vie d'Hathersage. Si je n'étais plus le monstre que j'avais été, celui qui pouvait tuer sans raison, alors il fallait aussi que je renonce à ma vie humaine à Wickham. Je savais ce qu'il fallait que j'accomplisse, et je savais pourquoi tous les événements de l'année m'avaient amenée à ce moment devant les Évidés.

– Je suis prête à faire un échange, dis-je. J'ignore ce que vous pourriez vouloir de moi, mais je suis prête à vous le donner.

– Mais enfin, Lenah ! s'exclama Vicken, stupéfait.

Il fallait que j'aille jusqu'au bout.

– J'étais venue ici vous demander de m'aider à combattre un vampire qui en veut à mes jours. Mais ce n'est plus ce que je souhaite. C'est quelque chose de bien plus important qu'il me faut.

Ce désir grandissait en moi de seconde en seconde.

– Je veux que vous appeliez les Aeris pour moi.

J'allais retourner à l'époque médiévale, comme me l'avait proposé le Feu au départ.

Laerte m'observa un instant.

– Vous êtes quelqu'un de très curieux, miss Beaudonte.

– Et d'inconscient, peut-être. Je sais que je ne peux pas renoncer à ma capacité d'aimer. Rhode et moi sommes identiques, de ce point de vue.

Laerte attendit un instant avant de répondre.

– Votre sang nous suffira en échange.

– Mon sang ?

Je levai le menton. Vicken s'avança à côté de moi.

– Non, protesta-t-il d'un ton dur.

– Nous vous aiderons. Votre rituel est très intrigant, tout comme l'histoire de votre capacité à projeter la lumière du soleil. Nous n'avons jamais vu de sang porteur de ce pouvoir. Pas même celui de votre Rhode.

Les deux autres murmurèrent leur approbation.

– Non, répéta Vicken. C'est un complot stupide pour te tuer.

– Votre garde du corps devra garder le silence ou attendre dehors, dit Laerte.

Tout en me parlant, il regardait dans une petite boîte. Il y eut un cliquetis de métal et de verre.

– Lenah, non, insista Vicken en posant les mains sur mes épaules. Je te supplie d'entendre raison.

Je le regardai au fond des yeux, mais je sus que je faisais ce qu'il fallait. Je dévisageai mon vieil ami, pleinement consciente que je n'aurais jamais dû l'enlever à la maison de son père. Tout comme Rhode ne renoncerait jamais à son amour pour moi, je savais que je ne pourrais jamais vivre une existence dans laquelle tous ceux que j'aimais étaient menacés en permanence par des vampires sanguinaires. Toutes ces souffrances, rien que pour assurer ma propre humanité ! Désormais, tout m'apparaissait clairement. Pour Rhode et aussi pour moi. Nous pouvions continuer à nous détruire, continuer à chercher des moyens d'être ensemble sans enfreindre l'impossible décret...

... mais ce n'était pas une vie.

Il fallait que je regagne le monde médiéval, comme j'aurais dû l'avoir fait des semaines plus tôt.

Laerte s'approcha de moi à longues enjambées, sa grande robe flottant derrière lui, soulevant des vagues de vent qui firent vaciller les flammes des chandelles. Les deux autres Évidés restèrent assis. Vicken recula lorsque le vampire fut près de moi.

– Je vais vous vider de presque tout votre sang, miss Beaudonte. Lorsque vous vous éveillerez, vous serez dans une petite pièce. Juste là.

Il pointa le doigt vers un passage voûté qui s'était matérialisé à côté de la cheminée. Une large porte de bois sombre. Elle était décorée de volutes argentées qui ressemblaient à d'étranges fleurs exotiques.

– Vous serez dans une pièce nue. Ne vous retournez pas. Ne revenez pas ici tant que votre entretien avec les Aeris ne sera pas terminé.

– Comment savoir que vous n'allez pas me tuer sans m'accorder cet entretien ? demandai-je, le cœur battant.

Laerte tenait dans sa main un petit couteau, une lame minuscule. À cette courte distance, je vis que lui aussi avait arraché ses crocs et n'avait plus que deux trous.

– Elle doit y aller seule, dit-il en regardant Vicken par-dessus mon épaule.

Je me tournai pour regarder mon ami, et nos yeux se parlèrent en silence. Les mains de Vicken pendaient mollement le long de son corps. Il déglutit mais ne dit rien. J'ignorais si je faisais bien de le laisser ainsi. Mais il fallait que je prenne le risque.

– Je trouve intéressant, miss Beaudonte, de savoir qu'à vingt-deux heures tapantes ce soir, vous combattrez un cercle de vampires. La nouvelle reine des vampires et son cercle, pour être précis. Et pourtant, vous choisissez de renoncer à notre protection. Vous préférez rencontrer les Aeris. Pourquoi ?

Il inclina la tête sur le côté, avec un sourire presque imperceptible.

– Parce que je pense pouvoir remporter ce combat.

– Et si vous mourez de ce prélèvement de sang, cela n'aura plus d'importance.

– Oh, que si. Il faut qu'elle tombe avec moi.

Pour toute réponse, Laerte se contenta d'un sourire édenté. Je lui offris mon poignet.

Chapitre 23

Vicken dut être retenu par deux hommes en noir qui étaient entrés dans la salle. Je ne regardai pas mon sang se déverser dans le grand récipient de verre. Je tâchai d'ignorer les battements de mon cœur dans mes veines tranchées. Ma tête commençait à tourner, mes jambes à céder, lorsque soudain tout vira au noir.

J'essayai de cligner des yeux une fois ou deux, mais mes paupières étaient collées. J'aurais voulu lever les bras. *Eh bien fais-le ! Lève les bras, Lenah.* J'essayai, mais en vain. Je fis une nouvelle tentative en gémissant, mais mes mains étaient si lourdes... Je tâchai de me concentrer... tout n'était que ténèbres. Laerte se pencha au-dessus de moi pour scruter mon visage.

Oh, Seigneur. Il voulait me tuer. Il l'a fait. Il m'a piégée.

– Peux pas, soufflai-je, et ce fut tout ce que je parvins à dire.

Laerte extirpa un petit flacon des plis de son vêtement. Un minuscule tube de verre empli d'un liquide bleu. Il souleva ma main du sol, et elle sembla flotter en l'air dans la sienne. Un sombre filet de sang coulait de mon poignet, le long de mon avant-bras. Il laissa tomber dessus deux petites gouttes de liquide bleu. Celui-ci me brûla comme du feu, mais sans me faire de mal. La peau cicatrisa immédiatement.

En quelques secondes, le sang qui coulait sur mon bras sembla se fondre dans ma peau, ne plus faire qu'un avec ma chair. Peu après, mes mains et mes doigts se mirent à me picoter.

– Votre sang va se régénérer très rapidement. Ne vous levez pas tant que vous ne pourrez pas bouger les orteils. Bonne chance.

Et en quelques pas, il disparut.

Je gisais immobile au sol. La température était fraîche derrière ma tête. Le poids de mon corps semblait se fondre dans le dallage glacé en dessous de moi.

Attendez...

Je percevais bien la température. Je tentai d'appuyer sur le sol avec mes paumes. C'était faisable. Mes doigts se replièrent et je cherchai à me relever. Je retombai aussitôt en me cognant le crâne par terre. Je gémis, essayai encore. *Pousse sur tes bras !* Les muscles de mon ventre en tremblaient. *Pousse encore, Lenah !* Je m'assis, soufflai et regardai devant moi. Il n'y avait là qu'un mur de pierre. Pas de fenêtre. Je contemplai le plafond, les pieds encore engourdis. Il était en onyx noir, et bien qu'il n'y ait ni fenêtres ni chandelles, j'arrivais tout de même à y voir. Derrière moi, une porte en bois à poignée noire. Un rai de lumière dorée passait en dessous. La seule issue. Mais je ne pouvais pas partir, Laerte me l'avait dit. Pas tant que je n'aurais pas fini de parler avec les Aeris.

Les jambes tendues droit devant moi, je me tordis le cou pour observer le fond de la pièce.

La porte commença à briller comme si une lampe avait été dirigée dessus. Faisant lentement pivoter mes hanches, je me plaçai face au mur de pierre. J'utilisai mes mains, qui étaient de plus en plus fortes à chaque instant qui passait, afin de me hisser pour faire face à la lumière. Mes jambes, lourdes comme une queue de sirène, me picotaient.

Exactement comme sur le terrain de tir à l'arc, une lumière blanche se mit à croître à partir d'une étincelle au centre de la pièce. Elle grandit encore et encore, jusqu'à ce que toute la salle soit baignée d'une luminosité aveuglante. À l'intérieur de cette lumière se dessinaient les contours de centaines de corps. Et même la petite silhouette enfantine.

Les quatre Aeris se matérialisèrent devant cet océan de corps, s'avançant à l'unisson comme elles l'avaient fait sur la colline. Le Feu ouvrait la marche devant les trois autres.

L'être baissa les yeux vers mes jambes. Les picotements s'étaient calmés, je savais qu'ils allaient bientôt cesser.

– Pardonnez-moi, dis-je. J'aimerais me lever, mais j'en suis incapable.

Le Feu se pencha, si bien que sa robe, pendant sur ses genoux, flotta au-dessus du sol. Les trois autres Aeris le rejoignirent à mes pieds. Ensemble, elles empilèrent leurs mains les unes sur les autres et les posèrent sur mes chevilles. Leur pression me fut douce comme une pluie de pétales ; ces créatures étaient si légères, même lorsqu'elles pesaient sur moi de tout leur poids !

Elles envoyèrent quelque chose en moi, un jaillissement de lumière, une source vive d'amour, de vie... je ne savais pas au juste. J'inspirai une grande bouffée d'air et serrai les poings. Puis je passai les paumes sur mes cuisses et sentis la douceur de ma peau sous mes vêtements.

Je me levai sans effort devant le Feu, tandis que les trois autres se retranchaient derrière.

– Merci, répétai-je à chacune des entités.

Tour à tour, elles inclinèrent la tête.

– Tu fais preuve d'un grand courage, me dit le Feu.

Je répondis après une hésitation.

– Je regrette de ne pas avoir compris plus tôt.

– Pourquoi nous as-tu fait appeler ?

– Je reconnais qu'une partie de moi voudrait vous implorer. Vous supplier d'annuler le décret qui nous sépare, Rhode et moi. Je n'ai pas plus cher désir au monde.

– Mais..., m'encouragea le Feu.

La créature portait sa robe vermillon, et sa chevelure crépitait : des boucles de flammes rouges qui crachaient une lumière mandarine et or.

– Je me suis brûlée, jetée dans les bras du mal pour dévier une attaque de vampire.

Je levai mon poignet pour montrer au Feu le pansement qui protégeait encore ma brûlure, mais celui-ci avait disparu lorsque les Aeris m'avaient guérie. Je laissai retomber mon bras.

– Les Évidés voulaient étudier mon sang. Ils ont demandé à Rhode de renoncer à son amour pour moi.

Les yeux rouges du Feu me hérissaient la peau. La créature m'adressa un sourire compréhensif et presque fier.

– Et après tout cela, savez-vous ce que je souhaite ? demandai-je.

– Dis-le-moi.

Sa peau semblait luire de l'intérieur, comme si de minuscules orages avaient éclaté en dessous. Je cherchai les mots les plus profondément enfouis dans mon cerveau et dans mon âme humaine. Je chuchotai ma confession la plus sincère, une confession que je n'avais faite qu'une fois dans ma vie, à Tony, avant sa mort.

– J'aimerais n'être jamais entrée dans le verger ce soir-là. Je voudrais être morte au XVe siècle, comme le voulait l'ordre naturel des choses.

Ma voix se brisa. J'avais les yeux brûlants de larmes.

Le Feu, sans cesser de me regarder, hocha une fois la tête, lentement. La créature fit ensuite un pas de côté et je me tournai vers la lumière blanche. Une silhouette se détacha des formes indistinctes. Celle d'un jeune homme vint se poster près du Feu et se précisa, peu à peu, jusqu'au moment où je compris de qui il s'agissait. Des piercings dans les oreilles, un sourire chaleureux, les mains dans les poches.

Tony. Reconnaissable entre tous, dans ses couleurs et dans sa vie. Une explosion de chaleur irradia de ma poitrine jusque dans mes mains.

Il me regarda dans les yeux, mais ne dit rien.

– Tu me manques, me hâtai-je de chuchoter.

Il recula, un sourire aux lèvres, et disparut dans la lumière. Le dernier trait clair et distinct que je vis, ce furent ses joues en pomme d'api lorsqu'il sourit.

Le Feu inclina la tête.

– Parfois, c'est la décision la plus difficile qui nous libère, dit la créature.

Je tentai de retrouver Tony, mais le contour de ses épaules et ses mains d'artiste n'étaient plus qu'un rayon lumineux.

Je respirai à fond.

– Je veux..., commençai-je en regardant le Feu dans les yeux, et à partir de là chacun de mes mots fut sincère. Je veux ce que vous m'avez proposé sur le champ de tir à l'arc. Retourner au XVe siècle. Mais seule. (Je repris mon souffle.) Je sais que Rhode était déjà vampire à l'époque et que le seul moyen pour que nous soyons ensemble est qu'il m'y rejoigne. La tentation serait trop forte. C'est pourquoi je vous demande qu'il reste ici, au temps présent.

– Qu'il reste ?

– Il est mort pour moi, ou du moins il a essayé. Je veux qu'il vive. S'il se souvient de son passé, il deviendra fou. Donc, je vous demande aussi d'effacer sa mémoire. Qu'il vive et ait une famille, qu'il soit libre.

– Et Vicken ? Si tu retournes dans le passé, il retournera au XIXᵉ siècle. Il ne deviendra jamais vampire.

Un souvenir me submergea momentanément. *Vicken en uniforme bleu de soldat. Il danse sur une table, lance ses jambes en avant, sourit. Il est en sueur. Il est humain... et il est heureux.*

– Il n'aurait jamais dû vivre jusqu'à cette époque-ci.

Le Feu s'approcha de moi, sortant de la lumière pour entrer dans la pénombre de la pièce. La créature s'arrêta pile sur la ligne de démarcation. La ligne qui séparait son univers de lumière blanche et le mien, fait d'ombre et de lumière, le monde des mortels. Elle me regarda, inclina la tête sur le côté et m'adressa un nouveau petit sourire pincé.

– Tout cycle doit aller jusqu'à son terme. Le soleil qui se lève le matin doit se coucher le soir venu. L'étincelle qui éclaire le monde doit s'éteindre. Achève ce que tu as commencé. Brise le cycle du rituel, et ce sera chose faite.

– Alors sitôt que j'aurai vaincu Ava, vous me renverrez dans le passé, comme je le souhaite ?

Le Feu hocha la tête.

– Et mes victimes seront libres ? Et tous ceux qui ont été tués par les vampires que j'ai créés ?

La masse blanche des âmes, derrière les Aeris, ondula et palpita, comme agitée par une brise légère.

– Toutes les âmes seront libérées.

– Mais ce ne seront plus des âmes blanches ?

– Elles feront leur propre chemin, comme elles auraient dû.

Et comme il l'avait fait sur le terrain de tir, le Feu commença à s'estomper ; déjà j'apercevais le mur de pierre à travers son corps.

– Quand ce sera terminé, tu monteras sur le terrain de tir. Au prochain lever du soleil, tu seras renvoyée.

– Et le combat ? Si je meurs ?

L'Eau, la Terre et l'Air s'effacèrent dans la lumière, tandis que le Feu brillait à nouveau d'une lumière plus vive que jamais. L'être s'approcha de moi et prit mes mains dans la sienne. Sa peau était douce comme du satin.

– Je me fie à toi pour triompher, Lenah.

– Pas moi.

L'entité fit un pas vers moi et me souffla d'un ton grave :

– Le savoir sera la clé.

– Le savoir ? Mais que...

Je me tus, car elle regardait la masse de gens s'effacer derrière elle.

– Les morts, reprit-elle, ne se montrent pas aux vivants, à moins qu'ils ne le méritent, à moins qu'ils n'aient une âme blanche.

– Mais mon âme n'était pas blanche. Je l'ai vue dans le plafond d'onyx. Elle était grise.

Le Feu s'éloigna vers les fins lambeaux de lumière.

– Tu sais.

Ma bouche s'entrouvrit et pour la première fois depuis, me semblait-il, une éternité, je souris.

– Attendez ! m'écriai-je en faisant un pas vers l'apparition, qui vacilla devant moi comme une chandelle en train de s'éteindre. Rhode. Sera-t-il heureux ?

Le Feu sourit et s'évanouit dans le néant.

Je pivotai alors vers la porte et tournai la poignée. Je m'attendais à me retrouver dans la bibliothèque. Au lieu de cela, je sortis directement sur le perron de la maison, dans le soleil de la fin d'après-midi, et descendis sur l'allée de brisures de coquillages. J'abritai mes yeux de la lumière. Vicken se leva d'un coup. Il m'avait attendue assis sur la marche du bas, face au long chemin, en fumant.

Il me prit aussitôt dans ses bras, et je m'accrochai à ses épaules minces. Il sentait le tabac et la citronnelle. Je restai là un moment, à profiter au maximum de sa présence.

– En fait, j'ai vraiment eu mal au cœur, dit-il – et

j'écoutai sa voix grave vibrer dans son torse. Maintenant, je comprends ces crétins d'humains quand ils disent qu'ils sont malades d'inquiétude.

– Tout va bien, dis-je en me reculant.

– Vingt-deux heures, ce n'est que dans six heures, Lenah. Il faut qu'on parte.

Je cherchai les clés dans ma poche et les lui tendis. Mais au lieu de courir à la voiture, il me posa une question.

– Alors ? On se bat ?

– Le Feu m'a dit que quoi qu'il arrive, il fallait vaincre Ava avant toute chose. Cela brisera le cycle du rituel.

– Briser le cycle ?

– Si nous détruisons Ava, le monde sera purgé du rituel, si tu veux.

– Excellent. Est-ce que l'Édenté ou Miss Tout-Feu-Tout-Flamme t'a dit ce qui se passera si on gagne ?

Cela, je ne pouvais pas le lui révéler. Il aurait tenté de me convaincre de rester à cette époque-ci, d'insister pour que nous restions ensemble, parce que c'était tout ce qu'il avait connu depuis cent soixante ans. Mais il fallait que je le renvoie dans le monde où il avait sa place.

Je secouai la tête et parvins à sourire tandis qu'un calme étrange me saisissait. Nous remontâmes en voiture. En chemin, détendue contre mon appui-tête, j'écoutai le ronronnement du moteur. Le moteur, la radio, le levier de vitesses. Je regardais défiler les réverbères. Je dévorais tout des yeux. Tout ce qui n'existait pas en 1418.

En entrant dans mon appartement, je m'attendais à m'y retrouver seule, mais quelqu'un était assis sur mon canapé. Grand corps voûté, cheveux noirs en bataille. Lorsque j'avais retrouvé mon humanité et qu'il était sorti sur le balcon, il était sûr et certain qu'il allait mourir. Rhode se tenait la tête entre les mains. Il la releva en m'entendant arriver.

– Qu'est-ce que tu fabriquais ? me demanda-t-il.

Je m'assis à côté de lui. Il me dévisageait avec de grands yeux.

– Pendant des mois, j'ai cru que tu voulais te faire du mal, que tu te punissais, lui avouai-je. Que tu ne pensais pas mériter ton humanité, ou je ne sais quoi.

– Qu'est-ce qui te faisait croire ça ?

– Depuis ton retour d'Hathersage, j'ai eu des connexions avec toi. J'ai lu dans tes pensées. Parfois dans tes souvenirs. Et j'ai mal interprété ta douleur. C'est ce qui m'est arrivé dans le palais des glaces.

– Des connexions ?

– Je croyais te voir perdre pied alors que ce que je voyais, c'était ta lutte avec les Évidés. C'était ton incapacité à renoncer à ton amour pour moi.

Rhode se rembrunit et se leva du canapé.

– Je vois. Tu as donc découvert ma relation avec eux, dit-il en s'approchant de mon bureau.

Il posa les mains dessus et baissa le menton sur sa poitrine. Je regardai les muscles puissants de son dos se contracter à travers son fin tee-shirt pendant qu'il parlait.

– Quand je me suis éveillé après le rituel, tu étais sur le canapé, endormie. J'ai simplement continué de te regarder. Humaine enfin, *enfin*, toi qui l'avais voulu si fort.

Il se tourna vers moi et s'appuya au bureau. J'avais trop peur pour prononcer un mot. Peur que, si j'interrompais ses pensées, il cesse de me dire ce que j'avais si longtemps attendu d'entendre.

– Je n'ai pu m'empêcher d'être ébloui. J'étais fier, dit-il en secouant rapidement la tête. De ce que j'avais réussi avec le rituel. C'était une première, c'était inouï. Une simple combinaison d'herbes et d'incantations... mais l'intention – l'ingrédient crucial et le plus variable – avait été l'élément le plus difficile à trouver. Car nous devions tous deux la trouver en nous-mêmes.

Rhode faisait à présent les cent pas devant moi.

– J'avais donc deux possibilités. Soit je te réveillais et nous pouvions commencer notre vie commune, soit je pouvais te laisser vivre une vie dans laquelle je n'intervenais pas. J'avais une telle dette à régler... Une dette considérable envers Suleen... Je lui étais redevable.

Il capta mon regard et, même si je ne comprenais pas tout, je sentis que nous y étions, au bord, tout au bord de la vérité.

– J'avais aussi une dette envers toi, poursuivit-il. Je te devais une chance d'être humaine sans que j'interfère. J'ai choisi de payer mes dettes, croyant que tu pourrais t'acclimater à ta vie humaine et que si toi et moi devions nous remettre ensemble un jour, je pourrais t'expliquer cela plus tard, avec le temps. Je suis donc allé voir les Évidés. Ils m'ont promis de te protéger pour toute la durée de ta vie humaine, à condition que tu... (Il hésita. J'étais suspendue à ses lèvres.) Ils m'ont imposé une tâche impossible, Lenah. Ils comptaient sur moi pour leur livrer l'amour. L'amour véritable. Si je parvenais à le capturer, si je trouvais des incantations ou des sorts qui puissent me l'enlever pour que je le leur donne, ils te protégeraient. Tu serais libérée des ténèbres qui t'enveloppaient depuis des siècles.

Il prit une photo de moi sur le bureau et je me demandai momentanément s'il allait la jeter à travers la pièce.

– J'ai échoué, dit-il d'une voix à peine audible. Et je me suis retrouvé endetté envers les Évidés. Ta protection a été levée. Vicken est arrivé, et j'ai trop tardé à te sortir de Lovers Bay.

Je gardai le silence, les yeux rivés sur mes mains. Je ne pouvais imaginer Rhode échouant à quoi que ce soit.

– Où es-tu allé ? demandai-je d'une voix rauque.

– Je suis reparti en quête. Jusqu'aux coins les plus éloignés de la terre. À nouveau, j'ai échoué. (Il tomba à genoux devant moi et posa les mains sur mes cuisses.) Une fois qu'on enlève l'amour à quelqu'un par la magie, il ne peut plus jamais aimer. Il n'est pas mauvais, il n'est pas en colère, il est creux et vide, ce qui est presque pire. Je ne pouvais pas siphonner la vie d'un autre. Je l'avais fait pendant des siècles en pompant le sang d'autrui.

L'idée de Rhode faisant cela me donna la chair de poule.

– Je ne peux pas comprendre ce type de maléfice. À mon retour... (Il déglutit, et mit un moment à se ressaisir.) Lorsque je suis revenu à Lovers Bay pour le dire aux Évidés, on m'a appris que tu avais été retransformée.

Il agrippa mes genoux et je voulus le retenir contre moi. Je voulais lui dire que ce n'était pas grave.

– J'ai vu ta vie comme un orbe doré suspendu devant moi. M'attirant comme le plus brillant des soleils. Je ne craignais pas ta lumière.

– Mais tu n'as pas pu renoncer à ton amour pour moi.

– Je n'ai pas pu, répondit-il à mi-voix. Je ne le voulais pas.

Il était temps que je lui dise la vérité en retour.

– J'ai passé un marché avec les Évidés, Rhode. Je leur ai demandé d'appeler les Aeris.

Son regard remonta vivement vers mon visage. Il retira ses mains de mes jambes et l'atmosphère de la pièce se modifia considérablement.

– Ils ne font jamais rien pour rien. Qu'est-ce que tu... ?

– En échange de mon sang, le sang d'un vampire qui a su forger la lumière du soleil et survécu deux fois au rituel, ils ont appelé les Aeris pour moi.

Je déglutis, luttant pour garder le contrôle sur mes émotions.

Rhode se leva et donna un coup de pied dans la table basse, envoyant des livres et des stylos voler dans les airs. Je tressaillis et détournai les yeux.

– Comment as-tu pu ? On ne peut pas leur faire confiance, Lenah. Tu ne peux pas prévoir les conséquences de cette transaction dans les années à venir. Ils auront ce sang. Ils ont cette magie. (Il passa la main dans ses cheveux.) Tu aurais pu être tuée.

– Je ne suis pas morte, Rhode, lâchai-je d'une voix épuisée.

Je contemplai la courbe de sa nuque, la petite bande de peau qui dépassait de son tee-shirt noir. J'aurais voulu la toucher tant qu'il était encore temps.

– Et pourquoi as-tu fait venir les Aeris ? Pour être protégée des vampires ce soir ? Lenah, il en viendra toujours d'autres. Leur as-tu demandé d'annuler leur décret ?

– Non ! m'écriai-je et il soupira sans rien ajouter. Tu me sous-estimes tellement ! Tu me prends toujours pour une petite égoïste. Te souviens-tu de ce qu'avait dit l'Aeris ? Que nous étions des âmes sœurs et qu'elles ne pouvaient rien contre cela ?

Rhode hocha la tête une fois.

– Pendant tout ce temps, j'ai pensé à moi. À toi, à moi, à ce que nous ne pouvons pas avoir. Je ne m'étais jamais souciée des gens qui *méritaient* vraiment la justice.

– Lenah...

– Non, le coupai-je. Plus de manières. Il nous faut battre Ava. Le Feu l'a bien spécifié. Une fois que nous l'aurons tuée, au lever du soleil, je retournerai au XVe siècle et le Feu annulera toutes les atrocités que nous avons commises. Nos forfaits seront effacés.

– Quoi !?

– Pourquoi ne nous sommes-nous jamais souciés des gens qui se tenaient dans la lumière blanche derrière les Aeris ? De Tony ou de Kate, ou encore de Claudia ? Même de Justin ? Dieu sait où il est en ce moment, et même s'il est encore en vie.

– Le monde médiéval..., commença Rhode avec un soupir.

– Ma vie sera brève. Je me marierai jeune, mourrai jeune. Mais j'aurai une vie, Rhode. Et nous épargnerons celle de tous ceux que nous avons tués.

Il sembla réfléchir à quelque chose, puis se mit à parler.

– Mais je ne peux vivre sans pouvoir t'aimer, dit-il – ce qui me déchira le cœur. Je serai déjà vampire quand viendra le XVe siècle, et je t'observerai. Je t'attendrai.

J'avalai ma salive, rassemblant mes forces. Mais je fus incapable de le regarder pour lui répondre.

– J'ai travaillé aussi là-dessus. Lorsque je retournerai au Moyen Âge, tu resteras ici, sans aucun souvenir de ton passé. Tu seras un Rhode de dix-sept ans, avec une famille. Un jeune homme avec toute la vie devant lui.

– Non, Lenah. Ce n'est pas juste. Tu ne m'as pas laissé le choix.

Je m'avançai brusquement vers lui, le doigt pointé en avant, l'obligeant à reculer jusqu'au bureau.

– Non ! m'écriai-je. Non. C'est *moi* qui n'ai jamais eu le choix. C'est *toi* qui es entré dans mon verger et m'as vampirisée. Tout ce qui a découlé de cet événement sera annulé par ma décision.

Je repris mon souffle dans l'instant de silence qui suivit.

– M'as-tu jamais pardonné ? demanda-t-il alors tranquillement.

– Et toi ? Je t'ai vu. Tu as dit à Suleen que tu n'étais pas sûr de pouvoir le faire. Que ce n'était peut-être plus possible de me pardonner après... après ce que j'avais fait.

Ma voix se brisa, c'était plus fort que moi.

Rhode et moi n'étions séparés que par quelques centimètres. Je lus sur son visage que, soudain, il comprenait que je savais.

– C'est un souvenir que j'ai eu il y a quelques mois. J'ai regretté ces propos par la suite.

– Donc, ton souvenir était...

– Une *pensée* qui m'est venue sur le moment. Mais alors, tu étais bien connectée avec mon esprit !

Je pris le temps de digérer l'information.

– Alors tu m'as pardonné ? demandai-je à voix basse.

Je me penchai vers lui et approchai mes lèvres à quelques millimètres des siennes. Il baissa la tête vers moi... nous aurions pu nous embrasser si facilement ! Son souffle était si doux sur ma bouche...

– N'est-ce pas ce que je t'ai toujours dit, Lenah ? Tu es mon seul espoir.

Il s'inclina, juste un peu, et nos lèvres s'effleurèrent. J'étais sur le point de donner à Rhode un baiser de mortelle, pour la première fois de ma vie.

– Je t'aime, Lenah, souffla-t-il.

J'étais perdue dans la possibilité des lèvres de Rhode caressant les miennes. Mon cœur chantait, chacun des pores de ma peau réclamait sa caresse. Je voulais ne faire qu'un avec son âme.

Bam !

On frappa brutalement à la porte de mon appartement. Nous nous séparâmes d'un bond.

– Je vais ouvrir, dit Rhode.

Lorsqu'il s'éloigna, l'air entre nous me parut étrangement souillé.

Vicken était dans le couloir, tout de noir vêtu, les cheveux plaqués en arrière, ce qui accentuait les traits de son visage. Il souriait, lèvres fermées, d'un air mystérieux. Puis son sourire s'élargit et deux crocs très fins, très blancs, miroitèrent.

– Ouah ! fit Rhode en reculant, et mon moral remonta lorsqu'il se mit à rire.

– Tu es déguisé en *vampire* ? lançai-je.

Rhode secoua la tête et se remit à pouffer.

– Quoi ? fit Vicken en haussant les épaules, comme si ça avait été la chose la plus normale du monde.

– Magnifique ! commenta Rhode.

Il ouvrit son sac de sport et en sortit son épée. La lame argentée accrocha la lumière et projeta de courts rayons sur le sol.

– F'est ironique, expliqua Vicken, que ses fausses dents empêchaient de fermer complètement la bouche. Vegardez-vous, fous les deux. Lamenfable ! Où font vos coftumes ? Fu ne peux pas fe pointer au bal avec une épée fur le dos et rien d'autre !

Rhode indiqua le sac ouvert par terre.

– Je me suis occupé de ça. (Il retourna le sac, et cinq poignards en tombèrent.) Allez, aidez-moi.

Chapitre 24

Des dentelles blanches cousues sur des tissus bon marché ; des visages peints pour évoquer des démons ou des anges. Partout sur le campus de Wickham, les élèves étaient costumés pour cette nuit du bal d'Halloween, l'ultime soirée de la Nuit Rouge.

Les décorations étaient soulignées par des gyrophares rouges et bleus : il y avait des véhicules de surveillance plein les allées.

C'était un tout nouveau Wickham que je voyais là.

Un Wickham apeuré.

Un Wickham souillé par la soif de sang des vampires.

Je cherchai des yeux la haute silhouette de Justin, mais ne le vis nulle part.

Rhode, Vicken et moi étions dans l'allée qui passait devant Seeker Hall et regardions nos camarades traverser la pelouse en direction du bâtiment Hopper, qui abritait le gymnase. Je resserrai sur mon dos mon baudrier, c'est-à-dire une sangle de cuir qui retenait l'épée contre moi. Elle glissait à chacun de mes mouvements.

– Redis-moi un peu fe que t'a dit le Feu ? me demanda Vicken pour la dixième fois.

– « Le savoir sera la clé. »

– Laissez tomber les messages cryptiques des Aeris. Il faut rester concentrés, grommela Rhode sans quitter des yeux le campus plongé dans la nuit.

– Laerte a dit : vingt-deux heures, lui rappelai-je.

– Alors f'est facile ! intervint Vicken. On attend qu'il foit dix heures, et là on frappe.

– Mais on ne peut pas laisser tout le monde là-dedans sans surveillance, objecta Rhode. On va au bal, et au moindre détail sortant de l'ordinaire, on se bat. N'oubliez pas qu'il faut isoler Ava de son cercle pour que Lenah puisse lui transpercer le cœur. C'est capital qu'elle réussisse.

– Oui, dit Vicken en s'efforçant de rentrer son dentier pour fermer la bouche. Mais tu oublies quelque chose de très important.

– Oui ?

– Il y aura des centaines d'élèves dans la salle. Nous allons devoir nous révéler devant eux, en public.

Rhode m'envoya un regard entendu. Nous connaissions tous deux les changements qui surviendraient à l'aube. Nous *devions* triompher – faute de quoi nous resterions coincés là, soumis au décret des Aeris et aux vampires qui cherchaient le rituel.

– Allons-y, décida Rhode.

Je n'avais pas parlé à Vicken de mon choix de retourner au Moyen Âge. Il méritait de savoir, certes, mais je n'aurais su comment lui expliquer ma décision.

– On vous a déjà dit que vous étiez magnifiques ? reprit Vicken en nous toisant, Rhode et moi, de la tête aux pieds.

– C'étaient les seuls costumes compatibles avec l'épée de Lenah et mes flèches, se justifia Rhode.

Nous étions déguisés en Vikings. Dans d'autres circonstances, j'aurais ri à gorge déployée et peut-être demandé à être prise en photo. Les seuls bals costumés où nous soyons jamais allés s'étaient tenus aux XVIIe et XVIIIe siècles. Ceci était tout différent. Mon costume se résumait à un maillot de corps, un short et des bottes garnies de fausse fourrure. Celui de Rhode se composait d'un kilt et d'un débardeur noir. Je tentais d'ailleurs de ne pas me laisser distraire par les courbes de ses biceps et de son dos musclé.

Si, moi, j'avais un baudrier, Rhode, lui, portait sur le dos un carquois garni de flèches. Les plumes dépassaient au-dessus. Il tenait à la main son arc, une arme noire et profilée d'aspect moderne.

– Porte-la, toi, m'avait-il dit en attachant l'épée dans mon dos, tout à l'heure dans mon appartement.

– Mais elle est à toi, avais-je protesté tandis que les sangles se resserraient et que l'arme pesait sur mes épaules.

– Non, je n'ai fait que te l'emprunter. (C'était là une allusion au jour où il s'était rendu sur la tombe de Tony.) Si je te l'ai donnée, ce n'est pas pour rien.

Il s'était alors forcé à me faire un demi-sourire triste. Je ne l'avais jamais questionné sur sa cérémonie au cimetière.

En route pour le gymnase, je fus obligée d'admirer les efforts de la direction du lycée pour les décorations d'Halloween. Enfin, tout était terminé. Des guirlandes noires s'enroulaient autour des arbres le long des allées, des guirlandes lumineuses orange clignotaient comme des lucioles sur tous les supports possibles. Wickham s'efforçait de réunir tous ses élèves dans une même célébration... Cela aurait plu à Tony.

Les gens étant emmitouflés dans leurs manteaux d'automne, on n'apercevait que des bribes de costumes colorés. Pour ma part, j'avais chaud – sans doute un excès d'adrénaline.

Vicken, Rhode et moi marchions du même pas, en équipe, comme des soldats, chacun portant ses armes. Nous étions à présent dans l'allée qui menait à Hopper, juste devant la colline du terrain de tir à l'arc. Ce qui me rappela Suleen, lequel ne s'était pas manifesté depuis plusieurs mois. Même quand j'avais eu terriblement besoin de lui, il n'était pas venu. Vestiges du carnaval de l'après-midi, les stands des élèves étaient encore debout. En revanche, les professionnels engagés pour l'animation avaient remballé leur palais des glaces.

Nous marchions derrière des camarades de classe. J'aspirais de longues goulées d'air frais ; les odeurs du campus m'éclaircissaient les idées. Herbe mouillée, air propre, et le parfum de l'océan tout proche. Je m'efforçais de ne pas dire « au revoir », mais je savais que, d'une certaine manière, j'étais déjà en train de partir. Droit devant, nous avions une vue dégagée sur le campus, y compris sur les bois qui s'étendaient derrière Hopper.

Lorsque les portes s'ouvrirent juste devant nous, il y eut des clameurs de joie, et une musique tonitruante se déversa jusque dans l'allée. Pendant ce temps, je m'exhortais à ne pas oublier que l'électricité pouvait illuminer les ténèbres ; que le café pouvait couler instantanément dans une tasse ; que la musique comme celle qui passait en ce moment dans le gymnase devrait rester cachée au fond de mon cœur, où j'espérais l'entendre à jamais.

– Lenah !

Je me retournai et découvris Tracy, en jean et manteau noir. Elle courut vers nous. Lorsqu'elle nous eut rattrapés, je vis qu'elle avait les yeux rouges.

– Je vous ai cherchés partout, dit-elle.

– Qu'y a-t-il ?

– Justin.

– Des nouvelles ? demandai-je d'une voix paniquée.

– Toujours introuvable. Sa disparition est officielle, maintenant.

– Et toi, tu tiens le coup ?

– Je ne sais pas. J'espère juste qu'il va bien. (Mais son regard parlait clairement : elle craignait qu'il ne soit la nouvelle victime d'Ava. Elle en tremblait.) Roy est rentré chez ses parents. Les flics n'ont aucune piste. Ils n'ont pas trouvé de mot, pas le moindre indice. Et vous, vous avez quelque chose ?

Pour la première fois, elle nous regarda vraiment. Je ne pus m'empêcher de voir ses yeux passer de mon épée à l'arc et aux flèches de Rhode. Elle termina par Vicken.

– Tu es... Tu es déguisé en *vampire* ? demanda-t-elle, médusée.

Je déglutis nerveusement. *Vicken, espèce d'andouille !*

Mais un faible sourire apparut sur le visage de Tracy.

– T'es un peu tordu, toi.

Il ouvrit la bouche pour répliquer, mais Mrs Williams nous interrompit.

– Allez, venez donc ! dit-elle en nous tenant ouverte la porte du gymnase.

Elle portait un déguisement de souris et avait dessiné des moustaches sous son nez. Alors que j'entrais, elle posa une main douce sur mon épaule.

– Ils le cherchent, chérie, me dit-elle pour me rassurer.

J'aurais dû être plus inquiète, mais quelque chose, loin au fond de moi, me disait ce qui allait se passer. C'était peut-être un sixième sens, venu du vampire en moi qui avait été si puissant autrefois et avait régné non pas sur des centaines mais sur des milliers d'immortels. Cette puissante partie de moi qui me disait qu'Ava détenait Justin et qu'il jouerait un rôle dans sa lutte pour le pouvoir. Cela signifiait qu'il se préparait à nous jouer un sale tour, qu'il n'était pas redevenu le garçon qui aimait les courses en hors-bord, et qu'il n'allait pas surgir au bal flanqué de son frère Roy, souriant et riant aux éclats. Énoncer tout cela à voix haute aurait rendu la réalité trop présente, trop difficile à supporter. C'était au-dessus de mes forces.

Même l'expliquer discrètement à Tracy aurait été trop dur pour moi.

– Je l'aime, tu sais, me dit-elle en s'arrêtant entre les portes. Pas comme avant. Il est mon ami, maintenant.

Je posai une main sur son épaule.

– Je sais. Je ferai le nécessaire.

Ava allait l'utiliser comme appât. Un appât pour nous faire venir à elle et nous obliger à combattre. J'y étais préparée. Même si je n'étais plus amoureuse de Justin, j'étais déterminée à le sauver.

Nos bottes se mêlèrent bientôt aux escarpins et aux chaussures des divers déguisements. Tracy me jeta un dernier coup d'œil avant d'entrer dans le gymnase, et je vis toute la force présente sous son inquiétude. Seule une humaine très particulière pouvait se rendre dans un cimetière pour combattre un vampire.

Rhode et moi allâmes nous placer dans la queue sans rien dire. Tracy retrouva d'autres élèves de terminale assis au fond de la salle.

J'avais tressé mes cheveux, qui tombaient dans mon dos en une longue natte. Je ne voulais pas les avoir dans les yeux lorsque je plongerais mon épée dans le cœur d'Ava.

– Bon, souffla Rhode. Encore vingt minutes.

– On fait le tour du périmètre ? s'enquit Vicken.

Rhode secoua négativement la tête.

– Non, on se place chacun dans un angle et on guette tout ce qui peut sortir de l'ordinaire.

J'étais d'accord. En couvrant tous les coins, nous aurions chacun une perspective égale quelle que soit la porte par laquelle les vampires entreraient. À côté de moi se trouvaient trois buffets couverts de nourriture, ce qui fit gargouiller mon estomac.

Si j'avais raison et si Ava avait pris Justin en otage, impossible de dire comment elle l'utiliserait dans ce scénario. Allait-elle me faire sortir seule dans le couloir ? Se donner en spectacle ? Je rajustai le baudrier dans mon dos, serrant l'épée de Rhode contre moi.

Vicken et moi nous tenions dans le fond du gymnase, dans deux coins opposés, devant les gradins empilés. Son arme était dissimulée dans sa botte, et je savais qu'il avait encore deux poignards supplémentaires sur lui. Nous faisions semblant de bien nous amuser. À mon arrivée à Wickham, j'avais espéré réussir à être une fille normale, capable d'oublier les années passées à manipuler les autres et à me nourrir de la joie provoquée par leur peine. J'étais extérieure à ce monde-ci, et c'était Justin qui m'avait invitée à l'intérieur.

Plus jamais je n'en ferais partie.

Je tâchai de m'intéresser de mon mieux à la soirée. Les déguisements auraient été réellement amusants si nous avions eu la tête à cela : des lapins, des super-héros, des chats, des chevaliers de la Table ronde. Les filles étaient décolletées et court vêtues, si bien que je ne me sentais pas gênée par mon propre costume qui n'était pas très couvrant.

Le gymnase était plein d'élèves qui dansaient torse contre torse, si proches que leurs hanches se touchaient. Des gouttelettes de sueur apparaissaient sur les fronts et roulaient sur les joues. Vicken et moi étions aux deux bouts des gradins, l'œil aux aguets. Rhode, en face de nous, surveillait l'entrée. De temps en temps, je le voyais discuter avec un professeur, mais il trouvait toujours le moyen de s'excuser rapidement et de retourner monter la garde dans l'ombre.

Je jetai un œil à la grande pendule accrochée au mur. Si Laerte avait dit vrai, Ava avait deux minutes de retard. Rhode se tenait dos au mur, les bras croisés. Il croisa mon regard et le soutint longuement. Je me perdrais toujours dans tout ce bleu. Bleu comme les milliers de cieux que j'avais vus quand j'étais vampire.

Vicken, accompagné d'un fumet de tabac, vint me rejoindre. Il tourna vivement la tête vers la droite et fixa l'autre côté de la salle.

– Voilà qui est intéressant, dit-il simplement d'un ton grave.

Je suivis son regard. Ce que je vis alors allait me choquer pour le restant de ma vie de mortelle. Je ne pouvais plus bouger. Je savais que je devais protéger tous ceux qui se trouvaient dans cette salle, mais mes pieds et mes mains me faisaient l'effet d'être détachés de mon corps. Mon souffle s'arrêta et je battis des paupières pour tenter de me ressaisir.

Puis les hurlements commencèrent.

Car Justin était là, mais son costume n'en était pas un. Son visage était parfaitement glabre, et ses pores comme gommés. Ses yeux qui m'avaient contemplée avec tant de douceur, qui m'avaient dit combien il m'aimait, étaient à présent vitreux. Durs. Il n'y avait pas d'erreur possible.

Justin Enos était désormais un vampire.

Chapitre 25

Deux agents de sécurité gisaient sans vie au sol. Leurs cous étaient pliés à un angle bizarre, comme désarticulés. Morts sur le coup. Avaient-ils eu le temps d'appeler des renforts ? Avaient-ils tenté d'utiliser leur technologie moderne pour sauver leur peau ? Si oui, ils avaient échoué.

Justin, à la porte, tendit une main en arrière dans le couloir et introduisit Ava dans le gymnase. Il l'enlaça par la taille, se pencha afin de la renverser comme pour danser le tango et l'embrassa profondément. J'en restai bouche bée. Ensemble, ils s'avancèrent d'un pas lent, accompagnés de trois autres vampires. Justin portait le polo bleu vif que j'avais vu des centaines de fois sur son dos.

Il lui suffit de fléchir légèrement les genoux pour bondir sur une table de buffet. Il envoya voler d'un coup de pied les bols de chips et les petits fours.

– Bienvenue ! cria-t-il en pointant du doigt le DJ, qui baissa le volume de la sono. Bienvenue au bal d'Halloween. Vous savez, j'avais hâte d'être à ce soir.

Il s'accroupit et tendit une main afin d'aider Ava à monter à côté de lui sur la table.

Justin est devenu un vampire. L'horreur m'écrasa comme un rouleau compresseur. *Ava a gagné.* Elle avait volé Justin à l'humanité, pris sa belle chaleur et sa vie et l'avait transformé en vampire glacial dépourvu d'âme.

Tous deux, sur la table, se régalaient de la terreur qu'ils répandaient. La plupart des gens se blottissaient les uns contre les autres tandis que d'autres étaient paralysés contre le mur. Un élève de première avec qui j'étais en cours de sciences l'année précédente tendit la main vers un couteau, sur la table des desserts. Avant qu'il ait pu le saisir, Ava longea la table jusqu'à lui, arracha le couteau du gâteau dans lequel il était planté et en transperça le cou du garçon. D'autres hurlements résonnèrent dans tout le gymnase et une troupe de gens se précipita vers la sortie.

Le sang giclait en un grand arc de cercle et le garçon agrippa le manche du couteau pour tenter, sans succès, de s'en débarrasser. Je dus détourner les yeux. Je ne voulais pas assister à sa mort, et ses gémissements me donnaient la nausée. L'élève tomba sans vie sur le parquet. Ava se redressa comme si elle n'avait fait que chasser une mouche.

– Le prochain qui envisage de s'attaquer à moi mourra aussi, déclara-t-elle avec un sourire malsain. Personne ne sera épargné, sauf toi, mon cher.

Je ne pouvais pas détacher les yeux de Justin. Comme il était étrange en vampire ! Il était effroyablement souverain, et si *fort* ! Dur et sculptural. Le matin où j'étais allée frapper à sa fenêtre, il était pourtant si doux, si gentil... Si Justin... Et à présent, il n'était plus rien. Rien qu'une enveloppe ne recelant que colère et mort.

Je déglutis avec difficulté. Il fallait que je bouge – mon âme était envahie par ma rage intérieure. Il fallait absolument que je tue Ava. Alors, je pourrais réparer les choses. Justin ne serait plus un vampire. Mes amis vivraient, loin du danger. Tout reviendrait à la normale au lever du soleil.

– Nous sommes ici ce soir car nous avons une requête très particulière, annonça-t-elle.

Deux vampires se tenaient aux pieds de Justin, montant la garde. Mon estomac se retourna lorsque je songeai à celui que j'avais tué avec le sort de barrage. Justin était son remplaçant.

Ava se détourna soudain de lui, sauta au sol et s'approcha vivement de l'entrée du gymnase. La foule des élèves s'ouvrait devant elle à mesure qu'elle avançait. Tracy se tenait fermement debout devant des gradins empilés près du mur. Elle adressa un sourire mauvais à Ava. Elle mijotait visiblement quelque chose. Elle fit un pas en avant, brandissant un objet que je ne voyais pas.

Ava, d'un geste vif, l'attrapa par sa queue-de-cheval et tira brutalement dessus. Un éclair argenté, et je compris que c'était un couteau que Tracy avait à la main. Il tomba bruyamment au sol. Il fallait que je la rejoigne.

Alors que je faisais le premier pas, Justin sauta de la table, détournant mon regard de Tracy.

– Je prends les deux autres, me souffla Vicken en me dépassant.

Je ne pouvais pas regarder, car mes yeux étaient rivés sur les yeux artificiels de Justin, qui ressemblaient à deux billes. Je cherchais, en vain, une trace du garçon humain que j'avais aimé.

Il y eut un grand fracas près de la porte. Rhode n'était plus à son poste. Ava avait précipité dans les gradins un garçon costumé en footballeur américain, tout en gardant le poignet de Tracy serré de l'autre main. Le garçon s'effondra mollement au sol.

– Le célèbre Rhode Lewin ! l'entendis-je dire, et cela me déchira en deux.

Je voulus courir à travers la pièce, mais Justin se dirigeait vers moi à grandes enjambées lentes.

L'instinct me fit reculer, malgré le fait que seulement vingt-quatre heures plus tôt, il me tenait encore la main. Je retrouvai mon sang-froid et un peu de réconfort en resserrant le baudrier contre moi. Mrs Williams et les autres professeurs tâchaient d'évacuer les élèves par une fenêtre du fond.

Allez, le Feu, me dis-je en moi-même. *Quel est mon savoir ? Où est la clé ?*

Justin eut un sourire narquois, et ce fut pour moi comme un signal.

Je tirai l'épée du baudrier et la tins devant moi.

– Lenah ! cria Rhode je ne sais où.

– Tout va bien ! lui répondis-je d'une voix forte.

– J'ai toujours admiré cette épée, me dit Justin en s'arrêtant à quelques pas de moi.

Mon corps réagissait, mais mon esprit n'en revenait toujours pas. Derrière Justin, un vampire poussait un groupe d'élèves dans un coin. Ils tremblaient de terreur, et leur maquillage leur coulait sur les joues.

– Tu vas me donner le rituel, dit-il pendant que d'autres jeunes couraient vers les fenêtres ouvertes.

Tendant le bras, il attrapa une fille par le dos de son costume. Il la tint devant lui et me sourit avec ses yeux étranges et froids. Ses crocs descendirent.

C'était peut-être dû au lien particulier qui existait entre Rhode et moi, mais en tout cas je percevais sa présence à proximité. Je sentais son pouvoir, sa concentration. Je n'avais pas besoin de regarder pour savoir où il était : grâce à mon accès direct à ses pensées, je savais maintenant qu'il était en train de lever un coude, prêt à tirer une flèche dans le cœur de Justin. Je voyais dans ma tête la pointe de la flèche, dirigée droit sur lui.

Je voyais aussi le visage de Justin, moucheté de gouttelettes de sang et de sueur.

– *Non*, dis-je dans ma tête. *Rhode, tu ne peux pas tuer Justin.*

Je fis un pas de côté afin de m'interposer entre eux. Rhode ne pouvait plus lui tirer dessus sans m'atteindre.

Il laissa retomber l'arc et la flèche le long de son corps.

– Donne-moi le rituel, Lenah, dit Justin en resserrant sa poigne sur l'élève. Sinon, je la tue. Non, attends. Encore mieux. Je la vampirise.

Je tenais mon épée devant moi. À ce moment-là seulement, je me rendis compte que l'élève qu'il avait prise au collet était Andrea, celle avec qui il avait flirté encore récemment. Elle était en larmes.

– Lâche-la, dis-je d'une voix égale.

Je me forçai à oublier le garçon qui m'avait donné tant de chaleur et d'humanité. Je me concentrai sur la dureté de son regard.

– Lâche-la, répétai-je avec insistance.

Je ne savais pas quoi faire. Tout autour de nous, on entendait du verre se briser, et une sirène d'alarme hurlait quelque part dans le bâtiment. Que devenait Tracy pendant ce temps ? Justin projeta Andrea en avant ; elle tomba sur les genoux et rampa se cacher derrière moi.

– Justin. Je sais que ce n'est pas toi. Parfois, l'humain intérieur se souvient.

– Je me souviens de ta puissance, Lenah. Celle que j'ai vue l'autre jour sur la plage. Je me souviens de ta puissance de vampire. Et j'ai toujours voulu me l'approprier.

Il allait se jeter sur moi, je le savais. Ses yeux verts, maintenant si étrangers, si bizarres, se vrillèrent dans les miens.

J'étais plus petite que lui, mais il me suffisait de choisir une partie du corps, une simple petite partie du corps, pour le désarmer. J'avais le choix entre plusieurs techniques pour briser sa concentration, après quoi il me faudrait le poignarder en plein cœur ou le décapiter.

C'était inenvisageable. Il balança sa main en avant, armé d'une dague que je n'avais pas vue, prêt à l'enfoncer en moi, mais je fis un bond de côté.

– Vas-y ! Vas-y ! m'encouragea Vicken.

Le son de sa voix me rassura : il était encore en vie. Mais où était Ava ? Et où était Rhode ?

Justin et moi ne nous quittions pas des yeux. J'étais prête. Je levai mon arme et bondis en avant, en faisant porter le poids de mon corps sur la jambe gauche. Je précipitai l'épée vers lui mais le ratai : elle décrivit un arc de cercle et la pointe se planta dans le parquet. Une violente vibration la secoua et remonta jusque dans mes bras. Je voulus crier, tant cela me tirait sur les doigts.

– J'aurais pu simplement acheter un flingue, me fit remarquer Justin en esquivant gracieusement mon coup.

Je gardai les pieds fermement campés au sol, les genoux toujours fléchis, et arrachai l'épée du sol.

– Tu n'aurais pas raté cette occasion de te faire remarquer, persiflai-je.

– Ne m'as-tu pas dit un jour que j'aurais fait un grand vampire ?

Je retins mon souffle. J'avais bien dit ça, n'est-ce pas ? Et le pire... c'est que c'était vrai.

– Tu es peut-être faite de chair et de sang à présent, mais tu es toujours une tueuse, me reprocha-t-il. Tony est mort par ta faute.

– Tu adorais Tony..., dis-je – et ma voix se brisa.

Je regardai le sol, couvert de serpentins piétinés. Justin était tourné vers moi. Je relevai l'épée au-dessus de ma tête et, au moment où il bondit vers moi pour me poignarder, fis un pas à gauche pour l'éviter. Il se retourna vivement vers moi.

– Tout le monde vampirique connaît l'existence de ton rituel, dit-il sans me quitter des yeux. Donne-le-moi. Je peux te protéger en échange.

– Plutôt mourir.

– J'aurais dû laisser Ava t'attraper bien longtemps avant l'autre jour, dans la tour des arts. Je pensais que tu aurais compris, à l'heure qu'il est.

– Qu'est-ce que tu racontes ? De quoi parles-tu ?

Nous tournions en rond, face à face, moi l'épée au-dessus de la tête, lui le poignard sorti. Pour quelqu'un qui n'avait aucune expérience du combat au couteau, il était très agile. Mais là... ses paroles me revinrent en tête.

« Toi, le rituel, Rhode... Pourquoi tu es encore si pleine de vie... alors quoi que tu aies fait avec ce rituel, ça n'a pas d'importance pour moi. Je veux... »

C'était du rituel qu'il parlait depuis le début. Depuis cette nuit-là.

Je serrai les dents pour ravaler mes paroles, mais c'était plus fort que moi. Ainsi, il était de mèche avec ces vampires depuis des semaines !

– Depuis quand ? lui demandai-je. Depuis combien de temps te contrôle-t-elle ?

– J'ai vraiment su qui tu étais, Lenah, le soir de ton anniversaire. Tu croyais que je n'avais pas tout mijoté ? J'avais tout prévu pour gagner ta confiance.

Il avait passé cette nuit-là avec moi uniquement pour le *rituel* ?

Derrière lui, un de ses acolytes bondit sur Vicken. Le dos de ce dernier s'arrondit lorsque l'ennemi le heurta avant de s'écrouler lourdement. Vicken fit volte-face, poignard toujours en main. Il ne fallait pas que je me laisse distraire.

Justin cessa de me tourner autour et fit un pas dans ma direction. J'étais tout près de lui, plus près qu'il ne le fallait pour le transpercer de l'épée. Je me concentrai sur l'espace situé juste entre son bras et son plexus solaire. J'allais frapper... pour le désarmer. *Oui, juste là, à mi-chemin du bras et du plexus.* Ma main droite se resserra sur mon arme.

Je me ruai sur lui, mais il fut plus rapide et m'envoya au sol d'un coup de pied. L'épée de Rhode tomba par terre à grand fracas. Mon ventre, sous le choc, se tétanisa. Je le serrai à deux mains, juste à temps pour voir Justin se préparer à me porter le coup fatal. Je me retournai comme une crêpe et rattrapai mon épée. Puis, d'un coup de pied, je fis sauter le couteau de la main de Justin. Il grogna comme un animal, leva le pied et l'abattit sur mon ventre avant que je puisse m'écarter en roulant. Ma main lâcha l'épée et mes poumons se vidèrent d'un coup. Je toussai sèchement, alors que j'avais déjà la gorge à vif.

Respire, Lenah. Impossible. Ma poitrine se resserra. J'étais sur le sol du gymnase et pourtant, soudain, les paroles prononcées par Ava, il y avait longtemps, dans la cabine d'essayage, me revinrent.

« Je comprends pourquoi il t'aime. » C'était de Justin qu'elle parlait ! Comme il était penché sur moi, la rune qu'il portait au cou se balançait juste au-dessus de mes yeux. « Le savoir, avait dit le Feu. Le savoir est la clé. »

J'avais besoin de comprendre ce qu'avait voulu dire l'entité.

J'avais aussi besoin de l'épée. Je tentai de reprendre mon souffle. *Respire, Lenah !* hurlai-je dans ma tête.

– Mortelle, donne-moi le rituel ! gronda-t-il en soulevant un peu son pied.

Soudain, un énorme vacarme attira de nouveau notre attention sur la salle. Une flèche dépassait de la poitrine d'un des vampires du cercle d'Ava. En s'effondrant, il renversa une série de chaises et la table des boissons.

Le temps sembla se ralentir encore davantage. Au pied des gradins, je vis Ava. Le cou allongé au-dessus de Tracy, elle s'abreuvait à sa gorge. Mon amie avait les yeux fermés et la bouche ouverte et molle, comme Claudia avant elle. Rhode, soudain, surgit du chaos et balança à Ava un coup de pied qui lui fit perdre l'équilibre et l'écarta de Tracy. Elle fit la grimace et avant qu'elle ait pu rassembler ses forces pour contre-attaquer, avant qu'elle ait pu prendre le couteau qu'elle avait certainement sur elle, elle regarda Justin à travers la pièce. Sa colère se mua en surprise, puis en rictus menaçant.

La douleur rayonnait par vagues successives de mon échine jusqu'à mes bras. Justin me dominait encore de sa hauteur et je le regardai à nouveau. Il approcha de moi son beau visage – encore plus beau à présent que ses pores étaient scellés. Il tenait son épée de la main droite ; il leva le bras juste assez haut pour pointer la lame sur ma poitrine. Alors qu'il s'apprêtait à m'embrocher, je roulai sur moi-même en levant le pied, et le frappai en plein torse. Ses bras s'écartèrent vivement et il chuta en laissant tomber l'épée. Je la rattrapai et la tins pointée vers le sol.

Je laissai pendre l'arme entre nous. Je me revis, des siècles plus tôt, claquant des doigts pour ordonner à des centaines de vampires d'assassiner une femme hollandaise. Je me revis buvant de pleines coupes de sang. Les bals mortels de la Nuit Rouge.

– Fais-le, Lenah ! hurla Vicken derrière moi avant de sortir du gymnase en se lançant aux trousses d'un vampire qui s'était échappé.

Un sourire cruel passa sur la bouche de Justin et il se mit à rire.

– Je t'arracherai le rituel d'une manière ou d'une autre, dit-il.

Je jetai l'épée au sol pour le surprendre et, comme je l'espérais, ses yeux suivirent son mouvement.

La rune était là, posée contre son torse. La *rune du savoir*.

Bien sûr.

J'ignorais depuis combien de temps cette rune le contrôlait. Les runes consacrées, des objets imbibés de magie, avaient le pouvoir de contrôler l'esprit de quelqu'un d'affaibli, de frappé de chagrin, quelqu'un qui avait le cœur brisé.

– Justin, ton pendentif ! cria Ava en se rapprochant. Protège la rune !

La blonde maléfique se tenait devant moi. Elle utilisait son corps comme bouclier entre Justin et moi. J'avais besoin d'espace pour lui arracher le bijou.

Ce n'était pas seulement en la saignant que l'on pouvait affaiblir Ava. Lui prendre le pendentif fonctionnerait aussi.

Car cette rune était la connexion entre Justin et Ava. Cette dernière avait peut-être accumulé une force énorme grâce à des sorts et des incantations, mais la rune était la clé ! Comme j'avais été aveugle ! Cette rune du savoir était ce qui canalisait cette force, ce qui la liait à elle, ce qui lui donnait sa rapidité surnaturelle. Ava puisait son énergie dans l'âme de Justin !

« C'est l'intention qui compte. L'intention dans l'âme, dans l'esprit. L'esprit dominant la matière, appelez cela comme vous voulez. L'esprit est toujours plus fort que le corps. »

Le symbole représenté par la rune, celui du savoir, porté à l'envers, peut être utilisé dans des sorts d'illusion et de manipulation.

« Le savoir est la clé. » Le Feu me l'avait dit.

Une flèche vola dans les airs et alla se planter dans l'épaule de Justin. Il poussa un cri et s'effondra au sol, battant des bras et des jambes, serrant les mains sur la flèche.

Ava empoigna mon débardeur et tenta de m'immobiliser en me tenant contre elle. Elle serra plus fort lorsque je bougeai. Je toussai et me débattis pour respirer. J'avais l'impression que mes poumons allaient exploser.

Il me fallait cette rune. C'était le seul moyen de l'affaiblir. Elle me serra de plus belle, opprimant encore plus ma respiration. Justin resta sans mouvement pendant une fraction de seconde, la main serrée sur la flèche. Ça y était, c'était ma seule chance.

Je me tendis vers l'avant. Juste un peu plus loin. Puis ma main... J'y étais presque. J'étirai mes doigts, qui se refermèrent sur le cordonnet de cuir. Je l'arrachai du cou de Justin. Immédiatement, Ava me lâcha. Je m'éloignai en titubant. La rune se balançait au bout de mes doigts. Je fis vivement volte-face : il fallait que je garde Ava à l'œil.

– Je vais la détruire, menaçai-je en tenant la rune en l'air.

Ava leva un pied, menaça de sauter mais s'arrêta. Ses yeux passèrent du bijou à moi. Le temps d'un battement de cœur, elle sembla réfléchir à ses choix.

Elle bondit alors dans ma direction, brandissant ses ongles tranchants devant mon visage. Je me baissai, mais vis les griffes rouges du coin de l'œil. *Maintenant ou jamais, Lenah.* Elle se retourna face à moi. *C'est le moment.* Je levai la main droite et je fis ce que Vicken m'avait entraînée à faire cent cinquante ans auparavant.

J'enfonçai mon couteau dans sa poitrine morte de vampire.

– Non ! cria-t-elle – mais c'était un cri creux, animal.

Elle s'effondra au sol, une main en avant.

Ava regardait le couteau comme si elle ne pouvait pas croire que j'avais fait cela. Que j'avais été la plus habile. Elle se recroquevilla sur ses genoux. Elle leva la tête vers moi, et ses lèvres s'entrouvrirent. Ses crocs descendirent, mais ils ne faisaient plus peur, ils étaient tristes. On aurait dit une version saccagée de la jeune femme qu'elle avait été autrefois.

Elle s'écroula sans vie. Une belle femme, transformée en vampire, et qui était morte trop jeune. Au point du jour, elle deviendrait un tas de cendres. Et j'étais sûre qu'elle ne rejoindrait pas la lumière des Aeris, mais qu'elle finirait par reprendre le cours naturel de sa vie.

Quant à moi, mon vœu serait exaucé. Au lever du soleil, tout ceci serait terminé et nous retournerions à un temps d'avant les morts illégitimes, d'avant la tristesse vide. Je regagnerais le monde médiéval. Je fus intensément soulagée, mais pour un instant seulement, car Justin porta la main à son cou. Il secoua la tête comme pour s'éclaircir les idées, et se balança d'avant en arrière devant moi. Il avait arraché la flèche de son épaule. Je posai la rune par terre et m'agenouillai devant.

Rhode vint me rejoindre tandis que le hurlement des sirènes résonnait au loin.

– Il faut que tu la brises, dit-il. L'esprit de Justin y est toujours attaché, même si Ava est morte.

Il me tendit son poignard, et nous posâmes un dernier regard sur Justin. Celui-ci agrippait toujours son cou, désormais dénudé. J'utilisai la force de mes bras pour abattre la lame sur cette rune argentée, si fort qu'elle explosa avec un bruit sec. Un nuage de fumée blanche en jaillit. Justin porta la main à sa tête. Sa poitrine était exposée, juste devant moi.

J'aurais pu le poignarder en plein cœur et en finir avec lui. Mettre fin à sa vie humaine et à sa vie de vampire. La rune était brisée par terre.

– Frappe, Lenah ! me cria Vicken.

Les sirènes se rapprochaient. Le gymnase était presque vide. Il fallait partir.

Justin secoua la tête comme pour faire le point, ajuster sa vision. Dans ce monde-ci, ses yeux n'auraient plus besoin de le faire. Il était à présent du côté des immortels.

Vicken me répéta de poignarder Justin. Mais je n'allais pas faire ça. Je n'allais pas transpercer la poitrine sur laquelle j'avais posé ma tête, même si tout devait changer au matin.

Non, je ne le ferais pas. À cause du Justin que j'avais vu un jour sous la pluie, lorsque je l'avais connu. À cause de Justin dans l'entrée de chez ses parents, la nuit où j'avais dormi là-bas. À cause de son amour de la vie et à cause de l'époque, pas si lointaine, où il m'avait montré comment être humaine et où je l'avais aimé.

Il cligna les paupières plusieurs fois, encore sous le choc, et ses yeux de marbre vert eurent un regard étrange. Ses beaux cils battirent ; il secoua de nouveau la tête, comme aveuglé.

Rhode se leva et, ensemble, nous regardâmes Justin qui tenait sa dague dans sa main. Il baissa les yeux vers elle comme s'il n'avait pas bien su ce qu'il faisait avec cet objet.

– Bon retour parmi nous, lui dit Rhode.

Le gymnase était à présent vide, à part nous et Vicken, qui saignait de la tempe à la mâchoire.

– Qu'est-ce que tu m'as fait ? me demanda Justin.

– Je t'ai libéré du contrôle mental d'Ava... par le biais de cette rune.

– Une rune ?

– Cette rune, dit Rhode en ramassant les morceaux.

Il les lui montra dans la paume de sa main.

– Tu es un vampire, Justin.

Celui-ci porta la main à sa bouche et la palpa à la recherche de ses crocs, qui descendaient à volonté. Il retira sa main lorsque l'une de ses dents lui piqua l'index, faisant perler une gouttelette de sang.

– Ne le gâche pas, lui conseilla Rhode. Tu auras besoin de tout le sang possible, vampire.

– Je sais ce que je suis ! cria Justin qui recula en direction des portes du gymnase. Je sais. Vous n'avez pas besoin de me le répéter !

Réaction courante chez les vampires. L'hubris. Une incapacité flagrante à être pris en tort. Les jeunes vampires ne se languissent pas tout de suite de leur humanité. Ils sont d'abord attirés par le savoir. Par le pouvoir. Souvent, dans les premiers temps, ils sont enthousiasmés par leur immortalité toute neuve.

Mais en réalité, il ne savait pas. Il ne comprenait pas encore ce qui lui était arrivé. Et ça, c'était peut-être pire que tout. La rune l'avait empêché de prendre conscience de ce qui se passait. Non seulement elle avait conféré de la force à Ava, mais elle avait embrumé l'esprit de Justin. Elle avait pris le dessus. Elle avait fait de lui quelqu'un d'autre.

Il franchit les portes du gymnase et posa la main sur son épaule, là où Rhode l'avait atteint avec la flèche. Il la regarda, cherchant du sang, mais comme je m'y attendais, il cicatrisait vite. Ses yeux s'attardèrent sur moi avant de tomber sur Ava, par terre. À la vue de son corps effondré, il tourna les talons et partit en courant.

Il ne fallait pas qu'il s'échappe. Je me lançai à sa poursuite.

– Lenah ! me rappela Rhode.

Je me hâtai de sortir et de suivre le sillage de Justin. Mais c'était un athlète, bien plus rapide que moi. Il dépassa les arbres, les gens. Je courus aussi, mais directement dans la foule.

« Lenah ? »

« Est-ce que ça va ? »

De là où j'étais, près du grand chêne qui poussait au centre du campus, je pivotai pour regarder vers la colline où, il y avait si longtemps me semblait-il, sur le terrain de tir à l'arc, Suleen avait dressé entre Justin et moi son bouclier liquide. Justin était à présent au pied de cette colline et il se retourna vers moi. Nos yeux se rencontrèrent. Au début de la vie de vampire, on peut encore se souvenir du bonheur et de l'inquiétude. Ce que je lus dans son regard fut du regret. Mais l'instant fut très fugace. Il partit en courant dans les bois et s'enfonça dans les ténèbres.

Quelques minutes plus tard, j'étais enveloppée par des mains et des visages inquiets encore barbouillés de maquillage d'Halloween. Un groupe m'encerclait, et on m'emmena.

Chapitre 26

Les nouvelles concernant Justin se répandirent comme des milliers de plumes voletant au vent.

« Que lui est-il arrivé ? »

« Il a été recruté par un gang ? »

« Il était avec qui ? »

Toutes sortes de questions lancées dans le campus se massaient ensemble comme mille chuchotements. Comment ? Quoi ? Pourquoi ? Qui ? Des questions de victimes. Des questions qui ne trouveraient jamais de réponse.

Vicken, Rhode et moi nous assîmes au pied d'un arbre, attendant quoi ? Je ne le savais trop. Rhode me prit la main. Cela m'étonna, car je n'avais plus l'habitude qu'il me touche. Vicken tenait un tee-shirt ensanglanté contre sa tête. Nous ne disions pas grand-chose.

– Ça va aller, nous dit gentiment une femme pompier. Ça va s'arranger.

Elle consolait un groupe de filles en pleurs, qui s'étaient regroupées à côté du bâtiment Hopper. D'autres pompiers et un policier passèrent en courant devant nous et entrèrent dans le gymnase. Ils avaient des haches et des lances à incendie, des armes à feu et des sacs de morgue. Je ne voulais pas y penser, je ne voulais pas savoir. La grande horloge du bâtiment Hopper indiquait qu'il était quatre heures et demie du matin. Plus que deux heures avant le lever du soleil.

J'entendis un fragment de conversation entre Mrs Williams et un policier.

– Vous êtes sûre qu'il fait partie d'un gang ? demanda l'enquêteur en prenant des notes dans un calepin.

– Oui, sans aucun doute. Un gang violent.

– Nous allons devoir interroger ces jeunes. Commencez à appeler les parents, ordonna l'homme alors qu'il passait devant moi.

Vicken, Rhode et moi nous regardâmes mutuellement sans dire un mot. Un sauveteur équipé d'une trousse de premiers secours s'approcha de nous. Il se baissa et examina la blessure de Vicken, les yeux plissés.

– Viens avec moi, lui dit-il. Il va te falloir des points de suture.

Vicken écarta le tee-shirt de son crâne, et un petit filet de sang coula jusqu'à sa lèvre supérieure. Pour la première fois de notre longue histoire, il ne la lécha pas.

– Pourriez-vous m'expliquer la forme de cette blessure à la tête ? s'enquit Vicken en suivant le médecin.

Rhode et moi étions toujours assis le dos contre le tronc du chêne, nos poignards, arc, flèches et épée cachés derrière le mur du bâtiment Hopper. J'appuyai ma tête contre l'écorce et regardai Rhode. Il n'était plus déguisé : le seul vestige de son costume était le débardeur noir. Il avait déjà troqué son kilt contre un jean noir. Si moderne. Et là, une idée me frappa... lui aussi vieillirait. Mais je ne le verrais jamais.

Il me pressa la main, ce qui fit accélérer mon cœur. *Comme c'est juste*, pensai-je au milieu du chaos ambiant, *que maintenant, après tout cela, il fasse battre mon cœur si fort.*

J'avais attendu cela si longtemps.

– C'est très courageux, ce que tu as fait, me dit-il.

Je soufflai, me perdant dans la douceur de ses yeux bleus.

– Ça ne m'a pas semblé spécialement courageux. Ça m'a fait l'effet d'être... la fin.

La voix du policier détourna mon attention. Il interrogeait toujours Mrs Williams.

– Combien étaient-ils ?

– Quatre ou cinq, il me semble.

– Crois-tu, chuchotai-je à Rhode, qu'au lever du soleil Justin sera toujours un vampire ? Je veux dire, quand je retournerai au XVe siècle ?

– Je pense que le Feu tiendra sa promesse. (Il fit paresseusement rouler sa tête pour me regarder.) Justin redeviendra Justin, je suppose.

– Où crois-tu qu'il soit allé ?

– Chercher d'autres vampires. Ça ne lui prendra pas bien longtemps. Ta décision est peut-être la meilleure pour tout le monde.

Il ne me regarda pas en disant cela. Il lâcha ensuite ma main pour fouiller dans sa poche. Puis me tendit la rune brisée dans sa paume ouverte. Je ne la pris pas. Je ne voulais pas jouer à deviner quand Ava avait réussi à enrôler Justin.

Mais soudain, Rhode fronça les sourcils.

– Dis... Où est ta bague d'onyx ?

Je tendis les mains devant moi en écartant les doigts. Ma bague ! Elle n'était plus là !

– J'ai dû la perdre en me battant, soufflai-je avec incrédulité. Je vais aller la chercher, ajoutai-je en commençant à me lever pour rejoindre le gymnase.

– Bah, laisse tomber. C'est une pierre maudite, de toute manière. Elle pousse les gens à s'accrocher trop longtemps. Les âmes aussi. Elle lie les gens à leur passé dans un monde qui ne veut plus d'eux.

J'acquiesçai... consciente que quelque part sur le sol du gymnase, ma bague, celle qui avait lié mes différentes vies entre elles, d'humaine à vampire, de vampire à humaine, traînait, solitaire, sous des décorations d'Halloween et des cotillons.

Rhode me présenta une fois de plus la rune brisée. Cette fois, je la pris et gardai les deux moitiés posées dans ma paume, fraîches contre ma peau. Alors, je compris. Avec quelle facilité j'avais cru Justin sur parole. Avec quelle facilité je l'avais écouté me dire qu'il portait la rune parce qu'il se souciait de moi, parce qu'il voulait me comprendre. Chaque fois qu'il était seul avec moi, il me questionnait à propos du rituel. Et avec quel enthousiasme il avait voulu venir me voir jeter le sort de convocation ! Si intéressé par le pouvoir.

– Tu ne pouvais pas savoir, me dit Rhode.

– Quand... quand lui et moi... (Je m'arrêtai pour choisir soigneusement mes mots.) Cette nuit-là. Celle de mon anniversaire. Il m'a dit dans le gymnase... qu'il n'était pas lui-même à ce moment-là.

– Il a sans doute été approché il y a un moment déjà. Je ne pense pas qu'il ait fait tout cela de son plein gré, soupira Rhode. En tout cas, c'est terminé, conclut-il à mi-voix.

Il se pencha en avant et repoussa une mèche de mes cheveux derrière mon oreille. Justin avait eu le même geste avec moi, mais là c'était Rhode, et ses doigts effleurant ma peau faisaient battre mon cœur plus vite.

– Tu te souviens de l'histoire que tu racontais à propos de Suleen ? Celle de l'*Anam Cara* ?

Il fit oui de la tête et tint ma joue dans sa main avec amour.

– Crois-tu que nous soyons ainsi ? lui demandai-je. Ou est-ce réservé uniquement aux vampires très puissants comme Suleen ?

– Je crois que Suleen dirait que l'amour qui nous lie est plus fort que tout.

Il ne retira pas sa main de mon visage, et sa chaleur me rappela tous les moments froids de ma vie. Durant ces longues années, son contact m'avait réconfortée.

Oui, j'étais humaine à présent, et la sensation était différente, j'avais des terminaisons nerveuses, et des sens étaient reliés à cette main.

Mais l'amour était le même.

– Lenah..., fit soudain une voix faible.

Je pivotai pour chercher sa source. Tout le monde était encore déguisé, les yeux rehaussés de paillettes, les lèvres et les nez peints ou garnis de fourrure. Derrière les groupes d'élèves retournant vers le bâtiment Quartz, deux secouristes portaient quelqu'un sur une civière. Lorsqu'ils passèrent, Tracy tourna lentement la tête vers moi.

– Lenah ! dit-elle une fois encore.

Je me levai d'un bond mais gémis, arrêtée net par une douleur fulgurante dans le bras. J'agrippai mon épaule droite ; je n'avais pas eu besoin de tant de force la dernière fois que j'avais manié une épée.

Je passai devant des élèves qui parlaient de Justin et de sa transformation physique. Ils trouvaient des dizaines de raisons : la drogue, l'adrénaline, peut-être l'influence d'un gang. Rien que des mots et des expressions que j'avais appris au cours de mon année humaine. Ce n'étaient que des excuses que trouvaient les gens pour expliquer l'inexplicable.

– Vous pouvez attendre un instant ? demandai-je aux sauveteurs en m'approchant de Tracy.

Une larme roula sur sa joue. Elle l'essuya et me regarda.

– J'ai essayé, me dit-elle. J'ai apporté un couteau, mais elle l'a fait sauter d'un coup de pied.

– Je n'ai pas pu arriver jusqu'à toi, répondis-je en m'accroupissant pour être à sa hauteur.

– Est-ce que tous ceux que j'aime vont mourir ? demanda-t-elle d'une voix tremblante. Je ne veux pas rentrer chez moi, Lenah, mais le lycée va fermer.

– C'est temporaire.

– Est-ce qu'il va revenir tous nous tuer ?

– C'est un vampire, soufflai-je à voix très basse pour qu'elle soit la seule à m'entendre. Mais je pense que tu n'auras plus à le craindre.

Elle se frotta les yeux.

– Ce que tu as fait. Ce soir. C'était incroyable, me dit-elle.

– C'est ma faute si tu as dû assister à ces horreurs.

Dans le clair de lune, je voyais clairement sa peine.

Je lui pris la main. J'avais l'habitude d'enlacer Justin, ou Vicken, qui étaient des garçons vigoureux aux épaules larges et au dos musclé ; mais Tracy n'était qu'une jeune femme – comme j'aurais dû l'être, moi aussi. Sa main me parut frêle, comme celle d'un petit enfant.

– Je n'arrive pas à croire qu'ils annulent les cours, poursuivit-elle en me lâchant pour essuyer encore des larmes.

Les hommes qui portaient la civière se remirent en marche en direction d'un groupe d'ambulances garées au centre de la pelouse. Devant ces ambulances étaient alignés six corps. Quatre vampires, dont Ava, et deux élèves. Au moment où je me détournai, quelqu'un annonça que la presse était en chemin.

– À bientôt, Lenah, me dit Tracy.

Et elle fut emportée parmi les sauveteurs et les gyrophares.

– Oui, à bientôt, répondis-je, même si je savais que je n'étais, au contraire, pas près de la revoir.

Lorsque je me retournai pour faire face au chaos qui régnait sur le campus, la police était en train de regrouper les élèves par niveaux. Tous étaient pendus à leur téléphone portable. Mrs Williams en chassa quelques-uns vers les dortoirs.

Je croisai le regard de Rhode, debout à côté du chêne. Vicken avait un bandage blanc autour du crâne, et tous deux parlaient avec une assurance tranquille. Il y avait déjà plusieurs heures que Justin était parti dans les bois et c'était seulement maintenant, longtemps après minuit, que les policiers et les pompiers faisaient rentrer les élèves. Les dépositions avaient été enregistrées, il était temps d'essayer de prendre un peu de repos pendant ce qu'il restait de nuit.

Je soufflai lentement. Un vent frais balayait le campus et faisait frissonner les feuillages. Je savais qu'un frisson était un signe. Un sentiment de reconnaissance familier me traversa.

Je regardai au-delà des élèves, en direction de la colline, et au sommet... enfin, *enfin*, Suleen était là.

Je m'approchai de Vicken et de Rhode. En chemin, je fus arrêtée par Mrs Williams qui se planta devant moi. Son maquillage de souris s'était effacé : il ne restait que quelques traces de moustaches sur ses joues.

– J'attendais de te trouver seule, me confia-t-elle.

Ses yeux gris-bleu pénétraient les miens en cette fin de nuit.

– Qu'est-ce que tu as fait ? me demanda-t-elle. Comment saviez-vous ? Toi, Vicken et Rhode ?

– Mrs Williams, il faut que je parte.

– Ces hommes. Et Justin..., commença-t-elle.

Je la touchai sur l'épaule comme elle l'aurait fait pour moi, comme un parent touche un enfant. Car en réalité, j'étais bien plus âgée qu'elle ne le serait jamais.

– Tout est terminé, lui dis-je, répétant les mots que Rhode m'avait dits, et je m'éloignai en direction du chêne, en tâchant de ne pas l'écouter qui m'appelait encore.

– Lenah, attends. Je ne comprends pas. Je ne compr...

En arrivant à l'arbre, je vis que le bandage de Vicken s'étirait de ses sourcils à la ligne de ses cheveux.

– Tu vas bien ? lui demandai-je.

– Une simple égratignure, très chère.

Il partagea avec moi un sourire fatigué. Au sommet de la colline, derrière lui, se dressait le grand vêtement blanc de Suleen. Il me rappelait l'orbe gris qui avait flotté devant mon cœur dans le reflet du plafond d'onyx, chez les Évidés.

Je me retournai pour regarder la foule encore présente derrière nous. Personne ne faisait attention à nous ni ne nous demandait de rentrer. Je savais que c'était grâce à Suleen. Il nous rendait invisibles afin de faciliter notre départ.

Cela me donnait aussi le temps d'embrasser une dernière fois les lieux du regard. Et c'est ce que je fis. Je contemplai tout le campus de bout en bout, m'arrêtant, bien sûr, sur Seeker Hall. Sa structure de brique était encadrée de trois arbres aux feuilles jaune et orange, éclatantes. J'avais de la peine.

– Il est temps d'y aller, dis-je à Vicken avant de me mettre à gravir la colline.

– D'y aller ? D'aller où ?

– Viens, insistai-je doucement en lui prenant la main.

– Mais qu'est-ce qui se passe ?

Je l'entraînai sur la colline. Rhode serrait mon autre main. Il était d'un côté de moi, Vicken de l'autre, et nous montions tous les trois. Trois générations d'assassins montant vers leur rédemption. Et cette fois, c'était entièrement mon œuvre. Lorsque nous arrivâmes au sommet, Suleen nous attendait, silencieux et éthéré.

J'aurais voulu éprouver de la rancune. J'aurais voulu savoir pourquoi il n'était pas venu lorsque je l'avais appelé avec les sorts de convocation.

Mais à la vérité, je connaissais déjà la réponse. Il n'était pas venu parce que je ne le méritais pas. Parce que venir pour sauver Rhode n'aurait rien réglé. J'aurais simplement trouvé un autre moyen de tenter d'enfreindre le décret, et de pratiquer la magie qu'on m'avait expressément demandé de ne pas utiliser.

En approchant de Suleen entre mes deux amis, je retins mon souffle. L'automne était enfin arrivé à Wickham. Alors que nous gravissions les derniers mètres de dénivelé, nous pouvions voir notre haleine dans l'air.

– Suleen, s'extasia Vicken, aussi surpris qu'émerveillé.

Il n'avait jamais vu le vampire auparavant, ne l'avait jamais approché en personne.

– Vous êtes venu, ajouta-t-il. Et on n'a même pas eu à se brûler.

Suleen sourit gentiment, mais tourna ensuite son regard vers moi.

– Je suis fier de toi, me dit-il.

Rhode se tenait fermement à mon côté, et le regard de Suleen glissa vers lui.

– Et je suis encore plus fier de ce à quoi tu n'as pas pu renoncer.

Rhode hocha la tête.

– Et maintenant, faisons correctement les présentations.

Il se détourna de Rhode et de moi.

– Vicken Clough, du 57e régiment, dit-il.

Vicken bomba le torse.

Suleen tendit la main et le prit par l'avant-bras. Vicken lui prit le bras de la même manière : une salutation répandue entre vampires, conçue à l'origine pour protéger le poignet.

Le regard de Vicken s'illumina, plus que je ne l'avais jamais vu depuis qu'il était mortel. Ce devait être un moment très important pour lui.

– Il ne sait pas, dis-je à Suleen.

Celui-ci recula d'un pas, et à ce moment-là seulement, je me rendis compte que le ciel n'était plus noir mais gris, bientôt lavande, avant l'orange brûlant du lever du jour. Le soleil, annonciateur du changement.

– Je ne sais pas quoi ? Que se passe-t-il ? s'inquiéta Vicken.

Je lançai un regard à Suleen.

– Il me reste combien de temps ?

– Quelques minutes à peine, répondit notre doyen d'une voix douce.

Je pivotai vers Vicken et posai les mains sur ses joues. Je trouvai son regard et le retins. Il semblait avoir du mal à soutenir le mien ; ses narines palpitèrent un peu. Il allait pleurer, et je n'étais même pas sûre qu'il ait compris ce qui lui arrivait. À moins qu'il ne soit en train de refouler ses larmes. Je le regardai se rappeler, lentement, la réaction humaine qui se produit lorsque le corps pleure. Je plongeai le regard dans ses yeux bruns.

– Sais-tu pourquoi je t'ai sauvé, tout à l'heure, au gymnase ?

Il secoua négativement la tête.

– Parce que le soir où je t'ai rencontré, tu dansais et chantais sur les tables. Tu *adorais* le monde, et j'ai fait de toi un spectateur.

– Lenah ? fit-il doucement.

– Tu ne seras plus un spectateur.

– Je ne te comprends pas, très chère.

– Je retourne au XVe siècle, lui annonçai-je.

– Non ! cria-t-il.

Je laissai retomber mes mains.

– Et toi, tu vas retrouver la maison de ton père. À l'aube, tu seras de retour dans la nuit où je t'ai volé ton âme et où j'ai fait de toi un démon. Tu seras le navigateur que j'avais rencontré, avec des cartes accrochées aux murs de ta chambre et des chaussettes suspendues au-dessus d'une bassine.

Le ciel était à présent mauve, et le soleil allait bientôt franchir le sommet de la colline. Les premiers scintillements dorés embrasèrent la crête.

– Lenah, non ! s'écria de nouveau Vicken, mais je me détournai quand même. Qu'est-ce que ça veut dire ? Suleen, qu'est-ce que ça veut dire ?

Je pivotai vers Rhode, dont les yeux étaient rivés au sol. Ses bras pendaient le long de son corps ; il aurait pu être une statue des temps modernes, tant il était immobile.

Je m'approchai et m'arrêtai à quelques centimètres de lui, comme je le faisais depuis des mois.

– Je vais t'embrasser, maintenant, lui chuchotai-je.

– J'espérais que tu dirais cela, me souffla-t-il en retour, ce qui nous fit sourire. Lenah, que ferai-je sans toi ? dit-il encore, et je sentis la chaleur corporelle qui émanait de lui.

Un mot unique me traversa, et je frémis.

– Vivre.

Nos lèvres se rencontrèrent... la sublime pression de sa bouche contre la mienne. La chaleur de sa bouche, sa saveur à lui. Je suivis les mouvements de ses lèvres et la douce caresse de sa langue. Ses mains remontant dans mon dos m'envoyèrent des picotements jusqu'en haut des bras.

C'était meilleur que tout ce que j'avais imaginé. Mon Rhode embrassait avec douceur. Il prit mon crâne dans sa main et s'insinua plus loin dans ma bouche. *Ne me quitte pas.*

L'odeur de pommes qui m'avait hantée toute l'année me submergea à nouveau, mais cette fois elle était associée à la lumière blanche des Aeris. Les images qui me vinrent en tête montraient désormais des milliers de souvenirs de mon passé avec Rhode. Un diaporama de nos années communes.

Des boucles d'oreilles en or sous la pluie. Des bals et des danses. Des rires sous les étoiles. Rhode et moi sur un lit de paille. Rhode riant d'une de mes plaisanteries devant un feu de bois.

Ce n'avait pas été que douleur et mort, n'est-ce pas ? Il y avait eu de l'amour, aussi.

Il s'écarta de moi et l'air entre nous demeura tiède, même si la froideur de l'atmosphère me mordait les oreilles. Ses yeux plongeaient dans les miens.

– Prête à partir à l'aventure ? me chuchota-t-il avec un demi-sourire.

Il m'avait répété cette phrase des centaines, des milliers de fois. Mon cœur enfla de joie.

– *Anam Cara*, chuchotai-je.

Il m'adressa un petit sourire, et cela me suffit. Je n'avais pas à lui expliquer ce que je voulais dire. Car c'était un monde nouveau, un monde où nos histoires n'avaient plus d'importance et où nous serions libres.

– Lenah..., dit Suleen, et je vis une lumière d'or monter au-dessus de l'horizon.

Peut-être était-ce parce que les Aeris m'avaient prévenue, peut-être parce que je savais que le soleil était le Feu en personne, mais je sus. Je devais marcher vers ce soleil levant. Je savais qu'il me ramènerait chez moi.

Le bleu des yeux de Rhode était intense, comme toujours. Il m'aimait. Je pouvais rentrer à mon époque en sachant, pour une fois, que j'avais vraiment aimé et été aimée. Rhode prit mon visage entre ses mains et m'embrassa tendrement sur les deux joues, sur le front, puis effleura mes lèvres.

Je fis un pas en arrière, le corps entier parcouru de frissons. Lorsque je tournai la tête vers Vicken, des larmes, de magnifiques grosses larmes, roulaient sur ses joues. Il les essuya et contempla ses doigts humides, momentanément stupéfié par le pouvoir d'un pleur. Plus de cent ans qu'il attendait cela !

Suleen tendit sa main, et, comme je l'avais vu faire l'année précédente, replia le bras et la tint au-dessus de son cœur. L'éclat doré du soleil me réchauffait, tout mon dos était englobé dans sa chaleur. Je m'en allais. Les arbres derrière Rhode, Vicken et Suleen devenaient des taches floues, rouges et orange, contre le ciel.

Enfin, je regardai Rhode. Je voulais qu'il soit ma dernière vision de ce monde. Ses lèvres étaient encore entrouvertes. Nous aurions pu nous dire bien des choses. Mais je partais vite. Je ne voyais presque plus Vicken, il était tout blanc de lumière. Je crus flairer un parfum de pommes.

Entre Rhode et moi, les mots ne suffiraient jamais. Alors, je posai ma main sur mon sein, là où je sentais mon cœur battant. Il était mort pour que ce cœur batte, pour que je puisse respirer et vivre. Je la laissai là et ne quittai plus le bleu de ses yeux. Ces yeux que j'aimais plus que l'amour n'aurait pu l'expliquer.

Je t'aime. Je t'aime. Je t'aime.

La lumière était partout autour de moi, à présent. Elle me prenait en elle.

Ce monde allait en devenir un autre. Un monde sans Lenah Beaudonte.

Et comme ça, simplement, dans cette lumière qui n'était plus qu'or et argent...

... je ne fus plus là.

Toutes nos erreurs restent-elles logées dans nos cœurs ? Pouvons-nous jamais lâcher prise ? Ce qui est gravé dans la pierre peut toujours être effacé. Car la pierre n'a pas d'emprise.

Même la pierre peut être brisée.

Chapitre 27

1418

Des pommes. De gros orbes rouges étincelant dans le soleil matinal.

– Lenah !

Quelqu'un m'appelle. Des pommes rondes pendent à une branche de l'autre côté de la fenêtre. Je connais cette vue. Je connais cette odeur crue : la paille de mon matelas. Je suis parmi les miens, dans la maison du verger. Le soleil qui entre par la fenêtre inonde le plancher de lumière jaune. Des coqs chantent dehors : ils s'éveillent au lever du jour. Je me souviens de ça !

– Lenah !

Mon père ! La joie éclate dans mon cœur.

– Petite dormeuse ! Es-tu donc malade ?!

La voix de mon père résonne, et je ne l'ai pas entendue depuis si longtemps ! Je me lève d'un bond et, un instant, je touche le carreau épais d'une fenêtre à meneaux. La lumière est filtrée par le verre grossier et plein d'imperfections.

Je me fiche bien que ma longue chemise de nuit me couvre les pieds, je la relève pour dévaler l'escalier quatre à quatre. Mon père est là, avec sa grosse barbe et ses vêtements de travail. Ma mère est devant l'âtre, penchée sur une bassine d'eau et du linge sale. Je reconnais certaines de mes robes. Je me souviens !

Je me pends au cou de mon père. Sa barbe pique et il y a un soupçon de lavande sur sa peau : il vient de se laver. Il se dégage de mon étreinte.

– As-tu encore volé les tomates des moines ?

Je l'embrasse sur les deux joues.

– Non, dis-je avec un sourire. Donne-moi deux secondes.

Je fais mine de retourner vers l'escalier.

– Que dis-tu ? demande mon père.

Oh bien sûr ! « Deux secondes » est une expression du monde moderne, une mesure moderne du temps. Ma famille ne peut pas mesurer les secondes ! Mon père suit simplement les mouvements du soleil.

– Je viens tout de suite.

– Hâte-toi un peu !

Je jette un regard par la fenêtre, et prête l'oreille au bruit de ma mère faisant la lessive. J'avais oublié, au cours de ma longue histoire, combien le monde médiéval était calme. La récolte est passée depuis longtemps ; la plupart des arbres sont nus. J'observe les alentours : je reconnais exactement cette scène. La famille des Médicis a acheté l'essentiel de notre récolte et le reste est allé aux moines sur la propriété desquels nous vivons. Pour faire du cidre et des pommes de table.

Aujourd'hui, c'est jour de grand nettoyage. Après la récolte, il nous faut dégager les allées pour préparer l'hiver qui vient.

Je pense savoir quel jour nous sommes, mais je ne veux pas y croire – pas encore. J'en aurai confirmation ou non ce soir, quand je regarderai le ciel.

Je passe l'après-midi dans le verger avec mon père. Il m'a manqué pendant si longtemps que je me surprends à me cacher derrière un arbre pour le regarder ratisser en fredonnant. Pendant un bref instant, j'ai envie que nous puissions appuyer sur un bouton. J'ai vu des ouvriers, à Wickham, utiliser des souffleuses à feuilles, et je me dis que cela soulagerait bien les mains calleuses de mon père. J'aimerais aussi que nous puissions écouter de la musique et, bien sûr, je pense aux terrains de sport de Wickham. Aux entraînements auxquels j'assistais, sur fond de musique à plein volume pour passer le temps.

La crosse.

Je cligne des yeux dans le soleil et gratte la terre sous cet arbre nu, du bout du pied. J'espère que Justin, où qu'il soit maintenant, est heureux. Et humain.

J'éponge la sueur de mon front, regarde le soleil se déplacer lentement dans le ciel. Dans ce monde, il n'y a pas de voitures, pas de médicaments, pas de crème glacée aux noix de macadamia. Je souris au souvenir des mains de Tony plongeant un pinceau dans un pot de peinture bleu céruléen. Je souffrirai de la perte de mes amis et de Rhode, mais le monde moderne me manquera lui aussi.

J'ai envie de tout raconter à mon père. Mais c'est impossible. Il n'y a pas la moindre chance pour qu'il comprenne un jour. Je m'accroupis au pied d'un arbre et passe mes doigts dans le riche humus. Cette habitude m'est revenue tout de suite. Je me rappelle si bien comment tailler les branches pour que les pommes reviennent, fortes et odorantes.

De gros nuages noirs s'amoncellent au-dessus de chez nous. Mon père m'appelle. Je remonte l'ourlet de ma jupe pour marcher plus facilement. La poussière couvre mes mains, et nous rejoignons tous deux la maison.

« Nous devons aller à l'église », me dit ma mère pendant le dîner. Je m'en réjouis à l'avance. Voir le père Simon et l'entendre parler de Dieu et de religion. Un jour, il y a très longtemps, ces offices donnaient un sens à ma vie : servir Dieu, se préparer ici-bas à la vie éternelle. C'étaient des idées médiévales. Je n'aurais jamais imaginé avoir un jour mes propres idées sur la religion, sur Dieu, sur l'éther et la vie avant et après la mort.

Ma mère me sourit à travers la table.

– Tu as l'air heureuse, me dit-elle.

– Le repas est bon.

Ce n'est qu'un simple ragoût, et elle me le dit. Je me remémore que la nourriture, ici, est ce que l'on cuisine soi-même. On tue son gibier, ou on l'achète à quelqu'un qui l'a fait. Les repas sont préparés à la main, pas fabriqués en usine.

Rhode m'a dit un jour, il y a longtemps, que l'amour était une émotion existant bien au-delà du cadre étroit de la condition humaine. Il peut s'élever jusqu'aux sommets les plus hauts, m'avait-il expliqué. Même aux cieux, l'amour circule et s'étend entre les étoiles. Ici, assise en face de mes parents, je crois à cette vérité.

– Tu es bien silencieuse, me fait remarquer ma mère tandis qu'un roulement de tonnerre fait vibrer notre maisonnette.

– Va y avoir encore de la pluie, soupire mon père.

– La récolte est terminée. Réjouis-toi donc, dit ma mère en l'embrassant sur la tête.

La pluie qui s'annonce sera un déluge, je le sais déjà.

Lorsqu'elle s'abat enfin, je connais son tambourinement sur le toit aussi bien que je connais mon âme.

Ceci est le soir où je suis morte. Cette nuit est celle où Rhode a fait de moi un vampire.

Les heures passent, et le feu est presque éteint dans la cheminée. Les boucles d'oreilles de ma mère sont sagement rangées : je ne les lui ai pas demandées aujourd'hui. Et je ne les ai pas perdues dans le verger.

Les Aeris m'ont renvoyée à ce jour précis afin de me rappeler mon choix. Je m'approche de l'escalier, vais à la fenêtre qui se trouve au-dessus de la huitième marche. C'est une manie enfantine chez moi de les compter, mais je le fais quand même.

Je pose une main sur les carreaux froids. Mes doigts les réchauffent et un halo de buée naît de ma chaleur. C'est de la condensation. Ma vie moderne m'a appris tant de choses. Elle m'a appris que la science change, que la musique change, que les gens peuvent vivre bien des années.

J'ai passé cinq cents ans à devenir un monstre, à me nourrir des autres, à leur injecter mon malheur. Mais j'ai aussi vu les usages du monde. Je me concentre sur les allées du verger. Je n'en vois pas le bout, mais une fois, dans un monde différent, Rhode m'a attendue là-bas. Juste là.

Il n'y a pas de Rhode au bout de l'allée, je le sais. Je l'ai sauvé. Il est en sécurité.

Je sais aussi que je ne rencontrerai jamais Justin… ni Tony.

Wickham n'existera pas avant des centaines d'années, quand j'aurai disparu depuis longtemps, disparu de ce monde.

Je laisse ma main sur le carreau. Ma mâchoire se serre. C'est douloureux d'être là en sachant ce que je sais, connaissant tout ce qui m'attend dans ce monde, sa vastitude et sa beauté.

Même s'il ne me regarde pas, je le fais pour l'histoire. Pour les âmes qui ont été sauvées en un instant. Je chuchote les mots :

– Je t'aimerai à jamais.

Je pose ma main sur mon cœur, et les larmes me montent aux yeux. Mon corps se couvre de frissons et bientôt mes larmes coulent. Je prononce alors les mots que seuls les vampires partagent :

– Avance dans les ténèbres comme dans la lumière.

Je ravale mes larmes, me détourne de la fenêtre, et monte jusqu'au seuil de la chambre de mes parents. Ils dorment, dos à dos, ensemble, proches. Je me demande si je vivrai le reste de mes jours dans cette maison. Si je vais tomber malade ou si les vaccins que j'ai reçus dans le monde moderne prolongeront ma vie. Je pourrai peut-être même trouver un homme gentil dans ce monde et l'épouser. Une chose que je sais, c'est que cette fois, je connaîtrai ma sœur, Geneviève. J'assisterai à sa naissance et la verrai grandir.

Je me penche plus loin dans la chambre pour contempler encore mes parents. Je connais la nuit, les marées et les courants des heures, je les sens passer sur moi. Le passage du ciel du noir au bleu, du bleu à un mauve lavande teinté de rose. Une fois certaine que le soleil se lèvera, et pas avant, j'ose enfin me coucher dans mon lit.

Plus de soif de sang. Plus de morts inutiles. Une dernière pensée éclot dans ma tête avant que je ne sombre...

Oh, comme il va me manquer.

Épilogue

Rhode

Chère...

Je ne connais même pas ton nom, ma chère. Je ne peux pas le coucher sur ce papier. Car il m'échappe. Chaque jour je l'ai sur le bout de la langue, comme un bonbon. Je le goûte pendant le plus bref des instants, et puis il disparaît, avant que j'aie pu le retenir et l'avaler.

Je me consume pour toi.

Il y a un halo de buée sur cette fenêtre donnant sur un campus qui s'accroche aux derniers vestiges de l'été. L'automne sera bientôt là. Hier encore, j'ai rêvé de toi. Tu avais les cheveux remontés et tu portais une longue robe. Une robe comme on n'en trouve pas dans le monde d'aujourd'hui. Elle était corsetée et tu te tenais sur une haute colline qui dominait un vaste paysage.

Tu commences à hanter aussi mes journées. Cela peut arriver à n'importe quel moment, pendant qu'on me parle : ton visage, avec tes yeux bleu sombre et ton sourire complice, s'insinue dans mes pensées. Toujours, toujours, ce savoir joue au bord de tes lèvres.

Quel est ton nom ? Pourquoi viens-tu me tourmenter ?

Pourquoi ai-je envie de te dire que des élèves disparaissent de ce lycée ? Nous en sommes à trois. Le premier est toujours porté disparu, il s'appelle Justin. La deuxième sera enterrée aujourd'hui, et la troisième a disparu hier matin.

Le corps de Jane Hamlin a été découvert près de la plage. Elle avait deux trous dans la gorge et était vidée de son sang. Pourquoi ton visage a-t-il surgi dans ma tête quand on m'a appris la nouvelle ?

Toi, avec ta grâce de porcelaine et ta peau irréelle.

Je t'appellerais en hurlant si tu pouvais m'entendre. Je brûlerais ces lieux si cela pouvait te permettre de voir la fumée. Je t'aime, voilà une chose que je sais. Et pourtant, je n'arrive pas à me rappeler qui tu es.

Il me faut refermer les pages de ce journal. Je suis en costume, prêt à me rendre aux obsèques de Jane Hamlin. On a déjà frappé à ma porte. Tout le lycée Wickham y va. Bizarre. À l'instant, alors que j'allais poser mon stylo, une phrase m'est venue en tête, comme réveillée d'un très long sommeil. Je me demande si mes parents me l'ont apprise avant leur mort, j'étais trop petit pour m'en souvenir.

Honni soit qui mal y pense.

Sais-tu ce qu'elle signifie ? C'est peut-être un indice. Un moyen de découvrir qui tu es.

Honni soit qui mal y pense.

Celui qui tue ces élèves devrait écouter ce conseil.

Dans l'attente,

Rhode.

D'autres livres

wiz Albin Michel

Nina BLAZON, *Jade, fille de l'eau*
Fabrice COLIN, *La Malédiction d'Old Haven*
Fabrice COLIN, *Le Maître des dragons*
Fabrice COLIN, *Bal de Givre à New York*
Melissa DE LA CRUZ, *Un été pour tout changer*
Melissa DE LA CRUZ, *Fabuleux bains de minuit*
Melissa DE LA CRUZ, *Une saison en bikini*
Melissa DE LA CRUZ, *Glamour toujours*
Melissa DE LA CRUZ, *Les Vampires de Manhattan*
Melissa DE LA CRUZ, *Les Sang-Bleu*
Melissa DE LA CRUZ, *Les Sang-d'Argent*
Melissa DE LA CRUZ, *Le Baiser du Vampire*
Melissa DE LA CRUZ, *Le Secret de l'Ange*
Melissa DE LA CRUZ, *La Promesse des Immortels*
Melissa DE LA CRUZ, *Bloody Valentine*
Rachel HAWKINS, *Hex Hall*
Rachel HAWKINS, *Hex Hall, Le Maléfice*
Rachel HAWKINS, *Hex Hall, Le Sacrifice*
Hervé JUBERT, *Blanche ou la triple contrainte de l'Enfer*
Hervé JUBERT, *Blanche et l'Œil du grand khan*
Hervé JUBERT, *Blanche et le Vampire de Paris*
Rebecca MAIZEL, *Humaine*
Melissa MARR, *Ne jamais tomber amoureuse*
Melissa MARR, *Ne jamais te croire*
Jackson PEARCE, *Sisters Red*
Sarah REES BRENNAN, *La Nuit des démons*
Laurie Faria STOLARZ, *Bleu cauchemar*
Laurie Faria STOLARZ, *Blanc fantôme*
Laurie Faria STOLARZ, *Gris secret*
Laurie Faria STOLARZ, *Rouge souvenir*

www.wiz.fr
Logo Wiz : Cédric Gatillon

Composition Nord Compo
Impression CPI Bussière en septembre 2012
à Saint-Amand-Montrond (Cher)
Éditions Albin Michel
22, rue Huyghens, 75014 Paris

ISBN : 978-2-226-24343-0
ISSN : 1637-0236
N° d'édition : 19500/01. – N° d'impression : 122564/4.
Dépôt légal : octobre 2012.
Loi n° 49-956 du 16 juillet 1949 sur les publications destinées à la jeunesse.
Imprimé en France.